Thomas Raab

Der Metzger kommt
ins Paradies

DROEMER

Über den Autor:

Thomas Raab, geboren 1970, lebt nach abgeschlossenem Mathematik- und Sportstudium als Schriftsteller, Komponist und Musiker mit seiner Familie in Wien. Zahlreiche literarische und musikalische Nominierungen und Preise, zuletzt »Buchliebling« 2011 und Leo-Perutz-Preis 2013. Die Kriminalromane rund um den Restaurator Willibald Adrian Metzger zählen zu den erfolgreichsten in Österreich, an deren Verfilmung wird bereits gearbeitet.

Weiteres zum Autor: www.thomasraab.com

Thomas Raab

Der Metzger kommt ins Paradies

Kriminalroman

Besuchen Sie uns im Internet:
www.droemer.de

Vollständige Taschenbuchausgabe November 2014
Droemer Taschenbuch
© 2013 Droemer Verlag
Ein Unternehmen der Droemerschen Verlagsanstalt
Th. Knaur Nachf. GmbH & Co. KG, München
Alle Rechte vorbehalten. Das Werk darf – auch teilweise –
nur mit Genehmigung des Verlags wiedergegeben werden.
Umschlaggestaltung: ZERO Werbeagentur, München
Umschlagabbildung: FinePic®, München
Satz: Wilhelm Vornehm, München
Druck und Bindung: CPI books GmbH, Leck
ISBN 978-3-426-30414-3

1 2 3 4 5

Adagio

Etappe 1

Was wunderst du dich,
dass deine Reisen dir nichts nützen,
da du dich selbst mit herumschleppst.
Sokrates

Alaska und der Schweiß

Angenommen, der 59-jährige Tierliebhaber Hans-Peter, Konditor seines Zeichens, schwärmt, während er jeden Morgen durchgeschwitzt in weißem Beinkleid und ärmellosem Rippleibchen seine backfrischen Butter-Croissants à 450 Kilokalorien aus dem dampfenden Ofen zieht, von nichts anderem als einem Aktivurlaub im frostigen Norden und seine angetraute Sonnenanbeterin Henriette schenkt ihm zum anstehenden Sechzigsten eine gemeinsame zweiwöchige Hundeschlittentour durch Alaska, dann kann das getrost als Liebe bezeichnet werden.

Geht es allerdings auf eine Kreuzfahrt in die Südsee, ist es nicht so abwegig, wenn im Hirn des lieben Hans-Peter der Gedanke kein unausgefeilter bleibt, seiner Henni, Großmeisterin der Tiefkühlkost, im Hinblick auf den nahenden Hochzeitstag eine Kompakt-Küchenmaschine zum Schneiden, Raspeln, Reiben, mit Mixaufsatz, Teigknete-Funktion und Emulgierbesen einzupacken.

Nichts ist vorhersehbar, nicht das Wetter, nicht die Geodynamik und schon gar nicht der Mensch, Letzterer am allerwenigsten.

Da kann der eine mit dem anderen ein noch so vertrautes Nahverhältnis pflegen, bleibt doch jeder für sich ein Mysterium, ein Zauberkasten, eine Büchse der Pandora, immer für Überraschungen gut.

Willibald Adrian Metzger kann ein Lied davon singen:

»Hände hoch!«, dringt es forsch an sein Ohr, und, nein, es steht weder ein praktischer Arzt zwecks Abhörens vor ihm, ein Schneider zwecks Maßnehmens hinter ihm, noch steht er zwecks Abnehmens in einer Gymnastik-Einheit.

Geschwitzt wird trotzdem – und so geschwitzt, ohne

auch nur einen Finger zu rühren, hat er in seinem bisherigen Dasein überhaupt noch nie.

»Kidnapping nennt man das!«, quält er sich ein paar Worte über die salzigen Lippen, blickt in den Lauf einer Pistole und versteht es einfach nicht: Wozu um Himmels willen muss ein Waffenträger seinem Opfer auch noch den Gegenstand der Bedrohung in einem Abstand von maximal 20 Zentimetern unter die Nase reiben oder gar auf dieselbe pressen, wenn zur Einschüchterung so ein gezücktes Schießeisen doch absolut reicht.

In völliger Selbstaufgabe schließt er die Augen, nicht sicher, ob es neben dem Schweiß auch Tränen sind, die seine Wangen benetzen, und geht sie gedanklich noch einmal durch, die Vergangenheit. Eine Vergangenheit, die weit zurückliegt und deren Logik sich ihm erst seit vorgestern zur Gänze erschließt. Die Zukunft ist eben kein Wunschkonzert, und sie kann warten, sie kann sich die größten Gemeinheiten schön in der Hinterhand aufbewahren, jederzeit nach Belieben aus dem Ärmel schütteln und in Hochgeschwindigkeit aus verborgenen Ecken herausschießen lassen wie die Ameisen im Frühling.

Kolumbus und die Currywurst

Die Ameise: Organisiert, hartnäckig und vor allem höchst effektiv, schleppt sie ein Leben lang ohne Unterlass und Rücksicht auf Verluste Masse weit über ihrem eigenen Körpergewicht von A nach B, dagegen waren die gigantischen Reisebewegungen ägyptischer Gesteinsbrocken das Freizeitvergnügen diverser Heimwerker oder Hobbygärtner. Wozu also aufregen, wenn der Mensch irgendwo weit weg vom Schuss ein paar Löcher in der Wüste, der Erde, dem Meeresgrund oder in Wohnhäusern samt deren Insassen hinterlässt, um es sich anderswo gutgehen zu lassen, oder von irgendwo Sand herbeikarrt, um andernorts ein kleines Badeparadies aufzuschütten. Meine Güte! Was so ein mickriger Sechsfüßler darf, darf ein hochentwickelter Zweibeiner schließlich schon lang.

So also steht der Polizeibedienstete Josef Krainer gemeinsam mit seinem Kollegen Gerhard Kogler am Südufer des städtischen Baggersees und sieht, wo einst noch Wiese war, seine Schuhe nicht mehr. Weich ist der sich zwischen Leder und Socken schmiegende Sand, deutlich lesbar das Schild: *Süßwasser-Fidschi,* unübersehbar die vor Josef Krainer ausgehobene Grube.

Genüsslich beißt er in sein Frühstück und greift zum Telefon:

»So, ich bin jetzt vor Ort, also w…

–

Wer hier spricht? Josef Krainer spricht hier. Speichern Sie sich endlich meinen Namen ein, verdammt noch mal, am besten unter K wie Kojak oder Kolumbo…

–

Hab ich Sie jetzt richtig verstanden: Ob ich weiß, wer Amerika entdeckt hat? Sie, Kollege Schulze, waren's jedenfalls nicht, da bin ich siche…

–

Aha! Kolumbus schreibt man mit K, Kolumbo mit C. Na wunderbar, danke für die Deutschstunde! Aber was wunder ich mich über jemanden, der hochoffiziell K wie Klugscheißer im Pass stehen hat …

–

Ich weiß schon, dass Sie mit Vornamen irgendwas wie Gertmund, Ekkehard, Dietwald, Gottlieb …

–

Heinzjürgen, sag ich doch. Hat sich die Frau Mama also nicht entscheiden können, ob Heinz oder Jürgen. Ist beides gleich tragisch und im Prinzip egal, weil beim Klugscheißer geht es ja nicht um den Namen, sondern die Staatsangehörigkeit, verstehen Sie, die Staatsangeh…

–

Humorlos sind Sie also auch. Was glauben Sie, Schulze, wie mich das jetzt überrascht! Und jetzt lassen Sie mich endlich zur Sache kommen. Also: Wir haben eine männliche Leiche, Alter zwischen 40 und 45, etwa 180 Zentimeter groß, geschätzte 60 bis 70 Kilo, heller Anzug, schaut nach Zuhälter aus oder Geschäftsmann, vielleicht sogar ein bisserl Schlagerstar: Blond ist er und hat rotgoldene, stechende Knopfaugen …

–

Genau, Schulze, rot. Ein toter Heino sozusagen.

–

Wie bitte? Wollen Sie mich verarschen. Erstens ist die Leich nicht mehr frisch, und zweitens weiß ich natürlich nicht, ob das jetzt ein Einheimischer, ein Türke oder ein Piefke is.

–

Meine Güte, Schulze! Sind S' nicht so empfindlich. Sagen S' halt Ösi zu mir. Und jetzt erklären Sie mir bitte, wie ich wissen soll, wo der Kerl her is? Glauben S', Ihr Preußen riechts zwischen den Haxen alle nach Currywurst und wir nach Käsekrainer? Nach dem Aussehen darf man ja heutzutage schon überhaupt nicht gehen. Ich kenn einen, den Dorian Stegmüller, der schaut aus wie ein lupenreiner Chines, und wenn der sein Fischmaul aufreißt, klingt das, als wohnt der seit drei Generationen im sozialistisch geförderten Gemeindebau …

—

Fischmaul! Was heißt, Sie wollen so was nicht hören? Is Ihnen das zu ungesittet, zu rechtsradika…

—

Soll ich Ihnen sagen, wie wir hierzulande die Geschichte aufarbeiten: 30 Prozent aller Wähler denken hochoffiziell so wie ich. Inoffiziell könnten wir allein regieren. So ein verreckter Zuwanderer, übrigens, Schulze, sind das bei uns im Schwergewicht ihre Landsleute, drückt mir also kein Wasser ins Aug. Das sind nur Sandkörner, verstehen Sie, San…

—

Ja, rote Augen hab ich gesagt.

—

Wie bitte! Ich soll auf seine Apferln drücken! Sie sind ja krank.

—

Also gut. Moment.«

»Kogler! Sag, Kogler, hörn Sie mich? Nur, weil ich telefonier, müssen Sie ja jetzt geistig nicht komplett auf Notstrom unterwegs sein. Also, fahren S' ihm ins Aug.

Sie sollen mich nicht anschauen wie eine Schaufensterpuppe, sondern der Leich ins Aug fahren, kapiert.«

Seelenruhig streift Gerhard Kogler einen Gummihandschuh über und nähert sich vorsichtig dem Toten. Dann bohrt sich ein Zeigefinger in die besagte Stelle und zuckt ebenso wie der danebenstehende Josef Krainer ruckartig zurück.

»Ahhh. Herrschaftszeiten, hab ich mich jetzt erschreckt. Das ganze Aug is rausg'hupft. Schulze, hören Sie mich. Das ganze Aug!«

Nur eine vollständige Umdrehung reicht, und wohl jeder hier weiß, worum es sich handelt. Kurz war es zu sehen, das Konterfei jenes nie erwachsen gewordenen Mannes, durch dessen Werk und Hinterlassenschaft diesem Globus eine Ahnung des Göttlichen geschenkt wurde. Und das betrifft ausschließlich seine weltumspannende Musik. Für jenen Exportschlager nämlich, der dem Toten gerade aus dem Auge gesprungen ist, für jene in Folie verpackte Verunglimpfung seines Namens hätte es sich selbst beim ansonsten so humorigen Wolferl Amadeus mit dem Spaß aufgehört: Gülden, mit einer leichten Röte und Körnung überzogen, als wäre er zwecks Panierens ein wenig in Bröseln gewälzt worden, liegt der kleine Ball im Sand.

»Schulze, was is das bitte für eine kranke Aktion? Wer reißt einem Toten das Aug raus und steckt ihm eine Mozartkugeln rein, und dann nicht einmal die originalen, sondern die Maschinenimitate. Entwürdigend ist das. Da vergeht einem der Appetit, abartig das Ganze, richtig abarti…
–
Was ich grad im Mund hab? Mein Frühstück, Schulze, mein Frühstück: ein Butterkipferl. Zum Glück is es frischer als die Leich …«

Beten und Treten

»Schlafen, nur noch schlafen«, schießt dem Metzger angesichts der unmittelbar vor seinen Augen auf ihn gerichteten Waffe der Gedanke durch den Kopf. Und weit hergeholt ist er nicht, dieser Wunsch nach dem alles erlösenden Schlummer. Erstens ist der Schlaf in Situationen großer Bedrohung der schnellstmögliche, in Willibalds Fall allerdings nur kreisförmige Fluchtweg, denn 1:1 entspräche der Start dem Ziel, und zweitens hat er ja nicht nur psychisch, sondern auch physisch allen Grund, hundemüde zu sein. Ein an der Zehnerstelle mit der Ziffer 5 gekennzeichnetes Menschenkind braucht eben definitiv mehr Schlaf als jene lächerlichen paar Stunden die Nächte zuvor. Und besonders eine dieser Nächte wird er sein Lebtag nicht mehr vergessen:

Es war ein Freitagabend, im Grunde zu früh, um einzunicken, trotzdem befand sich der Metzger bereits im Land der Träume. Das passiert ihm in letzter Zeit immer öfter. Überfallartig überkommen sie ihn, diese Schlummerattacken, zwischen 20 und 21 Uhr, und nichts kann er in Anbetracht seiner eingeschränkten Wahlfreiheit dagegen tun. Sicher, vorher aufstehen und ins Bett gehen wäre eine Lösung, nur, er sitzt eben einmal so liebend gern gemütlich mit seiner Danjela beisammen, versunken im Chesterfieldsofa des Wohnzimmers, die Beine auf dem Tisch, ein Glas Rotwein in der einen, ein Buch in der anderen Hand. Die Fernbedienung, samt ihrer wunderbar ergonomischen Beschaffenheit, ihrer griffigen Tastatur aus Weichgummi, ihrer fantastischen Verbindung zu dem, was der drei Meter entfernte Bildschirm zu melden hat, bekommt er in diesem Haushalt nämlich nicht zu spüren, außer natürlich er wischt den Tisch ab.

Die Programmhoheit dieses Reiches also ist eine Herrscherin aus dem Geschlechte Djurkovic und gewährleistet sich samt ihren Untertanen bevorzugt einen tiefen Einblick in die Welt der Liebenden. Und geglotzt wird alles. Herz-Schmerz-Pantoffelkino also mit derart überraschenden Wendungen, als hätte die Großmutter das Häkeldeckchen Nummer 349 vollendet. So etwas ansehen zu müssen in Kombination mit gedämmtem Licht, einem guten Rotwein, dem Wunsch nach trauter Zweisamkeit und dem Versuch zu lesen, da wird selbst das beste Potenz- zum Schlafmittel. Spätestens ab Minute 30 verliert der gute Willibald regelmäßig den Kampf gegen die Müdigkeit.

Und genau damit hat Danjela Djurkovic an diesem Abend fix gerechnet. Der Metzger wurde also vorsätzlich eingeschläfert, allerdings nur zu einem Zweck: um einige Zeit später wieder geweckt zu werden.

Stockdunkel war es draußen, da nahm die selige Ruh schwungvoll ein Ende: »Bist du endlich munter, hab ich meine Willibald schon gerüttelt wie verklebte Salzstreuer. So, Schlafmütze, liegen Schuhe und frische Wäsche neben Sofa. Ziehst du bitte an«, erhellte Danjelas strahlender Akzent im Anschluss an die Glühbirnen die Nacht.

»Wieso? Und wieso stehen da Sportschuhe? Die gehören mir nicht.«

»Nix wieso. Und setzt du auf Haube!«

»Haube? Aber es ist Sommer.«

»Nix aber. Und Haube sogar bis über Nasenspitze!«

Und genau da kommt sie ins Spiel, die Entführung. Muss sich ja schließlich nicht erst ein anaboler Maskierter Zutritt ins traute Heim verschaffen und seinem Gegenüber mit dem Lauf einer Pistole den Nasenrücken massieren, zur Durchführung einer Verschleppung reicht durchaus schon die Anwesenheit der eigenen Liebsten. Die Maske trägt dann in diesem Fall das Opfer selbst.

»Was heißt über die Nasenspitze? Gehen wir einbrechen? Gefall ich dir nicht mehr?«

»Gefällst du mir am besten, wenn stellst du keine Fragen. Ist Überraschung!«

Eine Überraschung also, laut Wecker um 21 Uhr 30. Hurra. Auf Überraschungen ist der Metzger in etwa genauso scharf wie auf einen Mitgliedsausweis im Verein der Böllerschützen. Den Knalleffekt dieser Überraschung betreffend, fällt ein Böller allerdings maximal in die Kategorie Spritzpistole. Was keinesfalls bedeuten soll, Spritzpistolen wären ungefährlich.

Und weil Widerspruch in Gegenwart einer euphorisierten Dame zwecklos ist, taumelte der Metzger inmitten der lauen Frühsommernacht, linker Hand gestützt von seiner Danjela, blindlings das Stiegenhaus abwärts. Beim Ausgang mischte sich rechter Hand dann noch ein weiterer Gehbehelf hinzu, gemäß der Knoblauchnote ein ihm wohlbekannter: »Petar, bist du das?«, wollte Willibald Adrian Metzger noch wissen, das unverkennbare Brummen des wenig später startenden Pritschenwagens, zugelassen auf Hausmeister Wollnar, war ihm dann Antwort genug.

Nur zwei Worte brachte sein Freund während der Fahrt über die Lippen: »Verzeih mir!«

»Na gratuliere, das muss ja eine freudige Überraschung sein!«, konnte sich der Restaurator nicht verkneifen. Knapp 30 Fahrminuten später musste er sich links und rechts am Oberarm geführt auf verschiedensten Bodenbeschaffenheiten zurechtfinden, Pflastersteinen, Asphalt, Gehsteigkanten, Fliesen, Metall, musste Lärm und Gelächter, das wohl mit seinem Erscheinungsbild in Zusammenhang stand, über sich ergehen lassen, musste Rolltreppe fahren, eine kurze, enge Treppe hochsteigen und einen ebensolchen Gang durchqueren.

Schließlich aber wurde ihm nach Öffnen einer Schiebetür

mit fast mystischer Langsamkeit die Haube vom Kopf gezogen. Es dauerte ein Weilchen, bis sich seine Augen an das Neongeflimmer gewöhnt hatten, dann sah er seine strahlende Danjela neben, einen beschämten Petar Wollnar vor und eine geschlossene Zelle um sich, sah zum Fenster hinaus und sah, nein, spürte seinen Darm ein paar Zusatzwindungen einlegen.

»Um Gottes willen, ist das hier ein Zugabteil?«, entkam es ihm leichenblass, wenngleich es in diesem Moment natürlich nur um einen Willen ging: um den seiner Holden. Ist ja auch ein himmelaltes Lied: Das Freudespenden kennt keine größere Freude als die des Freudespenders – wenigstens in den Himmel ging es nicht: »Happy birthday!«, frohlockte Danjela, während Petar Wollnar das Weite suchte.

»Aber, aber, mein Geburtstag ist längst vorbei«, stammelte der Metzger, und dann schoss sie ihm durchs Hirn, die Klarheit, denn alles an diesem sechs Monate zurückliegenden 23. Jänner, seinem Geburtstag, folgte einem Plan, allerdings nicht seinem. Warum sollte es jetzt also anders sein.

Seiner nämlich lautete: »Was bitte unterscheidet einen Fünfziger von jedem anderen stinknormalen Tag? Maximal die Tatsache, wieder ein bisserl länger überlebt zu haben, das ist dann aber schon alles. Ich werde also wie immer in meiner Werkstatt arbeiten, und im Anschluss gehen wir essen, Punkt!«

Zwar verbrachte er seinen Geburtstag wie gewünscht in der Werkstatt, nahm unzählige telefonische Gratulationen entgegen, hörte sich diverse Rügen an à la »Und du machst wirklich kein Fest, schade!« und musste, wie von Danjela mit dem Argument »Willst du stinknormale Tag, na, dann bekommst auch stinknormale Tag!« gefordert, nach Geschäftsschluss mit einer ihm überreichten monströsen Einkaufsliste die Zweigstelle einer Lebensmittelkette aufsuchen. Die erstandene Ware in den Kühlschrank einsortieren durfte er zu Hause dann allerdings allein, denn weder eine Menschen- noch eine Hundeseele war zugegen, nur ein Zettel: »Bin ich kurz bei Friseur. Hol ich dich wegen Essengehen um 19 Uhr ab in Werkstatt.«

Also wieder zurück, gemütlich durch den verschneiten, gottverlassenen Park, über die Straße, vorbei an der Fensterscheibe seiner Werkstatt, hinein in den Hinterhof und durch die Hintertür in seine Wirkungsstätte. Dunkel war es, alles schien wie immer, bis auf den Geruch. Er kennt die Duftnote seines Gewölbekellers, das hölzerne, nussige, etwas süßliche Aroma. An diesem Abend aber lag eine Spur zu viel der Süße in der Luft.

Dann ging alles sehr schnell. Ohne vom Metzger eingeschaltet worden zu sein, erhellte Licht, erfüllte Musik den Raum, und auch Willibalds Geist wurde eine Einsicht zuteil: Jede der ihm am heutigen Tag erteilten Rügen war nichts anderes als ein Ausdruck reinster Hintertriebenheit. Ein lautstarkes »Happy birthday!« durchschnitt das Gewölbe der Werkstatt, und alle waren sie da, wirklich alle:

- seine große Liebe Danjela Djurkovic samt Hündchen Edgar,
- die Witwe seines ehemaligen Freundes Kommissar Pospischill, Trixi Matuschek-Pospischill, samt Willibalds zweiter großer Liebe, ihrem bald zweijährigen Töchterchen Lilli,
- die hochschwangere Ex-Herrin der Mordkommission Irene Moritz samt ihrem untergebenen Arbeitskollegen und Lebensgefährten, also ihrem untergebenen Lebensgefährten Gerhard Kogler,
- seine Halbschwester Sophie Widhalm mit ihrem Herzbuben und Feuerwehrhauptmann Toni Schuster
- und sein einzig wahrer Freund, der wortkarge, grundehr-

liche Hausmeister Petar Wollnar. Wie ein scheues Rehkitz stand er in einem Winkel, den Blick zu Boden gerichtet.

Er hätte also gewarnt sein müssen, der Metzger.

Zugegeben, wie sie da so alle vor ihm standen und ein Geburtstagsliedlein sangen, rührte ihn der ganze Aufmarsch dann doch. Durchaus Worte des Dankes entwichen seinen Lippen, allerdings nicht ohne zuvor mit schelmischer Miene jedem Mitglied des versammelten Jubelchors betrügerische Absichten und ein hundsgemeines schauspielerisches Talent attestiert zu haben, die kleine Lilli natürlich ausgenommen.

Als Antwort auf diese nett gemeinte Beschimpfung wurde eine mächtige Torte aufgetragen, auf einen Tisch, dessen Tischtuch bis zum Boden hing, gestellt, und dann, ja dann kam es zu dem für solche Anlässe offenbar Unvermeidlichen. Genau: Es wurde gedichtet, es wurde einmal mehr auf diesem Erdkreis ein Poet, in diesem Fall eine Poetin, von der Muse aus einem leider nicht hundertjährigen Schlaf geküsst.

Willibalds Halbschwester Sophie Widhalm verlas eine selbstverfasste Endlosballade, bemüht gereimt, humorig gemeint, folglich kein Heldenepos, an deren Ende die Worte standen:

»Gesagt sei noch zu diesem Herrn, er reist nicht gern, nicht nah, nicht fern, da hilft kein Bitten und kein Beten, da hilft nur eins, und das ist Treten.«

»Und jetzt schaust du unter Tisch«, fügte Danjela hinzu.

Es folgte ein Anheben des Tischtuchs, das zum Vorscheinkommen eines seltsamen Metallgestells, Applaus und Gelächter auf der einen Seite, Erstarrung, ja, Angst auf Seiten des Metzgers führte: »W-, w-, was bitte soll das sein, ein Kinderwagen? Danjela! Weiß ich da etwas nicht?«

Die Antwort aller war eindeutig: »Bau es schon endlich zusammen, geht erfreulich schnell!«

Erfreulich schnell stimmte, was der Metzger dann aber vor sich stehen hatte, stimmte ihn recht schnell alles andere als erfreut. Nun verstand er es, dieses auf Beten gereimte Treten.

»Ein Klapprad! Ich, ich, ich – dank euch so«, rang er sich ab. Er, den sportliche Bewegung aller Art ähnlich euphorisierte, als müsste er im städtischen Zoo bei Minusgraden in der Unterhose den Teich des Eisbär-Freigeheges durchwaten. Als Antwort erhielt er ein großherziges, von allen Seiten inhaltlich übereinstimmendes: »Ach, ist doch nur eine Kleinigkeit, ein Symbol, beizeiten folgt Würdigeres!«

Diesbezüglich aber war er sich absolut sicher, eine derartige Verzögerungs-Geschenks-Ankündigung wäre ähnlich ernst zu nehmen wie die Vorhersage schmieriger, feindseliger Rechtsradikaler, Bundeskanzler werden zu wollen. Nur hat er da leider auf eine der vielen weisen Worte seiner Mutter vergessen: »Glaub mir, Willibald, hierzulande ist alles möglich!«

Und recht hat sie, die werte Frau Mama, Gott hab sie selig, dermaßen viel Fantasie kann ein Menschenhirn nämlich gar nicht aufbringen, um es mit dem Irrsinn namens Wirklichkeit aufnehmen zu können.

Und so stand er etwa ein halbes Jahr nach seinem Geburtstag, sprich vor drei Tagen, geweckt, entführt und unglücklich in einem Zugabteil.

Danjela sprühte nur so vor Freude und erklärte: »Stimmt schon, ist Geburtstag zwar lang vorbei, aber haben wir doch versprochen, kommt noch Nachschlag – also, freust du dich: ist Sammelgeschenk!«

Regungslos starrte der Metzger dem mittlerweile ausgestiegenen, reuig durch die Scheibe hereinblickenden Petar

Wollnar ins Gesicht und wusste: Der im Winter zum Geburtstag vorgetragene Reim vom Treten hat nichts mit dem bis dato unbenutzten Klapprad zu tun, sondern bedeutet einzig die Vorankündigung einer im Sommer, sprich jetzt, zur Anwendung gebrachten indirekten körperlichen Gewalt.

Dieses Sammelgeschenk also heißt: Es wurde zusammengelegt, von all seinen Freunden, was gleichbedeutend ist mit: Er wurde, von all seinen Freunden zusammengelegt, schändlich hintergangen zum Zwecke der Freude des Einzelnen. Und dieser Einzelne ist bei vorhandener Paarbeziehung nicht zwangsweise der Beschenkte selbst, sondern möglicherweise der Ideenspender und Geldeintreiber höchstpersönlich, in diesem Fall der eigene Partner.

»Ich nehme an, wir steigen nicht gleich wieder aus?«, entkam es dem Metzger mit blasser Miene.

»Schaust du in Spiegel, siehst du, was hast du für schlechte Gesichtsfarbe, sag ich dir, brauchst du endlich echte Urlaub!«, war die klare Antwort, auch wenn der Metzger mit absoluter Sicherheit wusste: Dieses »du« muss ein »ich« sein. Seit Wochen bewirbt Madame Djurkovic nichts anderes als ihren Traum von Sonne, Sand und mehr Zeit allein mit ihrem Willibald: »Hab ich große Sehnsucht nach Turteltaubentrip in sonnige Süden«, war ihre Erklärung.

»Turteltauben, die in der Hitze braten? Klingt nach Grillhuhn, das gibt es daheim auch, und zwar in tipptopp Qualität. Außerdem, in ein Flugzeug bekommst du mich in diesem Leben garantiert nicht!«, war die nicht unbedingt romantische Antwort eines Ahnungslosen. Der Mensch ist eben kein Vogel. Die Welt von oben zu betrachten kann ja recht nett sein, aber woanders herunterzukommen, als man hinaufgestiegen ist, ist entweder Science-Fiction oder der Tritt über die letzte Sprosse einer Karriereleiter.

Fassungslos stand Willibald Adrian Metzger mit Blick auf das sich langsam entfernende Gleis 7 neben einer glückerfüllten Danjela, zwang sich zur Selbstbeherrschung und wagte einen letzten zaghaften Versuch: »Aber weder hab ich etwas eingepackt noch einen einzigen Cent in der Hosentasche«, worauf auf den Koffer gedeutet wurde und die Ernüchterung folgte: »Is alles fix und fertig, von Personalausweis bis Bermudashorts, und, bitte, is nix Flugzeug!«, stolz ist ihr Gesicht: »Und bin ich oscarreif, weil hast du ganze Zeit nix gemerkt, dass ist was faul in Staate Dänemark!«

»So also fühlt sich Entmündigung an«, ging es dem Metzger durch den Kopf, während er hochkonzentriert den Kampf gegen die Tränen der Verzweiflung führte.

»Dänemark klingt gut, da wär es nicht so heiß. Also: Urlaub wo und wie lange?«

Wie erschlagen nahm er die erschütternden Informationen zur Kenntnis, auf den Schaumstoffsitzen Platz und das stets in seiner Hosentasche einsatzbereite, gebügelte Stofftaschentuch zur Hand. Dann gab er seinen Gefühlen, seiner rinnenden Nase und seinen geröteten Augen freien Lauf.

»Hab ich gewusst, freust du dich!«, zeigte schließlich auch Danjela blind vor Vorfreude ihre Form der Anteilnahme, gab ihrem Willibald einen Kuss auf die Stirn, und der Metzger wusste: Wenn Madame Djurkovic aus diesem Schlafwandel erwacht, sie folglich wieder zu den Sehenden zählt, wenn ihr also die volle Breitseite der Ernüchterung ins Gesicht schlägt, wird sich zeigen, aus welchem Holz diese Beziehung geschnitzt ist – und zumindest mit Holz kennt er sich aus, der Willibald.

Mit der gerade auf seinen Kopf gerichteten Pistole und den damit verbundenen Aussichten allerdings hat er weniger Erfahrung.

Hochgebirge und Amöben

»Mensch, det freut mir ja janz besonders, det sind nämlich verdammt jute Aussichten, die jibs sonst nur im Hochjebirge. War ick erst jestern da jewesen.«

»Was?«

»Also bei uns heeßt det immer noch: ›Wie bitte‹! Und den Rest hab ick, denk ick, deutlich jenug jesacht!«

»Du denkst? Also ich hab eher den Eindruck, da hat wer seine letzten paar intakten Gehirnzellen ganz gewaltig in Alkohol eing'legt. Und jetzt zisch ab, sonst reib i da ani auf!«

»Ick, ick …!«

»Was, bitte, is da nicht zum Kapieren? Also, auf Hochdeutsch: Verpiss dich, zieh Leine, husch, husch!, sonst knallt's?«

»Det jibts ja janich! Willste mir jetzt uff die Schippe nehm, oder wat? Erstens sind wa hier verabredet, zweetens kennste mir doch und weßt jenau, wer ick bin, und drittens, det Erkennungszeichen mit Hochjebirge und jute Aussichten hab ick doch laut und deutlich zum Besten jejeben, wat, bitte, willste noch?«

»Also treffen soll ich wen, der mich mit ›Gestern war die Aussicht im Hochgebirge hervorragend‹ begrüßen soll – und zwar erst in vier Tagen.«

»Hab ick doch jesagt!«

»Ne, haste nicht!«

»Na und ob ick det hab, ick …«

»Ick, ick, ick, was soll des heißen, hakelst jetzt auf Teilzeit beim Ikea? Und was das Erkennungszeichen angeht, hat ja jeder Schimpanse ein entwickelteres Sprachzentrum! Glaub mir, mit einem derartigen Vollpfosten, der sich nicht einmal einen ganzen Satz merken kann, will ich im Traum nicht verabredet sein!«

»Kannste dir aber nich aussuchen. Versteh ick ja überhaupt nich, warum wir jetz plötzlich 'n Erkennungszeichen brauch'n wie in nem lächerlichen Ajentenfilm!«

»Weil der Chef das so will, Szepansky, kapiert? Wir haben kaum noch Fahrer, fast jedem is was passiert. Komisch is das alles. Heutzutag kann man einfach nicht vorsichtig genug sein. Trotzdem versteh ich nicht, warum mir der Chef den größten Fetzenschädel von allen schickt.«

»Erstens hab ick mir det allet nich ausjesucht, sondern wurde einjeteilt. Zweetens hat mir der Cheffe extra früher jeschickt, warum, det musste ihn frajen. Und drittens jenieß ick det jetz, wenn ick schon so weit fahren muss, verstehste. Is doch 'n Paradies, det Janze hier. Det Leben kann so jewaltig schnell ne andere Kurve nehmen. Außerdem schwimm ick für meen Leben jern!«

»Na meinetwegen, dann saufst halt ab.«

»Übrijens wäre deene Antwort jewesen: ›Die eenen zieht et ins Hochjebirge, ick aber bevorzuge det Kap der Juten Hoffnung!‹«

»Du Amöbe, des is foisch. Richtig wäre: ›Ich ziehe dem Hochgebirge das Kap der Guten Hoffnung vor.‹ Ist nicht dasselbe, oder?«

»Janz jenau: Hochjebirge und Kap der Juten Hoffnung is nich detselbe. Und det det klar is, für alle Zukunft: Ick lass mir nich verscheißern!«

»Mich, du Legastheniker, mich!«

Der Ramsch und der Rolf

»Hände hoch!«, hat der Ton nun an Schärfe genauso zugenommen wie offenbar auch der Metzger die letzten Stunden an Kilos. Zumindest fühlt es sich so an, denn zu eng ist die Hose, zu eng das Leibchen, zu eng sind die Bronchien. Schwer geht sein Atem, und schwer geht ihm das alles hier in den Kopf. Manchmal bleibt so eine durch den Magen gehende Liebe eben ein wenig hängen, in seinem Fall an den Hüften. Diesbezüglich wird er die nächste Zeit gewaltig abspecken.

»Gibt brave Junge endlich Pfötchen hoch, dann kann ich heraushieven Gesamtpaket aus Liegestuhl. Weil geht nix, ganze Zeit nur herumlungern mit Gesicht drei Tage wie Regenwetter. Is doch alles große Traum. Kannst du endlich wegstrecken Beine!«

Grinsend steht eine pralle, beinah den Badeanzug sprengende Danjela in all ihrer Pracht vor seinem Liegestuhl und drückt ihm eine Spritzpistole an die Nase. Ihrer leicht vorgeneigten Haltung kann allerdings nur der Herr eine Reihe weiter hinten etwas abgewinnen, der Metzger hat zurzeit für derart erfreuliche Aussichten einfach kein Auge: »Drei Tage Regenwetter, genau das, liebe Danjela, klingt nach großem Traum! Ich hab die letzten Nächte in dem weichen Bett maximal zwei Stunden geschlafen, ganz zu schweigen von der zwölfstündigen Bahnfahrt, dafür schwitz ich, seit wir hier sind, und zwar ohne Pause. Keine Ahnung, wo aus meinem Körper die ganze Flüssigkeit noch herkommen soll, wenn das so weitergeht, lös ich mich wahrscheinlich auf.«

Kurz lüftet er sein verblasstes weinrotes Poloshirt, versenkt die Spitze des Zeigefingers in der sich anbietenden

Bauchfalte, hebt die Hand, erklärt: »Und überall pickt Sand! Da schau, sogar in meinem Nabel, den man bei mir an und für sich ja gar nicht sieht, also wie um Gottes willen kommt der Sand da überhaupt hinein, kannst du mir das erklären, ich beweg mich doch kaum«, senkt die Hand wieder ab, zupft an seiner hellblau karierten Badehose und setzt, endlich in Fahrt gekommen, fort:

»Und bei aller Liebe: Der Wäsche, die du mir eingepackt hast, bin ich seit einem Vierteljahrhundert entwachsen. Jedes dieser Stücke stammt aus der Lade für die Altkleidersammlung, stimmt's? Ich komm mir vor wie eine Knackwurst!«

»War anders nix möglich, hättest du sonst bemerkt heimliche Packmanöver. Außerdem schmeckt doch herrlich gegrillte Knackwurst. Und warum bitte hast du überhaupt an Leiberl? Brauchst du dich doch nix schämen. Schaust du dich um, quillt hier bei sicher 70 Prozent genauso Hüftspeck über zu engen Hosenbund wie bei dir. So und jetzt kommst du, machen wir Strandspaziergang. Sag ich nur, ist Schießeisen voll geladen!«

Liebevoll, fast ein wenig mitleidig blickt sie ihm entgegen und gibt ihr Bestes, den seit ihrer Ankunft immer offenkundigeren subversiven Kräften mit möglichst guter Laune entgegenzuwirken. Leider vergeblich. Denn all die ihr bis dato präsentierte Mattigkeit ist nichts als noble Zurückhaltung. Und der gehen dank Schlafentzug und Dauertranspiration langsam, aber sicher die Nerven aus.

»Danjela, bitte, ich will bei dieser Affenhitze nicht auch noch kilometerlang durch den brennheißen Sand latschen müssen, von einem Hotelkomplex zum nächsten. Du kennst mich doch!« Und nun kann er nicht mehr anders, nun muss es einfach heraus: »Ich versteh überhaupt nicht, wie du auch nur auf so eine Idee kommen konntest. Und dann überrumpelst du mich, anstatt mir so was zu ersparen?«

Sparen, genau! Hier also ist er gelandet, der schwer renovierungsbedürftige Willibald: in einem ebenfalls schwer renovierungsbedürftigen, innerhalb der Eurozone langsam, aber sicher die Stufen in Richtung Ramschstatus hinabsteigenden Land, dem Königreich aller Restaurateure. Und nicht nur in diesem Fall ist die Ähnlichkeit derer, die ein Land kaputtmachen, zu denen, die es wieder herrichten wollen, frappant, man könnte fast meinen, es wären dieselben.

Dass es allen Ernstes nicht nur funktionstüchtige Hirne gibt, die sich eine schwer nach geistigem Totalschaden anmutende Wortkreation wie »Ramschstatus« überhaupt ausdenken können und damit offiziell ganze Länder samt deren Bewohner versehen, sondern auch noch eine Horde Staatsdiener trotz der tiefschürfenden Lektionen der Menschheitsgeschichte dazu beitragen, diesen abschätzigen Begriff salonfähig zu machen, ist für den Metzger ein höchst besorgniserregender Zustand.

Er brodelt also ganz gewaltig, der europäische Kochtopf. Um diese Hitze zu spüren, muss man sich erst gar nicht in einen Pauschalflieger zwängen und irgendein Ufer des Ägäischen, Balearischen, Tyrrhenischen oder Ligurischen Meeres anpeilen, dazu reicht sie völlig, die Reise an die Adria.

»Du weißt doch, so etwas wie hier ist für mich der reinste Alptraum! Warum keine Stadt besichtigen oder irgendwas Kulturelles?«, setzt der Restaurator fort.

Ungewohnt missmutig ist sein Ton. Ja, er ist sauer, stinksauer, auf seine Herzdame, auf alle seine Freunde, auf den ein Stück näher gerückten Äquator und auf sich. Das ist eben der Teufelskreis eines Grantlers: Zuerst mag er die andern nicht, dann mag er sich nicht, dann mögen ihn die andern nicht, und diese andern mag er dann erst recht nicht, Ende nie.

Danjela deutet um sich, lächelt, senkt zögernd die Spritzpistole und reicht ihm versöhnlich die Hand: »Bist du jetzt keine Spielverderber. Komm, gehen wir wenigstens so wie jede andere Urlaubsgast gemütlich in frische Wasser.«

»Frisch!«, wiederholt der Metzger zynisch. »Was bitte soll daran frisch sein?«

Ja, es ist eine wahrlich gutbesuchte Erfrischung, wie er seit seiner Ankunft beobachten darf: Reihenweise erhebt sich ein Urlauber nach dem anderen aus seinem Liegestuhl, watet bis zum Nabel in die Tiefen des Meers, offenbar nicht um diesen von Sandablagerung zu reinigen, schaut ein Weilchen beglückt in der Gegend herum, greift sich dann kurz zwischen die Beine und verlässt es wieder, das Salzwasser. Von wegen schwimmen oder planschen, pischen gehen die Leut, da ist er überzeugt, der Metzger. Ist ja auch ein gewaltiges Stückchen bis zur nächsten als solche ausgewiesenen Toilettenanlage. Warum also das eine nicht uneingeschränkt mit dem anderen verbinden, all inclusive eben. Keine zehn Pferde bringen ihn hinein in dieses überbevölkerte Gemeinschaftsurinal.

Ein wenig lässt ihm Danjela Djurkovic noch Zeit, bleibt vor ihm stehen, sucht fragend in seinen Augen nach dem liebevollen, dem rettenden Funken Humor, vergeblich.

»Danjela, bitte, ich will einfach nicht, versteh das doch«, erklärt der Metzger schließlich, und es klingt endgültig.

Der Unterschied ist eben lächerlich, nur ein Hauch, ein leichtes Verstärken des zwischen den Zähnen herausgeschnellten Lüftchens, und aus »reisen« wird »reißen«, aus einem in den Urlaub aufgebrochenen Langzeitpärchen werden heimgekehrt zwei getrennte Haushalte.

»Alles klar«, erwidert Danjela mit ernster Miene, die deshalb an Wirkung kaum zu überbieten ist, weil sie mit glasigen Augen einhergeht. Gekränkt und den Tränen nahe, richtet sie sich auf, erklärt: »Lass ich dir also deine Ruhe«, würdigt den so reich Beschenkten keines weiteren Blickes mehr, steuert genau jenes stellenweise handwarme Nass an, weshalb der ganze Aufwand hier betrieben wird, und spaziert im knöchelhohen Wasser den Strand hinunter.

»Ruhe«, flüstert der Metzger in sich hinein: »Wo bitte ist hier Ruhe?«

So weit das Auge reicht, stehen sie, angetreten in Reih und Glied, die vollbesetzten Legionen an Liegestühlen. Wie ein in Schlachtaufstellung befohlenes römisches Heer, bereit, eine anrollende Seemacht aufzuhalten, liegen die Urlauber geordnet der Adria gegenüber. Gut, von der Gefahr des Ertrinkens jetzt einmal abgesehen, tödliche Bedrohung nähert sich aus dem Mittelmeer mittlerweile keine mehr, außer natürlich man verschluckt beim Schwimmen einen Brocken Plastikmüll.

Von Ruhe kann hier folglich nicht die Rede sein, auch weil es ganze Sippschaften sind, die diese Destination zwecks Urlaubens auserkoren haben.

- Und weil hier alles möglich ist, von Camping bis Wellness, von Substandard bis nobel, und trotzdem jeder denselben Strand und dasselbe Meer bekommt,
- und weil unabhängig von der Behausung im Prinzip herrlich eine Woche lang mit nur einer Hose und zwei Leibchen das Auslangen zu finden ist,
- und weil es hier genau das zu futtern gibt, was die Kinder auch zu Hause auf den Tisch bekommen,
- und weil es hier eine große Sandkiste gibt, in der nicht so wie daheim im Park reihenweise die Hunde ihre Haufen hinterlassen,
- und weil es hier ein großes Planschbecken gibt, das nicht extra erst eingelassen oder bei zu hoher urinbedingter Trübe gewechselt werden muss,
- und weil das hier alles so schön und vor allem so schön mit dem Auto zu erreichen ist,

liegt unter dem einen Schirm zum Beispiel die Familie Neumann und daneben gleich die Familie Kappichler, dann die Familien Becker, Müller und Schmidt, daneben die Familien Stadlbauer, Baumgartner und Maurer, dazwischen vielleicht die Familie Donato, und Ancilotti, dann aber sofort wieder die Familien Botoschek, Wodwarka und Dragowic.

Wer also wissen will, was er mit seinem handflächengroßen Universal-Wörterbuch und den fix ausformulierten Übersetzungen wie »Guten Tag«, »Wie heißen Sie?«, »Wie alt sind Sie?«, »Sind Sie verheiratet?« ausrichten kann, muss sich schon ein paar Kilometer ins Landesinnere begeben, denn innerhalb der Liegestuhlreihen ist die Umgangssprache Deutsch. Ein Kurztrip in die Fremde reicht eben nicht, um den Urlauber zum Sprachakrobaten mutieren zu lassen, außer natürlich die Fremde hört auf Eleonora, Giorgia oder Alessandra.

Wie gesagt, es sind also hauptsächlich Familien, die da ihre bunten Handtücher auf den Liegenstühlen plaziert haben, was bedeutet, aus der Vogelperspektive gleicht der Strand einer gigantischen Werbefläche: Von Hello Kitty bis Barbie, von Schlümpfen bis Marvel Comics, von Dreamworks bis Walt Disney, hier fehlt nichts.

Die Schattenplätze unter den Schirmen sind also fest in Kinderhand, die dazugehörigen Liegen in der Hand halbtot wirkender, großwüchsiger Menschenleiber, die unter Urlaub nicht unbedingt verstehen, paarbeziehungstechnisch später als gewohnt ins Bett zu gehen und dafür noch früher als sonst von der nur so voll Tatendrang strotzenden Brut in den Sonnenaufgang eskortiert zu werden.

Die Eltern eines kleinen, blonden, etwa sieben Jahre alten Jungen zwei Schirme weiter rechts dürfte es am Vorabend jedenfalls bedenklich heftig erwischt haben. Mit »So, Rolf, hier ist dein Spielzeug« entleeren sie zwei große Taschen, versinken in ihren vorreservierten Liegen und sind dann auch dermaßen in sich versunken, da kann sich der kleine Rolf auf den Kopf stellen oder weiß Gott was für Zirkusnummern einfallen lassen. Und das tut er.

Aus dem anfangs stillen Sandspiel wird ein nervöses Gezappel, ein Umkreisen der Eltern, ein burleskes Herumgehopse, eine kleine Leistungsschau an Turnübungen, vergeblich. So schnappt er sich also seine funkelnagelneue Strandmuschel, malträtiert mitleidlos das Karbongestänge, faltet das zum Schutz vor Wind und Sonne dienende Halbzelt ein, lässt es auseinanderschnalzen, katapultiert dabei den Sand in die Luft, auf dass es nur so herabrieselt auf seine brachliegenden Eltern, nur, da wird nicht reagiert. Sein blonder Pagenschnitt baumelt hin und her, sein Gesicht zeigt eine Verbissenheit, als wäre ihm das Biegen der Stangen nicht genug, was zumindest von einem vorbeispazierenden älteren Herrn nicht unbemerkt bleibt: »Die Muschel ist schon offen, du musst sie nicht aufbrechen.«

Also greift er zum in Unmengen vorhandenen Werkzeug. Langweilig werden sollte dem Bengel jedenfalls nicht, in puncto Unterhaltungsmittel hat er ja alles. Nur sind halt Unterhaltungsmittel ohne Unterhaltung nur mehr Mittel, und genau die fehlen ihm, um von den offenbar nicht mittellosen Eltern unterhalten zu werden. Da ist das vergnügte, zwei Schirme weiter rechts vernehmbare »Ela, nein! Weg da, Jole, ich mag keinen Sand essen!« natürlich Salz auf Rolfis Wunden.

Flankiert von zwei entzückenden Prinzessinnen, eine etwa acht, die andere fünf Jahre, kniet ein Vater in einer imaginären Küche und backt Sandkuchen. Lange dauert es nicht, und aus der Konditorei wird ein Bauunternehmen, der Herr Papa zum Wasserträger, und mit dem feuchten Sand werden die ersten kleinen Türmchen errichtet.

Thronfolger Rolf hingegen ist nach wie vor Alleinunterhalter, spickt mittlerweile jede seiner Tätigkeiten mit einem äußerst schrillen, atonalen Singsang – und, zugegeben, es nervt gewaltig, dieses Dokument einer praktizierten »Erziehung zur Freiheit«. Unter Umständen meint diese Freiheit nämlich nicht die Freiheit des Kindes, sondern die Freiheit der Erwachsenen, sprich die dem Kind zugestandene Freiheit als Vorwand für die vom Erwachsenen praktizierte Ignoranz und Bequemlichkeit.

Immerhin sieht der Metzger dem Treiben nun seit geraumer Zeit zu, und alles, was Rolf bisher bewirken konnte, sind das väterliche Zücken eines Tablet-Computers und das mütterliche Zücken eines Buches. Also zückt der Bub seine langstielige Plastikschaufel, buddelt in die Tiefe, und eine Bautätigkeit legt er an den Tag, so schnell gebaut wird ansonsten nur nach Bestechung. Schließlich erklärt er fröhlich: »Papa, setz dich rein!«

Eine Beisetzung also. Und endlich tut sich was. Ohne den Blick zu heben, erklärt der Herr Papa: »Toll hast du das gemacht, Rolfi, ein wirklich tolles Loch ist das! Morgen setz ich mich dann rein, okay!«

Das war's dann mit der Zuwendung, und Rolf verschwindet in seiner Grube. Nur sein Kopf schaut noch heraus. Bis zur Nase hängen ihm die blonden Stirnfransen ins Gesicht, hinter denen er mit großen Augen, als würde er auf seine Abholung warten, hinüber zu Michaela und Jole sieht.

Mittlerweile empfindet er nur noch gewaltig Mitleid, der Metzger – und da ist er nicht der Einzige.

Für eine derartige Offensive, wie sie nun die Dame in ihrem blau-weiß karierten Bikini eine Reihe dahinter an den Tag legt, allerdings fehlt ihm die Courage.

»Rolf? Bua, du hoaßt doch Rolf, oder?«, brüllt sie. »I wüü mi jo net einmischa, abaa willst net rüberschaun zum Zelt vom Kiddyclub, die mochan gonz tolle Dinge, des gfreit di sicha mehra, ois do den Kaschperl zu mocha. Weil bis dass do wer von deine Herrschoften mit dir schpuit, kannst worten, bis d' schworz wirst, des sog i da!«

Der sechste Tag und der schwarze Mann

»Wer fürchtet sich vorm schwarzen Mann?«

»Nieeeeemand!«

»Wenn er aber kommt?«

»Dann laufen wir davon!«

Idioten gibt es auf diesem Planeten, da hat der Herrgott einen verdammt schlechten sechsten Tag erwischt, ist sich Dolly sicher. Strahlend blau ist der Himmel, völlig antriebslos das laue Lüftchen, die Kinderanimation in vollem Gange. Unter der überhitzten Plane des quaderförmigen Kiddyclub-Zelts überquert eine launige Schar kleiner Mäuse quietschend den mit Wasser eingespritzten Plastikboden.

So eine schlechte Errungenschaft ist die gelegentliche Fremdanimation des Nachwuchses nicht, weiß die aufgrund ihrer langjährigen Erfahrung in diesem mit umfassender Kinderbetreuung ausgestatteten Hotel tätige Angestellte Dolores Poppe, kurz Dolly, sehr gut. Nur alles schön mit Maß und Ziel. Aus der Vielzahl der von ihr beobachteten Eltern stechen nämlich zwei bedenklich häufig vorkommende Extreme heraus:

Solche, die mit ihren Kindern in den Urlaub fahren, um ohne Kinder Urlaub machen zu können, ihren Nachwuchs in der Früh abgeben, und bis zum Nachmittag waren sie nicht mehr gesehen.

Und solche, die für ihre Kinder in den Urlaub fahren, um mit den Kindern Urlaub machen zu können, ihren Nachwuchs in der Früh abgeben, und bis zum Nachmittag waren sie gesehen, und zwar im Halbstundentakt, versteckt an mit detektivischer Finesse ausgewählten Plätzchen. Keiner würde sie entdecken, wäre da nicht dieser Selbstverrat, dieses wie zufällig wiederkehrende Vorbeispazieren, jedes Mal ausgerüstet mit dem stets griffbereiten Survival-Rucksack: »Mäuschen, willst du nicht schnell ein Schlückchen trinken; Mäuschen bist du auch gut eingeschmiert, wo ist denn dein Sonnenhut; Mäuschen, du bist ja ganz verschwitzt, nicht dass du dich im Schatten verkühlst, komm schnell her, ich hab ein Leibchen mit, und beiß schnell von der Banane ab!« Ignoring oder Stalking also.

Ja, die Extreme, die geben Dolly schwer zu denken, und seit sie von der Kinder- in die Erwachsenen-Animation und zur Strandbar-Betreuung gewechselt hat, fällt ihr noch mehr auf, bei wem Eltern ihre Kinder deponieren. Kinderanimateure sind da dabei, die regelmäßig nach Dienstschluss dermaßen ungehemmt die kläglichen Reste ihres Gehirns in Richtung Köpermitte rutschen lassen, dagegen waren die wilden 68er ein Pfadfinderlager. Dolly kann ein Lied davon singen, denn leider wollte und folglich musste sie einen dieser Schweinigel eine Spur näher kennenlernen, was entsprechende Spuren hinterlassen hat.

Nein, hätte sie Kinder, keines davon würde jemals irgendein Kiddyclub-Zelt zwecks Unterhaltung von innen oder einen Vollpfosten, wie zweifelsohne Jürgen Schmidts einer ist, zwecks Unterhaltenwerdens von vorne sehen. Nur, wie gesagt, Dolly Poppe hat eben keine Kinder, was weiß sie also schon?

Dass die Kleinen in diesem Zelt abgegeben werden, um Spaß zu haben, weiß sie zum Beispiel, und welche Taschentuchmenge manche von ihnen benötigen, um endlich draufzukommen, wie lustig das auch wirklich alles ist.

So sitzt sie, wieder einmal, extra von der Strandbar herbeordert, vor der Plastikplane des Kiddyclubs, eine vierjährige Rosalie auf ihrem Schoß, eine Tiger-Handpuppe übergestülpt, und brummt mit tiefer Stimme den in ihrer Laufbahn schon so oft gesagten Satz: »Ich, Tiiiiiger Tommy, verspreche hoch und heilig, dass Mama und Papa ihre Rooooooo-saaaaliiiie ganz bestimmt ganz fest liiiiiiiebhaben und bald wiederkommen, jaaaaawohl!«

Im Hintergrund watscheln gerade die Kleinen, die allesamt ohnedies nicht die sichersten sind auf ihren Beinchen, durch ein etwa 30 Meter langes, 10 Meter breites, gerade mal knöcheltief eingelassenes, aufblasbares Schwimmbecken von der einen Seite auf die andere, Brunzbecken, wie Jürgen das von ihm viel zu selten gewechselte, abgestandene Wasser abends nach ein paar Bierchen in trauter Runde zu bezeichnen pflegt. Spaßig sieht das alles aus. Die Zwerge fallen hin, stehen auf, watscheln weiter, all das, um den Fängen des schwarzen Mannes zu entkommen.

Ja, registriert Dolly verwundert, dieser Zeitvertreib hat überlebt und mit Vertreiben bedenklich viel zu tun. Er findet vereinzelt statt in Kindergärten, in Schulen, auf Pfadfinderlagern, auf Kindergeburtstagsfeiern, und er findet statt hier im Kiddyclub-Zelt, durchgeführt von Jürgen Schmidts. Der schwarze Mann steht als Pseudonym für den Eindringling, das Bedrohliche, das Fremde auf der gegnerischen Seite, und auf Kommando müssen sich die Kleinen ganz offiziell vor ihm fürchten und an ihm vorbeilaufen, ohne gepackt zu werden, hoch lebe die Nachhaltigkeit der Pädagogik. Nein, um Wählerzuwachs muss sich der Rechtspopulismus keine Sorgen machen.

Dolly ist außer sich, streift Tiger Tommy von der einen, nimmt Rosalie an die andere Hand, marschiert ins Zelt und zählt geschätzte 30 Sprösslinge, ergibt in etwa 30 Euro. Das ist es ihr wert.

Dann schickt sie einen schrillen Pfiff durchs Becken und brüllt:

»Wenn ihr es schafft, den lieben Jürgen unterzutauchen, gibt es für jeden hier eine Kugel Eis – una pallina di gelato per tutti.«

»Wie, tutti?« Da hat der Herzensbrecher Jürgen Schmidts noch gar nicht richtig überrissen, inwiefern sich gerade die Aufgabenstellung des Spiels geändert hat, spürt er, wie unfassbar hoch knöcheltief aus der Waagrechten betrachtet sein kann. Sichtlich panisch schnappt er nach Luft.

»Gehört gewechselt, das Wasser, oder?«, geht es Dolores amüsiert durch den Kopf. Ja, jetzt ist es hier herinnen wirklich lustig, muss sie sich nun ebenso eingestehen wie die Tatsache, dass ihr an ihrer linken Seite jemand fehlt.

»Rosalie?«, brüllt sie. Der Schrei aber geht, ebenso wie immer wieder auch Jürgen, unter. Zu laut ist das vergnügte Gekreische der Kleinen, zu ungestüm, als wären sie zu Besuch in einem Streichelzoo, das Geturne auf den Armen, Beinen, der Brust und dem Kopf ihres Animateurs. Und weil diverse kleine Häschen, Meerschweinchen, Kitz- und Lämmlein von der sie vermeintlich liebkosenden Kinderschar schon reihenweise in Jenseits befördert worden sein sollen, wirft sich Dolly Poppe rechtzeitig vor Jürgens endgültigem Untergang ins Getümmel und ist anfangs beruhigt.

Auch die kleine Rosalie ist offenbar quietschvergnügt mit dabei, beim kollektiven Eintunken, der liebe Jürgen allerdings ist weder vergnügt, noch scheint er eines Quietschens, ja überhaupt eines Tones fähig. Und jetzt vergeht ihr natürlich der Spaß, der lieben Dolly.

»Weg, weg, weg mit euch, aber dalli! Britta, kauf den Kleinen ein Eis, ich geb dir nachher das Geld. Und jetzt raus aus dem Zelt!«, brüllt sie, stürzt zu dem aus der Nase und einer aufgeplatzten Lippe blutenden regungslosen Jürgen, setzt ihn an den Beckenrand gelehnt hoch, ohrfeigt ihn, ruhig ist es geworden in diesem überhitzten, nun verlassenen Vergnügungstempel.

»Du stirbst jetzt nicht, du Scheißkerl, das tust du mir nicht auch noch an!«, bearbeitet sie so lange durchaus schwunghaft, mit beiden Handflächen abwechselnd, seine

Wangen, bis Jürgen schließlich die Augen öffnet – womit sich zur Mund-zu-Mund-Beatmung und Herzmassage eine weitere lebensrettende Sofortmaßnahme gesellt hätte. Heilfroh ist sie sowohl über den Augenaufschlag des Ex-Kollegen als auch über die Tatsache ihres frisch vergebenen Herzens. Wie meistens ein von nicht so fern angereister Gast, und diesmal fühlt es sich wirklich richtig nahe an, diesmal könnte mehr draus werden.

»Ah, das brennt!«, ist mit glühend roten Backen Jürgens erste Wortmeldung, und unter Garantie meint er nicht die aufgeplatzte Lippe, deren Erstversorgung nun Dolores am Herzen liegt. Hektisch läuft sie hinter einen Paravent, öffnet dort den mit einem roten Kreuz versehenen kastenförmigen Plastikspind, und diesmal kommt jede Rettung zu spät, ebenso wie Dollys Schritt zur Seite. Schwerfällig kippt ihr ein großgewachsener, regungsloser Körper entgegen und landet in ihren Armen. Wie der Kopf eines Liebenden legt sich das fremde Haupt auf ihre Schulter und blickt mit zwei kreuzförmig von weißen Pflasterstreifen verklebten Augen ins Nichts. Ein Weiß, das auf der beinah ins Schwarze gehenden Gesichtsfarbe umso deutlicher zur Geltung kommt.

Bleiern, die Hände instinktiv auf den kalten Rücken des Mannes gelegt, als wollte sie ihm rettenden Halt geben, bleibt Dolly regungslos stehen und starrt auf die schlaff nach unten hängenden Extremitäten. Dann erreicht die eben stattfindende Wirklichkeit auch ihr Bewusstsein. Ruckartig löst sie die Umklammerung. In Zeitlupentempo rutscht der leblose Körper zur Seite und fällt dumpf zu Boden.

Entsetzt blickt Dolly auf den Leichnam, die verklebten Augen, auf die am Rande der Pflasterstreifen durchschimmernden leeren Augenhöhlen, auf die große, vom linken Ohr abwärts bis zum Kinn führende Narbe. Eine drückende Übelkeit erfasst sie, ein dumpfer Schmerz.

»Pepe!«, flüstert sie. Unzählige Gedanken schießen ihr

durch den Kopf, dann ergreift sie die Initiative. Geistesgegenwärtig kippt sie den zum Glück leichtgewichtigen Plastikschrank vor, lässt ihn wie einen Sarg auf den Leichnam sinken, geleitet Jürgen Schmidts aus dem Zelt, verständigt per Telefon die Hotelleitung und schickt ein Dankgebet zum Himmel. Den Kindern ist dieser grauenhafte Anblick erspart geblieben – ebenso wie allen anderen. Hier kommt der Erholungsbedürftige ja auch nicht her, um das überirdische Paradies zu finden, sondern das irdische Paradies zu suchen. So möge es auch bleiben.

Blitzschnell, als ginge es um die Entleerung einer Mülltonne, wird wenig später unter Aufsicht der Polizei der Leichnam beseitigt, und eines steht fest: Vor diesem schwarzen Mann muss sich keiner mehr fürchten.

Coco und das Gitterbett

»Tinoooooo!«, dröhnt es verzweifelt durch die Liegestuhlreihen, da heben sogar Rolfis Eltern interessiert den Schädel. Hier passiert also so einiges, muss sich der Metzger
mittlerweile eingestehen. Gerade erst wurde über Lautspre-
cher bekanntgegeben, der Kiddyclub müsse vorübergehend
geschlossen werden, die Kinder wären heute also im Speise-
saal abzuholen, was Rolfs Mutter zu einem verächtlichen
Lächeln in Richtung des blau-weiß karierten, sprechenden
Bikinis veranlasste – und nun das.

»Tinoooooo!«, erschallt es erneut.

Voll Sorge ist der Gesichtsausdruck der etwa 60-jährigen,
knackig braunen, allein von der Idee eines Bikinis und dem
Hauch eines Seidentuches verhüllten Blondine, und jeder
hier, kaum hat er sich auch nur ein einziges Mal den Freuden
der inkludierten Vollverpflegung hingegeben, weiß, um wen
es sich bei diesem so verzweifelt gesuchten Tino handelt. Immerhin sitzt Tino, ob die anderen Gäste nun wollen oder
nicht, bei jeder Mahlzeit mit Frau Eva-Carola Würtmann bei
Tisch und lässt sich Oliven auf die Zunge legen. Und ja, in
Anbetracht der Dominanz der beiden ist bei dem einen oder
andern Tischnachbarn gewiss schon der Gedanke »Andere
Länder, andere Sitten« kein ungedachter geblieben. Andernorts würde der liebe Tino nämlich maximal gekocht, gedüns-
tet oder gebraten den Teller zu Gesicht bekommen. So aber
durfte er in sein gepolstertes Täschchen hüpfen und die Fahrt
in dieses Paradies antreten, mit Frauchen und leerem Wanst.
Ein Döschen Diätfutter vor Reisebeginn wäre nämlich für so
einen kleinen, dank Überzüchtung hochsensiblen Hunde-
magen eine nicht minder haarige Angelegenheit wie der
ganze Pekinese höchstpersönlich.

Folglich ist der stets auf Frau Würtmanns Schoß sitzende und sich nach jedem Bissen dankbar durchschüttelnde Vierbeiner nicht unbedingt der beliebteste Tischgeselle, da nützt ihm auch sein, wohl als entzückend gedachtes, mittels eines rosa-weiß getupften Schleifchens auf seinem Haupte emporgerichtetes Palmenzöpfchen nichts.

Beim heutigen Mittagstisch, so viel also scheint festzustehen, muss sich hier keiner ein Härchen aus dem Rachen ziehen, denn Tino ist abgängig. Entsprechend erleichtert rührt in diesem Liegestuhlsektor in Anbetracht der vorbeilaufenden personifizierten Sorge niemand auch nur einen Finger.

Sogar dem an sich feinfühligen Metzger, der dank seiner Danjela selbst zur Gruppe der Hundebesitzer zählt, geht in seinem aktuellen Gram maximal die penetrant blumige Duftwolke der vorbeihuschenden Frau Würtmann zu Gemüte. Rose, Jasmin, Mimose und ein paar Schweißdrüsen lassen da nicht nur in seinem Geruchssinn den Gedanken nach Vanille, sprich seiner Herzdame, aufflackern. Überraschung hin oder her, eines steht für den Restaurator fest: Seine Danjela hat es gut gemeint, und zwar definitiv ein paar Breiten- und vor allem Celsiusgrade zu gut.

So ist es auch jetzt, denn gerade zurückgekehrt vom verärgerten Füßevertreten, ringt ihr die einsam durch die Reihen laufende, nach ihrem Hund schreiende Dame eine gehörige Portion Mitgefühl ab, was sich durch das hämische Grinsen der übrigen Gäste nur noch verstärkt. Wobei, leicht ist das natürlich nicht, ernst zu bleiben, wenn auf der einen Seite eine Frauenstimme hysterisch nach ihrem Hündchen Tino brüllt und auf der anderen Seite ein Mann mit weißem T-Shirt, weißer kurzer Hose, buntem Hut, einem Kübel Wasser und einem Korb voll ausgelöster Kokosnüsse lauthals »Vitamine, Proteine, coco! Coco bello! Bello coco!« verkündet. So ein langgezogenes »Bello« in Kombination mit dem verzweifelten hinterhergeschickten »Tino« reißt eben jeglicher Schadenfreude die Maske von der Fratze. Es wird also gelacht.

Lange dauert es nicht, und Frau Würtmann ändert wutentbrannt das von ihr gerufene Tier: »Ihr Schweine! Ihr elenden Schweine!« Das Seidentuch rutscht ihr von den Schultern, und auch wenn es ohnedies nur der Hauch einer Verhüllung war, steht sie nun doch wie entblößt vor der gar nicht mehr so belustigten Liegestuhl-Belegschaft. Jeder Stolz ist ihr entwichen, gebückt ist ihr Körper, die bisher stramm unter ihrem Bikini getragenen Brüste hängen wie kleine Taschen abwärts, die Bräune ihres ledernen, zusammengesunkenen Körpers verbirgt das Alter nicht länger, der Lidschatten verlässt sein Schattenplätzchen und macht sich auf den Weg abwärts über die Wange. Eva-Carola Würtmann heult Rotz und Wasser.

In Höchsttempo eilt Danjela durch den Wald aus Sonnenschirmen, klarerweise nicht am eigenen Bäumchen, sprich ihrem undankbaren Willibald, vorbei, sondern direkt auf Frau Würtmann zu. Lautstark schüttet diese an endlich interessierter Stelle unter Tränen ihr Herz aus und erklärt schließlich,

- dass Tino gestern beim Abendessen noch da gewesen sei, was ein Großteil der anwesenden Badegäste durch eine angewiderte stille Zustimmung bestätigen;
- dass sie dann bei ihrer Tochter, wegen der sie ja hier sei, zuerst in der Mani-, dann in der Pediküre gewesen sei und sich spätnachts frisch lackiert noch an die frische Luft begeben musste, weil Tino den ganzen Tag keinen Haufen herausgebracht habe;
- dass Tino ihr dann die Leine aus der Hand gerissen habe, was er sonst nie mache, in der Dunkelheit verschwunden und bellend davongelaufen sei Richtung Kiddyklub-Zelt – und seither ist das Bettchen leer.

»Welches Bettchen?«, will Danjela erstaunt wissen, noch erstaunter aber ist der ihr entgegengebrachte Gesichtsausdruck, als läge die Antwort auf der Hand.

»Na, das Reisegitterbett.«

Tino nächtigt also in einem Kinderbett, Tino geht auf Reisen, Tino isst bei Tisch, und Tino ist in der Nacht verschwunden, möglicherweise sogar freiwillig, wissen somit sowohl Danjela als auch ein paar Reihen weiter der Metzger.

Denn Tino wird, wie so vielen seiner Kollegen, die Rolle eines mit allerlei humanen Eigenschaften versehenen Angehörigen abverlangt, was durchaus einer Herabwürdigung des Tieres gleichkommt. Eine Herabwürdigung, die bis zur Erwähnung in diversen Testamenten, ja Stammbäumen führen kann. Immerhin ist erstens der Weg in die Zoohandlung nicht selten ein leichterer als der auf diverse Mitmenschen zu, und tut sich zweitens so ein Hund zwar mit der zwischenmenschlichen verbalen Kommunikation ziemlich schwer, beherrscht aber trotzdem ein Wort bei weitem besser als sein zweibeiniger Quartiergeber: Treue.

Eva-Carola Würtmann, dreimal geschieden und trotzdem nicht stinkreich, ist untröstlich: Der erste und einzige männliche Partner ihres bisherigen Leben, dem es bisher gelungen ist, mit seinem Schweif in der Gegend herumzuwedeln, ohne sie dabei bis ins tiefste Innere zu verletzen, ist verschwunden.

Und auch Willibald Adrian Metzger, noch nie verheiratet, noch nie geschieden und folglich noch nicht verarmt, ist, wenn schon nicht untröstlich, dann zumindest verunsichert:

Der erste und einzige weibliche Partner seines bisherigen Lebens, dem es bisher gelungen ist, mit ihm das Auslangen zu finden, kehrt nicht an den Platz zurück, sondern sucht erhobenen Hauptes das Weite. Seite an Seite marschieren die beiden Damen eifrig plaudernd den Strand entlang.

Ein wenig sieht er seiner Danjela hinterher. Lange allerdings dauert es nicht, und zum Verlust der Hörweite hat sich die Sichtweite dazugesellt.

Und wieder ist er allein, der Metzger.

Diesmal allerdings wird seine Einsamkeit schamlos ausgenutzt. Er hat es die letzten Tage ja kommen gesehen. Zu zweit lässt es sich in ein ignorantes Gespräch flüchten, um so den Störenfried links liegenzulassen, aber allein ist man aufgeschmissen.

»Billiger, billiger.«

Mehrfach schüttelt er freundlich den Kopf, der Metzger.

»20 Euro, beste Qualität«, wird nachgesetzt, wird der Versuch unternommen, sich nicht im wahrsten Sinn des Wortes wieder in die Wüste schicken zu lassen.

»Vielen Dank.«

»15 Euro«, unterbietet sich der Verkäufer selbst. Was bei Auktionen aufwärts geht, geht hier abwärts. Etwa 22, 23 Jahre alt wird er sein, schätzt der Metzger, dunkel ist seine Haut, verschwitzt seine Stirn, offen sein Hemd, freundlich sein Blick.

»Letzte Angebot, 12 Euro, Freundschaftspreis«, dann folgt mit überraschend guter Deutschkenntnis die Aufforderung, zu fühlen, das Material zu berühren, und jetzt kann er nicht anders, der Metzger, zückt seine Geldbörse, nimmt aktiv Teil an dem hier stattfindenden regen Markttreiben. Von links nach rechts, rechts nach links schleppen sich im Laufe so eines Tages jede Menge Menschen aus aller Welt durch die Liegestuhlreihen:

- drahtige dunkelhäutige Männer, die original Ray-Ban-Sonnenbrillen um den Sensationspreis von 20, Prada-Taschen, Verhandlungsbasis 50, und original Rolex-Uhren bis maximal 80 Euro anpreisen;
- asiatische Damen, die Henna-Tattoos und Teil- bis Ganzkörpermassagen anbieten, wobei einigen männlichen

Badegästen deutlich anzusehen ist, dass da durchknetungstechnisch sogar von ein bisserl mehr als von ganz geträumt wird;

- asiatische Männer, die meterhohe, im Wind flatternde Ketten, bestehend aus bunten Drachen, hinter sich herziehen,
- in lange Kleider gehüllte arabische, nicht immer großjährige Vertreter des männlichen Geschlechts, die barfuß in der prallen Hitze einen Berg Handtücher geschultert durch die Gästeschar schleppen.

Das ist eben der Unterschied: Daheim läuft man an Straßenhändlern vorbei, hier ist es umgekehrt und mit dem Davonlaufen vorbei. Und auch wenn er sich garantiert niemals massieren lässt, der zugegeben ziemlich verspannt im Liegestuhl sitzende Willibald, so hat er nun rein aus schlechtem Gewissen seiner bevorzugten Lebenssituation wegen 12 Euro inklusive 3 Euro Trinkgeld weniger in der Geldbörse, eine Kopfbedeckung auf seinem Haupt und eines mit Sicherheit: einen gewiss gerne wiederkehrenden Gast. Es soll dem Metzger nichts Schlechteres passieren.

Schön tief in die Stirn gezogen, wirkt er auf jeden Fall wunderbar verdunkelnd, der neue Sonnenhut.

Ein knapp 45-minütiges Dahindösen später weckt ihn ein vertrautes: »Gehst du ruhig vor zu Buffet, hol ich noch Tasche.« Von vertraut kann dann allerdings keine Rede sein, denn die Ankündigung gilt nicht ihm, sondern Frau Würtmann. Wortlos schnappt sich Danjela ihre Strandtasche und eilt erneut davon. Da dauert es natürlich nicht lange, und Willibald Adrian Metzger müht sich leicht unruhig in seinen braunen Lederschlapfen durch den heißen Sand hinterher, vorbei an der von Strohschirmen umgebenen Bar, vorbei an der Beachvolleyball-Anlage, vorbei an dem im Sand errichteten Kinderspielplatz und schließlich die paar Stufen hinauf. Wäre sein verblasstes weinrotes Poloshirt nicht bereits komplett durchnässt, er bekäme spätestens jetzt seinen Schweißausbruch.

Das tägliche Gemetzel ist in vollem Gange, und subtil ist er nicht, der Kampf um das im Freien aufgebaute Mittagsbuffet. Eifrig wird gerangelt, um den besten Platz, die schönste Aussicht, das größte Stück Fleisch, wobei es an Letzterem hier ohnedies nicht mangelt. Ein Königreich für Kannibalen, denn schlank ist er mehrheitlich nicht, der wohlernährte Mitteleuropäer, muss sich der Metzger durchaus mit Blick auf die eigene, unter dem Leibchen verborgene Speckschwarte eingestehen. Folglich frequentiert er einzig das Salatbuffet und peilt schließlich einen leeren Tisch an. Auch die mit Eva-Carola Würtmann nun eintreffende, ganz offenkundig frischgemachte Danjela hält diesbezüglich Ausschau. Da winkt ein einsames Männerherz noch eifrig, nehmen die beiden Damen schon Platz, und dem Metzger bleibt der Radicchio im Halse stecken: Hocken sich die zwei doch prompt woanders hin, lassen ihn sitzen wie einen Fremden, und es ist kein leerer Tisch. Zwei Herren mittleren Alters, beide schlank und braun gebrannt, einer klein und drahtig, der andere groß und schlaksig, wird also der Vorzug gegeben.

»Setz dich her, Eva!«

»Janz jenau. Hab ick dann wenigstens nich so ne langweilije Fratze vor mir, sondern ’n schönen Anblick. Ick bin der Rudi, det is der Justav.«

Das sitzt! Die zurzeit als Entführerin, als gemeine Attentäterin, als Egoistin Abgestempelte wird dem ihr angedichteten ichsüchtigen Ruf gerecht, kommt nicht wie gewünscht mit gebeugtem Haupt angekrochen, sondern geht erhobenen Hauptes ihren eigenen Weg. Und schlecht ist das für jede selbstgefällige Ich-bin-das-Opfer-du-bist-der-Täter-Strategie.

Nur ein einziges Mal innerhalb der nächsten 15 Minuten sieht seine Danjela zu ihm herüber, und es ist ein ernster, trauriger Blick, einer, der natürlich auch an so einem kleinen Zornbinkerl, wie der Metzger zurzeit einer ist, seine Spuren hinterlässt: »Eigentlich hat sie es ja gut gemeint, eigentlich will sie ja in Wahrheit immer nur das Beste, eigentlich, eigentlich ... bin ich ein gewaltiger Esel.«

Was also tun?

A: Sich trotz der Anspannung dazusetzen,

B: allein hocken bleiben, friedvoll, reumütig hinüberlächeln und hoffen, sie kommt doch noch, oder

C: aufstehen und gehen.

Der Metzger wählt die feigste der drei Varianten, sprich C, sucht Unterschlupf in Zimmer 102 und wartet auf die Ankunft seiner Gnädigsten. Aus dem Warten wird ein Hoffen, aus dem Hoffen ein ausgedehntes Mittagsschläfchen.

Gegen 16:30 Uhr kriecht er wie wohl auch ein Großteil der einheimischen Bevölkerung aus den Federn und registriert: Danjela muss hier gewesen sein, denn ihr Sommerkleidchen, der Strohhut, die Handtasche und Ledersandalen fehlen. So ändert der Metzger seine Schlafposition von Doppelbett auf Einzelliege und begibt sich erneut an den Strand.

Um 18 Uhr hält er es nicht mehr aus, wechselt mittlerweile äußerst nervös wieder zurück aufs Zimmer, wechselt dort den Stoff, sprich seine Adjustierung, widmet sich erneut seinem Stoffwechsel, sprich dem noch spärlich frequentierten kohlenhydratreichen Abendbuffet, registriert auch dort das Fehlen seiner Holden, wobei ihm abermals auffällt: Auch hier muss sie gewesen sein, zumindest laut den handschriftlich angefertigten Zetteln, die ihm mit grammatikalischer Eigenständigkeit von diversen Flächen entgegenlachen: »Entzückender Pekinese mit Zopf und rosa Schleife verschwunden, ist Name Tino, gibt Findelohn 300 Euro.«

Die von ihrem Liebsten als Täterin Verurteilte macht ihrem Namen also alle Ehre und widmet sich guten Taten, im doppelten Sinn: Eva-Carola Würtmann bekommt Unterstützung und der Metzger Bewegung verabreicht.

Um 19 Uhr zurrt er sich bereits mit großer Unruhe die ihm zum Reiseantritt überreichte Bauchtasche um die Hüften und begibt sich auf die Suche nach seiner Danjela, eine Litanei an Entschuldigungen, Absolutionsansuchen und Versprechungen auf Lager.

Und die Lager bleiben voll. Sie bleiben voll während des ausgedehnten Rundgangs durchs Hotel, sie bleiben voll bei seinem ersten Ausflug hinaus, und sie bleiben wohl voll für den Rest des Abends, vermutet der Metzger mit einem Schlag. Denn die von ihm frequentierte, sich hauptsächlich zwischen Hotelanlagen durchschlängelnde Gasse mündet in eine wie aus dem Nichts aufgetauchte andere Welt. Eine Welt, in der ebenso wie in der Adria eines gewiss hervorragend funktioniert: das Untertauchen.

Einen schlechteren Ort, um jemanden finden zu wollen, gibt es nicht.

Himmel und Hölle

Gezeugt, ausgetragen und geboren zu werden ist das größte aller Wunder, er würde es auch heute noch als Geschenk bezeichnen.

Durch wen er gezeugt, von wem er ausgetragen und an welchem Ort dieser Erde er geboren wurde aber, ist kein Geschenk, es ist ein Stigma, auf ewig eingebrannt in sein Fleisch und Blut. Wie ein Stempel. Es stempelt ihn ab, als etwas, nicht als jemand. Was splitternackt im Moment der Geburt von Natur aus gleichwertig erscheint, sich zwar in Hautfarbe, Gestalt, ja bis zur kleinsten Zelle unterscheidet, wird durch den Boden, auf dem es, und die Hände, in denen es landet, als noch unterschiedlicher oder gleicher, besser oder schlechter, mehr oder weniger bedeutsam, werter oder unwerter taxiert wie eine Ware – ohne noch den ersten Atemzug, den ersten Augenaufschlag getan zu haben.

Das Leben beginnt mit einer Auslieferung. Nicht der Storch bringt ein Paket, das Leben selbst liefert sich aus, ist ausgeliefert, denjenigen, denen, und der Umgebung, der es geschenkt wurde, in seiner vollkommenen Nacktheit und Zerbrechlichkeit, sei es der Himmel auf Erden oder die Hölle, und nichts davon ist wählbar.

Und wenn es die Hölle ist, muss ein Mensch erst greifen lernen, laufen lernen, sprechen lernen, überleben lernen, um eines Tages, vielleicht sogar ohne des Lesens und Schreibens mächtig zu sein, den Versuch unternehmen zu können, dieser Hölle zu entkommen. Kindsein als Gefangenschaft, und diese wird weitergegeben, wie ein Vermächtnis, von Generation zu Generation.

Es ist keine Undankbarkeit, die ihn erfüllt, er liebt seine Mutter, er liebte seinen Vater, der, da war er fünf Jahre alt, vor seinen Augen auf offener Straße erschossen wurde, er liebt seine Geschwister, aber er liebt sein Land nicht, seine Herkunft, sein Leben.

Ein Leben ohne Möglichkeiten, ohne Perspektive, ein Überleben, von Tag zu Tag, inmitten völlig verarmter Verhältnisse, inmitten barbarischer Zeiten. Hier schlachten sich die Menschen gegenseitig ab, und viele davon wissen gar nicht mehr, warum alles begonnen hat, sie wissen nur, dass durch die Hand des einen der andere getötet wurde, und das reicht. Auch ihm wurde bereits als Kind nach dem Tod seines Vaters eine Waffe in die Hände gelegt. Solange dieses Leid sich selbst überlassen bleibt, solange keiner kommt und ohne die Absicht, sich zu bereichern, hilft, den Hass zu lösen, der hier Teil des Lebens geworden ist, als könnte er den immerwährenden Hunger, Durst, die unfassbare Armut stillen, solange die Welt die Augen verschließt, so lange wird das Schlachten kein Ende nehmen.

Auf das eigene Ende zu warten aber war ihm zu wenig, sich zufriedenzugeben mit seinem niemals selbst gewählten Schicksal war ihm zu wenig, in dem, was das Leben ihm zu bieten hatte, all das zu sehen, was Leben für ihn bedeuten soll, war ihm zu wenig. Lieber den Tod und die Hoffnung vor Augen als nur den Tod. Ihm blieb nichts anderes, als es zu versuchen. Sterben kann er überall.

Mit 14 brach er mit zwei seiner Geschwister in Richtung Nordküste auf, darunter seine ältere Schwester. Was seine Mutter an Geld besaß, hatte sie ihnen gegeben. Der Abschied war, als stünden sie vor dem Leichnam seines Vaters, so qualvoll, so unausweichlich, so endgültig. Nie wird er den Schmerz in den Augen seiner Mutter vergessen können. Er würde sie und seine zurückbleibenden jüngeren Geschwister nicht mehr wiedersehen.

Heute ist er 17, und was er seit seiner Flucht zu sehen bekam, hätte er nie für möglich gehalten.

Um den Weg aus der Hölle zu finden, muss man zuerst noch tiefer hinabsteigen.

Nun aber scheint ihm der Himmel sicher. Und er würde alles tun dafür, auch um Youmas willen, alles.

Gspritzte und Prolos

Höchst verwundert starrt er auf die dichtgedrängte Einkaufsstraße, und eine dermaßen dichtgedrängte Einkaufsstraße hat er sein Lebtag noch nicht gesehen. Eines steht für ihn fest: Danjela ist hier, hundertprozentig, im Eldorado des weiblichen Jagdinstinkts.

Er selbst allerdings steht nicht mehr fest, verliert den Boden unter den Füßen, und ob er will oder nicht, sie hat ihn erfasst, die Strömung, die Saugkraft, die Route ohne Ziel. Eingekeilt zwischen Menschen vom Säuglings- bis zum Rentneralter, schiebt es ihn den Boulevard entlang, vorbei an Schuhgeschäften, Bars, Restaurants, Eissalons, Spielhöllen, Spielzeug- und Textilläden, und alles, was er kann, der Willibald, ist schauen. Nur schauen, sich treiben lassen und verwundert sein über das Gegenteil seiner Erwartungen, über die maximal aus den Spielhöllen dringende piepsende, klingelnde und brummende Hektik, über die ansonsten vorherrschende so bunte Gemächlichkeit, über den Frohsinn, die Zufriedenheit in den Gesichtern, über das friktionsfreie Aufeinandertreffen von Masse, das fast buddhistische Tempo, als hätten die Menschen ihre Uhren, ihre Kalender zu Hause gelassen, als wäre diese Einkaufsmeile der Pilgerweg des hier urlaubenden Otto Normalverbrauchers, Bürgertums, Proletariats. Diese Straße ist kein Schaulaufen der Vermögenden, kein Laufsteg protzig zur Schau gestellten Reichtums. Gspritzte gibt es hier nur in den Bars, zumeist als Mischung aus Prosecco, Soda und irgendeinem modischen Zusatz.

Und ja, er würde es zwar nie zugeben, aber in dem fast meditativen Treiben einer wohltuend unaffektierten Mittelschicht fühlt er sich im Augenblick direkt wohl. Lang dauert es nicht, und er hat einen Plastikbecher mit zwei Kugeln in der Hand, eine schwarzbraun, eine giftgrün, Bitterschokolade und Minze. Und ja, das Gefrorene hier schmeckt einfach nur herrlich, und ja, so ein Eis macht durstig, und ja, der Hauswein des erstbesten Restaurants mundet hervorragend – obwohl gerade am Nebentisch vor großen Kinderaugen ein nicht zu fassendes kulinarisches Schwerverbrechen serviert wird: Pizza, belegt mit Würstel und Pommes, drauf Ketchup, ein Hoch auf den menschlichen Saumagen.

Da lobt sich der Metzger sein flüssiges Achtel Roten und braucht gleich gehörigen Nachschlag. Heftig ist das ihm zu Ohren kommende Geschrei. Wie eine Gasse öffnet sich die Menschenmenge, und Verunsicherung legt sich auf die bis dato so tiefenentspannten Gesichter.

Was kein Wunder ist, denn wozu wird eine Fußgängerzone als solche bezeichnet, wenn hier auch noch andere Fahrzeuge außer Kinderwägen unterwegs sind, in diesem Fall auf Kollisionskurs.

Ebenso haben sie vier Räder, dann ein Lenkrad, eine Vorder-, eine Rückbank, eine Hupe und ein rot-weiß gestreiftes Stoffdach. Dies sind aber auch schon die einzigen an ein Automobil erinnernden Ingredienzien, der Rest allerdings weist dieses Gefährt eindeutig als Fahrrad aus.

Sicher, Willibald Adrian Metzger konnte seit seinem Dahinspazieren hier inmitten der Menschenmenge schon ein paar dieser vierfüßigen Drahtesel durch die Gegend kutschieren sehen, allerdings in einem derart gemächlichen Tempo, da gab es im Grunde keinen Anlass zur Sorge, und das trotz der jeweils aufgesessenen Mannschaften.

Gefahren werden derartige Vehikel nämlich vorwiegend von:

im besten Fall vorne mindestens einem Elternteil, der Rest Kinder; im nicht so guten Fall vorne Kinder und hinten Kinder, und im schlimmsten Fall, so wie jetzt, hinten zwei

Weibchen, vorne zwei Männchen, die nun, egal ob pubertär oder großjährig, endlich die Chance wittern, der femininen Zuschauerschaft den in ihnen verborgenen Vettel, Alonso oder Hamilton präsentieren zu können.

Schwungvoll kippt Willibald Adrian Metzger den Rotwein seinen nun trockenen Rachen hinunter, erhebt sich und starrt ungläubig auf die gerade direkt vor seinen Augen vorbeiziehende Verfolgungsjagd.

Der Verfolgte ist ein sichtlich in Not geratener davonlaufender dunkelhautiger Bursche mit Glatze, nur ein kurz geschorener Haarstreifen ziert irokesenartig seinen Kopf. Gequält ist sein Gesichtsausdruck, offen sein Mund, das aufgeknöpfte Hemd flattert im Wind und bringt den darunter verborgenen trainierten Oberkörper zum Vorschein.

Der Jäger ist das vollbesetzte Vierrad: Auf den Vordersitzen die beiden Herren des mittäglichen Konkurrenztisches, wobei der großgewachsene nun aus dem fahrenden Vehikel springt und die Verfolgung im Laufschritt aufnimmt; auf den Rücksitzen zwei dem Metzger ebenfalls geläufige Damen. Zehn Euro wechseln zum Kellner, dann läuft auch er, stürmt hektisch hinaus auf die Straße, zwängt sich durch die Menschenmenge hinein in die Schneise, reißt die Arme empor, winkt, brüllt: »Danjela!« Nur vergeblich. Madame Djurkovic ist aufmerksamkeitstechnisch bereits vollbeschäftigt.

Angespannt ist ihr Blick, sichtlich beängstigt krallt sie sich an dem Metallgestänge des Gefährts fest. Eva-Carola Würtmann hingegen ist kaum auf den Sitzen zu halten.

»Haltet den Dieb!«, verkündet sie lautstark der Allgemeinheit.

Für derartige Handlungsanweisungen sind die Tiefenentspannung der Urlauber und die bedrohliche Ausstrahlung des Gejagten allerdings zu groß. Es bleibt beim Zusehen. Kaum ist das Vierrad vorbeigeschossen, schließt sich die

Schneise, was dem hinterherlaufenden Willibald ebenso wenig zugutekommt wie sein für solche Sprints eindeutig zu schlecht ausgestatteter Sauerstoffhaushalt. In kürzester Zeit verliert er völlig außer Puste den Anschluss und sieht es in eine der Seitengassen abbiegen, das so wüst getretene Vierrad.

Da steht er nun, der Metzger, und muss sich inmitten der rundum zurückgekehrten Bedächtigkeit ein fürsorgliches »Geht's Ihnen nich gut?« anhören.

Und gut geht es ihm wirklich nicht, immerhin weiß er, wie der Hase im Gemüt seiner Danjela so läuft. Gewiss, die Dame ist großjährig, und trotzdem: Deutlich verantwortungsvoller und gesünder ist es, sein impulsives Prachtweib in Momenten großer emotionaler Aufgewühltheit unter keinen Umständen allein zu lassen. Folglich überkommt ihn nun gewaltig der Ärger, denn wie um Himmels willen konnte er nur so dumm sein, selbst für diese emotionale Aufgewühltheit zu sorgen und im Anschluss die Aufgewühlte samt ihrem gekränkten Herzen ungebremst davonmarschieren zu lassen. Fahrlässiger geht es kaum. Und ja, Fahren, so lautet für ihn nun die weitere Devise.

Von lässig kann allerdings nicht die Rede sein.

»Is alles in Ordnung mit Ihnen?«, dringt es ihm zu seiner Rechten erneut ans Ohr.

Freundlich ist der Blick des sportlich wirkenden ungefähr 60-jährigen Herrn, der dem Metzger da hilfsbereit zulächelt.

Es gibt also auch schnittige Modelle, sozusagen Vierräder für den Paarbetrieb, sprich die Zweisitzer-, Coupélösung. Ebenso freundlich wie das Erscheinungsbild des Mannes ist auch sein Ton: »Gehören die Verrückten da vorne denn zu Ihnen?«

»Nur eine der Damen, darum mach ich mir ja Sorgen! Die anderen kenn ich nämlich nicht«, zeigt der Metzger immer noch kurzatmig seine Verzweiflung, worauf eine Hand vom Lenkrad genommen wird und auf den freien Platz deutet.

»Na, dann rauf mit Ihnen und hinterher mit uns.« Da muss er nicht zweimal nachdenken, der Metzger, und schon wird in die Pedale getreten. Die ersten zehn Umdrehungen allerdings genügen ihm völlig, um festzustellen: Sein Sitznachbar hat eine gänzlich andere Vorstellung von »hinterher«. Zugegeben, die Richtung stimmt, das Tempo allerdings unterscheidet sich nur unwesentlich von dem der Fußgänger. So entspannt der Lenker auch scheinen mag, für eine derartige Meditationsübung fehlen dem Willibald aktuell die Nerven, folglich legt er einen Zahn zu, was nicht unbemerkt bleibt: »Das könnte ins Auge gehen. Wenn wir hier wen rammen, wird das teuer und is' Schluss mit lustig. In der Ruhe liegt die Kraft! Freut mich, Hans-Peter Weibl«, wird der gemächlichen Fahrweise entsprechend der Plauderton gesucht.

»Da haben Sie natürlich recht. Freut mich auch, Willibald Adrian Metzger.«

»Die Dame gehört also zu Ihnen und ist mit zwei Herren unterwegs? Hängt bei Ihnen somit auch der Haussegen schief?«, will Herr Weibl wissen.

»Auch«, schmunzelt der Restaurator mit Blick auf das güldene Glänzen an Herrn Weibls rechtem Ringfinger. »Da wird mir klar, warum hier wer angehalten hat: Solidarität in Reinkultur! Deshalb der freie Platz. Bevorzugt die Gemahlin also den festen Boden unter den Füßen?«

»Nich unbedingt: Sand, das ist das ihre, und Wasser. Und natürlich Sonne. Ich sag Ihnen, meine Henni könnte jeden Tach in der Sonne liegen, bis sie durch ist vorn und hinten, nicht blutig oder rosa, sondern durch, verstehen Se mich! Ich brauch das ja alles nich! Ein Steak ja, aber der Rest!«

Und nun springt er über, der Funke, denn was bitte gibt es Schöneres als zwei sozusagen auf derselben Frequenz sendende Empfänger. Ein Weilchen geht es durch die Menschenmenge dahin, der Metzger erfährt von den längst außer Haus ihr Unwesen treibenden beiden Weibl-Kindern, den jahrzehntelang an der Adria verbrachten Sommerferien, dem Ansinnen der lieben Henni Weibl, rein aus nostalgischen Gründen immer wieder hierher zurückzukehren, und das, obwohl er, der so emsige Konditor Hans-Peter, seit Menschengedenken nichts anderes will als nach Norwegen oder Finnland oder seinetwegen nur nach Sylt. Norden eben. Jetzt fährt er also, während seine Henni die Einkaufsstraße abschreitet, in der sie sich orientierungstechnisch besser zurechtfindet als in der eigenen Küche, ein wenig in der Gegend herum, ganz in der Erwartung des zwecks Aufgabelns eingehenden Anrufes der werten Angetrauten.

»Die Knie schlottern mir jetzt schon, wenn ich an meinen bevorstehenden Sechziger denk«, beendet Herr Weibl seine Schilderung, biegt der Route folgend von der Einkaufsstraße ab und wird nun noch langsamer, denn Willibald Adrian Metzger ist am Wort, was nichts anderes heißt als: Fünfziger-Überraschungsparty, Klapprad-Täuschungsmanöver, Sammelgeschenk-Entführung, Haussegen-Adieu.

»Das is ja schrecklich. Und, und, und ...«, stammelt Hans-Peter Weibl in Anbetracht des eben Gehörten.

»Und jetzt such ich sie, meine Holde. Keine Ahnung, wo die hingefahren sind«, wechselt der Restaurator das Thema, und es dauert ein Weilchen, bis sein stimmungstechnisch etwas eingetrübter Sitznachbar von einem offenbar gerade stattfindenden höchst beunruhigenden Gedankenausflug zurückkehrt.

»Na ja, verfolgt haben die nen dunkelhäutigen Kerl. Hat mir nach Vú Cumprá ausgesehen.«

»Wie bitte?«, unterbricht der Metzger.

»Vú Cumprá, ›Du wollen kaufen‹, so nennt man hier umgangssprachlich nen Strandverkäufer, kommt von ›Vuoi

55

comprare?‹, ›Möchten Sie etwas kaufen?‹. Jedenfalls war das kein Marokkaner oder Tunesier, eher 'n Senegalese. Die wohnen oft hinten in den Pinienhainen oder in alten Hütten, ein bisschen außerhalb, manche pendeln auch täglich mit dem Bus hierher. Ein Stück in die Richtung können wir ja fahren, aber nich zu weit, is viel zu gefährlich, außerdem, falls meine Henni anruft, muss ich schnell zurück sein!«

Ja, der Herr Weibl kennt sich ein wenig aus, denn, wie er erzählt, seit seine Kinder nicht mehr mit ihm im Sand herumgraben oder Fußball spielen, kommuniziert er außer mit seiner Henni liebend gern auch mit diversen Nomadenhändlern, die jeden Morgen aus dem Laden, für den sie arbeiten, oder von Sammelpunkten ihre Ware abholen, dann bis zu zehn Stunden pro Tag vollgeladen wie Packesel in den ihnen zugewiesenen Abschnitten durch den Sand auf und ab marschieren und mit Tageslöhnen nach Hause spazieren, da rührt in Willibalds Heimat eine Putzfrau nach maximal einer Stunde keinen Finger mehr.

Und während Herr Weibl erzählt, passt sich die Umgebung dem durchaus bedrückenden Inhalt seiner Worte an. Er hat zwar noch nie einen Joystick oder eine Spielkonsole in seinen Händen gehalten, der Metzger, trotzdem kommt ihm nun der Gedanke, es wäre gerade die Ebene gewechselt, erneut in eine andere Welt eingetaucht worden.

Level Nummer 1: der Strand und die schnurgerade das Ufer entlanglaufende Aneinanderreihung von Hotelanlagen.

500 Meter weiter Level Nummer 2: die Einkaufsmeile und die mit Lokalen versehenen Nebenstraßen.

Wieder 500 Meter weiter Level Nummer 3: das Leben dahinter. Ein Leben, das man vom Hotel mit dem Blick hinaus aufs Meer weder sieht noch so erwartet. Zu krass sind die Gegensätze.

Heruntergekommen wirkt die Gegend. Müll, Plastikflaschen liegen auf der Straße, alte, rostige Autos stehen herum, Straßenlaternen flackern, die ersten etwas ungepflegter scheinenden Gebäude tauchen auf, armselig wirken hier selbst die Pinien, die am Ufer des Mittelmeeres als Schattenspender ein so idyllisches Bild abgeben. Alte, ausrangierte Campinganhänger tauchen zwischen den Bäumen auf, manche davon mit Vorbauten aus Zeltplanen, Blech- und Holzresten, eine kleine Gruppe dunkelhäutiger Männer steht vor einer Blechtonne, Stöckchen mit Gemüse- und Brotstücken werden über ein darin loderndes Feuer gehalten, und wirklich freundlich wirken die zum Vierrad gerichteten Blicke nicht.

Hans-Peter Weibl betätigt die Bremse: »Weiter fahr ich nicht, und ich kann mir auch nicht vorstellen, dass die anderen hier lang sind.«

Einer der Männer legt seinen Stock ab und geht langsam auf die Straße zu. Etwas älter sieht er aus, grau schimmert sein kurzes Haar im Licht der Straßenlaternen, grau ist auch sein beinah bis zum Boden reichender gemusterter Kaftan. Stolz, beinah majestätisch ist seine Körperhaltung, aufrecht sein Gang.

Unruhe macht sich breit, was auch am eindringlichen Signalton aus Herrn Weibls Hosentasche liegt. Hektisch zückt er sein Mobiltelefon, lauscht und erklärt: »Alles klar, in zehn Minuten bin ich da!«

Dann meint er zu seinem Sitznachbarn gerichtet: »Meine Henni verlangt nach mir. Nichts wie weg, bevor es hier ungemütlich wi…«

»Einen Moment noch«, erklärt der Metzger und verlässt zum Entsetzen seines Chauffeurs den Wagen.

»Verzeihung, haben Sie hier vielleicht einen jungen Burschen vorbeilaufen gesehen, dahinter einen großen Mann und dann ein Rad wie dieses, mit zwei Fr…«, wendet er sich voll Angst um seine Danjela dem entgegenkommenden

57

Herrn zu und wird alles andere als entgegenkommend unterbrochen:

»Lasst uns endlich in Frieden«, ist die beinah akzentfreie Antwort, ernst das Gesicht, eindringlich und ohne auszuweichen der Blick.

»Es war ein Wagen wie dieser, mit zwei Frauen, hab ich recht? Sind die hier weitergefahren oder …«, lässt der Metzger nun nicht locker.

»Hier gibt es nichts zu sehen und nichts zu holen. Fahren Sie.«

»Fahren wir!«, bestätigt Herr Weibl ungeduldig, dreht das Lenkrad bis zum Anschlag und beginnt mit aller Kraft zu treten. Hektisch springt der Restaurator auf, und noch bevor er seine Füße auf den Pedalen hat, erfährt der ansonsten so träge anrollende Wagen eine ungeahnte Beschleunigung. Kraftvoll schiebt der Dunkelhäutige von hinten an und wiederholt noch einmal, mit leiser und dadurch umso bedrohlicherer Stimme: »Bitte fahren Sie!«

»Verdammt, was soll das, ich hab Ihnen doch gesacht, das is gefährlich hier!«, äußert Herr Weibl nun wild strampelnd seinen Unmut. Der Metzger hingegen äußert seine Sorge:

»Haben Sie dieses ›Lasst uns endlich in Frieden‹ gehört? Wissen Sie, was das heißt: Wir waren nicht die ersten Besucher.«

»Stimmt, aber es heißt auch, wie ich Ihnen gesacht hab, dass die Besucher von vorher schon weg sind. Ich wette, die sitzen längst zusammen in irgend ner Bar und haben ihren Spaß!«

Ein paar Pedalumdrehungen bleibt die Stimmung zwischen den beiden Herren noch angespannt, dann lenkt, ganz wie es seiner Sitzposition entspricht, Hans-Peter Weibl ein: »Mensch, Herr Metzger, jetzt hält mich schon meine Henni auf Trab, und dann kommen auch noch Sie.«

Auffordernd blickt er dem Restaurator auf die Beine.

»Sach, treten Sie überhaupt, oder ist das alles?«

»Ist leider alles«, keucht der Metzger mit brennenden Oberschenkeln, dann versagt ihm konditionsbedingt die Stimme.

Zurück auf der Einkaufsstraße, leistet er schließlich mit zittrigen, weichen Knien der freundlichen Bitte Folge, dem bald zusteigenden Prachtexemplar Henni Weibl den Platz frei zu machen. Äußerst freundlich ist dann auch die Verabschiedung. Der völlig unangestrengt wirkende Hans-Peter erfragt noch das Quartier des kurzatmigen Willibald Adrian, verspricht, beim nächsten Strandspaziergang vor der zum Hotel gehörenden Liegestuhlregion ein wenig Ausschau nach seinem Fahrgast zu halten, und verschwindet im Getümmel.

Ein paar Meter schlendert der Metzger noch die Straße entlang und beschließt in Anbetracht seiner körperlichen Verfassung schließlich umzukehren. Was immer Frau Würtmann oder wem auch immer gestohlen wurde, seine unversehrte Danjela wird es ihm, so hofft er, möglichst bald erzählen.

Als Route für den Rückweg wählt er den mittlerweile verlassenen Strand. Gleich einem antiken Speerhagel ragen die geschlossenen Sonnenschirme aus dem Sand, dahinter ein paar Spaziergänger, ein paar verliebte Pärchen, das zweifelsohne schön anzusehende Meer. Da bekommt er in Ermangelung des Friedens mit seiner Danjela gleich ein richtig schweres Herz, der Willibald, gönnt sich folglich an der Strandbar des Hotels, serviert von einer äußerst freundlichen, auffällig gut proportionierten, für seinen Geschmack aber deutlich zu freizügig adjustierten Kellnerin namens Dolores, einen recht passablen Hauswein, bekommt in weiterer Folge ein alkoholbedingt recht schwer gehendes Fußwerk und, wie er schließlich an der Rezeption feststellen darf, einen ebenso schwer gehenden Zungenschlag. Mühsam kommen ihm die Worte der Nachfrage über die Lippen, umso freundlicher erfolgt die Antwort der mit »Fabiana« ausgeschilderten Rezeptionistin: Natürlich habe man die Dame, die ihren Hund sucht, mit ihrer weiblichen Begleitung und zwei Herren davongehen gesehen.

»Einer davon groß und schlank, der andere klein und sportlich?«, will der Metzger wissen.

»Ja, 'err Eickner«, erklärt Fabiana inklusive der akzentbedingten Verweigerung des H, des C-h und des S-c-h, »und 'err Szepansky. Zweia 'ausgäste.«

Dem Metzger dürfte der Kummer anzusehen sein, denn die Dame an der Rezeption fühlt sich zu Worten des Trostes genötigt: »Keine Sorge, 'err Eickner ista eine sehr gute Sztammgast und sehr oft 'ier. Icka verszpreche, sinda die Damen ina gute 'ände!«

»In guten Händen«, wiederholt er nachdenklich, der Willibald, und alles, was ihm in weiterer Folge dazu durch den Kopf geht, ist die Tatsache, dass es wohl Herr Eickner und Herr Szepansky sind, derentwegen er sich Sorgen machen muss.

Also wieder eine schlaflose Nacht, ist seine Vermutung, und wahrscheinlich hätte er recht behalten, wäre der in einem Krug mit auf sein Zimmer gekommene Hauswein nicht gar so süffig.

Arabisch und Pornostars

»Ja, bist du gelähmt!«

»Wie: jelähmt? Ick trag die Handtücher und die janzen Badesachen und du nur de Kühlbox. Mensch, da biste halt mal nich' der Schnellste!«

»Da hast du recht, der Schnellste bist du wirklich nicht, auch ohne Handtücher. Außerdem lern Deutsch! Wenn unsereiner sagt: ›Bist du gelähmt!‹, sagt einer von euch: ›Huch‹, schaut deppat und is ›von den Socken‹. Ein Ausruf des Erstaunens is das, kapiert?«

»Det is nich Deutsch, det is ne Fremdsprache. ›Deppat‹, wat soll det überhaupt heißen? Wenn de mir fragst, klingt det janz schön arabisch!«

»Und? Fragt dich wer? Und jetzt, Szepansky, geh weiter, oder willst hier anwachsen!«

»Und wohin, Eichner? Siehste doch, is allet jerammelt voll.«

»Wovon, glaubst, red ich die ganze Zeit: Außer ein paar schwindligen Joggern is um die Uhrzeit noch kein Mensch unterwegs, und trotzdem, die besten Plätze sind schon reserviert. Da hocken ja weniger Leut beim Frühstück, als Handtücher auf den Liegen liegen!«

»Liejen liejen, wunderbar, det nenn ick 'n jutet Deutsch!«

»Wennst mir jetzt noch eine Sekunde länger auf die Eier gehst, wird's gar nicht so unwahrscheinlich, dass ich demnächst ein bisserl Köpfe köpfe und dann die Poppe poppe, verstehst!«

»Wenn ick mitbekomm, dasste ooch nur 'n Blick uff meene Dolly wirfst, verarbeite ick dir zu Klopse, da kannste Jift druff nehmen!«

»Seit wann is das deine Dolly? Außerdem bürgt Name

für Qualität: Der Quastenbär hört auf Dolly Poppe! Wer bitte heißt freiwillig so, außer er is Pornostar?«

»Sie. Det is ne Sie. Und ne Sie mit so ner jewaltjen Ausstrahlung hab ick überhaupt noch nie jesehen!«

»Ja, die is gewaltig, die Ausstrahlung: Körbchengröße E. Das ganze Fleisch, das ein anderer im Hirn hat, schleppt die Trutschen im Bikinioberteil durch die Gegend. Und jetz marschier, du Wa…!«

»Wadde ma! Da drüben, det wär doch 'n jutet Plätzchen, oder?«

»Wo?«

»Janz vorne. Direkt vor der ersten Reihe. Da wärn schon 'n paar Löcher uffjebuddelt, müssen wir se nur noch zuschütten. Dauert ja sowieso nich mehr lang und die janze Kühlbox fängt an zu stinken.«

»Gratuliere, bist ja doch nicht so ein Vollpfosten. Na, dann marschier!«

»Vollpfosten! Da redet ja jerade der Richtje, wenn ick an letzte Nacht denke. Da tickt doch nich alles janz richtig, beim lieben Herr Justav Eichner …!«

»Gustav, G, G, G! Zum tausendsten Mal, geht das nicht rein in dein Spatzenhirn. Ich heiß Gustav.«

Pelzstiefel und Lasagne

Eines steht fest, geschlafen hat er jetzt genug, der Metzger, und tief noch dazu. So tief, dass ihm offenbar sowohl die Heimkehr als auch der neuerliche äußerst zeitige Aufbruch seiner Danjela entgangen ist.

»›Hoffe ich, bist du bei Aufwachen nix Wrack, hast du Ärger gut ertränkt mit Alkohol und ist männliche Zickenterror beseitigt mit ausreichend Schlaf. Sind Eva und ich mit Reisegruppe auf Kulturausflug.‹«

So sieht sie also aus, die Rache der Frau: Madame Djurkovic unternimmt alleine aus voller Absicht genau das, von dem sie annimmt, es könnte auch ihren Willibald interessieren, sprich einen Kulturausflug. Jetzt muss er richtig lachen, der Metzger, vor Erleichterung versteht sich, denn erstens geht es seiner Danjela offenbar gut, und zweitens sind diese Zeilen weniger eine Kriegs- als eine Friedenserklärung.

In ungewohnter Entspannung konsumiert er also ein ausführliches Frühstück und begibt sich zu vorgerückter Stunde auf den längst, zumindest was die Zahl der anwesenden Handtücher betrifft, so gut wie vollbesetzten Strand. Mit Müh und Not findet er einen Platz in der letzten Reihe und muss feststellen, der Ausblick kann sich auch hier sehen lassen.

Wunderbar aus dem Hinterhalt hat er da die beiden mit Kühlbox ausgestatteten Hausgäste Eichner und Szepansky schräg vor sich, die wie gerädert in ihren Liegen hängen, als hätten sie am Vorabend der Flüssignahrung zu viel konsumiert. Und ja, auch im Gemüt des Restaurators hat sich hier, inmitten des kollektiven, legitimierten Nichtstuns, seit dem gestrigen Bummel durch die Einkaufsmeile etwas verändert. So absurd ihm das auch erscheint, aber gerade durch das kurze Einswerden mit der sich friedlich dahinwälzenden Urlaubermenge hat er sie verloren, seine innere Hektik, seine permanente Abwehrhaltung, den Fluchtinstinkt.

Beim kleinen Rolf ein paar Reihen weiter vorne hingegen dürfte mit Fortschreiten der Tage gerade der Fluchtinstinkt immer mehr zum Leben erweckt werden. »Ich geh schwimmen!«, ändert er also seine Taktik.

»Aber du kannst doch noch gar nicht schwimmen, also geh nicht zu weit rein«, lauten die Antwort der Mutter und der stille Auftrag des Restaurators. Unterhaltung gut und schön, aber beim Ertrinken will er hier keinem zuschauen müssen. In der Sekunde beschließt er, seine Vorbehalte zu überwinden und sich der öffentlichen Latrine namens Adria zu stellen. Vorbei geht es an der ersten Schirmreihe und den beiden nun auf Rolfs gestrigem Platz als Baumeisterinnen tätigen Mädels Michaela und Jole. Nur ein paar Schritte hinter dem Jungen betritt er schließlich das Wasser.

Überraschend sauber und vor allem angenehm temperiert ist das Meer, als wolle es den neuen Gast möglichst feierlich in Empfang nehmen. Langsam watet Willibald Adrian Metzger, immer den Jungen im Auge, vorwärts, sieht seine Füße im Sand versinken, kleine Krebse das Weite suchen, das Wasser die Kniehöhe überschreiten, winzige Fische seinen Schritten ausweichen und gleichzeitig fast zärtlich an seinen Beinen knabbern, hört den kleinen Rolf vor sich kichern, geht an ihm vorbei, spürt das Wasser in seine Badehose, seinen Nabel eindringen, dann passiert es, und sein Verhalten gleicht genau jenem Muster, das er seit seiner Ankunft bei einer Mehrzahl der Badegäste beobachten durfte: Er bleibt stehen, blickt abwärts, zupft sich an der Badehose und muss lächeln, wissend und amüsiert. Mag sein, dass der eine oder andere Urlauber tatsächlich das Meer erwärmt, er jedenfalls ist nun einzig damit beschäftigt, sich und all die kleinen Knabbermäuler, denen die Unter- und Oberschenkel nicht genug sind, vor Verwechslungen mit diversen Seegurken zu bewahren. Ja, das Meer birgt eben so seine Geheimnisse.

Dann kommt eines an die Oberfläche.

Die gerade auf den Spuren der Geschichte wandelnden Damen Eva-Carola Würtmann und Danjela Djurkovic können sich somit jeden weiteren Ausflug sparen. Auch hier am Strand zeigt der Süden Europas, was er zu bieten hat, wofür er weltweit so geschätzt wird: eine Ausgrabung.

Und Willibald Adrian Metzger ist Zeuge dieses grauenhaften Fundes. Aufmerksam steht er bis zum Nabel im Meer, hebt den Kopf und blickt ans Ufer.

»Papa, schau, ein Pelzstiefelchen!«, melden in der ersten Schirmreihe die beiden Baumeisterinnen Michaela und Jole ihre Entdeckung. Das geht eben nur beim Errichten einer Sandburg: Hinuntergraben wie ein Geologe und zugleich Auftürmen wie ein Architekt. Da wird der kleine vor dem Metzger stehende Rolf natürlich gleich ein wenig neugierig und verlässt hurtig das Wasser. Auch Willibald Adrian Metzger begibt sich zurück, und zugegeben, schlecht anzusehen ist es nicht, was die beiden väterlich unterstützten Mädchen da mit ihren Kübelchen, ihren kleinen Händen und großen Schaufeln errichtet haben, beinah Versailles'sche Ausmaße sind zu orten.

»Ela, Jole, weg da, auf eure Plätze!«, erklärt, als würde hier jemand zwei Vierbeinern Kommandos erteilen, die dazugehörige Mutter, während der ebenfalls im Sand kniende Herr Papa verdutzt in die Tiefe starrt.

Sinnlos natürlich, dieser Befehl, denn was bitte gibt es für den kindlichen Forschungsdrang Interessanteres als das Rätselhafte!

Folglich dauert es nicht lange, und zu Michaela und Jole hat sich Rolf dazugesellt. Wie ein Rüde vor seinen Weibchen steht er, seine langstielige Schaufel in der Hand, vor der

65

Grube und blickt in die Tiefe. Auch der Metzger inklusive einer kleinen Traube Schaulustiger, darunter einige Kinder, nähern sich vorsichtig zwecks Schloss- beziehungsweise Grubenbesichtigung. Da lässt sich Rolf natürlich nicht zweimal bitten, endlich Zuschauer. Als gehöre er zur Familie, kniet er sich wie selbstverständlich neben den Vater der beiden Mädchen in den Sand, beugt sich vor, streckt den Arm in das Loch, packt zu und befördert den Pelzstiefel an die Oberfläche.

Ein Raunen geht durch die Zuschauertraube, und auch dem Metzger stockt der Atem. Dass da neben den paar Muscheln, Krebspanzern, hölzernen Eisstielen, abgelutschten Melonen- und Pfirsichkernen sowie unzähligen Zigarettenstummeln noch ein paar weitere Überraschungen im Sand verborgen sind, war ihm von der ersten Sekunde seines Fußsohlenkontaktes an klar. Die Spur der Menschheit ist eine Müllhalde. Ein Säugetier allerdings sprengt selbst seine kühnste Erwartungshaltung:

Tino ist aufgetaucht.

Ein toter Hund also. Für den einen, wie gesagt, eine Delikatesse, für den anderen ein schweres Schicksal. Eva-Carola Würtmann, dreimal geschieden und trotzdem nicht stinkreich, ist von nun an nicht nur alleinstehend, sondern allein. Ihr geliebter Tino wurde zuerst einge-, dann ausge- und wird demnächst wohl erneut begraben. Und, das steht einwandfrei fest, die erste der beiden Beisetzungen war keine feierliche, sondern Mord, im schlimmsten Fall wurde Tino sogar lebendig verscharrt.

»Was machen wir mit ihm?«, will Rolf aufgeregt wissen, keineswegs erschrocken oder voll Grauen ist sein Gesichtsausdruck, ganz im Gegenteil. Vorsichtig tippt Michaela, das ältere der beiden Mädchen, mit ihrer kleinen Schaufel den mit dem Gesicht nach unten liegenden Kadaver an, was bei ihrer Frau Mama einen Schreckensschrei und bei ihrem mittlerweile aufgestandenen Vater ein strenges »Verdammt, haut endlich ab!« zur Folge hat.

Nur, weder Michaela noch Jole, noch Rolf und vor allem Tino bewegen sich ein Stück, also greift der Junge nach seiner langstieligen Schaufel und verpasst dem Hund einen deutlich wirkungsvolleren Rempler. Stocksteif rollt der leblose Körper in die Seitenlage, und aus dem Raunen der Zuschauer werden vereinzelte hysterische Schreie. Einige Mütter und Väter schnappen sich ihre Kinder und schieben sie hinter ihre Rücken, so auch Michaelas und Joles Eltern.

Rolf bleibt allein in der Mitte zurück.

»Ich hab beim Rausholen schon gesehen, dass da was komisch ist!«, ist ihm die Begeisterung anzusehen, und damit ist er der Einzige.

»Um Gottes willen, was ist mit seinem Gesicht?«, äußert eine Dame ihr Entsetzen, und ja, den entstellten Anblick wird hier keiner so schnell vergessen. Das auch für gewöhnlich ohnedies schon so flach erscheinende Antlitz des Pekinesen wirkt wie nach innen, die nun eng beisammenstehenden Augen hingegen leicht basedowsch nach vorn gewölbt. Fast zur Gänze im blutigen Fell verschwunden ist die Nase, weit aufgespreizt ist das großteils zahnlose Maul.

»Der Kopf ist eingetreten«, stellt Rolf nüchtern fest, berührt mit seiner Schaufel die kleine, von Sand überzogene, seitlich heraushängende Zunge und wird von hinten an der Schulter gepackt. »Verdammt, lass das!«, übernimmt nun Michaelas und Joles Vater fremde Pflichten und zieht den Jungen hinter seinen Rücken zu den beiden Mädels. Rolf lächelt.

Einhellig ist der Tenor: »Wie krank ist das denn? Wer macht denn so was? Wenn Frau Würtmann das erfährt, die Arme! Der Hund muss hier weg, auf der Stelle«, und unüberhörbar ist der Bass: Mit tiefer Stimme erklärt ein eleganter, in Bermudas und Leinenhemd steckender Herr:

»Lassen Sie mich nur machen, ich bring ihn rüber zur Strandbar und übergebe ihn Dolores.«

Sorgfältig, mit zärtlichen Handgriffen, wickelt er den Hund in ein Handtuch, dann trägt er ihn fort. Langsam löst sich auch die Traube Schaulustiger auf, bis auf Rolf, der bleibt, bei Michaela und Jole.

Ein wenig wie Trauernde sehen sie aus, die nun zu ihren Plätzen zurückkehrenden Urlauber. Gebeugte Häupter, leise Stimmen, betroffene Gesichter.

Der Metzger hat dabei den weitesten Weg, denn sein Handtuch liegt in der letzten Reihe. So tragisch die Vorkommnisse nun auch waren, registriert er die eingetretene Stille und das Aufkommen der leichten Brise als durchaus angenehm. Größtenteils gerührt ist die Stimmung im entsprechenden Liegestuhlsektor, wobei, das muss hier schon gesagt sein, natürlich nicht jedem der Badegäste so ein dahingerafftes Viecherl zu Herzen geht.

Vor allem die beiden Hausgäste schräg versetzt vor ihm, der große Herr Eichner und der kleine Herr Szepansky, amüsieren sich offenbar prächtig. Und das, obwohl sie gestern noch so mitfühlend nicht nur mit Frau Würtmann und Danjela bei Tisch, sondern auch auf den Plastiksitzen eines mit Muskelkraft betriebenen Vierrades gesessen hatten.

Erheitert beugt sich Herr Eichner über die grüne Kühlbox, entnimmt dieser zwei Dosen Bier, öffnet beide und reicht eine an seinen Kumpel weiter: »Ein Hoch auf Tino!«

»Also janz ehrlich, Justav, ick würd sagen, det is eher 'n Tief«, ist die Antwort des anderen. Hämisch grinsend setzt Herr Eichner das Blech so lange an die Lippen, bis der Inhalt vollständig dem Magen zugeführt ist, rülpst, stampft die Dose auf einen Bruchteil ihrer Größe ein und erklärt: »Ich wett mit dir, des Hundsviech wird heut noch faschiert und uns beim Buffet als Lasagne aufgetischt.«

Das ist eben der Vorteil der deutschen Sprache, selbst wenn sich ein Ureinwohner Ostfrieslands mit einem Sprössling der Karawanken ganz dem jeweiligen Kulturgut entsprechend im regional gepflogenen Dialekt unterhält, versteht bei Vorhandensein großer Aufmerksamkeit der eine den anderen zumindest ansatzweise. Konzentriert spitzt er also seine Ohren, der Metzger. Sicher, da scheiden sich ein wenig die Geister, die einen schämen sich eines vielleicht herben Umgangstones wegen, die anderen studieren oder pflegen ihn aus Sorge, das Ursprüngliche könnte endgültig der Vermischung zum Opfer fallen. Und auch wenn sich der Kauderwelsch für den Metzger jetzt nicht unbedingt schön anhört, ist ihm trotzdem völlig klar: Um das Thema Schönheit und Geschmack geht es hier nicht. Wer würde auch schon die Nacktmulle, den Uakaris, das Fingertier als hübsch bezeichnen und ihnen allein deshalb das Aussterben wünschen. Auf die Artenvielfalt kommt es an.

»Oder Spajetti Bolonjese! Muss doch jewaltig den Jürtel enger schnallen, det janze Land, wat red ick, die janze EU«, ergänzt der andere.

Da bekommen in den Augen des Willibald sowohl die grüne Kühlbox als die beiden Herren natürlich gleich ein völlig anderes Gesicht. Und ja, auch was ihn selbst betrifft, wäre in gewisser Weise ein anderes Gesicht kein Nachteil. Zugegeben, er hat auch die Tage zuvor schon die Leute unter die Lupe genommen, was soll man hier auch anderes tun. Allerdings war dies bis dato ein mit dem Herumlungern verbundener, eher geistloser Akt.

Von nun an aber steht die vorsätzliche Beobachtung im Vordergrund. Tarnung, Maskierung muss also her.

Die Prinzessin von Irgendwo und der Wind

Was tun, wenn es zwecks unbeachteten Glotzens an der dazu hervorragend geeigneten verspiegelten Sonnenbrille mangelt? Ein wenig grübelt er, der Metzger, dann folgt der erlösende Griff zur Badetasche und das Zücken des darin ansonsten auf seine Herzdame wartenden Schriftguts. Allein das Aufschlagen des Inhaltsverzeichnisses reicht völlig, um ihn in Staunen zu versetzen: Diese Lektüre verdeckt nicht nur wunderbar sein Antlitz, sondern erweist sich auch als deckungsgleich mit seiner Absicht. In seinen Händen liegt das Bespitzelungsdokument schlechthin. Aus nichts anderem besteht es als aus im Tarnanzug einer Hochglanzzeitschrift weitergegebenem streng vertraulichem Aktenmaterial. Hier werden der Informationsstand über die Machenschaften in diversen Königs- und Fürstenhäusern oder die Zustände diverser A-bis-Z-Promi-Ehen brandaktuell am Köcheln gehalten. Drei Minuten Studium, und Willibald Adrian Metzger weiß: Etwas Besseres, um den Kopf durchzulüften, gibt es nicht, Tiefenentspannung bis zur letzten Gehirnwindung. Nie wieder ein Vorurteil gegenüber Menschen mit solchen Blättern in der Hand und Abos im Briefkasten, denn um dermaßen auf geistigen Stromsparmodus zu schalten, kann eine Runde Zen nicht mithalten.

Außerdem eignet es sich hervorragend, um den Anschein eines Lesenden zu erwecken, während in Wahrheit über die Oberkante hinweg aufmerksam die Umgebung beobachtet wird. Eingetaucht in die bewusste Welt der im Schatten des Sonnenschirms praktizierten Schnüffelei, bemerkt Willibald Adrian Metzger zuallererst durchaus Beängstigendes: Er ist hier nämlich nicht der einzige Späher, ganz im Gegenteil. Ein Großteil aller Leser missbraucht den Lesestoff zu ähnli-

chen Zwecken. Ein Königreich für die letzte Reihe, denn
anders als in der Schule bleibt man dort erstens wirklich am
ehesten unbeobachtet und hat zweitens selbst den besten
Einblick. Und was die beiden Herren betrifft, ist die Aussicht hervorragend.

Da ist der Metzger gerade bei der nicht und nicht schwanger werdenden Prinzessin von Irgendwo, wird schräg versetzt vor ihm justament von den beiden Herren ein gerade
vorbeigehender Strandhändler um gleich zwei seiner Sonnenbrillen erleichtert und mit auffällig hohem Trinkgeld beglückt; da ist er gerade bei dem frisch geschiedenen 70-jährigen und erneut zum Vater gewordenen Schauspielstar,
werden sehr zu Willibalds Überraschung der Kühlbox vom
großen Eichner ein Stoß Zettel und vom kleinen Szepansky
ein Kulturführer entnommen; da ist er beim entlaufenen
Kater Benno einer frisch verjüngten Popqueen, erhebt sich
der kleine Szepansky, öffnet die Kühlbox, legt den Kultur-
oder Reiseführer hinein, verschließt sie wieder und erklärt
dem erneut biertrinkenden großen Eichner: »Justav! Ick
verzieh mir ma rüber zu Dolly uff 'n Drink!«

Lange allerdings bleibt auch der Zurückgelassene nicht sitzen, legt die Zettel auf die Kühlbox, stampft die zweite entleerte Dose auf Kleinformat, greift sich in den Schritt, räuspert sich und steuert das Salzwasser an. Bier hat ja auch, so
wie das Meer und der Wind, seine treibenden Kräfte. Letzterer meldet sich mit einem recht forsch aufkommenden
Lüftchen deutlich zu Wort, was nicht ohne Folgen bleibt.
Ungestüm bläst es dem Metzger die Sandkörnchen aufs Titelblatt seiner Illustrierten und neben ihm den losen Stapel
Papier in den Himmel.

»Ihre Zettel!«, will er rufen, da steht Herr Eichner mit
seligem Blick schon bis zur Hüfte im Meer und Herr Szepansky bereits ein gutes Stück entfernt an der Strandbar.

Herren- und vor allem zügellos flattern die Bögen durch die Luft. Neugierig, wie er geworden ist, lässt sich der Metzger natürlich nicht zweimal bitten, springt auf, eilt von Schatten zu Schatten über den mittlerweile brennheißen Untergrund und entreißt einen Zettel nach dem anderen den Klauen des Windes. Und nein, ans Klauen denkt er vorerst dabei natürlich nicht. Das ändert sich beim Blick auf das Schriftgut in seinen Händen allerdings rasch: Es ist ein ihm wohlbekanntes Gesicht, das da die linke Ecke des obersten A4-Zettels ziert. Wohlbekannt, weil es ansonsten in Farbe gelegentlich über den Bildschirm des Fernsehers, den Innenpolitik- beziehungsweise Wirtschafts- und so gut wie nie Societyteil einer Tageszeitung huscht. Schwarzweiß ausgedruckt allerdings mutet es wie das Foto einer Verbrecherkartei an, obwohl der hohe Herr natürlich, so viel ist zumindest offiziell bekannt, mit Verbrechen nichts am Hut hat. Inoffiziell natürlich weiß mittlerweile jeder Grundschüler, dass Banken garantiert alles haben, nur keine weiße Weste.

Nun also befindet er sich hier in Willibalds Hand, vor der Kulisse einer scheinbar heilen Urlaubswelt, auf hoch verschuldetem Boden, einer der angesehensten Köpfe seiner Heimat, drei abgeschlossene Doktorratsstudien, Medizin, Wirtschaftswissenschaften und Kunstgeschichte, Generaldirektor der größten dort ansässigen Privatbank und nebenbei ein weltweit angesehener Mäzen und Kunstsammler. Dr. Dr. Dr. Konrad Maier also, einer von Abertausenden Maiers, Meiers, Mayers, Mayrs … und doch einer der wenig namhaften. Logisch, dass so ein namhafter Maier auch ein Vereinsmeier ist, vernetzt bis in den hintersten Winkel der Wirtschaft und Politik dieses Landes. Ein Mann von Welt eben und ein Mann, der schlau genug ist, sein Privatleben vor den Medien zu schützen, Society-Berichterstattungen zu meiden wie ein Frosch seinen Laichplatz in einem von Schlangen bewohnten Tümpel.

So drosselt Willibald Adrian Metzger also den Schritt und bringt in bedächtigem Tempo die vom Winde verwehten Zettel zum Platz der beiden Herren zurück, klarerweise nicht ohne sie dabei zu begutachten, und muss sich eingestehen: Das noch nicht gezeugte Kind der Prinzessin von Irgendwo in allen Ehren, aber dieser Lektüre in seiner Hand kann er nun doch eine Spur mehr abgewinnen.

Penibel stehen hier sämtliche Privatdaten Dr. Konrad Maiers aufgelistet: Telefonnummern, E-Mail-, Wohnadresse, Adressen der Nebenwohnsitze, auch im Ausland. Auf den nächsten Seiten Name und Alter seiner ersten und seiner aktuellen Ehefrau, was klarerweise nicht dasselbe ist. Klassisch eben: Die erste hat stolze 64 Lenze auf ihrem Buckel, deutlich zu viel Ballast an den Hüften und hört auf Heidemarie, die zweite, sprich aktuelle, bringt mit ihren 39 Jahren knackige 58 Kilo auf die Waage und hört nur auf Marie, was durchaus erklärt, warum da wer sein Privatleben unter Verschluss hält, so etwas steigert nur bedingt die Beliebtheitswerte.

Dann die Namen und das Alter der dazugehörigen Kinder, drei großjährige aus der ersten Ehe und ein Säugling, die kleine Tamara, aus der aktuellen.

Dann seine Hobbys, wie der Reitsport, Golf, Tarock, Zigarrenclub, samt Angabe, wann, wo und bevorzugt mit wem Derartiges praktiziert wird, seine Vorlieben, Schwächen, dann die Aufschlüsselung seines Einkommens, Vermögens, Grundrisse diverser Liegenschaften. Was ein Liter Milch, ein Kilo Brot und ein Sack Erdäpfel kosten, weiß er also garantiert nicht, der liebe Herr Konrad Maier.

Dann hört der Metzger auf zu lesen, denn nun hat er sein Ziel, den Platz der beiden Herren, erreicht. Vor seinen Füßen steht die grüne Kühlbox, und auch er nimmt kurzfristig einen eingefrorenen Zustand ein, zu sehr rumort es in seinem Hirn.

Sie ist eben eine irdische Höllenqual, die Neugierde, nicht umsonst verbirgt sich in ihrer Mitte die Gier, als Hinweis auf die Eventualität der Besessenheit. Schweiß steht dem Metzger auf der Stirn, vorsichtig blickt er sich um, fühlt sich unbeobachtet, dann tut er es, gibt der Versuchung nach, und gut geht es ihm dabei nicht. Er war eben nie ein Lausbub, hat nie mit Feuerzeugen in Erwartung eintretender Personen im Vorfeld Türklinken angeheizt, hat nie mit U-Hakerln und Gummiringerl vorbeiwippende Hintern anvisiert, hat nicht einmal ein einziges Stollwerck, einen Gummispruch, -schnuller, -schlumpf oder was es damals, bevor der Greißler ums Eck endgültig seinen Rollbalken ins Schloss hat sausen lassen, sonst noch Erfreuliches für den Zahnschmelz zu erwerben gab, mitgehen lassen. Er war ein braver Junge, und jetzt will er eben für einen Moment ein schlimmer sein, was zugegeben ohne Übung ein Horror ist für den Kreislauf.

Schnell legt er den Stoß eingesammelter Zettel auf die Sonnenliege, schnappt sich mit zittriger Hand den Deckel der Kühlbox, beschwert damit das Maierpapier und findet anfangs nichts Unerwartetes. Bierdosen, eine Sonnencreme, eine Kappe, eine Sonnenbrille, eine Taucherbrille mit Schnorchel, ein kleines Handtuch und ebenden Kulturführer. Nur ein Blick reicht, und der Metzger stellt fest, dieser Kultur- ist der Museumsführer des von Dr. Maier errichteten modernen, würfelartigen Prunkbaus, in dem der zahlungswillige Erdenbürger gegen Eintritt ein Auge auf die von Dr. Maier erstandene Kunst werfen darf.

Ein kurzer Blick zum Meer, ein etwas längerer auf die zwei aus dem Büchlein ragenden Lesezeichen, ein auf der Stirn austretender Schwall an Schweiß, ein bis in die Bermuda Wellen schlagendes Herz, und schon hat er ihn in der Hand, der Metzger.

Zu mächtig pocht die Frage in seinem Schädel: Was bitte steht in diesem Sammelband der Maier'schen Kulturgüter derart Wichtiges drinnen, dass zwei alles andere als kultiviert wirkende Herren Lesezeichen einlegen?

Blitzschnell geht es, das Durchblättern.

Lesezeichen Nummer 1: die Seite mit den Öffnungszeiten, Kartenpreisen und allgemeinen Informationen.

Lesezeichen Nummer 2: das Gemälde eines sich aufbäumenden, blauen Hengstes. Ein expressionistischer Gaul, von der Form zwar Pferd, von der Gestaltung eher wie eines aus dem Nil, fett, rund, großer Hintern, kurze Beine, viel Fleisch, der Traum jedes Leberkäs-Fabrikanten, der Alptraum jedes Realisten. Nein, schön ist er nicht, dafür aber, und das weiß der Metzger allein aufgrund der Angabe des dazugehörigen Malers, garantiert ganz schön teuer. Teuer in einer Dimension, da räumt nicht einmal ein Multimillionär im nüchternen Zustand auf die Schnelle seine Wohnzimmerwand frei, was zumindest rein optisch für das Wohnzimmer garantiert kein Schaden ist. Kunst wird ja auch nicht durch die Augen des Betrachters zu von der Allgemeinheit registrierter Kunst, sondern erst wenn das Börserl irgendeines Betrachters gewaltig was springen lässt. Diesbezüglich ist es für den beglückten, zu Lebzeiten nur dank Fensterkitt und Nasenrammel überlebensfähigen Künstler selbstverständlich von essenzieller Bedeutung, bereits ein Weilchen verreckt zu sein. Kunst und Geld hängen eben zusammen wie das Leben und der Tod. Farbe hat sich der besagte Maler für sein Pferdchen jedenfalls noch leisten können, und zwar reichlich, denn der Gaul ist recht groß geworden, dimensionstechnisch also nix für Neubauwohnungsbesitzer. Neben den Angaben der Dimensions-Ausmaße, und da staunt er nun doch ein wenig, der Metzger, wurde handschriftlich das Gewicht notiert, sowie die Bemerkung: rollbar.

»Verrollen!«, ist dann auch das geistige Stichwort des mittlerweile klitschnassen Restaurators. Da will er sich also nun ohnedies schon höchst erstaunt über seine Entdeckung zufriedengeben und den Kulturführer zurücklegen, legt auch sein Hirn einen Gang zu, und ihm wird schlecht. Es ist kein rosiger Einblick, sondern ein grausiger, einer in mögliche Abgründe, obwohl oder gerade weil es eindeutig der Farbton Rosa ist, der ihm da, zwecks Markierung zwischen die Seiten gelegt, herauslacht.

Nun Seite an Seite mit einem blauen Pferd, musste es vor kurzem noch einsam am Haupte getragen werden. Ja musste, denn mit derartigem Schmuck dekoriert sich kein großjähriges Lebewesen dieser Welt freiwillig. Nun aber ist es auf ewig zusammengefallen, das Palmzöpfchen, Tino in den Hundehimmel, sein rosa-weiß getupftes Schleifchen in den Maier-Kulturführer übersiedelt, und an den Zufall, dass zwei ausgewachsene Mannsbilder genau so ein Banderl als Lesezeichen an die Adria mitschleppen, will er einfach nicht glauben, der Metzger.

Mit flauem Magen stellt er nun hektisch die Ausgangssituation wieder her, Büchlein in die Box, Deckel drauf, Maier-Unterlagen auf den Deckel, sicherheitshalber den Handtuchzipfel zwecks Windschutz drauf und schweißgebadet schleunigst zurück auf den eigenen Platz.

Dort entnimmt er hochkonzentriert der Badetasche seiner Danjela ein Rätselheftchen, den dazugehörigen Kugelschreiber und schreibt all das nieder, was in seinem Hirn über Dr. Konrad Maier so hängengeblieben ist, und Hirn hat er ein hervorragendes, der Willibald.

Fragen über Fragen: Wie kommt Tinos rosa Schleifchen in die grüne Kühlbox? Wozu, als Dr. Maier eins auswischen zu wollen, ist ein derartig umfassendes Aktenmaterial vonnöten, und was um Himmels willen hat die unter den Maßen des Gemäldes mit Handschrift hinzugefügte Gewichtsangabe für einen Sinn. Steht dem Pferdchen ein Ausritt bevor? Vielleicht bei Nacht und Nebel?

»Ich glaub, mir tut die Sonne nicht gut«, analysiert der

Metzger das Ergebnis seiner Vorstellungskraft und wird umgehend auf andere Gedanken gebracht. Lange dauert es nämlich nicht, und eine aus dem Meer zurückgekehrte, entleerte Blase lässt sich in einem Liegestuhl nieder. Ein wenig werden die Augen geschlossen, der Körper in Wind und Sonne getrocknet, dann ruft der Geist nach Beschäftigung, und eine Hand greift Richtung Kühlbox, sprich nach der einzig vorhandenen Lektüre. Mit großer Aufmerksamkeit werden die Zettel begutachtet, kopfschüttelnd mit der Bemerkung »Szepansky, der schlamperte Hund!« wieder in die richtige Reihenfolge gebracht, schließlich wird mit »Na, dem werd ich einschenken!« gepackt und energischen Schrittes das Weite gesucht. Wie ein Katapult schleudert das Hinterteil der davoneilenden Badeschlappen Sand in den Wind, was mit Sicherheit keinem der im Tiefparterre, sprich auf Handtüchern, Luftmatratzen oder Strohmatten, ausgebreiteten Urlauber eine Gaudi bereiten kann. Auf so frisch herabrieselnde Brösel freut sich nach Mehl und Eiern maximal ein Schnitzel, aber garantiert kein eingeölter Menschenleib, geöffneter Augapfel oder aufgeklappter E-Reader. Letzteren, egal ob mit Apferl drauf oder nicht, wie ein abgenudeltes Taschenbuch am Strand liegen zu lassen und baden zu gehen, kann ebenfalls gewaltig ins Auge gehen.

Gesagt wird im Hinblick auf das forsche Auftreten des Herrn Eichner und die eigene körperliche Unversehrtheit trotzdem nichts, denn gut Kirschen essen ist mit dem Kühlboxträger unter Garantie nicht.

So zieht der großgewachsene Gustav unbehelligt von dannen, und lang braucht er nicht, der Metzger, um ebenfalls unterwegs zu sein, ganz dem Motto des Herrn Szepansky folgend: »Ick verzieh mir ma rüber zu Dolly uff 'n Drink!«

Wie gesagt: Sie ist eben eine irdische Höllenqual, die Neugierde.

Pilates und der Apfelbaum

Er fällt ihr schwer, der Dienst nach Vorschrift, zu sehr hat sie das Erlebte noch vor Augen. Ruck, zuck war in Begleitung der Polizei die Hotelmanagerin Margit Becker aufgetaucht. Streng, sogar mit angedrohten Konsequenzen wurde Dolly gebeten, unter allen Umständen Stillschweigen zu bewahren, denn das Thema Mord und Totschlag brauche hier keiner, eine Horrorvorstellung wäre das für die Urlauber, Angestellten, das ganze Hotel. Dann wurde die Leiche von den Polizeibeamten beseitigt, der Sollzustand des Kiddyclub-Zelts wiederhergestellt und schließlich Dollys Bemerkung, anhand der Narbe im Gesicht zu wissen, wer der Tote sei, abgeschmettert. »Den kennst du also auch«, gab Margit Becker abfällig von sich. Ja, Dolly kannte ihn.

Pepe war sein Name, Senegal sein Herkunftsland, der Strandverkauf von Schmuck und Armbändern seine zumindest hier ausgeübte Profession. Es ging das Gerücht um, von Pepe wäre noch mehr zu bekommen, Marihuana, vielleicht sogar Kokain. Gesprochen hat er wenig, gelegentlich, so wie viele seiner Kumpels auch, bei Dolly an der Bar ein Wasser getrunken, ein Sandwich gegessen, und ja, sie waren sich nähergekommen. Seine unaufgeregte Art, sein Hang zur Stille, seine sanftmütige, vertrauensselige Ausstrahlung hatten ihr Ruhe vermittelt, beinah so etwas wie Sicherheit. Als Beziehung allerdings war ihr Verhältnis nicht zu bezeichnen. Es gab keine Regelmäßigkeit, keinen Austausch von privaten Daten oder gar einer Telefonnummer. Pepe war plötzlich da, man vereinbarte mündlich den Ort und die Zeit der Zusammenkunft, man rauchte einen Joint, man liebte sich, man lag beieinander, schwieg.

Reden war seine Sache nicht, Pepe war ein Mann der Tat.

Dann war er weg, von heute auf morgen, genauso übergangslos, wie er immer gekommen war. Bis gestern. Man erzählte sich zwar, er sei gesehen worden, in einem anderen Verkaufsgebiet, aber Dolly war er seither nie mehr begegnet.

An Tragik hätte ihr dieser entsetzliche Vorfall mit Pepe schon gereicht, nur diesbezüglich sieht es schlecht aus mit dem menschlichen Mitspracherecht. In puncto Unglück wird im Vorhinein keine Umfrage gestartet. Es kommt unvermittelt wie ein Wasserrohrbruch und hat oft Auswirkungen wie der Abgang einer Steinlawine. So folgte also gleich der nächste wuchtige Einschlag, und diesmal wurde sie nicht um Stillschweigen gebeten, ganz im Gegenteil:

Dolores Poppe, geborene Würtmann, ist verzweifelt. Nichts wünscht sich ihre Mutter mehr als ein Enkelkind. Und jetzt? Jetzt muss gerade sie ihr die Hiobsbotschaft überbringen: Der als Ersatz angeschaffte Schoßhund ist tot. Tino, diese kleine Ratte, dieser verwöhnte Gabelbissen und Mitgrund, warum Dolores froh ist, die Frau Mama nur zu allen heiligen Zeiten sehen zu müssen, wurde also genauso im Sand begraben wie ihr Wunsch nach eigenen Kindern.

Ja, heilige Zeiten, und das sind im Hause Würtmann nicht die Weihnachtsfeiertage. Ein Christbaum oder eine Krippe kommt ihrer wieder den Mädchennamen pflegenden Mutter seit der Scheidung von Ehemann Nummer 1, dem evangelischen Pastor und Dollys Vater Hubert Poppe, nicht mehr ins Haus, genauer gesagt in die Wohnung. 56 Quadratmeter misst der gelegentlich von Männern frequentierte Damenhaushalt. Groß genug für eine alleinerziehende Mutter, zu klein für eine Mutter und ihre erwachsen gewordene Tochter. Kein Wunder also, dass Dolores, kaum großjährig, die Lehre als Kosmetikerin schmiss und im wahrsten Sinn des Wortes das Weite suchte, denn die Männerbesuche galten nicht ihr. Seither tingelt sie als Kellnerin, Animateurin, Reiseführerin oder Bardame durchs Leben.

Und weil nun die heiligen Zeiten für Eva-Carola Würtmann stets das Wochenende beziehungsweise der wohlverdiente Urlaub waren, und seit neuestem die Pensionstage, sprich, und das macht Dolly Poppe wirklich Sorge, immer sind, kann weit weg gar nicht weit genug sein. Ein Alptraum ist so was. Da wird das Töchterchen extra Vagabundin, um die werte Frau Mama nur noch in erträglichen Happen genießen zu müssen, und dann pilgert die einst die Filiale einer Solariumkette führende Mutter dem eigen Fleisch und Blut und natürlich der Sonne hinterher wie ein Schwarm Schmeißfliegen einer mobilen WC-Anlage.

Nur, was hat Dolly auch erwartet, dass von heute auf morgen alles ganz anders aussieht? Sieht ja Frau Würtmann in gewisser Weise auch nicht wirklich anders aus als das von ihr geborene Fräulein Poppe. Derartige Kindereien betreiben Freundinnen im Teenageralter, möchte man meinen, Dolly allerdings wird bis heute eines Besseren belehrt. Hat sie einen neuen Haarschnitt, hat ihn die Mutter innerhalb einer Woche unter Garantie auch, hat Dolores neue Schuhe, gibt es kurz danach das Paar zweimal in der Familie, hat sie eine Jahreskarte in einem Fitnesscenter, steht spätestens in der zweiten Pilates-Einheit ein ihr seit Kindheit vertrautes Gesicht eine Reihe weiter hinten, und ja, Dolly würde wohl zweimal überlegen, der werten Frau Mama eine mögliche große Liebe vorzustellen, man weiß ja nie.

»Du bist eben meine beste Freundin«, ist für derartige Attentate auf die Privatsphäre stets die Erklärung.

»Und die einzige bin ich auch«, die Antwort.

Eines aber hat ihr Madame Würtmann bis heute nicht nachgemacht: Sechs Jahre war Dolly damals gerade alt geworden, ihr Herr Papa bereits seit fünf Monaten weg, dafür etwas anderes da, ganz plötzlich: ein kaum loszuwerdender

Harndrang, ein unbändiger Durst, nächtliche Wadenkrämpfe, eine zunehmende Appetitlosig-, Müdig-, Kraftlosigkeit. Und weil das eben weder auf der mütterlichen Wunschliste stand noch wirklich erquickend zum Mitansehen war, ist sie wenigstens recht rasch mit ihrer kleinen Tochter zum Arzt gelaufen, die durchaus besorgte Frau Würtmann. Und weil das tatsächlich auch ein guter Arzt war, bekam Dolly Poppe mit ihren sechs Jahren zum druckfrischen Schülerausweis gleich einen zweiten dazu, den Diabetiker-Pass: Typ 1. Ein Dokument, das für den Rest des Lebens alles verändert, auch den Typ Mensch, den es in der von nun an neu zu definierenden Hülle namens Körper gefangen hält. Ja, gefangen. Dolly konnte aber noch nichts definieren mit ihren sechs Jahren, konnte gerade einmal »Dolores« schreiben mit verwackelten Großbuchstaben und leider nicht: »Papa, wann kommst du wieder nach Hause?«

Geblieben sind ihr Mutter Würtmann und die Spritzen. Mit sieben Jahren beherrschte Dolly das Prozedere des Blutzuckermessens, das selbständige Durchführen der täglichen Insulintherapie derart gut, dass ihre Mutter eines Tages aufhörte zu fragen: »Hast du schon gespritzt? Tut es weh? Ist alles in Ordnung?«

Und gut war das, denn erstens lag ihre einzige Chance, ein normales Leben zu führen, darin, sich selbst samt ihrem Typ 1 als normal zu betrachten, und zweitens wäre es Dollys Todesurteil gewesen, sich auf ihre Mutter zu verlassen. Typ 1 nach Dollys Papa ließ nämlich nicht lange auf sich warten, und von da an war Dolly auch verlassen, ihre Mutter zwar zumeist zu Hause, aber so gut wie nie für sie da. Auf Typ 1 folgte Typ 2, dann Dollys erster wirklich bedrohlicher Unterzuckerungsanfall, zu früh gespritzt, zu spät gegessen, alles nur dank der ersten großen Liebe Dorian, und alles nur überlebt dank ihrer damals schon besten Freundin Irmgard. Dann kam Typ 3, sogar mit Sack und Pack in die

Wohnung, ein Jahr lebte Mutter mit ihm und neben Dolly, dann gab es eine längere Pause, und Dolly wurde sowohl ungefragt als auch unerwünscht eine Übermutterung zuteil, wie dem Mittelmeer die Algenplage, dann kam Typ 4, und dann hörte Dolly zu zählen auf, auch auf ihre Mutter. Gibt es also in Eva-Carola Würtmanns Leben keinen Mann, gibt es nur die Tochter, gibt es einen Mann, gibt es die Tochter nicht. Eltern können Egoisten sein, dagegen sind weibliche Gottesanbeterinnen ein Wahrzeichen funktionierender Dauerbeziehungen.

Und genau in diesen Phasen der mütterlichen Existenzverleugnung zeigte das Leben Dolores Poppe, was es mit dem Apfel und dem Stamm so auf sich hat, was jeder Apfelbaum und offenbar auch jeder Frauenarzt weiß: Ein paar Früchte bleiben oben, ein paar fallen herunter, so ist das eben.

Bei Dolores sind es bis dato zwei Äpfel, allesamt auf die Erde geklatscht, Nummer 1 in der elften Woche, mit bereits sichtbarem Herzschlag, Nummer 2 mit im Ultraschall bereits zum Mund geführten Daumen.

Dass Nummer 2, nachdem auch der dazugehörige Mann, sprich das Animateurschwein Jürgen Schmidts, Reißaus genommen hatte, entfernt werden muss, wurde Dolores von einem Gynäkologen erzählt, während dieser das medizinische Gespräch mehrmals unterbrach, um mittels telefonischen Gesprächs seinem Kumpel die möglichen Termine für den gemeinsamen bevorstehenden Segeltörn mitzuteilen.

In allen zwei Fällen war die liebe Mama hormonell bedingt gerade out of office, was sie leider nicht davon abhielt, ihrer Tochter den Trost »Beim nächsten Mal wird's schon klappen!« auszusprechen. Das ist die Standardantwort eines auf Erfolg programmierten Lebens, von heruntergeplumpsten Früchten will die Plantage nichts wissen, zum Verlust eines werdenden Lebens haben Menschen, deren Leben nach Programm läuft, weder etwas zu sagen noch zu fühlen. Dolores hat deshalb ihren Freundeskreis auf eine Person reduziert: Irmgard.

Allein ihr ist es zu verdanken, dass die Fotos eines im Mercedes SLK mit einer jungen Patientin vor seiner Praxis herumschmusenden, demnächst mit seinem Kumpel um die Welt segelnden Arztes für Frauenheilkunde zum Heil der Frauen farbig ausgedruckt und einkuvertiert an den gemeinsamen, mit Gattin und zwei Kindern belegten Gynäkologenhaushalt zugestellt wurden.

Alle anderen sogenannten Freundinnen können Dolly seither gestohlen bleiben. Nur Mutter ist eben Mutter, was soll sie machen, außerdem ist da ja noch das ganze Malheur mit der Liebe, also der eines Einzelkindes zu seiner Alleinerzieherin, denn was das umgekehrt sein soll, weiß sie leider bis heute nicht.

Was Dolores aber mittlerweile weiß, ist:

1: Mein Leben gehört mir.

2: Es darf mir gutgehen.

3: Ich darf alles daransetzen, dass es mir auch gutgeht.

Und gut tut ihr dieser seit vorgestern in ihr Leben getretene Typ namens Rudi Szepanzky allemal, verdammt gut sogar. Hübsch ist er nicht, aber seine Augen, »… die sind, die sind, die sind so tief wie der Ozean!«.

»Mittelmeer, Dolly, du bist am Mittelmeer. Und bitte pass auf«, wurde ihr von Irmgard per Telefon der gute Rat erteilt.

Und dieser gute Rat ist teuer, verdammt teuer sogar, weiß Dolores dank der unverschämt hohen Roaming-Gebühren. Alles andere will sie nicht hören, denn Glück ist Haltungssache, Glück fällt nicht vom Himmel, Glück liegt auf der Straße, man muss es nur aufheben, ein Auge und ein Ohr dafür haben.

Und zuhören kann er, dieser Rudi, einzig in puncto Verstehen hat sie so ihre Schwierigkeiten. Nur, spielt das eine Rolle? Wenn so ein Mannsbild zuhören kann, ist das schon die halbe Miete.

»Mach dir keene Sorgen, Dolly«, hat er nach Schilderung ihrer Lebensgeschichte gemeint, »ooch det größte Problem hat immer ne Lösung, und det kleenste sowieso.«

Sie muss endlich Mutter anrufen und ihr von Tino erzählen.

Der Kebab und der gute Tausch

Danjelas Tasche geschultert und seinen Sonnenhut tief in die Stirn gezogen, nähert sich Willibald Adrian Metzger so unbeteiligt und gemütlich wie möglich der Strandbar, sucht sich ein akustisch passendes Schattenplätzchen, bestellt ein kühles Bier, lässt den Blick übers Meer streifen und spitzt die Ohren.

Vergeblich. Am Nebentisch wird geschwiegen, und es erweckt den Anschein, da hätten sich zwei entweder nichts zu sagen oder bereits alles gesagt. Wie es aussieht, trifft Letzteres zu.

Denn kaum hat der Metzger Platz genommen, leert Herr Eichner sein Glas in einem Zug, steht auf und klopft seinem Kumpel auf die Schulter: »Und danke!«

Ratlos ist der Blick des Angesprochenen: »Danke! Wofür?«

»Für die gönnerhafte Einladung.«

»Welche jönnerhafte Einladung?«

»Aufs Bier, Szepansky!«

»Jeizkragen!«

»Bis später!«

»Um drei in der Lobby.«

»Was bitte willst du um drei in der Lobby?«, nun ist sie also übergesprungen, die Ratlosigkeit.

»Uff deene Sahlbruckner 'n Auje werfen, Eichner. Die Alte will ick mir nämlich ankieken, die et in deener Jejenwart aushält.«

Und nun ist es sichtlich vorbei mit der Ruhe:

»Erstens, Szepansky, geht dich das einen feuchten Dreck an, und zweitens ist das für dich Neandertaler nicht die Sahlbruckner, sondern immer noch die Frau Sahlbruckner.«

»Na, dann eben die Anjela«, erwidert Herr Szepansky.

»Geh, geh, geh, du Schwammerl, die Oide heißt Angela! – Ich geh.«

Die Kühlbox samt Träger verschwindet, ein Herzensbrecher aber bleibt: »Dolly, ick würd jern zahln!«, lautet der Ruf, »Gern, Rudi!«, die Erwiderung, »Und det mit dem Köter von deener Mutter tut mir jewaltig leid!«, die Verabschiedung, und sie ist ebenso zärtlich wie der damit einhergehende Speichelaustausch zweier sichtlich einander zugetaner Herzen. So zärtlich, als wäre es der erste Kuss.

Beim Metzger hingegen wird es nun ziemlich trocken in der Mundhöhle, denn milde gesagt komisch ist das jetzt schon, wie die Fäden zumindest laut seiner Theorie zusammenlaufen:

- Zwei ominöse Herren, die, wie er nun mittlerweile weiß, mit vollständigen Namen Rudi Szepansky und Gustav Eichner heißen, interessieren sich brennend für die so erfolgreich den Medien ferngehaltene Privatsphäre und die so erfolgreich den Museumsbesuchern dargebotene Privatsammlung des Dr. Konrad Maier, insbesondere ein expressionistischer Gaul hat es den beiden angetan.
- Sie sind unterschiedlicher Nationalität, sind weiters unterschiedlich wie Tag und Nacht, sympathisieren wie Katz und Hund, transportierten Letzteren wahrscheinlich tot in ihrer Kühlbox, sind vielleicht sogar verantwortlich für dessen Beisetzung, vielleicht sogar für den Verlust seines Lebens.
- Zumindest eine Auge verloren hat auch Rudi Szepansky, und zwar an die Bardame Dolly.
- Diese Bardame Dolly ist die Tochter der trauernden Hundemutter Eva-Carola Würtmann.
- Und Eva-Carola Würtmann ist in ihrem Verlustschmerz

gestern nichts Besseres eingefallen, als sich mit Danjela Djurkovic genau von jenen beiden Herren, die womöglich Sand über ihren Hund gestreut haben, zwecks Zerstreuung mit einem Vierrad durch die Gegend kutschieren zu lassen.

Passt, um drei Uhr in der Lobby, wiederholt der Metzger im Geiste, mit nun durchaus wachgerütteltem Tatendrang. Hat er also endlich einen Termin außerhalb der Essenszeiten, und derer gibt es hier ja genug – außer natürlich, ein Kulturausflug steht auf dem Programm.

Danjela ist die Lust vergangen. Heiß ist ihr, Hunger hat sie, der Rücken schmerzt, die Fußsohlen brennen. In der Hitze des Tages einem ehrgeizigen, hochbeschleunigten Fremdenführer namens Luigi hinterherzuhetzen zehrt eben gewaltig an den Kräften. Sie kann die Eile ja verstehen, immerhin ist die zu besichtigende Stadt langsam, aber sicher am Versinken. So findet also, ganz dem hohen Tempo entsprechend, der kulinarische Zwischenstopp vor zwei auf die Straße gerichteten Vitrinen statt, sprich Fastfood. Linke Vitrine das an jeder Ecke erhältliche Nationalgericht dieses Landes, also Eis, rechte Vitrine das an jeder Ecke erhältliche Nationalgericht Europas, also Kebab. Und weil Danjela lieber etwas Handfesteres bevorzugt, wählt sie zwecks Wiederkehr der verlorenen Kräfte die fleischliche Variante. Die erhoffte Spritzigkeit schießt ihr trotzdem nicht ein. Wenn das Herz schwächelt, hilft eben auch ein Döner nichts, nützt es nur, innerlich zur Ruhe zu kommen. Diesbezüglich ist Danjela einfach an der falschen Adresse, denn eines weiß sie mit Sicherheit: Eine derartige Stadt, ein derartiges, romantisches Juwel durchquert man bei vorhandenem kulturinteressiertem und normalerweise bestens verträglichem Lebenspartner wirklich nicht allein.

Wobei, allein ist sie ja nicht: Vor ihr die Ausführungen des Fremdenführers Luigi, neben ihr die unentwegt quasselnde Eva-Carola Würtmann, ja, und in ihr die Stimme des schlechten Gewissens. Lächerlich, kindisch erscheint Danjela mittlerweile ihr rein als Racheakt gedachter Ausflug, bemitleidenswert hingegen erscheint ihr der mit voller Absicht zurückgelassene Griesgram, dem nun wohl, vereinsamt im Liegestuhl hockend, die Zeit nicht und nicht vergehen will, also genau so, wie sie das auch wollte.

»Will ich zurück«, steht für Danjela Djurkovic längst fest, und dieser Wunsch hat offenkundig metaphysische Kräfte. Lange dauert es nämlich nicht, und bei Eva-Carola Würtmann geht ein Anruf ein. Einer, der sie endlich zum Schweigen bringt. Mit Müh und Not ringt sie sich den Tränen nahe noch ein paar Worte ab, dann entgleitet ihr die Stimme: »Ich muss zurück, Tino wu-, wu-, wurde gef…!«

Kurz danach, da hebt sich gerade die Bootsspitze des von Frau Würtmann, koste es, was es wolle, organisierten frühzeitigen Rücktransports, meldet sich mit ähnlicher Ambition auch der in Danjelas Magen liegende Kebab: »Ich muss zurück.«

Es ist Viertel vor drei, Willibald Adrian Metzger sitzt, seinen neuen Strohhut tief in die Stirn gezogen, gemütlich auf einem der pompösen Ledersessel im wohltemperierten Empfangsbereich des Hotels, trinkt ein kleines Bier, starrt, ohne zu lesen, in eine Zeitung, und ja, er ist ein wenig aufgeregt. Immerhin ist er zwecks Beschattung unterwegs. Dass so ein Strandurlaub bei genauerer Betrachtung langweilig wäre, kann der Metzger nun wirklich nicht mehr behaupten.

Kurz vor drei marschiert der schmächtige Rudi Szepansky durch die Empfangshalle, was sich insofern auf die angespannten Nerven des Restaurators auswirkt, da der Eingetroffene nun äußerst freundlich die Hand hebt und winkt. Da kann er sich jetzt noch so oft umdrehen, der Metzger, die restlichen Sitzplätze der Lobby sind leer, der Gruß gilt also eindeutig ihm. Unbeholfen winkt er zurück, hofft noch, das Mögliche möge nicht eintreten, und hofft vergeblich. Gemütlich wird zuerst das Ledersofa neben ihm und dann er selbst in Beschlag genommen.

»Bist jetz ooch nich jerade der Sonnenanbeter, wa? Freut mir, ick bin der Rudi«, wird ihm die Hand entgegengestreckt.

»Freut mich, Willibald.« Es kommt zum Schütteln der Hände, und schlimm ist das, wie will man zukünftig jemanden unerkannt beobachten, wenn Bekanntschaft geschlossen wurde. »Stimmt, klimatisch fühl ich mich hier herinnen deutlich besser aufgehoben.«

»Und, wie lange bleibste noch?«

Jetzt treibt es dem Metzger die Urlaubsröte ins Gesicht. Durchschaut, entlarvt fühlt er sich, und zugleich auf der Anklagebank.

»Soll ich gehen, stör ich Sie?«, erwidert er nun etwas unbeholfen und erntet Gelächter.

»Du meine Jüte, du musst ja ne strenge Alte zu Hause haben, oder mach ick auf dir so 'n jefährlichen Eindruck? Nich, wie lang du noch hier sitzt, sondern überhaupt hier im Urlaub bist, hätt mir interessiert!«

Und jetzt lacht auch der Metzger erleichtert.

»Sagen wir: strenge Alte, okay! Nur mehr bis Samstag – zum Glück!«

»Zum Glück! Hat dir die strenge Alte also jejen deinen

Willen in die Jejend hier jeschleppt?« Und wieder wird gelacht, herzhaft, frei heraus, und das muss er sich nun schon eingestehen, der Metzger: Der Kerl ist ihm nicht unsympathisch.

»Da hab ich es also mit einem Wahrsager zu tun.«

»Diejenijen, die behaupten, sie wärn Wahrsager, sind janz bestimmt die größten Lügner, det sach ick dir.«

»Da haben Sie leider recht. Und wie lang müssen Sie hier bleiben?«

»Willste nich du sajen? Rudi heeß ick. Und hier bleib ick jenauso wie du, bis Samstag. Da kann ick dir beruhijen: Det verjeht schnell.«

Und während man so herausfindet, dass für beide Herren die Heimreise in dieselbe Großstadt führt, lassen Gustav Eichner und die besagte Angela weiter auf sich warten. Dafür fährt ein Taxi vor und liefert eine andere Fracht.

Kreidebleich entsteigt Danjela Djurkovic, gefolgt von Eva-Carola Würtmann, dem Wagen. Diese sprintet aufgeregt ins Hotel, Danjela aber nähert sich mit äußerst schleppendem Schritt und vorgebeugtem Körper.

Willibald Adrian erhebt sich, hört ein: »Danjela? Det is deene Alte? Det is ja lustig«, stürmt auf seine Liebste zu und nimmt sie liebevoll, als wären sie heute Morgen in einhelliger Hingebung auseinandergegangen, in Empfang: »Um Gottes willen, was ist mit dir passiert?«

Matt ist ihr Blick, uneigennützig die Antwort:

»Weißt du schon, hat man ausgebuddelt Tino.«

»Ja, das weiß ich, aber was mit dir los ist, weiß ich nicht! Warst du zu lang in der prallen Sonne, hast du zu wenig getrunken, hast du heut überhaupt schon was gegessen!?«

»Redest du nix von Essen, hab ich, glaub ich, erwischt irgendeine alte Hammel.«

Vielleicht war er alt, darf der Metzger kurz darauf feststellen, aber eines war er unter Garantie: nie in einer Kühlbox, geschweige denn Tiefkühltruhe.

Gestützt von ihrem Willibald, schafft es Danjela gerade noch ins Zimmers 102, dann übergibt sie in mehreren Einheiten ihren Mageninhalt dem örtlichen Abwassersystem. Und so ein beleidigter Magen kann dem gesündesten Körper in Sekundenschnelle eine Vorahnung des Sterbens verpassen.

Zusammengekrümmt, zu schwach, um alleine zu trinken, zu schwach, um überhaupt ein Wort herauszubringen, liegt sie mit fahlem Gesicht im Bett, und Willibald Adrian Metzger bekommt es mit der Angst zu tun. Äußerst besorgt plündert er die von Danjela wirklich hervorragend ausgestattete Reiseapotheke und verpasst seiner Patientin gemäß dem Beipackzettel eine erste, möglichst hilfreiche Ladung in der Hoffnung, das forte der Hylak-forte-Tropfen möge sich nicht nur auf die Grauslichkeit des Hylak beziehen. Diese Hoffnung erfüllt sich nicht.

Panisch wirkt sein Auftritt an der Rezeption, was insofern von Vorteil ist, da Hilfe nicht lange auf sich warten lässt. Keine 20 Minuten später wird Danjela von der hervorragend Deutsch sprechenden, hier offenbar recht oft zum Einsatz kommenden Ärztin Dr. Aurelia Cavalli Blut abgenommen und im Gegenzug dafür eine Spritze gegeben: »Ist, glaub ich, gute Tausch«, ringt sich Danjela eine Freundlichkeit ab. Und weil sie gar so ermattet in den Seilen hängt, hängt sie kurz darauf auch noch an einer Infusion.

Für Danjela Djurkovic wird also erstens die nächste Zeit »all inclusive« maximal Suppe, Trockenbrot, Salzgebäck und einen höchst wirkungsvollen Zaubertrunk, bestehend aus Schwarztee, Orangensaft, Zucker und Salz, bedeuten und sich, zweitens, der Gedanke an zu Hause schlagartig mit großer Sehnsucht füllen.

Die Wüste und das Meer

Bald geht es nach Hause.

Wie dieses Zuhause aussehen wird, weiß er zwar noch nicht, in seiner Vorstellung aber existiert es bereits. Und vielleicht wird eines Tages sein Überlebensgrundsatz »Daheim bin ich nur bei mir« endlich mit Raum gefüllt, gleichbleibendem Raum, eigenen vier Wänden in einer sicheren Umgebung. Zu lange schon ist er unterwegs, die Reise ins Nichts muss ein Ende haben, auch um Daryas willen, und so, wie es aussieht, hat es das auch, waren die Mühen, der weite Weg, das Grauen nicht umsonst.

Die lange Fahrt auf einem rostigen Lastwagen, zusammengepfercht mit anderen, die Sklavenroute entlang, von Senegal aus durch die Sahara hinauf an die Nordküste, er hat es überstanden. Er hat erlebt, wie ihnen unterwegs an willkürlichen Kontrollposten ihre Habseligkeiten abgenommen wurden, wie für jene, die nichts mehr zu geben hatten, plötzlich die Reise zu Ende war, gestrandet im Niemandsland. Er hat gesehen, wie Kranke einfach in der Wüste ausgesetzt wurden, wie Menschen an den Strapazen der Reise starben und über die Ladekante geworfen wurden wie Müll, wie viele ihr letztes Hemd gaben, obwohl sie bereits all ihr Erspartes für den Transfer investiert hatten, und trotzdem noch mit dem Leben bezahlen mussten. Der Versuch, der Armut zu entfliehen, ist teuer. Und selbst an diesen Ärmsten der Armen soll noch, wenn sie entblößt und ausgeliefert in die so ersehnte bessere Zukunft unterwegs sind, verdient werden, immerhin haben sie noch ihre Körper. Vertrauen konnte er bald nur mehr sich selbst, seine Geschwister verlor er während der Überfahrt nach Europa. Sie wurden beim Einsteigen in die Boote voneinander getrennt, er blieb allei-

ne, musste mit ansehen, wie am Horizont das vollgepferchte morsche Schiff mit seinem Bruder und seiner Schwester in die Tiefe gezogen wurde. Vor Lampedusa sprang er, wie ihm sein Bruder geraten hatte, über Bord, schwamm, um alleine herausgefischt zu werden, so weit es ging weg vom Boot, fügte sich, um sofort in einer Krankenabteilung zu landen, kurz bevor das Polizeiboot ihn aufgriff, eine tiefe Schnittwunde zu, wurde danach halbwegs erholt in ein Auffanglager gesteckt, dessen Zustand all die Lager, die er im Lauf seiner Reise schon gesehen hatte, noch bei weitem untertraf. Aber es machte ihm nichts, denn sterben konnte er überall, und wann es Zeit ist für ihn zu gehen, liegt nur in Gottes Hand. Er nahm den Schmutz, den Gestank, den Hunger ohne Murren in Kauf, er hielt sich aus den Grabenkämpfen innerhalb der Flüchtlinge heraus, feierte mit Blick aufs Meer seinen fünfzehnten Geburtstag, ließ sich, ohne sich zu wehren, von den Wachen schikanieren, zeigte sich stets freundlich, demütig, denn nicht die Auflehnung wird ihn ans Ziel bringen, das wusste er.

Und so war es auch. Er kennt die Auswahlkriterien nicht, vielleicht war es sein Verhalten, seine Hilfsbereitschaft, vielleicht seine kräftige Statur, vielleicht aber lag es auch schlichtweg an seiner Jugend, dass er nicht so wie viele der anderen zurück nach Afrika geschickt, sondern am Festland abgesetzt wurde. Offiziell und illegal zugleich, denn Billigarbeitskräfte werden gebraucht im ganzen Land.

Dann lernte er Youma kennen, kein schöneres Mädchen war ihm bisher begegnet. Mit einem Schlag wusste er, was Liebe ist, und sah ihm ins Auge: dem bisher größten für ihn erlebten Schmerz.

So viele Menschen hier waren schon gut zu ihm. Mittlerweile durfte er eines wieder lernen: Vertrauen. Was bleibt ihm auch anderes übrig? Er hat Verantwortung für ein Menschenleben, hat sich nicht mehr allein um seine eigene Zukunft zu kümmern. Nichts Wehrloseres gibt es, als neues Leben. Seine Zeit hier also muss ein Ende haben, auch um Youmas willen. Er ist es ihr schuldig, koste es, was es wolle, sogar den Preis seines Lebens.

Die Menopause und das Kriegsbeil

Der neue, durch die Verdunkelungswirkung der Rollläden nicht wahrnehmbare Morgen bringt zwei schon deutlich weniger blasse Wangen und zumindest ein wenig Lust auf Zwieback.

Der Blick auf die Uhr allerdings zeigt, dass von Morgen keine Rede mehr sein kann. Die Zeiger stehen auf elf Uhr. Der Metzger und seine Danjela hingegen liegen noch, und keinen der beiden überkommt diesbezüglich das anerzogene schlechte Gewissen. Ob Morgenstund Gold im Mund hat, ist schließlich nicht nur Auffassungssache, sondern hängt auch essenziell davon ab, wie spät aus welchem privaten oder beruflichen Grund ins Bett gegangen wurde. Dass Morgenstund aber flächendeckend aus dem Munde riecht, ist ein Faktum. Ergo erspart sich der Metzger vor dem Putzen seiner Zähne so wie gewöhnlich auch jetzt einen großen Wortwechsel und marschiert im Anschluss zum Mittagsbuffet, um zumindest ansatzweise so etwas wie ein Frühstück zusammenzuklauben. Danjela bekommt ein asiatisches, also Reis, der Metzger ein deftiges, also Risotto. Gespeist wird auf Zimmer 102:

»So, und jetzt will ich wissen, was da vorgestern Bedeutsames gestohlen wurde, um ohne Rücksicht auf Verluste mit einer mobilen Brechstange durch die Fußgängerzone zu preschen?«

Da werden sie gleich ein wenig rosig, die kauenden Djurkovic-Bäckchen, allerdings nicht aus Scham.

»Kann ich kaum glauben: Hast du tatsächlich zusammengebracht freiwillige Bewegungseinheit?«

»Freiwillig?«, zieht der Metzger seine Augenbrauen hoch

und zaubert seiner Danjela einen schelmischen Grinser ins Gesicht.

»Warst du also nix bummeln wegen neue Strohhut, passt dir übrigens gut, sondern auf Suche nach gekränkte Frauenherz? Hör ich da ein bisserl Sorge oder gar schlechtes Gewissen?«

»Danjela, glaub mir, es tut mir wirklich leid, mich hat das einfach alles total überfordert, und ich weiß, mein Benehmen war nicht in Ordnung, und ...«

»Nicht in Ordnung?«, fällt sie ihm ins Wort. »Sag ich dir, ist Klimakterium und Menopause Dreck dagegen, außerd...«

Auch der Metzger kann unterbrechen: »Mag schon sein, nur ist da ein Unterschied: Ihr Frauen wisst wenigstens, da kommt eines Tages eine Klimaveränderung daher. Und ja, ich freu mich über deine herzensgute Absicht, nur das nächste Mal bitte mit Absprache, und ja, so schlimm ist es hier wirklich nicht, und ja, ich hab mir gestern Sorgen gemacht. Also, was war da los?«

Und dann erzählt Danjela von dem plötzlichen Auftauchen dieses dunkelhäutigen Jungen, der ihnen ins Vierrad gelaufen wäre, zum Glück nicht frontal, sondern von links kommend direkt in Eichner hinein, der sich ohne Verärgerung auf Seiten der Gerammten entschuldigen und so lange gemütlich wegspazieren durfte, bis Eichner bemerkt hatte, plötzlich ohne Druckstellen auf beiden Arschbacken sitzen zu können, und mit den Worten »Der Saukerl hat mir die Geldbörse geklaut!« den Befehl zum kollektiven In-die-Pedale-Treten erteilte.

Kurz habe man ihn verloren, dann aber wieder laufen gesehen, hinein in die Fußgängerzone. Schließlich sei er ihnen zwischen den Häuserblöcken entwischt und man einhellig der Meinung gewesen, es müsse nun dringend etwas für die Nerven getan werden, also Eissalon und Alkohol.

Und weil das Zimmer 102 immer noch bis zum Anschlag

verdunkelt ist, und weil das Zuhören und vor allem das Erzählen aus einem virusgebeutelten weiblichen Körper heraus gewaltig müde macht, erfolgt nun das sofortige Abhalten des Mittagschläfchens – und wieder ist das Bett ein dop-
pelt belegtes. Ist ja auch ein altbekanntes Lied oder Leid:
Wird eine Frau, wodurch auch immer, in Mitleidenschaft
gezogen, leidet eben auch das dazugehörige Mannsbild
gleich mit, sozusagen prophylaktisch. Ob Schwangerschaf-
ten oder Regelblutungen, völlig egal, die männliche Fähigkeit des Am-eigenen-Leibe-Verspürens ist schier grenzen-
los. Außer natürlich, es werden ihr Grenzen gesetzt. Gegen
14 Uhr nämlich ist in den Wänden des finstren Zimmers 102
und dieser so erhol- und geruhsamen Unaufgeregtheit
Schluss mit lustig:

»Wenn glaubst du, gibt jetzt nur wegen mir Ausrede für
freiwillige Inhaftierung, hast du dich gewaltig geschnitten in
Finger. Muss gefälligst jeder leiden auf seine Weise, also, war
Geldeintreiben für Urlaub mühsam genug, verschwindest
du endlich auf Strand, dalli, dalli! Und will ich Beweisfotos,
suchst du dir schöne Motive«, wird nun eine unmissver-
ständliche Verabschiedung ausgesprochen, der Metzger
noch extra mit der für den Urlaub besorgten Digitalkamera
ausgestattet und endgültig Richtung Strand verabschiedet.

Und Motive, sprich zu sehen, gibt es genug. Lang muss Willibald Adrian Metzger nämlich nicht warten, um diesmal,
versteckt hinter einem Rätselheft, die Zielobjekte seiner
Neugierde zu erspähen. Mit einem etwas jüngeren Exemplar ihres Geschlechts marschieren sie den Strand herunter:
Linker Hand von Gustav Eichner, rechter Hand von Rudi
Szepansky flankiert, setzt ein junger Bursche, rein optisch
der Teenieschwarm schlechthin, seine Füße in den Sand. Er
auf einer Bühne, und Zigtausende kreischende Mädels wären schwer kreislaufgefährdet, natürlich ausgenommen die

kleine Michaela und die kleine Jole, die beiden haben ihren Liebsten nämlich schon gefunden. Einfach fantastisch sieht sie aus, die gemeinsam mit dem nun nicht mehr einsamen Rolf errichtete Strandburg. Und die Mauern dieser Burg schreitet der Traum vieler Frauen nun ab, denn unübersehbar heben sich die Blicke einiger weiblicher Urlaubsgäste: Dunkelbraune Haut, dunkle Locken, große, fast schwarze Augen, ein muskulöser, schlanker Körper, auf etwa 17, 18 Jahre schätzt ihn der Metzger. Mit einem Ball in der einen, einer großen Tüte Eis in der anderen Hand steuert er zusammen mit den beiden anderen den zum Hotel gehörenden Liegestuhlblock an.

Und jetzt wird es für den Metzger in Anbetracht der gestrigen Begebenheiten denkbar skurril. Denn in Reihe drei erheben sich ebenso viele Damen, und wieder kennt er zwei davon. Eva-Carola Würtmann und die Bardame Dolly. Mittendrin die dritte, wahrscheinlich Angela: eine junge hellhäutige Frau mit dunklem langem Haar und einem dunkelhäutigen, etwa zehn Monate alten, wohlernährten Baby im Arm. Freudig winkt sie den drei Herren entgegen. Es kommt zur Begrüßung, dann zum Tausch: Die Frau nimmt das Eis, der Junge das Baby, dann nehmen alle Platz.

Ein harmonisches, durchaus schön anzusehendes Bild geben die fünf ab, wie eine große Patchwork-Familie, bestehend aus den beiden mitteleuropäischen Herren, den afrikanisch wirkenden, als Noah und Darya angesprochenen Kindern, und schließlich der etwa 35-jährigen Frau Angela Sahlbruckner. Eine von ihrer ganzen Grundausstattung bildhübsche, von ihrer Grundausstrahlung aber melancholische Angela wohlgemerkt, die Idealbesetzung eines alten Schinkens ganz im Sinne der Film-noir-Tradition, maximal am Namen Sahlbruckner müsste noch gebastelt werden. Zu schön, um wegzusehen, zu traurig, um dranzubleiben, Masochismus pur. Groß und dunkel sind ihre Augen, dicht ihr

Haar, lang ihre Beine, nur ein Seidentuch verhüllt die in einem Bikini steckenden Traummaße, und in einem Punkt hakt der ganze Patchwork-Ansatz.

Wenn die beiden Kinder dunkelhäutig sind, sinniert der Metzger vor sich hin, und hier nur hellhäutige Erwachsene sitzen, ist Noahs und Daryas Vater entweder nicht anwesend oder, was ja theoretisch möglich wäre, Noah der Vater der kleinen, in seinen Armen liegenden Darya.

Jedenfalls kommunizieren die beiden Herren und die Dame deutsch miteinander, da versteht der Metzger beinah alles. Die Sprache, in der sich die drei mit dem Jungen unterhalten, allerdings ist ein holpriges Englisch, untersetzt mit reichlich vokabelschwächebedingten Fetzen Deutsch. Der Fetzen in Englisch wäre, egal in welcher Schulstufe, jedem der drei sicher. Englisch ist eben nicht gleich Englisch, und für das mit dem dialektgefärbten Mundwerk der beiden Herren ausgesprochene Englisch braucht zwecks Verstehens selbst ein gebürtiger Engländer eine dermaßen hohe Konzentration, als wäre er zu Gast im EU-Parlament. Genau das wundert den Metzger ein wenig, denn so stockend, wie sich Angela Sahlbruckner mit dem Jungen unterhält, deutet das nicht unbedingt auf ein Verhältnis Mutter–Kind hin.

Bei dem Baby, zugegeben einem richtig pausbackigen Brocken, liegen die Dinge allerdings eindeutig.

Heftig beginnt es zu brüllen, das Eis wandert aus Angelas Hand zu Gustav Eichner, der Säugling von Noah zu Angela und schließlich, ganz den Hotelgewohnheiten entsprechend, weiter ans Buffet der All-inclusive-Verpflegung. In transparenter Verborgenheit lüftet die wunderbar anzusehende Frau unter dem Seidentuch eine Seite ihres Bikinioberteils und bereitet offenbar nicht nur dem Säugling eine Freude. Es steht natürlich außer Frage, dass sich in Zeiten eines kaum noch gepflegten Oben-ohne-Kults nun schon deutlich mehr Blicke über diverse Bücheroberkanten hinaus verirren als zuvor, und, ja, auffällig viele Damen betrachten das zur Schau Gestellte, und zwar ohne Hemmung. Was kein Wunder ist, denn die danebensitzenden Männer trauen sich aus lauter Sorge vor einem sich möglicherweise ergebenden schiefhängenden Haussegen ja nicht glotzen, wie es ihre Lenden gelüstet. Da werden den Augäpfeln schier zirkusreife Kunststücke abverlangt. Geradeaus schauen und nach links spähen, ja sagen und nein meinen, vorne sein und hinten bleiben, das können eben bevorzugt die Herren der Schöpfung. Am deutlichsten aller Anwesenden ist dem Jungen eine peinliche Berührtheit und zugleich unsägliche Neugierde anzusehen, was in den Augen des Willibald Adrian Metzger gleich der nächste Beweis dafür ist: Hier können sich unmöglich Mutter und Sohn gegenübersitzen.

Frau Würtmann hingegen ist gar nichts peinlich:

»Ein schöner Anblick ist das, wenn ein Baby an so einem prächtigen Busen liegt, oder, Dolly«, zeigt sie sich völlig blind für die leicht glasigen Augen ihrer Tochter. »Da kann man sich so freuen, wenn so ein kleines Ding so glücklich ist und so …«

»Soso!«, fällt ihr Dolly ins Wort, die Hände zu Fäusten geballt.

Mit etwas traurigem Tonfall setzt Frau Würtmann unbeirrt fort: »Und es ist einfach ein Segen, wenn es jemand gibt, den man liebhaben kann. Es geht ja einfach überall so rücksichtslos und gewalttätig zu heutzutage!«

»Genau, rücksichtslos«, klagt Dolly.

»Ach, Tino«, klagt Frau Würtmann zurück und blickt zum Himmel empor: »Und wenn ich herausfind, welches Schwein dich auf dem Gewissen hat, gibt es einen Verletzten mehr.«

»Es jeht eben einfach überall so jewalttätig zu heutzutaje«, kann sich Rudi Szepansky nun nicht verkneifen, was Frau Würtmann lautstark nach Luft schnappen lässt:

»Tino war mein Ein und Al…«

»Bitte, Mama«, erhebt Dolly nun kraftvoll ihre Stimme, und auch Gustav Eichner greift ein: »Keine Sorge, Frau Würtmann, der Scheißkerl wird sich finden!«

»Das schreit nach Selbstanzeige«, geht es dem Metzger durch den Kopf, denn hier sitzt, so vermutet er zumindest, in völliger Unwissenheit ein Drama-Dreieck, sprich Opfer, Täter und Retter, friedlich beisammen. Wobei das mit dem Frieden nicht so bleiben soll.

Noah hebt den Kopf, blickt in Richtung Brandung und steht auf. Ein Strandverkäufer mit mehrfach auf dem Kopf geschichteten Hüten marschiert das Ufer entlang, und dann marschiert auch Noah, schnurstracks auf den Burschen zu. Ja, Burschen, in puncto Alter ist zwischen den beiden nämlich wohl kein großer Unterschied. Auch optisch könnten die zwei theoretisch dasselbe Herkunftsland in ihrem Pass stehen haben, sprachlich aber herrscht blinde Übereinstimmung, zumindest körpersprachlich. Eine derartige Begrüßung verpasst man sich gegenseitig nicht einfach so mir nichts, dir nichts. Dieses Ritual will gelernt sein. In Höchstgeschwindigkeit wird eine ausschließlich mit der jeweils rechten Hand ausgeübte Abfolge von Griffen, Fingerschnipsern und Verrenkungen an den Tag gelegt, nicht einmal nach mehrmaliger Zeitlupenpräsentation könnte der Metzger das wiederholen.

So unklar dieses Bewegungsmuster auch scheinen mag, so klar ist doch: Die beiden kennen sich, wahrscheinlich sogar recht gut. Der eine ist hier offenbar des Urlaubs, der andere von Berufs wegen, legal oder illegal, das sei dahingestellt. Angeregt unterhalten sie sich, Noah wirkt aufgeregt, sein Gegenüber nimmt die Hüte vom Kopf, wischt sich den Schweiß von der Stirn, und Frau Würtmann springt auf.

»Ist das nicht der Bursche von vorgestern?«, ruft sie aufgeregt. Und ja, auch der Metzger erkennt nun den jungen, zwei Tage zuvor noch verfolgt durch die Fußgängerzone hetzenden Mann an seinem irokesenartigen Kurzhaarschnitt.

»Hat sich erledigt, ich hab alles zurückbekommen, samt Entschuldigung. Setz dich wieder hin!«, erklärt Gustav Eichner und winkt dem Jungen freundlich zu.

Ein Weilchen plaudern die beiden Teenager noch, dann kehrt Noah zu seinem Platz zurück. Erschüttert wirkt er, traurig.

»Demba told, Pepe is dead«, erklärt er, wendet sich der unter dem Nebenschirm sitzenden Dolly zu, und es wirkt, als würden sich die beiden nicht erst jetzt kennengelernt haben: »You know Pepe. Last year, you know?«

»I know«, entgegnet Dolly, und eine große Niedergeschlagenheit blickt aus ihren Augen. »I am so sorry, Noah, so sorry.«

»Demba told, they found him in the forest …«, und jetzt steht Entsetzen in Noahs Gesicht, »without eyes. Someone took his eyes!«

»Im Wald, aber, aber …«, wiederholt Dolly mit sichtlich großer Verwunderung.

»Keine Augen, das ist ja grauenhaft«, schlägt Frau Würtmann die Hände vor den Mund, dann wird geschwiegen. Nachdenklich blickt Dolly zu Boden, schiebt bedächtig mit ihren Füßen den Sand hin und her. Still ist es geworden, keiner in der Runde spricht ein Wort, und auch dem Metzger steckt nun ein gewaltiger Klumpen im Hals. Sanft flattern die Sonnenschirme, wie eine zärtliche Berührung streicht die leichte Meeresbrise über die betroffenen Gesichter und schickt, als wäre es als Trost gedacht, das kindliche Lachen des kleinen Rolf, der kleinen Michaela und der kleinen Jole durch die Reihen.

Bis zum Kopf vergraben, blickt der nun nicht mehr einsame Bengel freudestrahlend zu seinen beiden Verehrerinnen und deren Eltern hoch, und gäbe es einen von Minderjährigen einreichbaren Adoptionsantrag, Rolf hätte ihn längst lückenlos ausgefüllt und unterfertigt in seiner Hosentasche stecken.

So sieht er sie also eng nebeneinanderliegen, der Metzger, dort die Freud, da das Leid.

Und so gern er sich zwecks Zur-Ruhe-Kommens das eben Gehörte erspart hätte, weiß er nun leider eine Menge:

Ein gewisser Pepe wurde tot im Wald gefunden ohne Augen. Erfahren hat es Noah von einem nicht nur ihm bekannten Strandverkäufer namens Demba, was bedeutet: Noah kannte auch Pepe. Weiters kennt Noah die Bardame Dolly, Dolly kannte Pepe, offenbar vom letzten Jahr, ja und Gustav Eichner und Rudi Szepansky kennen offenbar sowieso jeden. Was um Himmels willen herrschen hier für Verknüpfungen? Da regt sich beim Metzger schon der Verdacht, Noah könnte hier wohl eher dem mobilen Handel als den Urlaubern zugeordnet werden.

Wodurch sich die Fragen eröffnen:

Was haben Gustav Eichner und Rudi Szepansky mit Noah zu tun?

Kannten die beiden auch den toten Pepe?

Was haben Rudi Szepansky und Gustav Eichner mit Demba zu tun, warum stiehlt ihnen der Junge die Geldbörse und gibt sie wieder zurück? Warum wirkte der ältere Herr vor zwei Tagen in der Wohnwagensiedlung so distanziert, warum klangen seine Worte »Lasst uns endlich in Frieden« so bedrohlich?

In welchem Verhältnis steht Noah zu Angela und dem Baby?

In welchem Verhältnis steht Noah zu Dolly, der die Todesmeldung in dieser Runde offenbar am meisten zu Herzen zu gehen scheint?

Und warum versetzt sie die Tatsache, dass Pepe tot im Wald gefunden wurde, mehr in Erstaunen als die Meldung über seine herausgerissenen Augen?

Mit stillen Tränen im Gesicht blickt Dolly auf das Baby in Angelas Armen, auf die drei im Sand spielenden Kinder ein paar Reihen weiter vorne und schließlich auf Noah.

Rudi Szepansky hat sich zu ihr gesellt, streicht ihr über die Wangen, besorgt ist sein Ton: »Dolly, wat is los, Mensch, is doch alles jut!«

»Stimmt, ist alles gut«, erklärt sie, ringt sich ein Lächeln ab, gibt Rudi einen Kuss und geht davon. Hektisch springt Frau Würtmann auf: »So warte doch!«

Zurück bleibt ein betrübter Noah, und nichts liegt seiner Umgebung nun offenbar mehr am Herzen, als ihn aufzumuntern.

Lange dauert es nicht, und es kommt ins Rollen, das Wundermittel gegen männlichen Kummer aller Art:

Der Ball. Lämmer werden zu Wölfen, Feinschmecker zu Aasfressern, vergeistigte Köpfe zu hohlen Birnen, was wiederum eine Ausgrabung ans Tageslicht befördert:

Das Kriegsbeil.

Triple A und der Minister

»Einsamer Wolf reißt Lamm«, lautet die Schlagzeile der Tageszeitung, mit der Josef Krainer, die Füße auf den Tisch gelegt, in seinem Büro sitzt, seine mittägliche Leberkässemmel verschlingt, und es geht ihm dreckig dabei. Verdammt dreckig. Nicht, weil ihm das erjagte Schäflein jetzt leidtäte, sondern der Wolf. Genauer gesagt, der einsame Wolf. Dieses einsam bedeutet: Er steht im Abseits, es geht ihm wer ab: sein Rudel, seine Familie, seine Einheit. Es muss folglich einen Grund geben, warum er allein durch die Gegend streift und Huftiere zerfetzt. Wo sind die anderen? Im Zoo? Im Schlafzimmer als Bettvorleger? Wo? Rudeltiere, wie auch der Homo sapiens eines ist, sind Teil einer Gemeinschaft. Das gilt selbst für den Eremiten, der ja überhaupt erst durch die Existenz der anderen, von denen er sich zurückzuziehen versucht, zum Eremiten wird.

Das alles weiß Josef Krainer, er weiß sogar, dass Homo sapiens der einsichtige, weise Mensch bedeuten soll. Er versteht nur nicht, warum grad er von lauter Idioten umgeben sein muss, also von wegen Weisheit, warum ihn die Mitarbeiter seiner Dienststelle meiden, warum es bisher keine Frau länger als drei Jahre bei ihm ausgehalten hat und er mit seinen bald 60 Lenzen immer noch solo lebt. Dank der vielen von ihm behandelten Fälle und der Unzahl an Personen, die Dreck am Stecken haben, was heißt Stecken, vom Scheitel bis zur Sohle muss es heißen, die er also auf Anhieb Kopf voran eintunken könnte bis zur Ferse, besitzt er doch alles, was aus seiner Sicht ein Frauenherz begehrt:

Eine kleine, aber feine Wohnung mit Blick über die Stadt, ein Verständnis für die Umwelt samt funkelnagelneuem VW-Golf Rabbit BlueMotion, eine komplett erneuerte Küche auf dem höchsten Stand der Technik, sogar die Waschmaschine hat er austauschen lassen, logischerweise wie sein Heimatland mit höchster Effizienzklasse, sprich AAA-Qualität. Das muss so einem Weibsstück doch gefallen, verdammt noch mal. Gefallen, genau! So wie eben auch er sich gefällt, völlig egal, um welche Uhrzeit ihm ein Spiegel in die Quere kommt.

Alles Humbug, diese »Liebe dich selbst, dann lieben dich auch die andern«-Psychoratgeber. Mehr selbst lieben wie Josef Krainer kann sich ein Mensch gar nicht. Josef Krainer ist also am Ende mit seinem Latein.

Äußerst unrund und hundemüde beißt er in seine Leberkässemmel und greift trotz Mittagspause zum Telefon:

»Hier Krainer!

–

Ja, Schulze, was für eine Überraschung!

–

Genau, ich hab mir an Ihnen ein gutes Beispiel genommen und Ihre Nummer aus meiner Kontaktliste rausgelöscht. Man muss eben haushalten mit dem SIM-Karten-Speicher. Was kann ich für Sie tun?

Ein großer Brocken Leberkäs landet nach einem geschockten Aufhuster auf der Plastikauflage des Schreibtisches, die Füße schnellen zu Boden, Josef Krainer ist hellwach:

»Ja, ich bin noch dran, Schulze. Das ist jetzt aber nicht Ihr Ernst? Dr. Konrad Maier, sagen Sie. Ja, sind Sie von allen guten Geistern verlassen? Was wollen Sie von dem?

–

Was soll der bitte mit Ihrem toten Kollegen zu tun haben?

Es tut mir ja leid, dass jemand Ihre Landsleute bei uns im Sand verscharrt und ihnen Mozartkugeln ins Aug presst, aber …

—

Schulze, jetzt passen Sie einmal auf. Ihr Ex-Häftling Heinrich Albrecht war in meiner Stadt, wurde, so viel wissen wir schon, auf Versteigerungen gesehen und hat dort ordentlich mitgeboten. Mit welchem Geld, frag ich mich. Wenn ich mir seinen Lebenslauf so anschau, wird er da nicht zum Spaß gewesen sein …

—

Kriminelle bringen Kriminelle um, wissen Sie, was das ist: Wunderbar ist das. Selbstreinigung.
Und wenn Sie glauben, hier aufkreuzen zu müssen, Schulze, nur weil die Leich denselben Pass hat, dann täuschen Sie sich. Bleiben's daheim. Wir erledigen das.
Sind wir jetzt Kollegen oder nicht? Man kann sich ja schließlich gegenseitig helfen …

—

Nicht, was Dr. Maier angeht. Bin ich ein Vermittlungsbüro, ein Partnerinstitut?
Seine Büronummer können S' von mir haben, und für mehr müssen S' ihn schon selber treffen. Wobei ich Ihnen einen guten Rat gebe, Schulze:
Lassen S' den Maier in Frieden. Das ist eine hochrangige Persönlichkeit und hat mit der Angelegenheit garantiert nichts zu tun.

—

Das is mir auch Blunzen, dass Dr. Maier aus Ihrer Sicht vielleicht wichtige Hinweise hat. Außerdem, wie soll das gehen: Ihre Sicht? Net amal Superman sieht von dem Dreckskaff dort oben, in dem Sie hocken, bis zu uns herunter. Sie kennen sich hier nicht aus!

—

Es ist mir auch Blunzen, dass Sie das Gefühl haben, wir hätten noch gar nicht mit den Ermittlungen begonnen.

–

Sie können sich gern an meinen Vorgesetzen wenden, das wäre dann übrigens ich.

–

Das is mir scheißegal, dass ich nur die Vertretung bin. Ich bin trotzdem der Chef hier, und der bleib ich auch, alles klar. Meine Vorgängerin, die Moritz, hat jetzt das erste Kind, dann wahrscheinlich bald das zweite, und dann bekommt sie hundertpro ihre Versetzung in den Innendienst, so, wie sich das gehört, dafür werd ich mich schon einsetzen. Was soll eine Firma mit jemandem auch anderes anfangen, der nach jahrelangem Windelwechseln und …

–

Nein, Schulze, ich hab keine Frau.

–

Was heißt, das können Sie sich vorstellen, so prähistorisch und frauenfeindlich, wie ich daherred! Was fällt Ihnen ein, mich hier zu beleidigen …

–

Ich kann sehr gut einstecken, besser sogar als austeilen, und wissen Sie, warum? Von mir bekommen Sie nämlich genau nix. Wie Sie an Dr. Konrad Maier herankommen, ist Ihr Problem …

–

Nein, ich weiß nicht, was Sie alles können, Schulze! Ich weiß nur, was Sie mich alles können …

–

Na, dann rufen S' eben den Minister an, das is ja eh ständig wer anderer.«

Dann wird er kalt, der Leberkäs, und Josef Krainer starrt zum Fenster hinaus. Verdammt, er muss eine Partnerin finden, irgendwer muss doch auch für ihn zu haben sein.

Man mag es ja kaum glauben, aber sogar dieser Waschlappen Metzger hat wen gefunden, wenn auch nur eine dahergelaufene, verwitwete Ausländerin. Und dieser Trampel Irene Moritz hat auch wen, sogar einen Kollegen, dem er tagtäglich in sein stolz grinsendes Jungvater-Gfries schauen muss, ohne ihm die Nase brechen zu dürfen. Zum Kotzen ist das alles.

»Es ist einfach nur ungerecht, dieses Leben!«, teilt Josef Krainer lautstark dem leeren Raum mit, knüllt die restliche Leberkässemmel ins Papier, zerquetscht die Kugel so lange in seiner Hand, bis es ihm links und rechts das Fleisch herausdrückt, und erhebt sich.

Eines ist jedenfalls sicher: Nächstes Wochenende feiert er seinen kommenden Sechziger, und vielleicht geht sein einziger Wunsch in Erfüllung, vielleicht ist ein Frauenzimmer für ihn dabei. An Besuchern sollte es jedenfalls nicht mangeln, denn all jene werden antanzen, die sich aufgrund seines enormen Hintergrundwissens nicht nein sagen trauen.

Es wird also ein großes Fest, und ja, da traut er sich, wetten, auch Dr. Konrad Maier wird kommen.

Der Rachegott und die Harley

Es wird also Ball gespielt.

Und weil so ein versehentlich auf Kopfhöhe in die Schirmreihen gekicktes Geschoss Jahrzehnte hindurch beim Einschlag in diversen Liegestuhlinsassen wahrscheinlich ein bisschen zu viel an nachhaltiger Tiefenentspannung zur Folge hatte, gleicht die Flugbahn der sich an Stränden zugespielten Pässe aktuell eher der Glockenkurve als der Geraden, sprich: Volleyball.

Annehmen, abspielen, aufspielen beziehungsweise taktisch möglichst sinnvoll ins gegnerische Feld schmettern, all das mit einer einzigen Berührung. Kickerhelden werden zu Witzfiguren, die ansonsten von den Kickerhelden als Statisten diskriminierten Mitschüler zu Ballkünstlern. Der Rachegott ist eine aufgeblasene Kugel. Und er kennt sie nicht, die zweite Chance. Wer scheitert, schadet der eigenen Mannschaft und beschenkt den Gegner.

Und dieser Gegner ist nicht zu spüren, sondern nur zu sehen, gegenüber steht er, in Kampfaufstellung angetreten. Von Treten, der wohl größten Freude aller Liebhaber des Fußballsports, kann also keine Rede sein. Innerhalb der Grenzen eines Volleyballfeldes verirrt sich für gewöhnlich keine Schuhsohle ins Gebein, kein Knie ins Gedärm, kein Ellbogens ins Gesicht, außer natürlich:

- A: Zwei Erzrivalen begegnen einander gerade zufällig Rücken an Rücken am Netz.
- B: Der Schiedsrichter steigt nach einer groben Fehlentscheidung herunter von seiner Leiter.
- C: Zwei Spieler derselben Mannschaft entscheiden sich gleichzeitig zur Ballannahme.

Dermaßen laut ist der über den Strand erschallende Schmerzensschrei, da vermutet der besorgte Urlaubsgast zu Recht das Auftauchen eines in diesen Regionen an sich gar nicht vorkommenden fleischfressenden Meeresbewohners. Doch vergeblich. Nichts irritiert den gemächlichen Wellengang der Adria, hier verschluckt kein großer Weißer ein Bein, sondern er bricht es, und zwar innerhalb der eigenen Mannschaft. An die zwei Meter hoch muss er sein, der hellhäutige, ölig-stämmige Ruderleibchenträger mit knapper Badehose, kräftigem Oberarm samt lächelnder Lolita-Tätowierung und Cowboysonnenhut. Ein Koloss von einem Mann, gewiss kein Rollerfahrer und Rotweintrinker, eher Harley Davidson und Gerstensaft.

Begonnen hat alles ja völlig unauffällig: Rudi Szepansky war wie auch die letzten Tage zuvor aufgrund des Wellengangs mit Flossen, Taucherbrille und Schnorchel schwimmen gegangen, und zwar so richtig. Freistil mit gekonnter Technik, allerdings ohne den Kopf heben zu müssen, bis hinaus zur Boje.

Gustav Eichner hingegen war aufgestanden, hatte nach der Todesmeldung den Ball und den niedergeschlagenen Noah gepackt, beide zum Beachvolleyballplatz gebracht und begonnen, dem Jungen zuzuspielen. Ist ja auch ein guter Ansatz, durch Bewegung des Leibes die Seele durchzuputzen. Und sichtlich gutgetan hat es dem Burschen, wie er da in Erwartung der Ballannahme beide Arme emporgestreckt den gelösten Blick zum Himmel richtete, als würde er seinem toten Kollegen Pepe einen liebevollen Gruß zuschicken. Und weil das gleich so gut geklappt hat, mit dem oberen Zuspiel, wollte der großgewachsene Gustav Eichner mehr.

Lange dauerte es nicht, und eine kleine, gemischtgeschlechtliche Gruppe im Alter zwischen 16 und 56 hatte sich gefunden. Vier auf der einen, vier auf der anderen Seite.

Links: Noah, dann ein schlaksiges, ein speckig-, aber sportliches Mädel und schließlich der ölige, tätowierte Cowboy.

Rechts und somit gegenüber: Gustav Eichner, dann ein drahtiger Bursche, ein deutlich im oberen Bereich des Body-Mass-Indexes wandelnder Bierbauchträger mit Goldkette samt »Love«-Anhänger und schließlich ein wohlgeformtes, von einem stofftechnisch maximal noch als Augenbinde verwendbaren Bikiniunter- und als Schlafmaske verwendbaren Oberteil verhülltes Fräulein.

Zwei Mannschaften also, Kampfmannschaften, wie es im Ballsport so schön heißt. In diesem Fall allerdings ein Kampf jeweils mit sich selbst und den eigenen Fähigkeiten. Als Aufnahmekriterium ins jeweilige Team zählte hier ja auch nicht das Leistungsvermögen, sondern allein die Anwesenheit der Teilnehmer. Zuschauer gab es bald deutlich mehr, denn immerhin beherbergten die zwei gegeneinander antretenden Mannschaften drei bewegungshungrige Damen, und was bitte gibt es für das Männerherz Feineres, als den beim Beachvolleyball in Bikinis gepferchten knackigen Sportlerinnen hochoffiziell auf das Hinterteil, die hüpfende Oberweite, die sich im Flug aufgrätschenden Beine gaffen zu können.

Der anfänglichen Spielfreude allerdings fehlte es recht bald an der dazu passenden Mimik, denn etwas Anstrengenderes, als im Sand einer aufgeblasenen Wuchtel hinterherzuhecheln, kann sich der Metzger kaum vorstellen. Das Spielfeld liegt zwar ein Stück von den Liegestuhlreihen entfernt, trotzdem war ihm ein ausreichendes Blickfeld gegeben, um bereits nach den ersten Spielminuten langsam, aber sicher ein paar Gedanken an die mehrsprachige Allgemeinmedizinerin Frau Dr. Aurelia Cavalli und ihr Erstversorgungswissen in puncto Hitzschlag oder Herzinfarkt zu verschwenden. Ohne Chance auf Balleroberung wurde in den Sand gehechtet, gesprungen, gesprintet und gerade dort, wo der Atem ohnedies schon denkbar kurz ging, geflucht, da hilft auch der Duden nichts mehr: »Lauf, du Wappler!«, »Spü eam auf!«, »Net so hoch, Topfenneger!«, »Zu mir, oder bist schasaugert!«, »Net zu der Trutschen, oder wüst das budan!«.

Zwei Herren also, Gustav Eichner und der Goldkettchenträger, sprachen dieselbe Sprache. Als launig konnte die Spielatmosphäre innerhalb Gustav Eichners Mannschaft wahrlich nicht bezeichnet werden. Immerhin entspricht die einzige Dame dieser Viererbelegschaft 1:1 dem Beuteschema des untersetzten älteren Herrn, da funkelt er nur so, der güldene »Love«-Anhänger, und heult er auf, der Jagdinstinkt, der Scheidungstrieb, der Geltungsdrang. Gustav Eichners Truppe aber mühte sich vergeblich ab. Noahs Mannschaft parierte jeden Angriff, fast unüberwindbar schien der das Netz behütende zwei Meter große tätowierte Ruderleibchenträger.

Seelenruhig hob er die Arme, was der dadurch im Bizepsbereich kopfstehenden, lächelnden Lolita einen scheinbaren Schmollmund abrang. Mächtig und behäbig konnte er mit einer großen Reichweite aufwarten, nahm dadurch zwar gewaltig viel Raum ein, viel Raum allerdings gewann er durch Fortbewegung nicht, dafür fehlte es ihm an Spritzigkeit, von Bücken ganz zu schweigen. Ergo kamen die Beine zwecks Ballannahme zum Einsatz. Und genau hier steckt er, der Pferdefuß des Volleyballs. Ein Ball, zwei Balleroberer. Hinten Noah und von vorne nach hinten stürmend, das Bein vorangestreckt, ein Prellbock gallischen Ausmaßes.

Allein vom Zusehen wurde dem Metzger da sterbensübel, denn der angedachte Schuss war vielmehr ein Schuss ins Knie. In diesem Fall ins Knie des jungen Noah. Schlagartig kippte er um, erhob sich wieder, doch vergeblich. Eher zurück anstatt wie vorgesehen nach vorne beugte sich das Gelenk, und ein Schmerzensschrei erschütterte die Strandidylle. Als wäre es aus Gummi, gab das Bein nach, und Noahs verschwitzter Köper landete im Sand.

Und dort liegt er jetzt.

Sofort sind Gustav Eichner, Angela, das Baby vor den Bauch gebunden, und der aus dem Wasser stürmende Rudi Szepansky vor Ort. Auch einige der Gäste erheben sich und nähern sich dem Volleyballfeld. Panik steht im Gesicht des unbeabsichtigten Übeltäters. Mühelos hebt er sein Opfer, den ohnmächtigen Jungen, hoch in seine kräftigen Arme, läuft mit ihm, gefolgt von den anderen, zum Meer und taucht unter heftiger Kritik der Zuschauer den bewusstlosen Körper ins Wasser. Mit Erfolg.

Noah kommt zu sich, setzt sich auf, die brechenden Wellen schlagen von hinten gegen seine matt herabhängenden Schultern, blass ist sein Gesicht.

Und jetzt wundert sich der aufgestandene Metzger, denn trotz des großen Sorgenkindes da am Ufer des Meeres legen die dazugehörigen Angehörigen eine Passivität, ja Hilflosigkeit an den Tag, als wären sie mehr ein Teil der Zuschauer als des Jungen. Da ist nun nicht mehr viel übrig vom zuvor noch entstandenen Eindruck einer friedvollen Familienidylle. Als Patchwork, also Flickwerk, können hier nur noch allfällige zu versorgende Sportverletzungen bezeichnet werden. Ebenso gerissen wie das scheinbare Band der Familie ist das Kreuzband in Noahs Kniegelenk, das steht fest. Noah hingegen steht alleine gar nicht mehr.

Nur noch mit fremder Hilfe kommt der Junge auf die Beine und wird, gestützt von den beiden Mädels seiner Mannschaft, ins Hotel gebracht.

Alle anderen bleiben zurück. In doch deutlichem Abstand zueinander stehen Rudi, Gustav und Angela im Sand, auch Noahs Attentäter setzt nicht hinterher.

Seltsam erscheint dem Metzger dieses regungslose Verhalten, besonders der Frau, da verfestigt sich natürlich gleich der Ansatz: Wenn Angela nicht voll Sorgen den verletzten Burschen begleitet, wird Noah wohl weder ihr Kind noch ihr Freund, vielleicht nicht einmal ein nahestehender Bekannter sein. In keinem der drei Fälle bleibt man einfach zurück und lässt die betroffene Person von zwei Fremden davonschleppen.

Ein wenig dauert es, bis Bewegung in die Runde kommt. Rudi Szepansky geht auf Gustav Eichner zu, und es sind durchaus entschlossene Schritte, die er da in den Sand setzt. Breitbeinig nimmt er vor seinem Kumpel Aufstellung, und harmonisch sieht es nicht unbedingt aus, das akustisch außer Reichweite des Metzgers nun stattfindende Gespräch.

Samariter und Placebos

»Bei dir sind doch nich mehr alle Latten am Zaun. Ick krieg det einfach nich jebacken: Jehste mit dem Jungen Ball spielen, jefährlicher jehts ja jar nich. Stell dir vor, det wär jetz dir passiert, da könnten wir die janze Jeschichte abblasen, oder soll ick det aleene durchziehen, ick bin nur 'n Fahrer!«

»Jetz scheiß di net an, is ja nix passiert!«

»Was heeßt, is nüscht passiert. Der Junge kann nich mehr loofen. Will ick ja jar nich wissen, wat aus dem jetz wird! Der braucht Hilfe!«

»Ganz genau, und die bekommt er natürlich auch, irgendwie fühl ich mich für den Unfall verantwortlich. Der Junge is also dabei!«

»Also, jetz versteh ick Bahnhof!«

»Nix Bahnhof, Auto. Wir nehmen ihn mit. Is dir das Hilfe genug?«

»Spielste jetz den heilijen Samariter, oder wat. Ick weeß ja nich, wat det fürn Heiligtum is, det deene Anjela diesem ollen Fatzke Maier für seene Sammlung oder wat liefern soll, aber jetz hat die Alte sowieso schon ne Jöre an dem Jehänge, darüber hat mir übrijens keener informiert, und jetz willste ooch noch den Jungen mitschleppen. Der is jebrechlich und braucht ne Bahre!«

»Moch kan lächerlichen Zwergerlaufstand! Nur weil der Bursch nimma hatschen kann, is er lang no net krank. Bekommt er ein paar Krücken und geht schon wieder. Außerdem bringen wir ihn ja nicht als Auslandslegionär zu irgendeinem Klub!«

»Dann jäbs für ihn wenigstens sofort ne Aufenthaltsbestätijung oder Staatsbürjerschaft? Dann erklär mir ma: Wat soll der Junge machen da oben, illejal? Außerdem: Machste dir den Burschen vertraut, biste verantwortlich, det hat schon der kleene Prinz jewusst, verstehste.«

»Der kleine Prinz war aber ein sentimentaler Fetzenschädel, oder wer lässt sich freiwillig von einer Giftschlange beißen!«

»Der Junge zum Beispiel, wenn er mitkommt, weil Pastor biste keener!«

»Dann erklär du mir mal: Was hat der hier für Perspektiven? Handtücher und vertrottelte Touristen. Ich bring ihn bei uns in eine Unfallklinik, dann sehn wir weiter.«

»In ne Unfallklinik, als Illejalen? Is ja ne Kleinigkeit!«

»Da hab ich Kontakte. Außerdem sieht er gleich, wie eine solide medizinische Grundversorgung so aussieht. Das ist nämlich ein bisserl mehr als die paar Pflaster und abgelaufenen Placebos, die wir da runterschicken. Spürt er hautnah den Unterschied zwischen Dritter und Erster Welt. Fühlt er sich gleich von Anfang an wie im Paradies, sozusagen neugeboren. Auf die Welt kommen beginnt eben immer im Spital!«

»Blödsinn. Ick zum Beispiel war ne Hausjeburt, inner Badewanne ...«

»Ein alternativer Waschlappen, na, das erklärt alles. Hausgeburt, bis zur Einschulung gestillt, dann Waldorfschule, mit 23 endlich die Matura nachgeholt, dann versaute Aufnahmeprüfung auf irgendeine Kunstfachschule und schließlich abgebrochenes Psychologiestudium, hab ich recht. Und jetzt bist hauptberuflich Autofahrer. Spitzenkarriere!«

»Ick würd eher sajen, Sondertransporter für jeistig Minderbemittelte!«

»Gefahrenguttransporter, wennst weiter am Watschenbaum rüttelst. Und jetz kümmer dich um den Jungen, ich hab was mit Angela zu besprechen.«

»Von wem det Kind is zum Beispiel! Vielleicht is ja der Junge der Vadder, oder warum hängt der überhaupt bei uns rum?«

»Du fahren, nix denken!«

»Wenn dir dein einfachet Jemüt weiter so durchjeht, kannste verjessen, worum de mir jebeten hast, und aleene einbrechen jehen. Ick bin ja nich det Mädchen für allet.«

»Einbrechen? Ein Spaziergang wird das. Und eines sag ich dir, Szepansky: Mit Drohungen bist du bei mir ganz an der falschen Adresse. Ich find auch jemand anderen, bei der Summe, die ich da abräum.«

»Det frag ick mir, wer sich so 'n fetten Jaul in die Bude hängt. Wie willste det Bild überhaupt verkoofen, det is doch viel zu teuer, welcher Spinner soll det nehmen?«

»Na, der Maier selber.«

»Also, det versteh ick nich.«

»Du Pfosten, wir nehmen das Bild, drohen es zu zerstören, was dem Maier das Herz brechen würde, verlangen eine Lösegeldsumme, die deutlich unter dem Versicherungswert liegt, und die Versicherung zahlt wie nix, heilfroh, dass sie sich was erspart. Heißt Artnapping, der Spaß!«

»Also, ick kenn nur Kidnapping, und det heeßt zum Beispiel, dass 'n Junge jejen seinen Willen mitjeschleppt wird.«

»Gegen seinen Willen! Der kommt gern mit, auf nix anderes hat der sein Leben lang gewartet. Und jetzt zisch ab, aber dalli, und kümmer dich um ihn.«

Orthopäden und kühle Blonde

Wutentbrannt wendet sich Rudi Szepansky ab und läuft Noah hinterher, was schlagartig zu einer Gruppenbildung führt. Gustav Eichner und Angela stecken ihre Köpfe zusammen, und nichts daran erweckt den Anschein, der Inhalt des Gespräches könnte auch für andere Ohren bestimmt sein. Ein Weilchen wird getuschelt, schließlich folgt endlich auch Angela dem Jungen, und etwas in den Augen des Restaurators höchst Seltsames passiert.

Gustav Eichner blickt sich um, stellt Sichtkontakt zu Noahs ein Stück weit entfernt stehendem Attentäter her und nickt. Dieser nickt zurück, macht auf der Ferse kehrt und marschiert davon. Lange dauert es nicht, und Gustav Eichner, der zuvor einen Rucksack schultert, unternimmt ebenfalls einen Spaziergang, genau in dieselbe Richtung. Da drängt sich im Metzger-Hirn natürlich der Gedanke auf, das Einander-Zunicken der beiden Herren könnte kein Gruß, sondern vielmehr ein Zeichen gewesen sein. Und ein Glaserl auf das gerissene Kreuzband des Jungen werden die beiden ja wohl jetzt nicht heben gehen.

Irgendetwas stinkt hier gewaltig zum Himmel, sagt ihm zumindest sein Instinkt. Vielleicht aber liegt er ja auch falsch, der Metzger. Was seinen Rücken angeht, trifft das auf jeden Fall schon einmal zu. Er muss also dringend ein paar Schritte einlegen, sich durchstrecken. Ein Sieben-Tage-Aufenthalt in diesen Liegen, kombiniert mit den grubenartigen, weichen Betten, und der Urlauber darf sich nach seiner Heimkehr unter Dauerschmerzen so lange seine Infiltrationen beim Orthopäden abholen, bis endlich die Einsicht folgt: Da saugt mir jemand mit voller Absicht mehr ab, nämlich Geld, als er mir an Linderung einspritzt. Um einen guten Orthopäden zu finden, bedarf es eines Laufes von Pontius zu Pilatus, braucht man also gute Füß, was in sich durchaus ein bisserl einen Widerspruch darstellt. Ja, Geschäfte gibt es immer zu machen, und je schwerer sich die Menschen auf ihren Beinen halten können, desto leichter klingelt die Kassa, das gilt im Übrigen nicht nur für Heilpraktiker.

Wo wollen die beiden, in deutlichem Abstand hintereinandergehenden Herren also hin?

Da kann er jetzt natürlich nicht anders, der Metzger, als blitzartig seine Habseligkeiten zu schnappen und adjustiert in Badeshort, Leibchen, Strohhut und Badeschlapfen diese höchst seltsame Einladung anzunehmen: Es geht zwischen den Schirmreihen hindurch auf die in dem Sand liegenden, als Promenade gedachten Holzbretter, vorbei am Hotelkomplex, vorbei an der Strandbar, selbiges gilt für die nächsten drei, vier, fünf Hotelanlagen, bei zehn hört Willibald Adrian Metzger zu zählen auf und marschiert nur mehr, nicht ohne mit leichtem Missmut festzustellen, wie schwer so eine Badetasche werden kann, selbst wenn sie nur ein paar Zeitschriften, eine 250-ml-Flasche Sonnenmilch, zwei Handtücher und diversen Kleinkram enthält.

Dann ändert sich schlagartig die Umgebung. Aus dem geometrischen Muster der Liegestuhlreihen wird ein Durcheinander verschiedenfarbiger Schirme, aus den Hotelanlagen ein lichter Hain aus Pinien und Buschwerk. Hier sind die Freiheitsliebenden zu Hause, das nächtliche Dach der Sternenhimmel und eine bunte Plane, im besten Fall eine Plastikhartschale, hier sind die Sanitäreinrichtungen Orte der Gemeinschaft. Camping also.

Ein einziges Mal kam der Metzger-Junior dank seinem Senior in den Genuss dieser Erfahrung. Die Mutter wurde zu Hause gelassen, der geschwisterlos vorhandene Nachwuchs geschnappt, offen das Vorhaben ausgesprochen, die nächsten drei Tage mögen zwecks Überwindung der Fremde zwischen Vater und Sohn dienen – als könne der Sohn da etwas dafür. Nähe solle der Ausflug bringen, eine Art männliche Verbrüderung zur Folge haben, also wurde irgendein entlegenes Dreckskaff mit kleinem Tümpel und reichlich Wald angesteuert. Und bereits vom Tag eins an war es dem Metzger deutlich der Nähe und des Drecks zu viel. Sozusagen Haut an Haut in einem überhitzten Zweimannzelt neben einer nächtens röchelnden Person liegen zu müssen, die bis dato unter körperlicher Zuwendung maximal die herabsausende Handfläche verstanden hatte, das kann in puncto Kuscheligkeit und seliger Nachtruhe schon reichlich zäh werden.

Es brauchte keine 24 Stunden, und die erstmals seit 14 Jahren ihre sturmfreie Bude genießende Metzger-Mama bekam unerwartet ihre beiden Ausreißer zurück. Wiedersehensfreude sieht anders aus.

So zum Beispiel: Deutlich schrumpft der Abstand der drei hintereinanderspazierenden Herren. Gustav Eichner hat überhaupt auf seinen Vordermann aufgeschlossen und wird bereits vor einem kleinen Kuppelzelt gegenüber der Feuchtträume erwartet. Direkt putzig wirkt die igluartige Behausung, über die der großgewachsene, stämmige Kerl hüftaufwärts hinausragt. Zwecks Nachtruhe jedenfalls dürfte sie reichen, und zusammengefaltet passt sie garantiert auf den neben dem Zelt stehenden Chopper, darauf kommt es an.

Eine Harley also, mit Ledertaschen links und rechts, einem dermaßen langstieligen hohen Lenker, da verdunstet in Windeseile jeder Tropfen Schweiß am Achselhaar, und einem Kennzeichen, das deutlich mehr nach Binnenland als Mittelmeer aussieht.

Dem Metzger ist ja dank seiner fehlenden Lenkerberechtigung ein gänzlich anderer Blick auf die Vielzahl der Stra-

121

ßenbenützer gewährt, und eines kann er in seiner Rolle als Fußgänger mit Sicherheit behaupten: je protziger der hochpreisige Repräsentationsschlitten beziehungsweise je tiefergelegter die getunte Rostschüssel, desto krimineller die Fahrweise. Ein motorisiertes Gefährt ist eben unter Umständen nicht nur ein zugelassenes Transportmittel, sondern durchaus auch ein zulässiges Dokument, sozusagen der Idiotenausweis. Einzige Ausnahme: Harleyfahrer. So wild können diesen Reitern die Federn gar nicht wegstehen, so verwegen können sie sich gar nicht kostümieren, dass ihre Verkehrsteilnahme auch eine solche wäre. Die Harley nämlich wird offenbar nicht gefahren, sondern ausgeführt, bedächtig, ehrenvoll, friedfertig. Angsteinflößend wirken die Lenker also erst im abgesessenen Zustand.

Gustav Eichner jedoch scheint furchtlos, geht unbeirrt auf den Hünen zu und tritt ihm gegenüber. Da rechnet er jetzt schon mit einer Abrechnung, der Metzger, einem handgreiflichen Wiedergutmachungsakt für Noahs malträtiertes Knie, bleibt ihm dann doch verdattert der Mund offen. Eine Handgreiflichkeit findet zwar statt, allerdings nicht im Sinne von Faust ins Gesicht, sondern Handfläche auf die Schulter. Freundschaftlich klopfen sich die beiden Herren auf dieselbe und verschwinden unter der Zeltplane.

Ein wenig bleibt er noch fassungslos stehen, der Metzger, starrt auf das Kennzeichen des Motorrades und beschließt schließlich, zwecks Wartens ein verstecktes Plätzchen aufzusuchen.

Und weil er sich nun nicht auf den zugegeben einladend wirkenden, gemütlichen Harley-Ledersitz hocken kann, verschwindet er vis-à-vis im überraschenderweise durchaus gepflegten Sanitärgebäude, sucht sich aus den etwa zehn vorhandenen das eine, taktisch am besten gelegene Waschbecken und tut so, als ob, Körperpflege eben, schaut in den

Spiegel und somit zum Eingang des Zelts, trinkt, gurgelt, wäscht sein Gesicht, registriert den dank Erfrischung sein Hirn durchzuckenden Geistesblitz, kramt in Danjelas Badetasche, und dann landet er in seiner Hand, der ihm zwecks Urlaubs-Beweisfotos von Danjela übergebene Apparat. »Werden es eben nur Beweisfotos!«, nimmt der Metzger nun den Spiegel ins Visier. Lange dauert es nicht, und Gustav Eichner tritt mit ein paar Zetteln zwischen den Fingern ins Freie, hinter ihm Noahs unabsichtlicher Attentäter mit einem Kuvert in der einen und einem Helm in der anderen Hand, gegenüber der Metzger mit der Kompaktkamera im Anschlag – und Foto.

Die zwei Herren verabschieden sich, es folgt eine brüderliche Umarmung der Kategorie »Alte Bekannte« – und Foto. Man kennt einander, das steht einwandfrei fest, und es wurden Geschäfte gemacht. Denn kaum tritt Gustav Eichner den Retourweg an, werden dem Kuvert eine Reihe an 100-Euro-Banknoten entnommen – und Foto –, die Scheine gezählt – und Foto –, in die Geldbörse gesteckt, der Helm aufgesetzt und das Motorrad gestartet – und Foto. Richtig eine kindliche Freude hat er da, der Metzger, mit dem Fotoapparat in der Hand, und vielleicht könnte er in weiterer Folge eine Befähigung zum Paparazzo in sich orten, würde sich da im Eingang des Sanitärbereiches nicht plötzlich während des erneuten Abdrückens ein bekanntes Gesicht sozusagen vor die Optik schieben – und Foto.

»Jetzt staun ich aber!«, wird dem Restaurator entgegengelächelt.

»Ja, Herr Weibl! Das Staunen ist ganz auf meiner Seite, ich dachte, Sie wohnen im Hotel!«

Mit offenen Armen kommt Hans-Peter Weibl auf Willibald zu und schüttelt ihm euphorisch die Hand: »Dachten Sie? Wie gesacht, hier haben wir mit unseren Kindern jahrelang geurlaubt, in unsrem Campingbus, und wenn es für meine Henni aus nostalgischen Gründen genau dieser Strand sein muss, zahl ich auch kein Hotel. Außerdem, was is schlecht an Camping! Haste dein Zuhause immer dabei, kannste stehen bleiben und kannste abreisen, wannste willst.

Und Sie, was machen Sie hier, Selbstporträts? Gibt ehrlich gesacht 'n höchst interessantes Bild ab, ein Mann, der allein in nem Waschraum steht und sich in nem Spiegel fotografiert.«

So betrachtet hat er natürlich recht, der Herr Weibl, und eine schlüssige Alternativerklärung zu diesem Spionageausflug bietet sich jetzt auch nicht wirklich an.

»Ein Spionageausflug ist das«, lautet also die Erklärung. Herr Wcibl zicht die Augenbrauen hoch, und der Metzger setzt fort: »So schön ist unser Hotel nämlich nicht, da haben Preis und Leistung ein denkbar schlechtes, man kann ruhig sagen schmutziges Verhältnis. Jetzt bin ich sozusagen auf Fotosafari zwecks Alternativen …«

»In der größten Affenhitze?«

Unbeirrt setzt der Metzger fort »… und ich muss zugeben, das ist alles sehr gepflegt hier, da kommt man ja direkt auf den Gusto!«

»Und ich kann Ihnen nich einmal 'n kühles Blondes anbieten, meine Henni macht nämlich gerade ihr Nickerchen!«

Und weil er ein höflicher Mensch ist, der Herr Weibl, greift er den Gusto des Metzgers auf und hält ungebeten eine ausführliche, begeisterte Führung durch die Anlage ab. Eine überraschend weitläufige eigene kleine Welt tut sich auf. Aus Distanz werden mit Stolz der Weibl-Campingbus präsentiert, die mietbaren Caravan-Einheiten, die zwei Restaurants, die Poollandschaft samt Bar. Schließlich wird der sich mittlerweile nur noch äußerst schleppend fortbewegende Willibald zum straßenseitigen Ausgang geleitet, ihm die Busstation gezeigt und die längst nötige Erste Hilfe verabreicht: Hans-Peter Weibl nämlich packt ihn am Arm, führt ihn über die Straße, hinein in einen, verglichen mit draußen, arktisch heruntertemperierten Supermarkt, besorgt ein Sechsertragerl helles Weizen und spendiert dem Restaurator das sichtlich dringend nötige alkoholhaltige Elektrolytgetränk.

»Kühles Blondes stimmt«, erklärt der Metzger leicht fröstelnd, aber selig, dann prostet man einander zu, gönnt sich im Eingangsbereich direkt unter dem Gebläse der Klimaanlage sowohl von außen als auch innen den wohltuenden Kälteeinbruch und tauscht sich aus. Herr Weibl erzählt von seiner Henni und ihrem ihr deutlich anzusehenden prächtigen Appetit. Der Metzger erzählt von Danjelas Brechdurchfall. Herr Weibl erklärt, es wäre wahrscheinlich klug, seiner Henni zwecks Gewichtsreduktion einen ebensolchen Städteausflug samt Kebab zu organisieren. Der Metzger erklärt, es wäre mit Sicherheit klug, schön langsam wieder zu seiner maroden Madame zurückzukehren: »Sonst hängt wieder der Hausfrieden schief!«

»Am Samstag is Markttag in der Nachbarstadt, fährt 'n Bus hin, die Station is gleich hier beim Ausgang vom Campingplatz. Dort gibt's Berge von Wäsche, Taschen, Schuhe. Bringen Sie Ihre Frau hin, und glauben Se mir, da hamse dann gleich Ihren Hausfrieden wieder.«

»Na, dann sag ich danke für den Tipp! Und natürlich für das Bier!«

»Gern geschehen, so von Schicksalsgenosse zu Schicksalsgenosse. Also: Man sieht sich!«, weissagt Herr Weibl freudvoll zum Abschied und zieht mit seinen verbliebenen vier Flaschen Weizen vondannen.

»Das nächste Mal zahle ich«, winkt ihm der Metzger hinterher und denkt dabei einzig an die Tatsache, dass in puncto Zahlen noch eine Rechnung offen ist. Die Frage drängt sich nämlich schon auf: Wofür hat der Harley-Fahrer vorhin kassiert? Wurde er von Gustav Eichner für die ihm ausgehändigten Zettel entschädigt? Oder gar für den Schaden, sprich das gestreckt in Noahs Knie gerammte Bein?

Wie gesagt: Geschäfte gibt es immer zu machen, und je schwerer sich die Menschen auf ihren Beinen halten, desto leichter klingelt die Kassa.

Weißwurst und Weißbrot

Gedankenschwanger tritt er den schnellstmöglichen Rückweg an, der Metzger, also nicht den Strand, sondern die parallel zum Strand verlaufende Nebenstraße entlang. Der Blick durch die Seitengasse auf die Einkaufsmeile zeigt gähnende Leere, denn die meisten der Geschäfte haben um diese Tageszeit geschlossen. Der Einheimische also frönt seinem Mittagsschläfchen, der Urlauber offenkundig nicht: »Glaub, hab ich Hunger«, klingt es dem Metzger aus seinem Mobiltelefon entgegen.

»Danjela, das ist ja erfreulich, es geht dir also schon besser. Ich bring dir was, hast du irgendeinen Gusto?«

»Sag, bist du nicht auf Strand? Hör ich Auto?«

»Das ist nur ein Moped, ich bin spazieren. Also, was darf ich dir mitnehmen?«

Ein kleines Päuschen ist da auf der Gegenseite zu vernehmen, dann ein tiefer Atemzug und schließlich die Gegenfrage: »Und warum gehst du heute bei Affenhitze durch Ort spazieren, aber nix vorgestern mit mir auf Strand?«

Das wird es wohl noch länger zu hören geben, und Vorwürfe hin oder her, gut ist das. Willibald Adrian Metzger ist diesbezüglich nämlich weder überrascht noch eingeschnappt, im Gegenteil. Dank seiner Beziehung zu Danjela Djurkovic hegt er ohnedies schon länger den Verdacht, die Entwicklung vom Affen zum Menschen, sprich die Symbiose aus Anpassung und generationsübergreifendem Lernen, könne einzig der Tatsache zu verdanken sein, dass im weiblichen Organismus offenbar kein Funken an Information verloren geht, nichts vergessen wird. Eine unlöschbare Festplatte und zeitweise unbezwingbare Festung ist das. »Ohne weibliches Elefantengedächtnis könnte ich heute wahrscheinlich nicht einmal Feuer machen!«, geht es ihm durch den Kopf, dann startet er den in dieser Situation einzig sinnvollen Gegenschlag: »Wenn du wieder auf die Füße kommst, o holde Göttin, geh ich mit dir überall hin.«

Wie aus der Pistole hat auch Danjela eine wirksame Erwiderung auf Lager: »Ist das versteckte Heiratsantrag?«

Jetzt verliert er an Tempo, der Metzger, und gerät ins Stocken, so wie immer, wenn ihm von hinten herum, humorig getarnt, die Überschrift »Trauung« vor den Latz geknallt wird.

Wartet seine Danjela darauf?

Auf seine Antwort wartet sie jedenfalls nicht.

»Bitte lachst du, war Witz. Ist Eheversprechen sowieso nix Vollkaskoversicherung, maximal Haftpflicht. Außerdem kannst du dir vorstellen, meine Volumen gepfercht in Hochzeitskleid, schau ich aus wie Weißwurst!« Ein Kichern ist zu vernehmen, dann die Bemerkung: »So wie hochschwangere Walross Irene Moritz neben ihre lange Lulatsch Gerhard Kogler, kannst du dich erinnern? War wie Prosciutto-Haxen neben Grissini.«

»Man hört, du hast Hunger!« Mehr weiß der Metzger dazu nicht zu sagen. Es ist ja auch stets dasselbe: Zuerst bringt Madame Djurkovic das Thema Vermählung aufs Tapet, dann zieht sie es ins Lächerliche. Will sie jetzt, oder will sie nicht? Da soll sich ein Mannsbild einmal auskennen.

»Weißbrot und Schinken«, ist schließlich Danjelas Schlusswort und somit alles gesagt.

Zumindest von ihrer Seite. Willibald Adrian Metzger hingegen starrt auf das Telefon, ähnlich unschlüssig wie seine Danjela. »Soll ich, oder soll ich nicht?«, geht es ihm also durch den Kopf, denn ausgelöst hat das Gespräch gerade schon etwas: Und zwar den Gedanken an die befreundete, kurz nach Willibalds Fünfziger zur Mutter gewordene, aktuell durch Ungustl Josef Krainer vertretene Leiterin der Dienststelle Irene Moritz. Dann tut er es.

»Ja, Willibald, das ist ja eine Überraschung. Bist du nicht grad im Ausland?«, ist nach nur eimaligem Läuten zu hören.

»Liebe Irene, mit Überraschung triffst du den Nagel auf den Kopf. Und was deinen Kopf betrifft, brauchst du den jetzt gar nicht aus der Schlinge ziehen, der steckt da ziemlich mit drinnen, oder? Ihr habt mich ja alle ganz schön reingelegt.«

Ansteckend ist das Lachen auf der Gegenseite, und einmal mehr fällt es dem Metzger auf, wie sehr Irene Moritz an Herzlichkeit und Offenheit gewonnen hat, seit sie neben ihrem angetrauten Kollegen Gerhard Kogler noch einen zweiten Mann ins Haus bekommen hat, den kleinen Felix. Felix Moritz also, und denkbar knapp ist der kleine Felix Moritz an dem Taufnamen Max vorbeigeschrammt.

»Und, hast du dich schon akklimatisiert?«

Es folgt eine den Auslandsgebühren entsprechend kurz gehaltene Beschreibung des Ist-Zustandes, dann der eigentliche Grund des Anrufs, denn wenn schon diesbezügliche Kontakte bestehen, warum sie nicht anzapfen:

»Damit du nicht gänzlich einrostest in deiner Karenz, hätte ich eine Bitte. Könntest du für mich sozusagen außer Dienst ein paar Dinge in Erfahrung bringen?«

»Schieß los.«

Dann erklärt der Metzger, seine Danjela habe da noch vor Kennenlernen des Virus ein paar andere ominöse Urlaubsbekanntschaften gemacht, nennt das Kennzeichen der Harley mit der Bitte, herauszufinden, auf wen das Motorrad zugelassen ist, nennt interessehalber den Namen Angela Sahlbruckner, nennt schließlich die Namen Gustav Eichner und Rudi Szepansky mit der Bitte herauszufinden, ob da vielleicht in puncto Vorstrafen Grund zur Sorge bestehe, und wird höchst amüsiert unterbrochen: »Sag, weiß ich da etwas nicht? Du klingst wie jemand, der die Clique seiner minderjährigen Tochter unter die Lupe nehmen will. Dir ist stinkfad da unten, stimmts?«

»Um ehrlich zu sein, es …«

»Das gibt's doch nicht. Knall dich in den Liegestuhl und genieß in aller Ruhe die restlichen paar Tage!«

»Dann sei so gut und trag bitte zu meiner Beruhigung bei, Hüterin des Gesetzes!«

»Also das Kennzeichen ist kein Problem, da kann ich mich, beziehungsweise Gerhard, schon drum kümmern. Aber der Rest! Die Namen allein sind ein wenig dürftig. Könnte mir vorstellen, dass es auf dieser Welt nur so von Sahlbruckners, Eichners und Szepanskys wimmelt. Da braucht es schon ein paar Infos mehr.«

Diesbezüglich lässt sich der Metzger natürlich nicht zweimal bitten, nennt Irene Moritz die zumindest sprachlich heraushörbare Herkunft der beiden, das Alter, die Tatsache, dass deren Heimreise offenbar in seine Heimatstadt gehe, und schließlich eine weitere Person: »Vielleicht gibt es eine Verbindung der beiden zu Dr. Maier!«

»Wie Maier?«

»Na, der Maier: Dr. Konrad Maier.«

»Das ist jetzt aber nicht dein Ernst?«, und jetzt ist er ihr vergangen, der Spaß.

Zurück im Hotel, gibt es für den Metzger nur noch ein Ziel, das Zimmer 102. Also eilt er mit seinem für Danjela gedachten Einkauf durch die Lobby, vorbei am ersten Ledersessel und dem wieder zurückgekehrten Gustav Eichner, vorbei am zweiten Ledersessel und Rudi Szepansky, vorbei am Ledersofa und dem darauf mit hochgelagertem Bein sitzenden Noah, vorbei an der vor Noah stehenden, offenbar hoteleigenen Hausärztin Dr. Aurelia Cavalli. Ernst begutachtet sie das deutlich geschwollene und mit Eisbeuteln versorgte Knie. Da ist er schon auf Höhe der beiden Fahrstühle, schallt es ihm durch den Eingangsbereich hinterher:

»Wie jeht's Danjela?«

Rudi Szepansky also zeigt Anteilnahme, der Metzger hingegen Teilnahmslosigkeit. Innerlich zuckt er zwar zusammen, äußerlich aber lässt er die Aufzüge links liegen und schwenkt in Richtung Stiegenaufgang. Den Smalltalk mit diesen beiden ominösen Herren braucht er jetzt wie eine Schlange im Schlafsack. Bespitzeln ja, Bekanntschaft nein, und für das eine Stockwerk ist der Lastentransport verzichtbar.

»Glaub ich, ist dringend nötig Bewegungsprogramm, wenn bist du trotz Lift außer Atem wie Langstreckenläufer!«, lautet dann die Begrüßung auf Zimmer 102. Die Spritzen zeigen also Wirkung, denn erneut war an diesem Morgen die werte Frau Dottore Cavalli zu Besuch. Willibald Adrian Metzger gibt seiner Holden einen Kuss, dann den kleinen Einkauf, ein Panino mit Prosciutto, und fügt mit liebevollem Zynismus hinzu: »Hat Madame Djurkovic sonst noch Wünsche, offenbar geht es ihr schon wieder gut?«

»Nicht gut genug für Urlaub. Also gehst du zu Rezeption fragen wegen Verlängerungswoche, und wenn gibt, dann buch!«

»Buch! Gute Idee«, wechselt der Metzger sein verschwitztes Leibchen, entledigt sich seiner Shorts, schnappt sich die für ihn von Danjela mitgenommene Urlaubslektüre und schmeißt sich neben sie ins Bett.

»Königin meines Herzens, über eine Wiedergutmachungs-Verlängerungswoche können wir gerne reden, wenn bis dahin ein Jahr verstrichen ist! Und jetzt wird entspannt.«

So hat der Tag dann auch nichts Außergewöhnliches mehr zu bieten.

Als wäre es die Ruhe vor dem Sturm, bleiben auch die nächsten zwei Tage ohne besondere Vorkommnisse, obwohl es in gewisser Weise durchaus so etwas wie Sturm gibt, denn das über den Strand wehende Lüftchen hat deutlich zugenommen.

Vorteil: Die Hitze wird erträglicher.

Nachteil: Hüte neigen zum Abflug.

Folglich verbringt er also den ersten der beiden Tage ein Stück entfernt von Gustav, Rudi und Angela, aber ohne Danjela und ohne Kopfbedeckung auf seiner Liege – wodurch er sich erneut als potenzieller Kunde offenbart.

Und unrecht ist ihm das nicht, denn er kann eben nicht anders, der Metzger. Nicht umsonst wird, um das Streben nach Erkenntnis zum Ausdruck zu bringen, der Begriff Wissen mit Worten wie »Begierde«, »Durst«, »Drang« in Verbindung gebracht, und die sind suchttechnisch alle drei kein Bemmerl.

»Billiger, billiger«, kommt mit hoffnungsvoller Miene ein bekanntes Gesicht auf ihn zu. Und diesmal weicht der Metzger dem Blickkontakt nicht aus, sondern winkt dem jungen Mann zu, deutet auf den leeren Platz neben sich.

Ohne zu zögern, wird Platz genommen und freundlich die Frage gestellt: »Wo ist Hut?«

»Auf dem Zimmer. Der Wind«, antwortet der Metzger, und weil er, was den Dickschädel seiner Holden betrifft, im Bilde ist, folglich weiß, dass da in puncto Umfang und Größe zu dem seinen kaum ein Unterschied besteht, deutet er auf das bereits von ihm erstandene und noch ein zweites Mal vorhandene Modell: »Wie viel?«

»25 Euro!«, wird im Vergleich zum ersten Kauf gleich um fünf Euro höher zu bieten begonnen. Das weiche Metzgerherz samt den drei Euro Trinkgeld hat sich der junge Mann also gemerkt.

»Da bekomm ich auf der Einkaufsstraße zwei!«, lacht der

Restaurator, überreicht seinem Gast die ungeöffnete Wasserflasche und meint: »Wie heißen Sie?«

»Jamal.«

»Und wo kommen Sie her?«

»Marokko.«

Dann bleibt er ein wenig sitzen und entpuppt sich als durchaus gesprächiger Kerl. Irgendwie kommt es dem Metzger so vor, der junge Jamal sei direkt froh darüber, für einen Moment in den Augen seines Gegenübers mehr zu werden als der oft nur störende Händler. Und diesbezüglich versetzt es den Restaurator in Erstaunen, denn Jamal entpuppt sich als Sprachstudent, der im unifreien Sommer hier sozusagen als Zubrot seine Kilometer abspult.

»20 Euro«, erklärt der Metzger schließlich, zückt zweimal die in rosarot gehaltene Verbildlichung der Stilepoche Romantik, wackelt auffordernd mit den beiden Scheinen und erklärt:

»10 Euro für den Hut, 10 Euro für zwei Auskünfte.«

»Kein Problem.«

»Also, was wissen Sie über Ihren Kollegen Pepe, außer dass er tot ist? Und gibt es unter den Strandhändlern einen 17-jährigen Jungen, der Noah heißt?«

»40 Euro«, wird erwidert.

»20«, bleibt der Metzger stur.

»30«, lautet der Konter.

»Maximal 25, aber nur, wenn Sie auch wirklich etwas zu erzählen haben.« Und das hat er. So ist nun als Erstes zu erfahren, dass hier Senegalesen, wie Noah, Demba und Pepe welche sind, mit ähnlicher Ware unterwegs sind und folglich von Marokkanern, wie Jamal einer ist, nicht als Kollegen, sondern Konkurrenten betrachtet werden. Was nicht bedeutet, man kenne einander nicht. Es gibt also einen Noah, 17, unter den Senegalesen, der Uhren und Schmuck verkauft. Was Pepe betrifft, weiß man nur, dass der heimlich auch Drogen an die Touristen verscherbelt hat und ein Einzelgänger war. Was sich für Jamal aber insofern leicht erklären lässt, da viele hier ohnedies nur auf die Gelegenheit warten und jedes zur Verfügung stehende Mittel nutzen, auch kriminelle, um endlich wegzukommen – womit auch für Jamal das Stichwort fällt.

»Aufpassen auf Taschendiebe!«, beendet er seine Ausführungen, worauf der Metzger erklärt: »Und Sie berauben mich hochoffiziell!«, dem jungen Mann 25 Euro in die Hände drückt und somit gar nicht auf die Idee kommen braucht, Danjela zu erzählen, was er sich für diesen Hut aus der Tasche hat ziehen lassen. Ganz abgesehen davon weht ihm hier mittlerweile ohnedies reichlich der Wind um die Ohren. Leider aus der falschen Richtung. So trägt die auffrischende Brise den Inhalt des Wortwechsels zwischen Gustav Eichner, Rudi Szepansky und Angela Sahlbruckner ein paar Reihen weiter vor hinaus aufs Meer. Was den Metzger natürlich nicht daran hindert, einen Lauschangriff zu starten. Ist ja auch wirklich nichts dabei, ein paar Meter neben Angela, die mit ihrem Kind ans Meer marschiert ist und im knöcheltiefen Wasser inbrünstig telefoniert, Aufstellung zu nehmen und sich mit dem neuen Hut in der Hand formhalber der Muschelsuche zu widmen – mit entsprechender Ausbeute, denn Angela telefoniert lange, einmal mit dem, einmal mit jenem, einmal ein: »Ja, Dr. Lorenz, alles bestens«, dann ein: »Nein, Dr. Lorenz, Sie können sich auf mich verlassen. Dienstag, 18 Uhr vor der Praxis«, einige Zeit später ein: »Ja, Papa. Dienstagabend«, gefolgt von: »Ich hab an sich genug abgepumpt und eingefroren, wenn nicht, nehmt das Pulver!«, später ein: »Gib sie mir mal!«, schließlich ein: »Hallo, mein Engel, Mama ist da. Ja, ich bin bald zu Hause. Ich bring was mit, versprochen. Ich hab dich lieb.«

Ein Weilchen bleibt Angela Sahlbruckner noch im Wasser stehen, streicht sanft über den Rücken ihres an der Brust schlafenden Babys. Müde, gerädert, leer wirkt sie, was kein Wunder ist, wenn es, wie dem Telefonat zu entnehmen war, tatsächlich zwei Kinder gibt, die noch von ihr gestillt werden. Das zehrt an den Kräften.

Dann kehrt sie zu ihrem Platz zurück. Der Metzger hingegen bleibt noch, erweitert den Radius seiner Muschelsuche, füllt den Hut und sein Gedächtnis. Und auch, wenn ihm völlig klar ist, in welchem Land er sich befindet, es kommt ihm das meiste hier mittlerweile doch nur noch spanisch vor.

Mit beinah dem altgewohnten südländischen Temperament begrüßt ihn im Zimmer dann auch Danjela.

»Oh, Partnerlook, darf ich lesen dahinter versteckte Botschaft?«, bedankt sie sich für den Hut, zum Glück ohne Fragen zum Haushaltsbudget, und kündigt für den nächsten Tag den so lang erhofften paarweisen Auftritt an.

Nur daraus wird nichts.

Was dem Metzger untertags nämlich noch als angenehme Brise erschienen war, entwickelt sich in der Nacht zu einem gewaltigen Kopfschmerz. Länger im Zug zu sitzen, scheint ihn also nur abreisetechnisch beglücken zu können. Danjela hingegen ist wieder fit, was dem mit heftiger Migräne die Finsternis des Zimmers suchenden Willibald insofern etwas ungelegen kommt, da sich die weibliche Genesung in einem erhöhten Sprechbedürfnis zum Ausdruck bringt. So also ändert sich etwas die Sachlage, denn die Stube hütet nun das Männchen, vor die Tür und hinaus in die freie Wildbahn komplimentiert wird das Weibchen.

Folglich kommt Eva-Carola Würtmann in den Genuss des Mitteilungsdranges der wieder erstarkten Danjela und die weniger windempfindliche Danjela in den Genuss zumindest eines Sonnentages an der Seite eines dankbaren Menschen. Frau Würtmann also freut sich über die Gesellschaft, auch über die ihrer Tochter: »Schau, Dolly, darf ich vorstellen, das ist die liebe Danjela, die mir so hilfsbereit beigestanden hat, wie, wie, wie mein Tino, mein … Du hast ja arbeiten müssen!« Sie wundert sich zwar über die prompte Kehrtwendung des eigen Fleisch und Blut, freut sich aber wiederum über das Kompliment: »Mein Güte, ist dir geschnitten Tochter wie aus Gesicht, so schöne junge Frau«, und schüttet folglich das gekränkte Mutterherz aus, erzählt, wie schlimm das sei, extra auf Besuch zu kommen, Geld zu investieren, einen großen Verlust zu erleiden und dann mehr oder minder von der Tochter, für die man ein Leben lang so viel getan, ja aufgegeben habe, links liegengelassen zu werden.

»Und Rudi und Gustav gehen, seit ihnen diese Trutschen Angela Sahlbruckner mit ihrem Baby und ihren Brüsten vor der Nase herumwackelt, sowieso an mir vorbei, als wär ich Luft!«

An Danjela aber gehen die beiden an diesem Tag nicht vorbei, ganz im Gegenteil. Rudi Szepansky nimmt sogar kurz neben ihr in einem leeren Liegestuhl Platz und zeigt sich richtig interessiert: »Jeht's schon wieder jut, det is fein. Ick hab den Eindruck, der Jötterjatte, der Herr Djurkovic, det is 'n netter Kerl, und so fürsorglich. Wo is der eijentlich? Aha, Metzger heeßt er. Biste also jar nüsch verheiratet? Ooch jut, kommt die Scheidung billijer. Wat macht der Jeliebte eijentlich beruflich?

Restaurator! Jewaltig. Mit ner eijene Werkstatt sojar.

Jewölbekeller, schön! Wo? Wirklich! In der Jegend bin ick jelejentlich zu Besuch. Und, wann jeht's wieder nach Hause?

Morjen, so wie bei mir. Ach so, abends, na dann haste noch 'n janzen Tag …«

Und zu erzählen hat sie viel, die heute so redselige Danjela.

Der Engel und das Universum

Das hat ein letzter Tag im Urlaubsdomizil zumeist so an sich: Der Urlaub bäumt sich noch einmal auf, zeigt sich von der besten Seite, kündigt so auf schmerzhafte Weise den Wiedereintritt in die wartende Arbeitswelt an, und, was das Schlimmste ist, er festigt die neu entstandenen Sozialkontakte, oder noch schlimmer, er bringt sie erst. Und gerade Letzteres ist keine Seltenheit, weiß Dolly Poppe: Da hocken die Gäste eine Woche lang begegnungsbedürftig in der Fremde, bleiben bis auf ein paar oberflächliche Zwiesprachen erfolglos, und dann, wenn bereits sowohl in puncto Erfolgswahrscheinlichkeit als auch Abreisenotwendigkeit die Klarheit herrscht, man könne einpacken, steht das Erhoffte plötzlich vor der Tür, finden Kinder endlich Spielgefährten, finden Jugendliche und Erwachsene Freund-, Liebschaften. Und brutal ist das, denn in der Anfangsphase einer solchen Begegnung bleiben sie eben noch schön im Verborgenen, die möglichen Schattenseiten, da regiert die Verzauberung, die Blauäugigkeit.

Der Abreisetag wird also zum Trauerspiel.

Tragödien hat Dolly diesbezüglich schon erlebt, Heulkrämpfe in der Hotellobby, und schließlich beobachtet, wie die am Urlaubsort Verweilenden bereits am nächsten Tag Ersatz finden, oft auch, was die Waagrechte betrifft. Gewiss, sie selbst kann als Betroffene ebenso von derartigen Abenteuern erzählen, große Dramen, die Folgen der Affäre mit Animateur Jürgen Schmidts einmal ausgenommen, sind ihr bis jetzt allerdings erspart geblieben. Wie gesagt: bis jetzt.

War sie Wirklichkeit, die letzte und zugleich auch letzte gemeinsame Nacht? Ist es möglich, dass ein Mann so viel Zärtlichkeit, so viel Wärme zusammenbringt, so viel Uneigennutz an den Tag legt, nur darauf bedacht, die Sehnsucht des anderen zu stillen. Sie waren im Anschluss an den ersten Kuss vor drei Tagen an der Strandbar nicht gleich übereinander hergefallen. Er ließ die Zeit danach kein Drängen erkennen, zeigte sich daran interessiert, verstehen zu lernen, wie Dolly das alles macht mit dem Blutzuckermessen, dem Broteinheitenbestimmen, dem Insulinzuführen, schien nur darauf bedacht, ihre Traurigkeit abzufangen, den Schmerz zu stillen, der mit dem Mord an Pepe durch sie gefahren war wie ein Schwert.

»Lass et jut sein, Dolly, mach dir keenen Kopp, hier herrschen so wie überall eijene Jesetze, von denen willste am besten jar nüscht wissen! Und det is jut so, weil sonst verlierste det Auje für det Schöne, verstehste?«, hat er ihr erklärt, nachdem sie, in seinen Armen liegend, von Pepes Sturz aus dem Erste-Hilfe-Spind, dem Auftauchen der Polizei und dem schließlich völlig widersprüchlichen Fundort in den Pinienwäldern erzählt hatte. »Die janze Welt is kriminell, an jeder Ecke, sojar da, wo wir det Jesetz vermuten.«

Dann war sie kurz aufgesprungen, aufs WC gelaufen, hatte sich am Rückweg die Kamera geschnappt, ihn fotografiert, wie er da in ihrem Bett lag mit all seiner Liebe im Gesicht, hatte sich zu ihm gelegt, ihren Kopf an seinen gelegt, die Kamera weggehalten und abgedrückt. Sanft wie sein Kuss auf ihre Stirn waren seine Worte: »Wenn et eenen Grund jibt, warum man noch auf det Jute hoffen kann, dann, weil et so Engel jibt, wie du eener bist. Die Aujen sind der Spiejel der Seele, und du hast 'n jutet Herz, Dolly, det seh ick. Durch dir bekommt die Welt 'n besseres Jesicht!«

»Gesicht«, hat sie sich daraufhin gedacht. »Werd ich außer als Fotografie dein Gesicht je wiedersehen, wenn du hier fort bist, Rudi?« Nur ihr Mut, diese Frage zu stellen, war noch nicht groß genug.

Heute Morgen aber, am Tag seiner Abreise, gab es kein Zögern mehr. Ein Zögern gab es nur bei ihm. Er schwieg, lange, um dann diesen einen Satz zu sagen, der in ihr Wallungen ausgelöst, ihr den Boden unter den Füßen weggezogen, das Gefühl vermittelt hat, als schwebe sie in einem luftleeren Raum, einem Raum, der in Wahrheit ihrem heimatlosen Leben entspricht.

»Wenn det Universum bestimmt hat, det ick der eene bin für dir und du die eene bist für mir, dann …«, dann hat er ihre Hände genommen, sie mit einem Blick fixiert, der wie ein Versprechen schien, und hinzugefügt: »… dann jibt et ooch ein uns, Dolly.«

Sie hat geschwiegen, aus Angst, mit ihrer Wissbegierde jetzt schon die Hoffnung zu zerstören, hat das Schöne dieser Aussage in sich aufgesogen, obwohl in der Tiefe seiner Worte ein Unterton lag, als müsste er auf Kreuzzug ins Heilige Land.

Lange waren sie am frühen Morgen noch beisammengelegen, dann musste sie aufbrechen. Ein Tagesausflug mit Gästen in die untergehende Stadt. Er umarmte sie, küsste sie noch einmal auf den Mund, dann auf die Stirn, dann weinten sie beide. Der Abschiedsschmerz zweier Liebender ist grausam, er lässt die Zeit danach mürbe werden, raubt ihr den Fluss, verwandelt sie in ein Siechtum.

Sie muss sich zwingen, den wartenden Gästen mit der von ihr verlangten Freude entgegenzutreten, obwohl ihr ganz anders zumute ist, obwohl sie weiß, was der aufkommende Sturm zu bedeuten hat. Sie muss ihre bleierne Müdigkeit überwinden, sich in nichtssagende Gespräche stürzen, Interesse zeigen, obwohl nur noch eine Frage für sie von Interesse ist:

»Wann gibt es dieses uns, wann?«

Sie muss ihn wiedersehen.

Santa Maria und Jupiter

»Heute ist der letzte Tag!«, lautet der erhellende Gedanke, mit dem Willibald Adrian Metzger an diesem Morgen erwacht. Da ist das Schädelweh natürlich auch ohne Aspir-, Thomapyr-, Ibumetin oder welch klingenden Namen sie sonst noch alle haben, mit sofortiger Wirkung wie weggeblasen. Und das, obwohl es draußen nach wie vor bläst, und zwar heftig.

Vorfreude ist eben die schönste Freude, denn morgen schon hat er sie wieder, seine geliebte Werkstatt.

Der erste Blick von der Frühstücksterrasse hinaus aufs Meer zeigt für diese Region durchaus beachtlich hohe Wellen. Unter solchen Bedingungen, so dachte der Metzger anfangs, gehen maximal Väter mit dem unbremsbaren Nachwuchs zwecks Stillens des kindlichen Abenteuerhungers bis auf Kniehöhe ins Wasser oder schicken Frauen den testosterongesteuerten Gemahl zwecks möglichst frühzeitiger Witwenschaft in Richtung erste Boje. Die Chancen dafür stehen gut, denn erstens flattert die aufgezogene rote, auf Badeverbot hinweisende Flagge bedrohlich im Sturm, und zweitens flattert es auch draußen am Meer, in Hochgeschwindigkeit.

In extremer Rücklage saust ein Surfer durch die Wogen, wendet sturzfrei, springt über die Wellen, halst, springt wieder und halst den Urlaubsgästen etwas auf, nämlich rapide ansteigenden Blutdruck – es ist da draußen, so wie auch schon die Tage zuvor, nämlich noch ein zweiter Verrückter unterwegs.

Unbeirrt vom Wetter war Rudi Szepansky, ausgerüstet wie immer, zwecks Schwimmens hinein in die Fluten aufgebrochen. Grund zur Sorge gab es aber bisher nicht. Rudi

Szepansky hatte seine Flossen, seine Taucherbrille, seinen Schnorchel und sozusagen die linke Meereshälfte zur Verfügung, der Surfer sein Brettel, das Segel und die rechte Meereshälfte.

Und genau diese unabgesprochene Revierzuordnung ändert sich nun zusehends. Deutlich sichtbar, zumindest für die Besucher der Frühstücksterrasse, ragt weit außerhalb der Nichtschwimmerzone der Szepansky-Schädel aus dem Wasser. Für den Surfer allerdings dürfte sich die Sachlage etwas anders darstellen. So ein Segel vor der Nase zu haben ist in puncto Sichtfeld offenbar eine durchaus erhebliche Einschränkung. Ja, und so ein Surfbrett ungespitzt an die Birne zu bekommen, ist ein Todesurteil.

Was also braucht ein Diätvorhaben mehr? Da unterbricht nun selbst der ausgehungertste Gast sein Morgenmahl, denn auf der ansonsten gottverlassenen Wasseroberfläche verringert sich der Abstand zwischen den zwei einzigen zwecks Karambolage zur Verfügung stehenden Objekten mit jeder Richtungsänderung des Surfers bedenklich.

»Um Gottes willen!«, hält es den Metzger und seine Danjela nun nicht mehr auf ihren Sesseln. Unten am Strand stürmen die wenigen Badegäste zum Ufer, brüllen mit erhobenen Armen. Auch der Surfer hebt mittlerweile einen solchen, allerdings nicht, um zu winken. Mit einer Hand hält er das Segel, mit der anderen deutet er in Richtung Szepansky.

Mucksmäuschenstill ist es im Restaurant. Kameras werden vor die Augen genommen, die Zoomfähigkeit der entsprechenden Optik bis aufs Äußerste ausgereizt, schließlich bricht ein Gast das Schweigen: »Santa Maria, ha una pistola!«

Wie aus derselben geschossen folgt von anderer Seite die Übersetzung. »Der hat ne, ne, ne ... Verdammt, der hat ne Knarre in der Hand!«

Erneut tritt Stille ein, entsetzt wird hinaus aufs Meer geblickt. Der Surfer reduziert kurz die Geschwindigkeit, irgendetwas scheint er Szepansky sagen zu wollen, dann nimmt er Tempo auf.

So auch Rudi Szepansky. Schlagartig ändert er die Richtung und schwimmt um sein Leben. In hoher Frequenz drehen sich seine Arme wie Mühlräder durchs Wasser, nur ein Ziel vor Augen: den Strand.

Die ersten Anfeuerungsrufe durchbrechen die atemlose Stille, doch vergeblich. Wie ein Raubtier umkreist der Täter seine Beute, verringert immer wieder den Abstand, schrammt zweimal, denkbar knapp, am Szepansky-Schädel vorbei und rast schließlich davon, unaufhaltbar.

Zeitgleich verlieren zwei Arme an Kraft, sinken ins Wasser. Rudi Szepansky schwimmt nicht mehr.

Willibald Adrian Metzger, Danjela Djurkovic, so wie auch ein Teil der Frühstücksgäste, stürmen zum Strand hinunter. Auch aus den umliegenden Hotels scheint das Schauspiel Zuschauer an den Strand zu locken, und wenn er sich nicht täuscht, der Metzger, gleicht eine der Staturen, die da in großer Entfernung inmitten einer am Strand stehenden Gruppe auszumachen ist, dem Wuchs des Hans-Peter Weibl.

Menschen waten bis zu den Knien ins Meer, Mobile- und Smartphones wandern an die Ohren, erneut Fotoapparate vor die Augen, ins Wasser allerdings schmeißt sich keiner.

»Glaub ich, ist fotografieren ein bisserl Hilfe zu wenig!«, brüllt Danjela, packt ihren Willibald am Arm, deutet ein Stück entfernt ans Ufer, und dann absolvieren die beiden den notwendigen 100-Meter-Sprint.

Völlig außer Atem erfolgt danach ein Kraftakt, den nun auch einige der Zuschauer in die Kategorie »Gute Idee« einordnen und ebenfalls loshetzen.

»Und jetzt gibst du Gas!«, befiehlt Danjela, da wurde das zum Rettungsboot zweckentfremdete Gefährt bereits das kurze Stück ins Wasser gezogen. Und sosehr der Metzger nun auch in die Pedale steigt, scheint es ihm, als käme er, ganz im Gegensatz zum kürzlich benutzten Vierrad, nicht vom Fleck. Heftig klatschen die Wellen gegen den Glasfaserkunststoff, unruhig schaukelt das Schiff samt gelber Rutsche und den beiden als Motoren arbeitenden Passagieren.

»Sag, bin ich Einzige hier, was tretet?«, steht Danjela mittlerweile der Schweiß auf der Stirn, und auch dem Metzger brennen auf dieser seiner Jungfernfahrt die Oberschenkel in bisher ungeahntem Ausmaß. Derart ausgesetzt auf hoher See, fällt jedes Kilo zu viel, jede Trainingseinheit zu wenig ins Gewicht. Das Wollen ist ungebrochen, das Können allerdings gibt zusehends w. o. Und gut ist das in diesem Fall. Denn so ein w. o. im Sinne von »walk over« bedeutet nichts anderes, als dass nach Aufgabe aller anderen der letzte verbleibende Teilnehmer nur mehr über die Ziellinie marschieren muss, sprich »walk over the line«, um das Rennen beenden zu können. Wer seinem Mitstreiter ein Walkover ermöglicht, hat somit w. o. gegeben, dazu allerdings braucht es Mitstreiter, und dass es diese gibt, ist allein Danjela Djurkovic zu verdanken. Zügig überholen zwei von deutlich schmächtigeren Menschenkindern besetzte Tretboote das marode gewordene Führungsschiff und nähern sich ohne Temporeduktion dem regungslos im Meer treibenden Szepansky-Körper.

Zumindest so nahe strampeln Willibald und Danjela hinterher, um erkennen zu können, dass dieser nicht in Bauchlage mit leerem Blick in die Tiefen der Adria, sondern am Rücken mit müdem Blick gen Himmel im Wasser liegt.

Unter dem Jubel der Zuschauermenge wird Rudi Szepansky dann auf das erste der eintreffenden Boote geladen. Jubel deshalb, weil die Kräfte des Verletzten zumindest so weit reichen, um sich bei seiner Bordbesteigung selbst aktiv an der Edelstahlreling hochzuziehen.

»Jo, halleluja, vielleicht wors jo nur a Spritzpistoin. Jetzta brauch ich donn an ornlichen Schnops, des konnst ma glaubn!«, bringt die Dame in ihrem blau-weiß karierten Bikini die erleichterte Grundstimmung der Zuschauer auf den Punkt.

Zurück am Ufer allerdings, ist es keine kleine aus Blut und Salzwasser zusammengesetzte Lache, die der Szepansky-Schädel da auf dem weißen, rutschfesten Bodenbelag des Bootes verursacht hat. Das Brett des Surfers dürfte ihn also erwischt haben. Zwar nicht tief, dank seiner Längenausdehnung aber unübersehbar ist der über das Hinterhaupt verlaufende Riss.

Rudi Szepansky liegt immer noch. Immer enger wird dabei die Kreisaufstellung der mittlerweile reichlich vorhandenen Schaulustigen. »Mit ein paar Stichen ist das wieder zu!«, scheint es einem davon an handwerklicher Erfahrung nicht zu mangeln.

»Wenn er vorher net abkratzt vor lauter Glotzerei!« Kreidebleich und alles andere als freundlich ist der Blick des mittlerweile aufgetauchten Gustav Eichner. Unsanft durchbricht er den Riegel: »Kruzitürken, wollt's, dass er dastickt, jetzt wo er net dasoffen is, verdammt noch mal. Die Show is vorbei.«

Das wirkt. Schlagartig löst sich die Versammlung auf, auch Hans-Peter Weibl dürfte sich wieder in Richtung Campingplatz zurückgezogen haben. Nur ein paar hartnäckige Beobachter verharren gespannt der Dinge, die noch kommen. Danjela hingegen hält ganz ihrem Naturell entsprechend vom Warten nichts. Direttissima steuert sie auf Rudi und den sich über ihn beugenden Gustav Eichner zu. Nur ein fester Griff um ihren Oberarm verhindert den garantiert unerwünschten Hilfseinsatz:

»Hast du nicht gehört!«, zischt ihr der Metzger zu. »Wir

sollen gehen. Und genau das tun wir auch. Das ist kein Spiel, glaub mir!«

Verwundert ist ihr Blick, ernst der des Restaurators. Dann nimmt er ihre Hand, zieht sie zu sich, legt eine Kehrtwendung hin, wartet kurz und wendet sich erneut, allerdings nur mit gespitzten Ohren dem äußerst günstig stehenden Wind zu. Rudi Szepansky hat sich mittlerweile aufgesetzt und presst sich ein Handtuch an den Kopf: »Justav, verdammt, wat war det jerade? Kannste mir mal erklären, wat wir jewaltig Wertvolles jeladen haben für det scheiß Museum, det mir hier jemand vor aller Aujen beinah zur Boulette verarbeitet? Sind doch nur zwee Skulpturen, die wir dem Maier überjeben sollen, oder seh ick det falsch? Und warum überhaupt erst in drei Tajen, verdammt, ick will det loswerden, bevor mir jemand abmurkst.«

»Scheiße, Rudi, der, der wollt dich umlegen. Keine Ahnung. ich kapier das nicht! Wir müss…!«

»Der wollt mir jarantiert nich umlejen, det wär ihm nämlich locker jelungen, hätt er nur abdrücken müssen! Det war ne Warnung, verstehste? Nur wovor?«

»Nein, versteh ich nicht, versteh ich alles nicht. Auch nicht, warum du Pfosten kurz vor unserer Abfahrt noch schwimmen gehen musst. Ich hab dich schon überall gesucht, wir sollten von hier verduften.«

»Bist du bitte ein bisserl liebevoller, bin ich nix Schlachtvieh!«, kommentiert Danjela den nun überraschend ungestümen Aufbruch ihres Willibald. Fest umklammert er ihre Hand und zieht sie Richtung Hotel.

Da braucht er keine Irene Moritz mehr, um die Frage nach möglich vorhandenen kriminellen Neigungen dieser beiden Herren beantwortet zu wissen. Hier wird also beinah scharf geschossen, und ins Schussfeld geraten will er nicht. Ein toter Hund, ein dunkelhäutiger diebischer Kerl, der vor Eichner und Szepansky davonläuft und am nächsten

Tag erzählt, ein anderer sei tot, ein weiterer dunkelhäutiger Junge, der mit seinem zertrümmerten Knie gar nicht mehr laufen kann, ein versuchtes Attentat in den Wogen des Meeres, alles irgendwie verbunden mit höchst undurchsichtigen Gestalten, die im Leben des Herrn Dr. Konrad Maier herumstöbern und diesem übermorgen etwas offenbar Wertvolles für sein Museum übergeben, unter derartigen Umständen ist das Verduften auch in den Augen des Metzgers eine wirklich hervorragende Idee: »Machen wir doch zum Urlaubsabschluss einen Ausflug, jetzt, wo du wieder fit bist. Heut soll Markt sein. Im Nachbarort.«

Es sind Augen gefüllt mit kindlicher Vorfreude, die da neben dem Metzger vom Fensterplatz aus auf die vorbeiziehende Landschaft blicken. Von einem betagten Dieselmotor und dem böenartigen Wind durchgerüttelt, überquert der Bus die mit Schlaglöchern übersäte Landstraße.

Danjela ist selig, und das, obwohl sie zur völligen Verwunderung des Restaurators vor der Abfahrt im Hotel vergeblich die Digitalkamera suchen musste. Spurlos verschwunden ist das gute Stück. »Bist du große Wohltäter, weil hast du dir klauen lassen funkelnagelneue Fotoapparat!«, war ihr Kommentar.

»Hoff ich, bist du auch auf Markt große Wohltäter«, greift sie nun nach seiner Hand, schenkt ihm einen liebevollen Blick, ein Lächeln, und ja, das muss sich der Metzger schon eingestehen, auch wenn der Ansatz diesmal ein völlig falscher war, auch wenn die Absicht komplett in die Hose gegangen ist, die Grundidee stimmt: Sie müssen sich einfach öfter Urlaub gönnen, Ausflüge unternehmen, in trauter Zweisamkeit dem Alltag und der gewohnten Umgebung den Rücken kehren. »Ich versprech dir, Danjela, wir starten demnächst einen neuerlichen Urlaubsversuch.«

»Wo?«

»Das suchen wir uns gemeinsam aus, ja?«

»Na, dann suchst du!«, wandern ihre Lippen auf seine Wangen, und der Metzger lächelt wohlwissend, denn dieser Sprache ist er mächtig: Wenn seine Herzdame sagt: »Sollte man!«, meint sie: »Solltest du!«, und wenn sie sagt: »Suchst du, oder machst du, oder besorgst du!«, meint sie: »Am besten so, wie ich das will, obwohl ich noch gar nicht weiß, wie.« Und diesem Willen ist der im Augenblick wieder sehr verliebte Willibald hörig.

So geht es allerdings nicht jedem. Dem hierzulande in göttlichen Gefilden heimischen Jupiter zum Beispiel dürfte es reichlich egal sein, wenn so ein Frauenherz in Vorfreude bereits gedanklich von einem Stand zum anderen eilt und Berge an Textilien durchwühlt.

Die 200 Meter durch die drückende Schwüle von der Busstation über das Kopfsteinpflaster hinein in den idyllischen Ort können die beiden eingehängten Turteltäubchen allerdings noch spazieren, und ja, bei einem der vielen im Ortszentrum aneinandergereihten Zelte darf Danjela inmitten des sie umgebenden Touristengedränges noch um den Preis eines der hier reichlich vorhandenen eineiigen Geschwisterchen einer Louis-Vuitton-Tasche feilschen, sogar zum Käse- und Salamistand lässt Jupiter die zwei noch marschieren, dann aber reißt ihm der Geduldsfaden, und es folgt ein Aufmarsch der anderen Art. In Sekundenschnelle verwandelt sich der böenartige Wind in einen heftigen Sturm und schiebt ein Gebirge aus Wolken vor sich her, waagrecht stellen sich die von den Zelten hängenden Plastikkleiderbügel, wie bunte Flaggen flattern die wahrscheinlich allesamt aus China stammenden Stoffe, als wollten sie ausreißen und wieder nach Hause fliegen. Zu fliegen allerdings fängt hier nichts an, nur zu fliehen. Flugs werden die Waren in die hinter den Zelten geparkten Fahrzeuge gehievt und die Augen einiger auf Schnäppchenjagd fokussierter Touristen feucht. Die Stände aber bleiben aufgebaut. Die Einheimischen wissen eben, was kommt, wissen, dass es bei den feuchten Äuglein nicht bleiben wird. Dann verfinstert sich der Himmel, so schnell hat er sein Lebtag den Himmel noch nicht finster werden gesehen, der Metzger.

»Ich glaub, wir sollten uns schleunigst wo unterstellen!«, schlägt er seiner Danjela noch vor, doch zu mehr als dem besorgten An-die-Brust-Pressen ihrer funkelnagelneuen Tasche kommt sie nicht mehr. Dann platzt der Himmel, ergießt sich wie aus Kesseln über die Menschen. Kein einzelner Tropfen ist zu erkennen, nur ein nicht enden wollender Schwall. Ein Schwall, der alles unter Wasser setzt.

Hektisch zerstreuen sich die Besucher in alle Himmelsrichtungen, suchen Schutz und suchen sich schließlich, weil vor lauter körperlichem Zerstreuen die geistige Zerstreuung dann doch etwas zu groß wird, gegenseitig.

»Karli!«, »Madonna, Giacomo!«, »Ciara, hier bin ich!«, »Maria!«, »Fredi, wo bist du?«, »Mama!«, dröhnt es durch den Ort, während es mit höllischem Lärm auf die Dächer, die Straße, die Zeltplanen trommelt.

Keinen Zentimeter hingegen bewegen sich Danjela Djurkovic und Willibald Adrian Metzger in diesem Getümmel zur Seite. Wozu auch, bereits innerhalb der ersten drei Sekunden sind sie dermaßen durchnässt, als hätte man sie eingetunkt, zugegeben in eine durchaus wohlig warme Badewanne.

»Ist Regen wie, wie, wie Weltuntergang, wie letzte Tag auf Erde!«

»Zumindest letzter Tag stimmt!«, entgegnet der Metzger, betrachtet sein Bäuchlein, betrachtet seine Liebste, betrachtet abermals sein Bäuchlein, zieht spitzbübisch die Augenbrauen hoch und erklärt: »Also bei mir sieht so eine pitschnasse, am Körper klebende Oberbekleidung ganz schön peinlich aus, aber bei dir, ich muss zugeben: nur schön!«

Der Dank für dieses Kompliment ist ein zwar zärtlicher, in puncto Botschaft aber eindeutiger Schlag auf den Hinterkopf:

»Um Gottes willen, sagst du mir erst jetzt, gib mir Jackett!«

»Ungern!«

Eine zweite, schon deutlich weniger liebevolle Tätlichkeit führt zur prompten Übergabe des Gewünschten, dann öffnet nicht nur der Himmel, sondern auch der Erdboden seine Schleusen. Zu viel von allem ist eben schwer verkraftbar, ob fest oder flüssig, Spanferkel oder Schnaps, Lust oder Leid, Glück oder Geld, ob es den Menschen betrifft oder was den Menschen betrifft gleich den ganzen Planeten, egal. Und hier kommt nun definitiv zu viel zu schnell herunter, als dass es rechtzeitig versickern könnte. Wie ein Sturzbach verlässt das Wasser seine Rinnsale, Abläufe, Kanäle, steigt den Autos bis zur Bodenplatte, den Menschen je nach Alter und Größe vom Knöchel bis zum Knie, spült ihn weg, den Dreck, auch den der Straße.

Hand in Hand stehen Willibald Adrian Metzger und Danjela Djurkovic von oben wie von unten gebadet im warmen Regen und lächeln. Auch, weil sich der Platz um sie trotz oder gerade der Umstände wegen wieder füllt. Ein junger Mann stürmt aus einem kleinen Café, zieht sein Mädchen an der Hand, deutet dem in der Tür des Lokals stehenden Kellner, der nickt und verschwindet. Kurz darauf dröhnt Musik ins Freie, laut und erlösend: »Volare, oh, oh! Cantare, oh, oh, oh, oh!«

Fliegen und singen.

Und dann fliegen die beiden jungen Herzen übers Wasser, tanzen, drehen sich, wirbeln mit ihrer Glückseligkeit um sich, als hätten sie zu viel davon. Einer offenbar ansteckenden Glückseligkeit.

Blitzartig gesellen sich weitere Menschen dazu, alte und junge, springen und tanzen, Lebensfreude braucht kein Schönwetter. Ja, und auch der Metzger braucht keine Sondereinladung. Wortlos wendet er sich seiner Danjela zu, nimmt ihr die immer noch an die Brust gedrückte Tasche ab, umfasst ihre Hand, legt seine rechte auf ihren Rücken, trotzt dem deutlich zu hörenden Viervierteltakt und legt einen Walzer aufs Parkett, sprich die zum Planschbecken gewordene Straße, den seine Danjela noch nicht gesehen hat – was insofern nicht verwundert, da dies in ihrer bald sechsjährigen Beziehung die erste derartige Aufforderung darstellt.

Und während sich die Schritte des Restaurators gewiss ein wenig eckig anfühlen, während das von ihm rechter Hand gehaltene Louis-Vuitton-Imitat sanft gegen den Allerwertesten seiner Holden pendelt, während Danjela ihn glückserfüllt fester an sich drückt, langsam, aber sicher die Führung übernimmt, dabei so wie die meisten anderen auch den Text des Liedes mitsingt, ist es mit einem Schlag nur eine einzige Textzeile, eine einzige Frage, die mit völliger Klarheit vorerst still und heimlich im Hirn des Restaurators Willibald Adrian Metzger ihre Runden dreht, um eines Tages ausgesprochen zu werden, bis dass der Tod als Scheidungsrichter seines Amtes walte.

Oft ist es nur der Bruchteil einer Sekunde, der verdeutlicht, wie es weiterzugehen hat.

Hasen und Bärchen

Triefend und komplett auswindbar, vergönnen sich die beiden vor Ort noch eine opulente, durch einen Grappa und Espresso finalisierte Einkehr und verstehen beim neuerlichen Betreten des Marktplatzes, warum eine derartige, mittlerweile verklungene Sintflut für die Verkäufer kein Grund ist, neben ihrer Ware auch die Stände in Sicherheit zu bringen und die Heimreise anzutreten. Jetzt nämlich laufen die Geschäfte wie am Schnürchen, denn wer bitte hat schon eine Garnitur Reservewäsche mit dabei. Und weil trotz aller Romantik so eine Kompletteinwasserung nicht unbedingt nach Wiederholung schreit, gehen auch gleich prophylaktisch die Schirme weg wie warme Semmerln.

So wird die Rückreise also staubtrocken und farbenfroh, ganz in der Tracht eines englischen Touristen, angetreten. Die ausgelassene Stimmung der anderen, vor allem während der Rückfahrt im Bus, kann der Metzger hingegen nicht mehr zur Gänze teilen. Vor lauter Volare und Cantare ist ihm nämlich vorhin, so wie auch Danjela, ein Anruf entgangen. Bei Danjela war es Willibalds neugierige Halbschwester Sophie Widhalm samt einer der Mobilbox anvertrauten Nachricht, beim Metzger war es Irene Moritz samt ausführlicher SMS. Und während Danjela umgehend im Bus zu Sophie Kontakt aufnimmt und eine umfassende, euphorische Singing-in-the-Rain-Schilderung an die Frau bringt, widmet sich der Metzger ungestört, was unnötige Fragen erspart, der Kurzmitteilung.

Auftrag erledigt ☺:
Gibt tatsächlich Zusammenhang zu Maier: Motorrad zugelassen auf Richard Hivela, arbeitet als einer von drei Haustech-

nikern im Maiermuseum. Lenker und Eigentümer aber nicht
zwingend dasselbe. Motorrad vielleicht gestohlen, vielleicht
geliehen.

Gustav Eichner einer in der Stadt, hat selbständiges Trans-
portunternehmen.

Sahlbruckner seltener Name, nur drei Angelas im ganzen
Land, keine in der Stadt, eine Friseuse, Haarfarbe variabel,
eine in Verlagsbranche, Lebensort, Dienstgeber variabel,
eine Tochter eines kleinen Weingutes.

Szepansky nix gefunden. Was, bitte, treibst du da unten?
Muss ich mir Sorgen machen?

»Nicht mein Kaffee, alles nicht mein Kaffee!«, mutmaßt der
Metzger die restliche Rückfahrt im Geiste noch und weiß
nicht, wie gewaltig er sich da irrt.

»Besorg ich noch schnell ein paar Mitbringsel!«, meldet
Danjela dann beim Aussteigen ihr weiteres Vorhaben, deutet auf den gegenüber der Busstation liegenden Supermarkt,
registriert die fehlende Begeisterung und fügt hinzu: »Musst
du eh nix mitgehen, aber bitte wartest du.«

Und weg ist sie.

»Und? Bist du das auch, Richard Hivela?«, stellt sich der
Metzger mit Blick auf die Pforte des Campingplatzes dann
doch die Frage und überlegt nicht lange. Problemlos findet
er das vor drei Tagen von ihm frequentierte Sanitärgebäude
wieder.

Die Harley inklusive Kuppelzelt allerdings findet er beim
besten Willen nicht mehr. Leer ist der Standplatz, rege das
Treiben in den umliegenden Zelten. Auch hier hat der Regen
zugeschlagen und gewiss nicht dieselbe Ausgelassenheit
ausgelöst, wie sie der Metzger erleben durfte. Ausgelassen
wird einzig die Füllung diverser Luftmatratzen, Schlauch-
boote und Delphine, denn heute und morgen ist Urlauber-

wechsel. So wendet er sich also freundlich einem der umliegenden Zelte zu und erfährt, der Herr mit der Lolita-Tätowierung habe hier überhaupt nur vier Tage campiert, sei im Grunde nur zum Schlafen da gewesen und bereits heute Morgen aufgebrochen.

Das reicht dem Metzger an Information und trifft auch seine Erwartungen. Richard Hivela, Gustav Eichner und Rudi Szepansky hängen irgendwie zusammen. Und weil ein anderwärtiges Treffen aufgrund seiner heutigen Abreise nicht mehr klappen wird und er ein höflicher Mensch ist, wird spontan der Beschluss gefasst, dem lieben Hans-Peter Weibl noch schnell Lebwohl zu sagen, ist ja nicht weit.

Gepflegt strahlt der Campingbus in der sich langsam wieder zwischen der Wolkendecke durchwagenden Nachmittagssonne, und ja, so könnte er sich, hätte er einen Führerschein, eine traute Zweisamkeit mit seiner Danjela durchaus vorstellen. Die gemeinsame Beziehungsdauer der Weibls allerdings ist für ihn uneinholbar. Was muss es für ein erhebendes Gefühl sein, als ebendieses Paar gemeinsam Kinder großgezogen und nach dieser Großzucht der Kinder als Paar noch einen gemeinsamen Wohnsitz zu haben, vielleicht sogar eine gemeinsame Vorstellung vom weiteren Leben. »Darum geht es wohl!«, sinniert der Metzger, während er sich dem Weibl-Refugium nähert. »Nicht die Liebe ist auf Dauer das Verbindende, nicht das gemeinsame Träumen, sondern gemeinsames Verwirklichen von Projekten, Wünschen!« Und dann wird ihm doch ein wenig flau, denn noch gut klingen ihm die im Anschluss an den Wasserwalzer von seiner Danjela geäußerten Worte in den Ohren: »Was meinst du? Wenn sind wir zurück, gehen wir gemeinsam in Tanzkurs?«

Durchaus angespannt richtet er sich den Kragen des eben erst neu erstandenen türkisen Polos, dann klopft er.

Lange dauert es nicht, und eine dermaßen korpulente Dame öffnet die Tür, dagegen eignet sich seine stattliche Danjela als Testimonial für die Nachher-Bildchen einer Weight-Watcher-Broschüre. Freundlich ist ihr Blick.

»Entschuldigen Sie bitte die Störung. Mein Name ist Metzger, ich wollte mich nur von Ihrem Mann verabschieden. Heut Abend geht es leider schon nach Hause.«

Ein Hauch von Verwunderung huscht über das gemütliche Gesicht der Frau Henni Weibl:

»Isch kei Problem, d'Welt rückt ebe zam, wennscht auf de Reise bischt!« Dann dreht sie sich um und ruft:

»Hasele, bewege isch angsagt, kommschd gwschind vom Fernsehe weg, da isch B'such! – Kommscht jetz!«

»Komm schon, Bärchen.«

»Hasele, Bärchen«, lächelt der Metzger heilfroh in sich hinein. So etwas ist ihm zum Glück bis jetzt erspart geblieben. Menschen bleiben Menschen, da hilft auch das ganze gegenseitige Mausi-, Bärli-, Hasigetue nichts, da vermag sich der Geist noch so sehr die Stofftiermentalität seines Gegenübers einreden, selbst der zum größten aller Schatzis verniedlichte Partner kann sich in Windeseile als die giftigste aller Schlangen entpuppen. Einziger Vorteil ist die Möglichkeit des problemlosen Wechsels von oder zwischen einem Schatzi zum nächsten Schatzi, ohne den Schmerz im Gesicht der als Carola angesprochenen Uschi ertragen zu müssen. Das ist dann aber schon alles.

Ein Röcheln aus dem Inneren des Wagens ist zu hören, dann hoppelt er herbei, der Weiblhase, und der Metzger wird kreidebleich. Von hoppeln kann nämlich keine Rede sein. Im Vergleich zum Weiblbärchen ist der Weiblhase nämlich keinen Zentner leichter. Und eines steht fest: Auf Hans-Peter hört dieser Brocken unter Garantie nicht.

»Gude Abend, was kann i für Se tun?«, ist die Frage.

»Verzeihung, aber wohnt hier kein Hans-Peter Weibl?«, der Rettungsversuch.

»Weibl?«, der Mann blickt ins Fahrzeuginnere und hebt die Stimme: »Haste gehört, Weibele, Weibl! Luschtig.«

Üppig wie die Rundungen ist sein Lachen, freundlich die wieder zum Metzger gerichteten Augen: »Da müsse S' mir jetzt aufd' Sprüngle helfe, weil von nem Herrn Weibele wisse wir hier nix, da habe Se sich sicher in de Adress g'irrt!«

Es folgt ein erneut rückwärts gewandtes: »Oda bekommscht immer B'such, wennsch mi zum Schwimme treibt, Bärchen!«

»Wie soll i Besuch kriege, wennscht aba nie schwimmen bischt, Hasele«, ist die vergnügte Antwort.

»Weibl, haha, luschtig!«, bekommt der Metzger nun abermals seine Aufmerksamkeit und schließlich die Erklärung: »Müssen S' ebe weidasuche, bis ihn g'funde ham, wir sin d'Hübeles, die Anedde und der Oddo.«

Jetzt kennt er sich gar nicht mehr aus, der Willibald.

»Das, das tut mir leid, bitte verzeihen Sie!«

»Alles eidle Wonne, isch kei Problem!«, lautet der Abschiedsgruß.

»Und ob das ein Problem ist!«, grübelt der ziemlich konsterniert zur Busstation zurückgehende Metzger vor sich hin. »Wozu um Himmels willen gaukelt mir ein Wildfremder eine falsche Identität vor, erfindet die wunderbarsten Geschichten und sucht im Grunde meine Nähe!« Bei »Nähe« zwingt ihn schließlich ein besorgniserregender Gedanke zum Stillstand: Es hat nie einen Hans-Peter Weibl gegeben, ohne dass nicht auch ein Szepansky oder ein Eichner in Sichtweite gewesen wären. Und jedes Mal drängte sich außerhalb der Hotelanlage beim Blick auf die beiden die Weibl-Visage dazwischen, einmal vom Vierrad, einmal vom Waschbecken aus. Stellt sich die Frage: Auf wen hat die

Fantasiegestalt Hans-Peter Weibl da ein Auge geworfen, beziehungsweise wer hat hier eigentlich wen beobachtet. Und jetzt läuft ihm ein Schauer über den Rücken, dem Metzger. Dann läuft auch er.

Die Eile war völlig unnötig, denn Danjela ist, wie der Metzger vor dem Supermarkt stehend durch die Glasscheiben erkennen kann, noch im Großeinsatz. Zumindest aus der Distanz wirkt der Einkaufswagen bedenklich voll. Die Vermutung bestätigt sich schließlich.

»Was bitte ist in den vier Plastiksäcken alles drinnen, ein paar Schinkenkeulen, Schweinshaxen ...!«, stöhnt er dann unterwegs zurück zum Hotel.

»Erstens brauchen wir Getränke und Jause für Heimfahrt, und zweitens sag ich dir, kosten Nudel, Parmesan, Salami hier nur Bruchteil, ist ...!«

»... der Vorrat für die nächsten zwei Jahre somit gesichert«, ergänzt der Restaurator. Folglich besteht das für die Heimreise vorgesehene Gepäck zusätzlich zum Koffer aus einer vollbeladenen Strandtasche, einer ebenso vollbeladenen falschen Louis-Vuitton-, aber echten Luis-Viutton-Tasche und einem kleinen Plastiksack mit der pitschnass gewordenen Wäsche, denn trocken wird hier bis zum Abreisezeitpunkt nichts mehr, das steht fest.

Ein wenig stehen muss der Metzger dann auch am späteren Nachmittag bei der Rezeption, denn ihm obliegt es, wie offenbar auch den beiden Herren vor ihm, die Abreiseformalitäten zu erledigen.

Zwecks Verkürzung der Wartezeit gönnt er sich ein Gläschen vom herrlichen Hauswein und wird schließlich, endlich an der Reihe, nicht nur von der ungemein freundlichen aparten Rezeptionistin Fabiana diesbezüglich überrascht:

»Ah, 'err Metzger. Icka 'offe, Sie 'atten eine szöne Aufent'alt?«

»Alles fein, vielen Dank.«

»Ista ihre Frau wieder in Ordnung?«

»Auch das ist wieder fein.«

»Molto bene. 'atten Sie noch etwas aus der Minibar?«

»Nein.«

»Wunderbar. Wenn 'aben Sie Zimmer verlassen, Sie können lassen das Gepäck bis zur Abreise 'ier!«

Es folgt ein liebenswerter Augenaufschlag, das Überreichen des Hotelprospektes, dann die Überraschung, eingeleitet mit einem durchaus erquicklichen: »Von 'otel ein 'auswein für unsere Gäste.«

Sehr zur Freude des Beschenkten wird eine Flasche Rot übergeben.

»Wünszen Sie szpäter eine Transfer zu Bahn'of, Ihre Nacktzug geht uma elfe Uhr?«

Im Zuge des »Nacktzuges« muss er ein wenig schmunzeln, der Metzger, und weiß natürlich nicht, wie entblößt er in Wahrheit selbst bereits ist.

»Gerne, am besten um 22:15 Uhr.«

Es folgt ein liebenswerter Augenaufschlag, schließlich das Aufreißen derselben und das Ausstoßen eines schrillen Tons:

»Dolly!«

Dolores Poppe betritt, gefolgt von einem Schwall nicht unbedingt zufrieden wirkender Touristen, das Hotel.

»Dolly, icka 'abe Post für dich!«, fügt Fabiana hinzu und löst Verwunderung aus: »Für mich!«

Eilig wird die Rezeption angepeilt, dem Metzger ein kurzer, unhöflicher Gruß zugedacht und neben ihm Aufstellung genommen. Wobei sich dieses Daneben in ein Stattdessen zu entwickeln scheint, denn Dolores Poppe fährt mit Platzansprüchen grob ihre spitzen Ellbogen aus, als wäre sie 1500-Meter-Läuferin und kurz vor der letzten Runde.

Fabiana überreicht den Brief und erklärt: »Unda sollst du kommen sofort zu Direktor Signora Becker!«

»Na wunderbar!«, ist Dolly das Fehlen jeglicher Begeisterung anzusehen, was sie sehr zur Verwunderung des Willibald und des Fräuleins Fabiana durch einen gezielten Griff nach der auf dem Rezeptionspult stehenden Flasche Hauswein, einem Öffnen des Schraubverschlusses und einem kräftigen Zug zum Ausdruck bringt.

»Prost!«, kann sich der Metzger jetzt nicht verkneifen.

»Danke!«, erwidert Dolly, öffnet den Brief, und dann legt sich die heil- und wirksamste Kosmetik dieser Welt auf ihr Gesicht: Freude.

Lange betrachtet sie das Schreiben, mit roten Backen, Lachfalten und glasigen Augen. Es folgt ein Beugen über das Rezeptionspult, ein Kuss auf Fabianas Wangen, eine peinlich berührte Verfärbung derselben, eine Umarmung des Willibald, ein: »Verzeihung, aber das musste jetzt einfach sein!«, ein weiterer Schluck aus der Rotweinflasche und schließlich ein vergnügtes: »Becker-Trampel, ich komme.«

»Ista Liebe wie große Rausch!«, erläutert Fabiana diese Wesensänderung und drückt dem Metzger eine neue Bouteille Hauswein in die Hand.

»Der Brief ist von Szepansky, hab ich recht?«

Fabiana nickt.

»Aber Herr Eichner und er sind doch schon heute morgen abgereist, da bekommt Dolly den Brief erst jetzt?«

»War Dolly ganze Tag nickta 'ier. Außerdem 'at Brief gebracht nickt 'err Szepansky, sondern eine sehr 'öfliche fremde 'err.«

Ja, höflich sind sie ja hier zum Großteil alle, was kein Wunder ist. Die Geldbörsen der Menschen haben schon deutlich bessere Zeiten gesehen. Hoch lebe Balkonien.

»Dann bis später«, verabschiedet sich der Metzger, heilfroh, endlich nach Hause zu kommen.

Das Lächeln und die Lüge

Sein Bein schmerzt, aber es ist ein Schmerz, der ihm nichts ausmacht, er muss nicht mehr davonlaufen. Gustav und Angela werden sich um ihn kümmern, mehr noch als seine Mitbewohner, mehr noch als Dolly oder Frau Dottore Aurelia Cavalli. Alles wird gut.

Er glaubt daran, und es bleibt ihm nichts anderes übrig, auch wenn zurzeit alle besonders vorsichtig sind. Pepe wurde tot aufgefunden, aber dass Kollegen sterben, das kommt öfter vor. Sein Tod wundert ihn nicht mehr, er hat nicht nur Hüte verkauft. Eine Zeitlang war Pepe weg, seit kurzem ist er wieder da, jetzt ist er tot. Es geht rauh zu auf dieser Welt, auch hier.

Demba wird traurig sein, sie waren wie Brüder, haben einander geholfen, manchmal auch dafür gesorgt, dass es genug zu essen, genug Geld gab. Demba ist geschickt, flink, stark, unbändig in seiner Wut, seinem Willen, oft zu ungestüm. Bitterlich geweint hat er, wie er erfahren musste, von nun an allein zu sein. Kaum dass er ihm eines Abends aus einiger Entfernung Gustav gezeigt und erzählt hatte, es sei jener Mann, mit dem er fortfahren würde, war Demba verschwunden.

Auf offener Straße hat er Gustav die Geldbörse geraubt, aus Misstrauen, brüderlicher Sorge, vielleicht aber auch aus Eifersucht, hat sich der Gefahr ausgesetzt, hat die Geldtasche zu ihm gebracht, alles durchforstet, Führerschein, die Karten, einfach alles, nur um herauszufinden, wer Gustav Eichner ist. »Nein, ich bring ihm auch das Geld zurück! Wir sind Freunde, Demba, und er wird dir nicht böse sein, das versprech ich dir!«, hat er ihm gesagt und es genau so getan.

Gustav und Angela sind für ihn keine Fremden mehr.

Und wer ein Lügner ist, weiß man ohnedies nie.

Selbst der tiefste Blick von Angesicht zu Angesicht reicht nicht aus, um zu erkennen, was in der Tiefe schlummert.

Er hat die gütigsten Augen gesehen in den Köpfen der hintertriebensten Menschen.

Und er hat Hilfe bekommen von Händen, denen nur Gewalt zuzutrauen gewesen wäre.

Kein Mensch weiß, was in dem anderen steckt, egal, wie gut oder schlecht, lang oder kurz man einander kennt. Erst wenn es darauf ankommt, schält sich das wahre Ich aus dem Kostüm des täglich vorgespielten Theaters.

Hochsommer war es, wie er in seinem ersten Jahr im Süden dieses Landes als Erntearbeiter eine Anstellung fand. Schlechter Lohn, schlechte Unterkunft, schlechte Arbeitsbedingungen, aber eine Zukunft, eine Beschäftigung, einen Sinn. Den Tag für etwas zu verbringen ist erfüllender, als nur den Tag abzusitzen, wie einst in seiner Heimat. Anfangs war es ein friedliches Arbeiten, die Menschen hatten sich arrangiert mit den unmenschlichen Lebensbedingungen in den Notlagern, abgenutzten, leerstehenden Lagerhallen, in denen sie hundertfach Seite an Seite die Nächte verbrachten, aber es reichte aus, denn sie waren keine Gefangenen.

Dann kam der Tag, an dem ein Gerücht alles zerstörte. Jemand behauptete, dass jener verbrecherische, streng hierarchische Geheimbund, der diese Region, vielleicht das ganze Land beherrscht, Erntearbeiter zu kriminellen Aktionen missbrauche, Aktionen, die sich gegen die Einheimischen richten.

Keinen Tag später wurde untertags die leere Wohnung eines bereits seit Jahren hier in der Landwirtschaft beschäftigten afrikanischen Migranten ausgebrannt, ein Mann, der eine Frau und zwei Kinder hatte, Kinder, die hier zur Schule gingen. Völlig verstört suchte die Familie Unterschlupf unter *ihresgleichen. Kurz darauf fielen Schüsse, aus rein rassistischen Antrieben, und er befand sich nicht in seiner Heimat, nicht in Zeiten der Apartheid, er befand sich am Fuß des europäischen Stiefels.*

Ein Gerücht reichte aus, die bisher falsche Toleranz zu entlarven. Toleranz für offiziell unerlaubt Anwesende, die, untergebracht wie das Vieh der Bauern, dafür sorgen, dass die Wirtschaft einer an Jugend und Arbeitskräften mangelnden Region den gewünschten Ertrag bringt.

Wie gesagt: Erst wenn es darauf ankommt, schält sich das wahre Ich aus dem Kostüm des täglich vorgespielten Theaters.

Als Reaktion auf die ihnen plötzlich auch zwischenmenschlich entgegengebrachte Geringschätzung, den Hass, gingen sie, die Erntearbeiter, auf die Straße, er mitten unter ihnen, um gegen das Unrecht zu demonstrierten, gegen die Zustände, in denen sie leben mussten, denn wenn zur Armut auch noch die Verachtung dazukommt, wird die Last unerträglich.

Mit Gewalt kannte er sich aus. 82 Verletzte, drei Tote, fünf Busse, die sie wegbrachten, waren der Lohn. Busse, die nicht in den Süden, sondern den Norden fuhren, die im Landesinneren anhielten und ihre Insassen sich selbst überließen. Sie wurden nicht zurückgeschickt übers Meer, sie durften bleiben als in irgendeiner Form wertvoller, nicht existierender Teil dieses Landes. Sein Lohn aber war ein noch viel größerer.

Denn er hob eine der 82 Verletzten von der Straße auf, ein blutendes Mädchen, eines, das er zuvor nie so genau angesehen hatte, und trug sie davon. Youma.

Ihr Streifschuss verheilte bald, seine Wunde wird ewig bleiben.

Ein Jahr schlug er sich mit ihr und einer kleinen Gruppe durchs Leben, saß mit ihr in einem der Busse, stand mit ihr am Feld, schlug sich mit ihr durch den Winter, lief mit ihr die Küste entlang bis hierher, konnte sie nicht so beschützen, wie sein Herz es von ihm verlangte, sah ihre Tränen, ihren blutenden Leib, wusste nicht, wer es ihr angetan, wer sich an ihr vergangen hatte, sah ihren größer werdenden Bauch, ihren schwächer werdenden Körper, sah ihre angsterfüllten Augen, hörte ihre Worte: »Wirst du da sein, Noah?«, hörte sich ihr sein Versprechen geben, hörte den letzten Schrei ihres Lebens, hörte den ersten Schrei ihrer Tochter.

»Youma, ich bin da«, flüstert er beim Autofenster hinaus, während ein Land an ihm vorüberzieht, das er nun nicht mehr sein Zuhause nennen wird.

Presto

Etappe 2

Dio ci manda il cibo, il diavolo i cuochi.

Italienisches Sprichwort:
Gott gibt uns das Essen, der Teufel die Köche.

Affen und Adler

Es ist der immer wiederkehrende Rhythmus, der aus dem Chaos ein Pendeln macht, der alle Hektik zur Ruhe kommen lässt. Tack-tack, tack-tack, dringt es an ihr Ohr, leise, kaum vernehmbar, kaum fühlbar, und doch hat es sie erfasst.

Dolly Poppe ist müde, hundemüde.

Tage wie diese schreien eben förmlich nach einer Kündigung.

Eine großteils weibliche Touristengruppe, bestehend aus 14 Personen, begleiten zu müssen, von denen einige in Gegenwart der jungen, einheimischen Reiseführerin Maria Giuliani unverblümt erkennen lassen, den gedruckten Reiseführer der besuchten Stadt bereits zu beherrschen, »... da hat ...«, wortwörtlich: »... die Giuliani Bella-Marie noch ganz gewaltig in ihre Windeln gschissen«, für so einen Kreuzweg ist kein noch so gutes Trink- als adäquates Schmerzensgeld anzusehen – und nicht einmal von gut konnte dann die Rede sein.

Der einzige Trost war die kollektive, besserwisserische Verweigerung der von ihr und Maria Giuliana in Gewissheit des drohenden Unwetters vorgeschlagenen vorzeitigen Heimfahrt und die anschließende komplette Durchspülung dieser 14-köpfigen Idiotenpartie. Die Party dabei allerdings hatten allein Maria und Dolly.

Die Lidschatten der Damenriege glichen einem Schüttbild, die zumeist künstlich erblondete Haarpracht einer an der Zange baumelnden Ladung tropfender Nudeln al dente, und beim Anblick der plötzlich in Kontur und Masse offenbarten klitschnassen Gestalten wollte man ans Essen erst gar nicht mehr denken müssen, von den drei anwesenden Männern ganz zu schweigen.

»La scimmia è sempre scimmia, anche vestita di seta«, entkam es Maria lächelnd zum Himmel gerichtet, und allein Dolly gewährte sie flüsternd die Übersetzung:

»Auck in Seide gekleidet bleibt die Affe immer eine Affe!«

»Stimmt, schön ist er nicht, der Mensch«, tuschelte Dolly zurück, nur um in weiterer Folge einmal mehr zu erfahren, dass dies nicht nur für das Äußerliche Gültigkeit hat.

Sicher, alle über einen Kamm zu scheren ist nicht zulässig, dennoch, und das weiß sie dank ihrer vielen Besuche in dieser durchwegs beschissenen, überbewerteten Vogelstadt sogar ohne Maria Giuliani: D'aquila non nasce colomba – Aus einem Adler wird keine Taube.

Vor den Krallen, dem gefährlichen Schnabel und der großen Spannweite eines Menschen kann man gar nicht genug auf der Hut sein.

Die Rache also ließ nicht lange auf sich warten, denn natürlich wurde die Belustigung der beiden Damen von der bis auf die Haut durchnässten Truppe registriert, und natürlich war ein weiblicher Stammgast darunter, der Maria Giulianis Sprache bereits beherrscht, da hat die Giuliani Bella-Marie noch ganz gewaltig eh schon wissen …

Kaum im Hotel angekommen, wurde Dolores Poppe also von der diensthabenden Rezeptionistin Fabiana zur Hotelmanagerin Margit Becker gebeten. Und wenn Dolly eines kennt, dann den im Fall eines ehemals gegenseitig ausgespannten Mannes auf Lebzeiten garantierten Zickenterror. Eine jederzeit drohende frontale, seitliche oder hinterrücks ausgeübte Stutenbissigkeit ist ihr also sicher. Wie gesagt, sie ist eben keine Brave, die liebe Dolly, und sie war einst dem Kinderanimateur und Schweinigl Jürgen Schmidts erlegen,

165

und zwar genau zu jenem Zeitpunkt, an dem sich auch der liebe Jürgen Schmidts erlegen hat lassen: von Margit Becker.

»Na, Frau Poppe, da trau ich ja wohl meinen Ohren nicht!«, lautet Frau Beckers Begrüßung. »Haben wir es heute also lustig gehabt?«

»Ob Sie es lustig gehabt haben, Frau Becker, das weiß ich nicht. Mein Tag jedenfalls war recht okay.«

»Okay! Okay sagen Sie!« Und dann entlud sich an diesem denkwürdigen Tag gleich das nächste Gewitter. Sosehr Donner und Blitz auch auf Dolly niedergingen, sie war doch erfüllt von einer unaussprechbaren Seligkeit, denn eines stand bereits vor Betreten des Büros für sie fest: Dieser unsägliche Becker-Trampel samt der ganzen Bagage hier, am besten gleich inklusive ihrer eigenen Mutter, kann ihr in Zukunft den Buckel runterrutschen. Es gibt Tausende andere Orte auf dieser weiten Welt, die ihre Dienste mit Handkuss in Anspruch nehmen, und unter all diesen Orten gibt es zurzeit auch einen, zu dem es sie tatsächlich hinzieht.

Fabiana nämlich hatte nicht nur die Einladung in Frau Beckers Büro für sie bereitliegen, sondern auch Rudi Szepanskys an sie gerichteten Brief.

Umgehend öffnete sie das Kuvert, entnahm einen fein säuberlich, Ecke an Ecke zusammengelegten Bogen Papier, ein 500-Euro-Schein flatterte in ihre Hand, gefolgt von einem einzelnen Kalenderblatt, schließlich entfaltete sie den Brief, und da stand er wieder, dieser eine vollkommene Satz:

Wenn das Universum bestimmt hat,
dass ich der eine bin für dir,
und du die eine bist für mir,
dann gibt es auch ein uns.

Dolly musste lachen, mit Tränen in den Augen: »Für dich, Rudi, ich bin die eine für dich.«

Auf dem 500-Euro-Schein klebte ein kleiner Zettel, beschriftet mit dem Hinweis, das Geld am besten für die sofortige Heimreise zu verwenden, denn dem Universum könne zumindest räumlich schon etwas nachgeholfen werden.

Auf der Rückseite war eine als geheim definierte Telefonnummer notiert mit dem Hinweis, keinesfalls anzurufen, bevor er sich melde, was definitiv die nächsten Tage sein werde – außer natürlich, es passiere ihr etwas.

Dollys erster Gedanke war, obwohl ihr Rudi versichert hatte, dem wäre nicht so, der an eine möglicherweise vorhandene Ehefrau, an Kinder, an eine nach außen hin traute Familienwelt. Wurde sie wie schon so oft belogen, nur für das Spiel einer flüchtigen Nacht? Sie wollte es nicht glauben, auch weil da eben noch in geschwungener Handschrift stand:

Ich bin da, in der Hoffnung, Du bist es auch bald …
Voll Liebe, Dein Rudi

»Liebe Frau Becker«, nutzte Dolly eine Atempause ihrer in Fahrt gekommenen Chefin, erklärte strahlend: »auch Ihnen noch ein schönes Leben. Ich kündige«, drehte sich um, verließ unter Schweigen das Büro und ging erneut schnurstracks zu Fabiana: »Wann geht der nächste Zug?«

Gleichmäßig rattert es, als würde sie jemand sanft ins Land der Träume führen wollen. Morgen, wenn die liebe Frau Mama erwacht, wird für sie nicht nur Tino über alle Berge sein.

Dolly lächelt, wenn auch mit einem Hauch schlechten Gewissens, dann schläft sie ein.

Das Salz und die Wunde

Es wurde dann trotz der besorgniserregenden Fantasiegestalt Hans-Peter Weibl ein doch noch überraschend schöner
letzter Abend. Im Rücken die untergehende Sonne, standen
Willibald Adrian Metzger und Danjela Djurkovic ein Weilchen eingehängt vor der ruhig gewordenen Adria, unter-
nahmen sogar im Anschluss einen kleinen Spaziergang und
versprachen einander, nie wieder länger als laut Metzger:
»Maximal eine Stunde!«, und korrigiert von Danjela: »Na,
in schwierige Fälle brauch ich schon bisserl Spielraum nach
oben!«, aufeinander böse zu sein.

Es folgten ein ausgedehntes Abendmahl, eine rührige
Verabschiedung von der verzweifelt nach ihrer Tochter
Ausschau haltenden Frau Würtmann, schließlich gab man
einander die Kontaktdaten und das Versprechen, sobald für
Tino ein Ersatz gefunden wäre, gemeinsam mit dem Hünd-
chen Edgar spazieren zu gehen.

Dann war es endlich so weit, der Urlaub nahm sein Ende.

»Schnell ist er vergangen. Und was hab ich eigentlich die
ganze Zeit gemacht?«, stellte sich der Metzger die Frage,
was kein Wunder ist. Egal, ob Leben oder Lebensflucht, die
Lebenszeit läuft ab, und hier läuft sie besonders hurtig. Man
frisst sich durch den Urlaub und hat trotzdem Hunger, der
unbändige Appetit ersetzt die Tatenlosigkeit. Der Gleich-
klang, bestehend aus essen, schwitzen, liegen, schauen, verdauen, essen, schwitzen, liegen, schauen, verdauen, zwi-
schendurch schlafen, lesen, vielleicht ein bisserl planschen
und Beine vertreten, dann aber wieder essen, schwitzen, liegen, schauen, verdauen und schlafen, wirkt zwar, als würde
nichts geschehen, aber gerade diese Ereignislosigkeit legt
eine derart hinterfotzige, verdeckte Beschleunigung an den

Tag, da kann keine Amazonas-Kreuzfahrt, kein Mount-Everest-Massenaufstieg dieser Welt mithalten.

So brachten die beiden Abreisenden also ihren Kreislauf in Schwung, bestiegen zuerst den Transfer zum Bahnhof, eine knappe Stunde später den Regionalzug. Ab jetzt hieß es, sich erneut der Willkür der Vergänglichkeit hinzugeben, zu akzeptieren, dass im Moment des Erlebens ein und dieselbe Zeitdauer vergehen kann entweder wie im Flug oder wie das Ermittlungsverfahren gegen hochrangige Staatsbedienstete.

»Wird sich ziehen wie ein Strudelteig!«, stöhnte Danjela Djurkovic also am Beginn der mit dem Umstieg vom Regionalzug in den Nachtexpress verbundenen fast 90-minütigen Wartezeit und erhielt in gewisser Weise Worte des Trostes: »Strudelteig? Ehrlich gesagt, hab ich schon wieder gewaltigen Hunger.«

So gönnten sich die beiden ein Schließfach und bekamen ihn zum Urlaubsabschluss doch noch, zumindest in Kurzfassung, den gemeinsamen Spaziergang durch die Stadt der Herzen, Brücken, Kirchen und Kanäle. Wobei, viele Brücken wurden es dann nicht, genau genommen nur die eine vom Bahnhof über den großen Kanal, zu groß war die Angst der beiden vor dem eher kleinen Zeitfenster, zu groß war Willibalds Angst, nach dieser durch ihn missglückten Woche sein aufloderndes Kulturinteresse zum Ausdruck zu bringen, zu groß war Danjelas Appetit. Ein paar romantische Schritte wurden zwar zurückgelegt, der Duft der Wasserstraße, die Stimmung der Stadt verinnerlicht, dann aber das erstbeste gemütlich wirkende Lokal frequentiert. Dort genehmigten sich die beiden ein laut Danjela bereits optisch schwer an die Heimat erinnerndes hiesiges Nationalgericht: »Sieht aus wie Haufen von Lipizzaner oder Fiaker!«, sprich: Profiteroles, und ja, nomen est omen, es gab tatsächlich jemanden, der davon profitierte. Kaum hatte sich Danjela während des Rückweges ihr reichlich mit Schokolade überzogenes Mundwerk gesäubert, brachte sie dieses auch schon voll Erstaunen mit Blick auf den Bahnhof zum Einsatz: »Willibald, schaust du, seh ich gerade bekanntes Gesicht!«

Trotz der späten Stunde herrschte beim ersten Hinsehen auf dem Vorplatz und in der Halle ein reges Treiben. Beim zweiten Blick war es dann nur mehr ein Treiben, eigentlich ein Sich-treiben-Lassen, eines ohne Fahrkarte, ohne Ziel. Bahnhöfe sind wie eigene kleine osmotische Welten innerhalb eines Systems, abgeschlossene Zellen mit durchlässiger Membran, Orte der Einkehr, für den Beobachter auch der inneren, denn zu sehen gibt es genug: Menschen, die auf Reisen gehen oder vom Reisen kommen, manche von ihnen werden verabschiedet und empfangen; Menschen, die arbeiten und Geschäfte machen, manche von ihnen verkaufen dabei sich; und Menschen die sich nur unterstellen, als Zaungäste, keiner von ihnen wird verabschiedet oder empfangen.

Letzteres betraf auch das erspähte bekannte Gesicht. Niemand sollte getroffen oder empfangen werden, das stand fest, maximal verabschiedet, und wie es aussah, betraf dieses Lebwohl gleich die ganze Stadt, vielleicht sogar das ganze Land. Mit dem Metzger und Danjela beinah Rücken an Rücken wurde ebenso einem Schließfach ein Koffer entnommen und schließlich ein Zug bestiegen. Was heißt ein Zug, der Zug muss es heißen.

Umgehend griff Danjela, unter der dezent geäußerten Kritik ihres Willibald, zum Telefon, tat, was sie tun musste, schlug sozusagen Alarm, und betrat gefolgt von ihrem Herzblatt den Nachtexpress Richtung Heimat.

Draußen zieht mit fast gespenstischer Leere die Dunkelheit vorbei, und einmal mehr weiß Willibald Adrian Metzger: Es hat einen Grund, warum ein Liege- nicht Schlafwagen heißt. Gewiss, er und seine Danjela besetzen beziehungsweise belegen, dem Zufall sei Dank, erneut ihr Abteil nur zu zweit, sind somit ungestört und keinen Fremdeinflüssen ausgesetzt, trotzdem bleibt der Wunsch, zu dieser später Stunde mit geschlossenen Augen gar keine Einflüsse mehr wahrnehmen zu müssen, bis dato unerfüllt. Auch Danjela sucht tapfer das erlösende Wegdösen durch Lesen eines Buches.

»Redest du nix, schlaf ich gerade ein!«, erklärt sie, während die Lektüre auf ihre Brust sinkt, es folgt ein tiefer, genervt wirkender Atemzug, ein nicht minder gereiztes »Na geh, muss ich schon wieder auf Toilette« und das Verlassen des Abteils.

»Hauswein«, entgegnet der Metzger, erhebt sich ebenso, kramt die Flasche hervor, widmet sich dem Drehverschluss und im Gegensatz zu seinem Prachtweib der Flüssigkeitszufuhr.

Was insofern von Nachteil ist, da Alkohol dem übermüdeten Körper recht zügig in die Beine fährt. Da ist es vorbei mit dem festen Schritt, und gerade der feste Schritt soll, vor allem auf den Gängen eines dahinratternden Zuges, ein Schaden nicht sein.

Danjela hat ihr Geschäft erledigt und ist überzeugt: Die Bauanleitung der von ihr frequentierten Toiletten kann nur einem entweder volltrunkenen oder aus anderen Gründen nicht ganz funktionstüchtigen Männerhirn entsprungen sein. Maximal im Stehen, sowohl was die Person als auch den Waggon betrifft, wurde da probegepieselt, folglich schön brav die Mitte getroffen und danach mit stolzgeschwellter Brust die Massenanfertigung freigegeben. Zu der Einsicht, dass es beim besten Willen mit der männlichen Zielsicherheit vorbei ist, sobald sich so ein Häusel in Bewegung gesetzt hat, braucht es nämlich weder ein technisches noch ein Architekturstudium, wahrscheinlich nicht einmal einen Kindergartenabschluss. Das will sie also sehen, wie sich die Herren Entwickler dann im fahrenden Zug testweise mit heruntergelassener Hosen hinhocken, ohne ihre entblößte Rückseite in jene trübe Suppe einzutunken, die von jedem einzelnen der zuvor brunzenden Männer unter Garantie der Klobrille anvertraut wurde. Eigene Frauentoiletten gehören her, sprich auf Schiene gebracht.

Entsprechend angeekelt öffnet Danjela Djurkovic die Tür, zischt in Gedanken an die gerade eben vorgefundene unsägliche Sauerei: »Wie kann man nur so, so, so eine …!«, bricht ab und blickt in ein gebräuntes, freundliches Gesicht. Zumindest anfangs, denn auch Dolly Poppe hat ihr Gegenüber erkannt.

So ist das eben mit der nonverbalen Kommunikation. Da steht einem ein Mensch gegenüber, macht ein Gesicht, als wäre ihm gerade ohne Lokalanästhesie der Weisheitszahn, der Daumennagel, der Wagen aus dem Halteverbot entfernt worden, und der erste Gedanke ist nicht: »Meine Güte, was ist mit dem los, Schmerzen, Kummer, etwas Saures erwischt?«, nein, der erste Gedanke ist: »Was bitte hat der gegen mich? Was hab ich Falsches gesagt, getan? Warum ist der beleidigt?«

Innerhalb kürzester Zeit weicht die Fröhlichkeit in Dolly Poppes Gesicht einer kämpferischen Miene. Erstens quält sie ohnedies eine enorme Unruhe, zweitens der Heißhunger, und drittens ist ihr trotz aller Vorfreude auf Rudi Szepansky keineswegs so richtig wohl bei der ganze Sache. Er klappt also noch nicht wirklich hundertprozentig, der Ansatz:

1: Mein Leben gehört mir.
2: Es darf mir gutgehen.
3: Ich darf alles daransetzen, dass es mir auch gutgeht.

Und wer ist schuld daran: Mutter.

Wie ein Dämon hockt ihr die werte Frau Mama im Hirn und hält sie im Schwitzkasten einer emotionalen Geiselhaft. Einerseits steht Dolly ja zu ihrer heimlichen Abreise, zu ihrer Entscheidung, Madame Würtmann samt ihrer unsäglichen Ichsucht mit Unwissenheit zu strafen, sich nicht die Freude, den Aufbruchswillen rauben zu lassen, andererseits ist da eben noch die aus dem Hinterstübchen ihres guten Herzens dringende leise Stimme, denn Mutter wird sie suchen, sich auf ihre Art und Weise Sorgen machen.

Ja, und weil Dolly das ohnedies selbst alles weiß, sich über ihre innere Zerrissenheit ärgert, braucht sie sich nicht extra noch Salz auf offene Wunden streuen lassen, schon gar nicht von so einer wildfremden, unsympathischen Person.

Außerdem, was bildet sich diese Dame, die ihre Mutter gerade einmal eine Woche lang kennt, überhaupt ein, ihr mit derart missbilligender, direkt bösartiger Miene ein vorwurfsvolles »Wie kann man nur so, so, so …« an den Kopf zu werfen!

»Was geht Sie das alles an, möchte ich wissen?«, zischt Dolly zurück, ergänzt: »Dürft ich bitten!«, drängt sich vorbei und knallt die Tür zu.

So ist das eben mit der verbalen Kommunikation. Zwei Menschen reden von etwas gänzlich anderem und meinen, es wäre dasselbe.

»Aber, aber …« Danjela ist völlig vor den Kopf gestoßen, nur um ein paar Zentimeter nicht auch im wörtlichen Sinn. Haarscharf fällt das Türblatt vor ihrem Nasenrücken ins Schloss. Warum um Himmels willen faucht sie Eva-Carola Würtmanns Tochter so an? Es braucht allerdings nicht lange, und Danjela findet eine Erklärung. In gewissem Sinn

geht es ihr nun sogar wie Dolores Poppe. Hundertprozentig
wohl ist ihr nämlich nicht, denn sie hört ihn noch recht gut,
den Einwand ihres Willibald: »Danjela, bitte misch dich
nicht ein, die zwei sind erwachsen. Es wird schon einen
Grund geben, warum sie ihrer Mutter nichts sagt!«

»Aber macht sich Eva Sorgen!«, übte sich die eifrig SMS
tippende Danjela einmal mehr in der Kunst der Sturheit und
des Ungehorsams ihrer eigenen inneren Stimme gegenüber,
denn sie wusste durchaus, ihr Willibald hat nicht ganz unrecht – und drückte auf Senden:

> Hab ich gerade gesehen deine Tochter, sitzt in selben Nacht-
> express wie wir, glaub ich, fährt nach Hause! Schlafst du gut,
> Danjela.

Und offenbar, so nimmt zumindest Danjela an, wurde die
Botschaft schon gelesen. Folglich hat aus ihrer Sicht Dolores Poppe nicht ganz unrecht mit der Bemerkung: »Was
geht Sie das alles an, möchte ich wissen?«

Und weil Danjela anders als Dolly nun Mitleid für ihr
Gegenüber empfindet, versucht sie durch die Tür der mobilen Häuselanlage das Gespräch fortzuführen:

»Haben Sie recht und tut mir leid. Aber wollte ich nur
helfen. Mag ich nix, wenn macht sich jemand Sorgen!«

»Sorgen!«, dringt es klarerweise, ohne eine Ahnung von
Danjelas Nachricht zu haben, durch das Türblatt: »Wie lang
kennen Sie meine Mutter jetzt? Seit maximal einer Woche,
oder? Ich kenn sie seit 26 Jahren und kann Ihnen versichern,
die einzige Person, um die sich meine Mutter wirklich Sorgen macht, ist …«, versöhnlicher wird die Stimme, »… meine Mutter! Aber Schwamm drüber, Hauptsache, Sie rufen
sie jetzt nicht gleich an und sagen ihr, wo ich bin. Wissen Sie,
wenigstens ein paar Tage wär ich zu Hause gern für mich
allein. Sie haben ja keine Vorstellung, wie mir meine Mutter,

wenn sie ohne Partner ist, auf die Nerven geht, und zwar täglich, als wär ich für ihre Unterhaltung zuständig.«

Und während sich Danjela mit hochroter Miene wünscht, für ein Weilchen im Erdboden versinken zu können, geht zuerst die Spülung, dann die Wasserleitung an und schließlich die Türe auf: »Eine Sauerei ist das da drinnen! Da gibt es nur ein intaktes WC für zwei Waggons, und dann so was«, verzieht Dolly ihre Miene und deutet auf die verdreckte Toilette.

»Genau das hab ich ja vorhin gemeint mit: Wie kann man nur so, so, so eine Dreckschwein sein«, würde Danjela Djurkovic gern sagen, traut sich aber nicht, denn dann müsste sie erklären, weshalb auch sie dieses von Dolores Poppe geäußerte »Was geht Sie das alles an, möchte ich wissen?« falsch verstanden hat, müsste erklären, dass eine nicht zu schickende Kurzmitteilung garantiert längst schon an der Pforte eines offenbar noch abgedrehten Mobiltelefons steht und auf Einlass wartet.

»Ja, ist große Sauerei!«, bestätigt Danjela nun kleinlaut, will das Heil in der Flucht antreten, noch eine schöne Weiterfahrt wünschen, dann ändert sich schlagartig ihr Vorhaben.

Drei und Vierzig

Zu blass für die eben noch da gewesene Bräune erscheint Danjela das ihr entgegenblickende Gesicht, zu schwach die Stimme, zu kraftlos die Haltung.

Schweißperlen pressen sich auf Dollys Stirn, weich werden ihre Knie, dann sinkt sie langsam zurück und lässt sich zittrig auf der Toilette nieder.

»Meine Güte, haben Sie gerade ganz schlechte Kreislauf. Am besten Sie ...«, stürzt besorgt Danjela hinterher.

»Unterzucker«, flüstert Dolly mit schwacher Stimme. »Ich bin Diabetikerin, ich ...«, sie holt tief Luft, »ich hab wegen der ganzen Aufregung heut Abend viel zu wenig gegessen, zu viel gespritzt, und Alkohol getrunken hab ich auch, ich, ich ...«

Dolores Poppe muss abbrechen, und Danjela bekommt sichtlich die Panik. »Um Gottes willen, brauchen wir sofort Arzt, zieh ich Notbremse, wir müssen ...!«

»Ruhe bewahren«, meldet sich Dolly erneut zu Wort: »Gehen Sie den Gang vor, drittes Abteil, und holen Sie mir die rote Tasche!« Und dann läuft sie den Gang hinunter, die Danjela, öffnet unter Gemurre die besagte Tür, findet alles, nur keine rote Tasche, stürmt ins dritte von der anderen Gangseite gezählte Abteil, bleibt erneut erfolglos, erinnert sich an Dollys Bemerkung über das einzige intakte WC innerhalb zweier Waggons, wechselt den Waggon, stürmt hinein ins nächste dritte Abteil, wieder Gemurre, enormer Schweißgeruch, Geschnarche, sechs Betten, vier von Menschen belegt, eines von einer roten Tasche, ein erleichterter Handgriff, kurz darauf der erste Traubenzucker in Dollys Mund, dann der Vorschlag, nein Befehl: »Lass ich dich sicher nix mehr zurück allein in diese stickige Loch, kommst du zu uns«, dann das Vorstrecken der Hand: »Und bitte sagst du Danjela!«

»Danjela«, nimmt Dolly die Hand und das angebotene Du dankend an, »ich muss aber noch ein wenig ausruhen und dann schleunigst was essen!«

Und jetzt kommt er zum Einsatz, der Metzger, denn Danjela ist keineswegs einverstanden mit dem Vorschlag, eine bildschöne, ermattete und somit wehrlose junge Dame allein auf einem verdreckten Häusel, vor dessen Tür bereits eine drängende männliche Blase Aufstellung genommen hat, ausruhen zu lassen. So also wird der Restaurator beauftragt, Dolly im wahrsten Sinn des Wortes unter die Arme zu greifen und ihr einen Ortswechsel zu verpassen. Und weil der Nachtexpress gerade alles andere als ruhig läuft, läuft auch der übermüdete Metzger mit Dolly im Arm weniger wie eine Kegelkugel die Bahn entlang, sondern wie eine Billardkugel von Bande zu Bande.

»Sag, hast du gekippt ganze Flasche Hauswein in eine Zug?«, dröhnt es ihm energisch hinterher.

»Maximal in einem Zug, Nachtexpress!«, gibt der Metzger leicht gereizten Konter und erntet dicht an seinem Ohr ein Kichern: »Ihr zwei seid lustig.« Dolly ist einfach beruhigt, im Augenblick nicht allein zu sein.

Unfallfrei und mit Erleichterung auf allen Seiten wird schließlich die Patientin auf Willibalds Pritsche abgeladen, ihr ganzes Gepäck übersiedelt und umgehend die mobile Vorratskammer geplündert. Allein beim Anblick der mit Naturalien prall gefüllten Badetasche hebt sich Dollys Befinden schlagartig. So wird also gespeist, um drei Uhr nachts, Salami, Käse, Grissini, und dann spricht auch Dolly wieder mit voller Stimme. Und zu erzählen, diese alte Welt hinter sich und sich in guten Händen wissend, hat sie viel: Von ihrer Krankheit, ihrer Mutter, ihrer Kindheit, ihren verlorenen Kindern, ihrer alten Chefin, dem Trampel Margit Becker, von den Verflossenen, dem Vollpfosten Jürgen Schmidts, von ihren guten Kontakten zu den Strandverkäufern generell, von ihrer Hoffnung, diesen Strandverkäufern durch die heimliche Gratisverköstigung an der Strandbar ähnlich behilflich gewesen zu sein wie die liebe Frau Dr. Aurelia Cavalli, die den Händlern regelmäßig Behandlungen, kleine Vorsorgeuntersuchungen durch Blutabnahmen angedeihen lässt. Und immer wieder fragt er nach, der Metzger, hochinteressiert, fragt nach Noah, erfährt, dass der Junge heuer bereits das zweite Jahr als Händler durch die Reihen spaziert ist, fragt nach Pepe, erfährt von Dollys kurzer Affäre, erfährt von ihrem grauenhaften Fund im Kiddyclub-Zelt und wird stutzig, ebenso wie Danjela:

»Klingt aber nix nach Kiddyclub, sondern nach Geisterbahn, sag ich nur Tino! Weil seit wann ist verschwunden? Vielleicht hat gute Hundeseele bei nächtliche Strandspaziergang geschnuppert unter Zeltplane böse Verbrechen?«

Und weit hat er es da jetzt nicht, der Metzger, um im Geiste die beängstigende Verbindung zur Kühlbox, zu Tinos als Lesezeichen missbrauchtem Schleifchen, zu Gustav Eichner und Rudi Szepansky herzustellen.

So setzt er also, sehr zu Danjelas sichtlich anwachsender Verwunderung, die Fragestunde fort, erkundigt sich nach einem gewissen Hans-Peter Weibl, den Dolly nicht kennt, einem Motorradfahrer namens Richard Hivela, den Dolly ebenso wenig kennt, fragt nach Gustav Eichner, den Dolly genauso wie Angela Sahlbruckner bereits vom Vorjahr kennt, fragt nach Rudi Szepansky, den Dolly erst kennengelernt hat. Und dann leuchten ihre Augen, dann werden die Backen noch röter, als sie ohnedies schon sind, dann wird vom geliebten Rudi erzählt, von seiner liebevollen, fürsorglichen, gewinnenden Art, dem trotzdem geheimnisvollen und gerade deshalb um so reizvolleren Hauch, der ihn umgibt.

»Was macht er beruflich?«, unterbricht der Metzger.

»Das sagt er nicht, es sei nicht wichtig, hat er gemeint«, erklärt Dolly.

»Na, und ob ist wichtig!«, unterbricht Danjela, »weil brauchst du auf deine jungen Tage nix Hausmann zum Durchfüttern, also Pflegefall, sondern Fels in Brandung.«

Nur Dolly lässt sich weder unterbrechen noch die Verzauberung nehmen, sondern zitiert den Brief, von dem sie jede Zeile auswendig kennt. Erfüllt wird der Innenraum des Abteils mit Worten wie »Liebe« und »Universum«, »Glück« und »Fünfhunderter«.

Sprühend vor Hoffnung, träumt Dolly vom möglichen Beginn einer neuen Lebensphase: »Wisst ihr, was er da Romantisches gesagt hat?«, schildert Dolly: »Dass die Welt besser wird durch Menschen wie mich, dass die Augen die Spiegel der Seele sind und er sieht, dass ich ein gutes Herz hab!«

»Dass die Augen was sind?«, traut der Metzger seinen Ohren nicht.

»Die Spiegel der Seele!«, flüstert Dolly verliebt. Beim Metzger aber kann von Blauäugigkeit keine Rede sein.

»Das kommt mir ehrlich gesagt schon seltsam vor, wenn dir fast zeitgleich im Kiddyclub-Zelt ein toter Mann ohne Augen in die Arme fällt. Komisch ist das, so wie alles andere«, sinniert der Metzger vor sich hin und erhält nun unerwünschte Aufmerksamkeit:

»Was heißt: Komisch wie alles andere? Stellst du Fragen ganze Zeit wie bei Verhör? Sag, was hast du gemacht in Urlaub? Bist du nicht hauptsächlich gelegen in Liegestuhl?«, kommt es Danjela nun zum Glück mit einem ausgedehnten Gähnen über die Lippen.

»Glaub mir, Liegestuhl reicht, da sieht man genug. Dolly, ich will mich ja nicht einmischen, aber du solltest trotz all der großen Gefühle für Rudi Szepansky vorsichtig sein.«

»Wir vorsichtig?«, geben müde Augen eine völlige Gleichgültigkeit diesem Vorschlag gegenüber zu erkennen.

»Ihr habt recht …«, wechselt der Metzger das Thema, »… es ist vier Uhr, ich würd sagen, wir versuchen ein wenig zu schlafen«, und findet mit seinem Vorschlag Gefallen.

Wie in Grandhotels gibt es auch im Liegewagen einen Weckruf, vorausgesetzt, man schlummert bis zur Endstation und natürlich völlig unabhängig davon, ob man mit Erreichen des Endbahnhofs den eigentlichen Zielbahnhof verschlafen hat.

Beendet so ein Zug also seine Fahrt, gönnt sich der Schaffner noch einen abschließenden Rundgang und sorgt für Räumung der Waggons, was sich je nach Typus verschieden anhört. Von: »Einen wunderschönen guten Morgen!« bis »Wollen S' hier einziehen?« ist alles möglich. Letzteres wird mit forscher Stimme an Danjela, Dolly und den Metzger adressiert, was insofern begründbar ist, da die drei einige Zeit zuvor schon ein wohlwollendes »Guten Morgen!« zwar zu hören bekommen, aber nicht gehört haben.

»Fühl ich mich wie nach Weinverkostung!«, stemmt sich Danjela ins Sitzen hoch, da hängen ihr bereits von der oberen Etage die Füße ihres Willibald ins Gesicht. Viel Schlaf finden konnte er nicht, der Metzger. Stattdessen hat er mit sich gerungen, ob er einem jungen Herzen die Illusion rauben und Dolly seine berechtigten Gründe zur Sorge mitteilen soll.

Schließlich war er, ohne eine Entscheidung zu treffen, eingenickt.

Auch Dolly hat sich mittlerweile aufgerafft, lächelt nichtsahnend in die Runde, und dann wählt er, während Dolly ihr Mobiltelefon einschaltet, die verantwortungsvolle Variante: »Guten Morgen, Dolly«, ein Weilchen wartet er, auf dem gerade aktivierten Handy sind mehrere auf das Eingehen diverser Nachrichten hinweisende Signaltöne zu hören, dann beginnt er: »Was ich nach unserem Gespräch vorhin noch sagen wollte. Bitte sei wirklich vorsichtig. Du kennst Rudi kaum, und wirklich beruhigend sind die Dinge nicht, die da letzte Woche alle passiert sind, Tino, Pepe, und irgendwie werd ich das Gefühl nicht los, dein Rudi ist darin verwickelt. Tinos Schleife war in Eichners Kühlbox, Tino ist im Kiddyclub verschwunden und Pepe dort aufgetaucht. Überleg doch. Ich hab kurzfristig sogar eine Bekannte bei der Polizei kontaktiert, so besorgt hat mich das alles.«

»Du hast Irene Moritz angerufen?«, ist nun Danjela auf Anhieb todernst und putzmunter. »Und da sagst du mir nix.«

Auch Dolly lächelt nicht mehr, erhebt sich, mit einem Schlag leichenblass, und diesmal ist es keine Unterzuckerung, sondern Überreizung. Entsetzen und Zorn stehen ihr im Gesicht, das Display ihres Handys vor Augen ringt sie mit jedem ihrer Worte: »Ihr, ihr, ihr habt nach alldem, was ich euch erzählt hab, meine Mutter informiert! Ihr, ihr …«, und es ist keine Frage.

Mit glasig gewordenen Augen blickt sie Danjela und Willibald voll Verachtung an, nimmt schließlich ihr Gepäck und verlässt schweigend, ohne sich für eine Erklärung zu interessieren, das Abteil.

»Aber, Dolly«, bricht es nun aus Danjela heraus, und ein Schwall an Erklärungen, Rechtfertigungen, Entschuldigungen hallt durch den Nachtexpress. Nur, da ist kein Wenden des Kopfes, kein Drosseln des Tempos zu erkennen, Dolores Poppe eilt den Gang vor zur Tür – Danjela hinterher. »Dolly, bitte, geb ich zu, war gut gemeint, aber saudumm, Dolly …«

Mittlerweile hat Dolores Poppe den Bahnsteig betreten, auch Danjela stürmt aus dem Waggon, »… Dolly, bitte wartest du, tut mir ja so leid!«

Dann fängt Dolly, ihr schweres Gepäck geschultert, vorbei an einem Herrn mit wild an der Leine zerrendem Hund, zu laufen an, mit Tränen der Wut im Gesicht und dem Wissen im Hinterkopf, dass ihre Mutter Eva-Carola Würtmann laut SMS den Urlaub eine Woche früher abgebrochen hat, bereits um acht Uhr morgens mit ihrem alten Mazda in Richtung Vaterland aufgebrochen ist und bei einer unfallfreien Fahrzeit in maximal sieben Stunden zu Hause auf der Matte stehen wird. Aus ihrer jetzigen so verletzten, emotionalen Sicht bleiben Dolly nur drei Perspektiven: Entweder sie besorgt sich einen Vorderlader, setzt sich daheim ins Wohnzimmer auf den Sofasessel und wartet auf die Ankunft der werten Frau Mama, oder sie ruft umgehend zwecks Abholung, Gratistherapiestunde und Notquartier ihre Freundin Irmgard an, oder sie benutzt Rudis als geheim definierte Telefonnummer und nimmt sich seine Notiz zu Herzen: »Ich meld mich die nächsten Tage. Keinesfalls vorher anrufen – außer natürlich, es passiert dir was!«

Und passiert ist ihr gerade etwas.

Irgendjemand will ihr einreden, Rudi sei mit Vorsicht zu genießen. Völliger Schwachsinn, und meine Güte, nichts kann falsch daran sein, ihm zumindest eine Kurzmitteilung zukommen zu lassen.

Danjela muss zwecks Abholung niemanden anrufen, denn mit erstauntem Blick steht wie vereinbart Hausmeister Petar Wollnar am Bahnsteig, sieht verdutzt der vorbeilaufenden weinenden jungen Dame ins Gesicht und kann sich gegen die auf ihn ausgeübte Zugkraft kaum wehren. Heftig zerrt Edgar an der Leine, nur noch ein Ziel vor Augen.

Er ist ja ohnedies nicht der Mann vieler Worte. Die Betrachtung der ziemlich verloren neben dem Zug stehenden Danjela und des sich kurz darauf im Prinzip so blass wie eh und je aus dem Waggon herausschälenden Willibald lassen sogar die Anstandsfrage »Wie war der Urlaub?« obsolet werden.

Endlich nimmt ihn Danjela wahr, nickt ihm zu, was offenbar bedeuten soll: »Lass ihn laufen!«, und breitet dem auf sie zustürmenden Edgar dermaßen weit die Arme aus, da würde sich ein ganzes Rudel gut aufgefangen wissen.

Dann lässt auch die zugegeben doch vorhandene Anspannung Petar Wollnars nach, denn Willibald Adrian Metzger scheint ihm seine Beihilfe zur Entführung und das nächtliche Lenken des Fluchtfahrzeuges nicht mehr übel zu nehmen. Herzlich kommt er auf ihn zu, umfasst mit festem Griff seine Hand, flüstert: »Du Gauner!«, und klopft ihm in fast brüderlicher Verbundenheit auf die Schulter. Alles ist gut, Petar Wollnar fällt ein Stein vom Herzen. Er hat eben nur einen wahren Freund, und er hat ihn immer noch – wunderbarerweise auch, seit sich dessen Leben völlig verändert hat. Das kann nämlich selbst für eine noch so tief verwurzelte Männerfreundschaft den Untergang bedeuten, wenn eines Tages bei einem der beiden Herren ein Frauenherz zuerst im Herzen und schließlich dieses Frauenzimmer auch im Zimmer, sprich dem gesamten Single-Haushalt, Einzug findet. Ein seelisches Wrack war Petar Wollnar also, wie eines Tages im obersten Stockwerk des von ihm gepflegten Altbaus das Türschild von »Metzger« auf »Metzger & Djurkovic« geändert wurde. Richtig zelebriert hat er ihn, mit Wodka, mit mehrtägiger Unterlassung der Körperpflege und Rasur, den Abschiedsschmerz von all den wunderbaren, end- und vor allem so angenehm wortlosen gemeinsamen Abenden zu zweit. Abende, die zumeist daraus resultierten, dass Petar Wollnar absichtlich während des Abhaltens seiner beachtlichen Kochkünste die Tür seiner Wohnung sperrangelweit geöffnet hielt, damit der Duft so lange von der seinen bis hinauf in die Metzgerwohnung wandern konnte, bis der Metzger höchstpersönlich dies in die Gegenrichtung tat.

Alles für Arsch und Friedrich, keine einzige seiner Ängste hat sich bisher bewahrheitet. Danjela Djurkovic ist nicht nur für ihren Willibald ein Prachtweib, sondern im menschlichen Sinn auch für Petar Wollnar. Aus dem Einsiedler Metzger ist also dank ihr, ihrer Offenheit und dank der vielen seither in sein Leben getretenen Menschen in gewisser Weise ein Familienmensch geworden, wenn auch einer ohne eigene Familie. Dasselbe gilt für Petar Wollnar, mit dem gravierenden Unterschied, dass Petar Wollnar im Prinzip ja eine eigene Familie hätte, würden seine Kinder nicht seit langem die Villa des stinkreichen Zahnarztgatten seiner Ex-Frau bewohnen und würden sie wenigstens gelegentlich bei ihm vorbeisehen oder sich abholen lassen. Ungefragt und unmündig zu Waffen im Beziehungskrieg missbrauchte Kinder richten sich eines Tages gegen den oder die Schützen selbst, da ist sich Petar Wollnar sicher, zumindest das tröstet seine gelegentlich aufkeimende Sehnsucht, Wut und Verzweiflung.

Die nur so aus Danjelas Mund sprudelnde Verzweiflung allerdings lässt sich aktuell gar nicht trösten, da kann sie die Geschichte mit Dolly noch dreimal wiederkäuen. Im mittlerweile vor dem Wohnhaus eingeparkten Pritschenwagen drohen bereits die Scheiben zu beschlagen, so geduldig wurde ihr von ihren beiden Verehrern Gehör geschenkt. Nun aber ergreift der Metzger das Machtwort:

»Lass es gut sein, Danjela. Du hast es ihr erklärt, du hast dich entschuldigt, sie durfte dich während der Fahrt näher kennenlernen. Wenn sie wirklich so ein gutes Herz hat, wie es dieser Szepansky in ihren Augen gesehen haben will, dann erkennt sie spätestens morgen hinter der SMS, die du ihrer Mutter geschickt hast, und zwar noch bevor ihr beide überhaupt ein Wort gewechselt habt, nicht den Verrat, sondern deine gutgemeinte Absicht. Und wenn sie das nicht erkennt, dann ist sie meiner Meinung nach menschlich sowieso unter ›ferner liefen‹. So, und jetzt steigen wir aus, auch Petar hat ein Recht auf Sonntag.«

»Nach dem Frühstück«, erklärt Petar Wollnar.

Was darauf folgt, ist der wortlose Ausdruck reinster Wiedersehensfreude und Zuneigung. Prall gedeckt ist der Esszimmertisch im ebenerdigen Domizil des Hausmeisters.

»Schwarzbrot!«, kehrt die Entspannung zurück in Danjelas Gesicht, und dann wird gegessen, bis die Mägen voll sind, und geplaudert wird natürlich auch, mal von Aug zu Aug, mal von Mund zum Mobiltelefon, denn alle Mittäter melden sich: Halbschwester Sophie Widhalm, Toni Schuster, Trixi Matuschek-Pospischill, sogar die kleine Lilli gluckst ins Telefon: »Komm, Lillimaus, jetzt sag schon hallo zur Tante Danjela und dem Onkel Willibald.«

Einzig Irene Moritz hat der Metzger erst später in der Leitung. Und er wird sie selbst kontaktieren, heilfroh, zuvor noch ein unbeschwertes Schläfchen eingelegt zu haben, denn die Sorglosigkeit legt zukünftig ein kleines Päuschen ein.

M & M's

Nein, Josef Krainer ist kein romantischer Mensch, das würde er von sich selbst nie behaupten. Weiters ist er weder gutgläubig noch ein Fantast, hat keinen Kredit laufen, auch sonst keine Schulden, investiert nur, wenn er es sich auch leisten kann oder wenn es sich rentiert, auch im menschlichen Sinn, weiß nicht, ob er überhaupt schon einmal in seinem Leben das war, was andere verliebt nennen, raucht nicht, trinkt nicht und versteht unter Loyalität einzig den Gehorsam seinen eigenen Prinzipien gegenüber.

Trotz allem hat er eine Schwäche, so als wollte er kurz durch ein Nadelöhr sich selbst entwischen und beweisen, welch romantische, waghalsige, stets ans große Glück glaubende Natur doch in ihm steckt. Josef Krainer spielt Lotto.

Wobei natürlich die Waghalsigkeit des Lottos in etwa so groß ist, als würde man erhobenen Hauptes in der freien Wildbahn Aufstellung nehmen, um sich zwecks frühzeitigen Ablebens von einem Meteoriten erschlagen zu lassen. Ebenso groß ist die Wahrscheinlichkeit, bei einer Ziehung den Jackpot zu knacken. Der Grund, warum Josef Krainer seit neuestem allerdings wie ein Besessener keinen Durchgang, vor allem der Euromillion, auslässt, ist sein mittlerweile zwölf Monate alter Golf BlueMotion, sprich seine ersten fünf Richtigen. Gefreut hat er sich wie noch nie zuvor in seinem Leben, und ja, vielleicht, so glaubt er seither, fühlt es sich auch in etwa so an, das Verliebtsein.

Jedenfalls ist sich Josef Krainer seither sicher, am Beginn einer Glückssträhne zu stehen. Und heute, heute Morgen, hat bei ihm so ein Himmelstrabant eingeschlagen. Zwar nicht im lottotechnischen Sinn, aber Geld ist ja nicht alles im

Leben, und in puncto Genugtuung, in puncto Gewinn und Lebensglück fühlt sich dieser Treffer an, als hätte er sechs Richtige plus Zusatzzahl.

»Schulze, es ist Sonntagabend …

–

Nein, ich hab Ihre Nummer nicht wieder eingespeichert, ich erkenn Sie an der Vorwahl. Trotzdem drück ich nicht auf ›Anruf abweisen‹, sondern ›annehmen‹, was sagen Sie dazu, ist doch nett von mir, oder?

Und, schon den zuständigen Minister gesprochen, der übrigens eine Innenministerin ist? Haben Sie ihr buchstabieren müssen, wie man ›Polizei‹ schreibt, oder hat sie von selber gewusst, was das ist.

–

Was heißt, das ist respektlos! Angenommen, Sie gehen zum Zahnarzt und bekommen es dort mit einem gelernten Maschinenschlosser zu tun, haben Sie dann Respekt? Eher Angst ums Gebiss, würd ich sagen, oder? Ich weiß ja nicht, wie das bei Ihnen da oben so läuft, Schulze, aber bei uns weiß ein zukünftiger Minister, zehn Minuten bevor er das Ministerium zugewiesen bekommt, noch gar nicht, welches Ministerium das sein wird. Die Qualifikation ist das Parteibuch und die Fähigkeit, seinen Schädel beim politischen Sesseltanz möglichst weit in den Mastdarm des Rädelsführers hineinstecken zu können, sonst nix. Und im ersten Interview hört man dann: ›Geben Sie mir bitte einen Monat, bis ich eingearbeitet bin!‹ Einen Monat, Schulze, da wollen alles andere als auserwählte Hochbegabte in einem Monat in eine Materie eingearbeitet sein, für die ein halbwegs intelligenter Mensch jahrelang studieren hat müssen. Das ist der Gipfel an Dreistigkeit. Bei uns werden Wehrdienstverweigerer Oberbefehlshaber der Armee, Kinderlose Familienminister,

Buberl aus gutem Hause Sozialminister, Gebraucht-
wagenhändler Finanzminister, da …

–

Nein, ich bin heute nicht mit dem falschen Fuß aufgestanden. Ist recht, ich hör schon auf. Also was stören Sie mich,
brauchen Sie wieder Unterlagen?

–

Aha, so wie Maier & Minister, wieder mit M …«

Und Jackpot.

Josef Krainer konnte es nicht fassen. Es gibt ja im Leben
eines Menschen immer ein paar Unwegsamkeiten. Was ihm
allerdings die letzten drei Jahre widerfahren ist, waren keine
Unwegsamkeiten, das war ein Hindernisparcours. Und
einem mehr oder weniger die Pensionierung im Auge haben-
den Polizeibediensteten solch sportliche Leistungen abzu-
verlangen ist schlichtweg eine Zumutung. Ja, es ist schlimm,
wenn ein Kollege zum Mordopfer wird, der Tod Eduard
Pospischills hat die ganze Einheit erschüttert. Aber noch
schlimmer ist es, einen erfahrenen, langgedienten Polizisten,
wie Josef Krainer zweifelsohne einer ist, anstelle von Eduard
Pospischill dieser Dienststelle zuzuweisen, und zwar nicht
auf den Chefsessel, sondern ins zweite, was heißt zweite, ins
letzte Glied. Sogar diesem Laien Metzger mit seinem pseu-
dointellektuellen Restauratorenberuf wurde hier mehr Be-
achtung geschenkt als ihm. Eine Demütigung war das. Idioten neben und eine Furie über sich. Irene Moritz, der Inbe-
griff eines Alptraums, die Erotik eines Tyrannosaurus Rex,
das Einfühlungsvermögen eines Pflastersteins, weder Mann
noch Weib, dass diese Amazone jemand gefunden hat, der
mit ihr freiwillig in die Kiste hüpft, ist ein Wunder, dass es
sich dabei justament um den unterwürfigen Kollegen, diesen
Waschlappen Gerhard Kogler, handelt, keine Überraschung,
dass die beiden Eltern geworden sind, für die Mensch-

heit zwar ein Irrsinn, für Josef Krainer aber der Beginn seines Elysiums, und jetzt das: zwei Fliegen auf einen Streich. M & M, und schokosüß mit Zuckerguss wird das für die beiden garantiert nicht. Das Leben kann so schön sein.

»Was heißt, Irene Moritz ermittelt im Fall Albrecht? Die Wahnsinnige schnüffelt herum, auf eigene Faust? Die Moritz ist in Karenz, die kann ihre Nase höchstens bei ihrem Gschrappen in die vollgeschissenen Windeln stecken. Und woher wissen Sie das jetzt bitte?

–

Was heißt, es ist Ihnen zu Ohren gekommen? Kreuzweise können Sie mich mit Ihren geheimen Quellen. Ich will wissen, was hier los ist, verdammt, und wer mir in meine Ermittlungen pfuscht.

–

Schulze, Sie wollen mir auf Ihre alten Tag doch nicht noch sympathisch werden. Ob mir der Name Metzger etwas sagt. Also, was bitte hat der mit der Sache zu tun?

–

Ja, das kann ich mir vorstellen, dass er mit der Moritz unter einer Decke steckt. Aber, sosehr mir der Kerl auf die Nerven geht, kriminell ist der nicht, maximal kriminell ungut.

–

Ja, das stimmt. Der Metzger ist Restaurator, der Tote Albrecht war Kunsthändler, da muss man einen Zusammenhang nicht extra erfinden.

–

Was heißt, Sie machen sich Sorgen, es könnte ihm etwas Ernsthaftes passieren.

–

Gut, ich knöpf ihn mir vor. Und die Moritz?

–

Sie sind lustig: Grad der Kogler? Ein Mann beschattet seine eigene Frau? Begatten wär möglich, obwohl es mir ehrlich gesagt bei der Vorstellung den Magen umdreht, aber besch...

—

Nur bremsen soll er sie, aha! Na, das schau ich mir an, wie der Waschlappen Kogler seine Ex-Chefin bremsen will.«

Josef Krainer war selig, er darf mit den ihm gegebenen Möglichkeiten, und derer gibt es viele, der Kollegin Moritz und vor allem dem Restaurator Metzger an die Nieren gehen, perfekt, und nie hätte er gedacht, dass da am Nachmittag noch ein drittes M seine Glückseligkeit wird steigern könnte, niemals.

»Hier Krainer?

—

Wie bitte, ich versteh Sie so schlecht? Sie sind nicht von hier, oder?

—

Wer spricht? Szepansky?

—

Aha, Sie sind sein Chauffeur. Sozusagen ein Gastarbeiter. Ob ich zu Hause bin? Erstens ist Sonntag, und zweitens hab ich gerade den Hörer meines Festnetzanschlusses in der Hand. Festnetz, verstehen Sie ...

—

Ja, in einer halben Stunde wäre möglich. Sie holen mich ab, wunderbar. Das wäre dann in der ...

—

Sie haben meine Adresse. Gut.«

Was für ein Tag. Dr. Maier will ihn sprechen.

Salzgurken und Kriegsgötter

Wer sehen will, wie klein die Welt ist, muss nur auf Reisen gehen. Sicher, faszinierend, ja beängstigend weitläufige Landschaften zu begutachten, die dem Menschen seine eigene Winzigkeit verdeutlichen, gibt es reichlich auf dieser Erde, nur wenn zum Beispiel einem abenteuerhungrigen Kurti während einer Kameltrekkingtour durch die Sahara beim Eintreffen in die erste Oase plötzlich ein »Jessas, Kurtl, was machst du denn hier!« entgegenschallt, unterscheidet sich die Sahara nur mehr marginal vom Beisl ums Eck.

Mag es Zufall, Vorsehung sein oder gar die Hinterfotzigkeit des Olymp, es gibt wohl kein einziges Eck auf diesem Planeten, an dem man zumindest theoretisch vor einer bekannten Visage gefeit ist. Wer an die Adria reist allerdings, kann sich bereits beim Grenzübertritt darauf einstellen, eine Auswahl all jener nun ebenfalls Eltern gewordener Bekanntschaften, Ex-Schul- oder -Berufskollegen begegnen zu müssen, denen man bis dato mehrere Jahre, vielleicht auch jahrzehntelang erfolgreich aus dem Weg gegangen ist.

Diesbezüglich hat der Metzger letzte Woche also gewaltiges Glück gehabt. Ihn ereilt das Schicksal im umgekehrten Sinn, beginnend mit einem Stich mitten ins Herz:

Es ist ein Anblick, der Willibald Adrian Metzger ins Wanken bringt, ihm das Vermögen, einen klaren Gedanken zu fassen, raubt.

Bis zum frühen Abend hatten Danjela und er noch Zeit damit verbracht, zu Hause anzukommen, also Wäsche zu waschen, der Müdigkeit gerecht zu werden, halbwegs ausgeschlafen mit Edgar Gassi und schließlich im Zuge dessen zum

Würstelstand zu gehen, auf eine Käsekrainer, mit Schwarzbrot, Salzgurke, scharfem Pfefferoni und Dosenbier.

Am Rückweg trennten sich die Wege der drei.

Edgar zog Danjela heimwärts, den Metzger zog es ebenfalls Richtung Heimat, allerdings in seine zweite. Eine Woche, so lange hatte er seinem Gewölbekeller bisher noch nie
den Rücken gekehrt. Ein wohliges Bauchgefühl erfasste ihn,
wie er da durch den Park schlenderte, am Spielplatz vorbei-
ging und schließlich in der Abendsonne die Werkstatt auf
der anderen Straßenseite leuchten sah.

Die Jalousien der Auslage waren herunten, der Rollladen
vor der Tür, alles, wie es sein soll. Er wählte die Variante
durch den Hintereingang, öffnete das Tor des Nebengebäu-
des, spazierte durch den Hinterhof, und dann begann er zu
laufen.

Als würde er mit vorgestreckter Hand auf den Rand einer
Klippe zustürmen, jemanden vor dem sicheren Absturz bewahren wollen und zu spät kommen, so fühlte er sich. Die
Hintertür stand offen, sperrangelweit, und bereits von außen sah er einen umgestürzten Kasten den Eingang blockie-
ren, spürte den Hauch der Fremde, und doch lief er weiter,
ohne Rücksicht auf eine mögliche, ihm auflauernde Gefahr,
stieg in den Keller, als müsste er einen Berg erklimmen, ein
leeres Flussbett durchwaten – und hier steht er jetzt.

Schwer fällt es ihm, sich auf den Beinen zu halten. Übersät
ist der Werkstattboden mit all den Dingen, die sein Leben
bedeuten. Möbel, große, kleine, teure, sehr teure, seine eigenen und Auftragsarbeiten, überall Werkzeug, Arbeitsmate-
rialien, seine Meisterurkunde im Glasrahmen zertreten, das
Bild seiner Danjela im Glasrahmen zertreten, für ihn be-
deutsame Erinnerungsstücke zertreten, und auch er fühlt
sich so. Als wäre eine Sintflut aus Zorn und Verachtung
über ihn und sein kleines Reich hinweggedonnert.

Wer und warum tut so etwas?

Kraftlos schleppt er sich den Kreuzweg durch die Werkstatt entlang, umkreist die leergefegte Werkbank, schafft es kaum, dabei nicht selbst auf seine den Weg versperrenden Heiligtümer zu treten, und kann es, anfangs unfähig hinzugreifen, einfach nicht aus dem Auge lassen: das mitten auf der Werkbank liegende Kuvert. Es wurde also zusätzlich zur Botschaft der Zerstörung eine Nachricht hinterlassen.

Mit dem Brief in der Hand müht er sich bis in den hintern Bereich des Gewölbekellers zu seiner Chaiselongue, nimmt darauf Platz, betrachtet das Kuvert, betrachtet die darauf wie Kunstwerke erscheinenden, fantastisch gleichmäßigen, wunderschönen Blockbuchstaben: »Für Herrn Metzger«, betrachtet die Trümmer seiner Arbeit, öffnet und entfaltet die darin enthaltenen, fein säuberlich Ecke an Ecke zusammengelegten Bögen Papier. Es sind vier an der Zahl.

Allesamt Farbausdrucke. Und bereits am ersten Zettel hört es sich schlagartig auf mit der Schönheit: Zwei Menschen sind zu sehen, die sich im Tretboot abstrampeln.

Zettel Nummer zwei präsentiert ebenfalls einen Farbausdruck, dieselben zwei Menschen, die klitschnass im Regen auf einem Marktplatz etwas behäbig Walzer tanzen.

Und auch auf dem dritten Blatt sieht sich der Restaurator selbst, allerdings nicht mit Danjela Djurkovic im Arm, sondern mit Frau Annette Hüberle im Gespräch. Sie in der Tür des vermeintlichen Weibl-Campingbusses, er mit dem Rücken zum Auge des Betrachters, also zur Kamera.

Das letzte Bild zeigt ein von Willibald selbst mit seiner Kamera aus dem Sanitärbereich des Campingplatzes heraus aufgenommenes Foto. Das scharfe Zelt, sprich die Hivela-Behausung, ein gigantisches, unscharfes, sich links ins Bild drängendes Ohr, sprich der Weibl-Lappen, darunter in Blockbuchstaben:

»Schauen Sie in Zukunft mehr auf sich. Herzlich, Hans-

Peter«. Das erklärt zumindest das Verschwinden der Kamera, mehr aber schon nicht.

Jetzt könnte er weinen, der Metzger, still und ohne Ende. Zumindest die stillen Tränen gönnt er sich.

Hier ist gezielt etwas im Gange, zumindest das weiß er, und es findet eine Bedrohung von ungeheurem Ausmaß statt. Eine Bedrohung, die vielleicht keinen Halt macht vor noch größerer Gewalt, die weder einschätzbar noch abzuwehren ist. Denn um sie abwehren, um sich entsprechend verhalten zu können, bräuchte er Antworten auf die Fragen:

Wodurch hat er sich schuldig gemacht, welche seiner Handlungen rechtfertigt eine derartige Zerstörung?

Er weiß nicht, was er nicht hätte beobachten sollen, folglich hat er auch keinen Schimmer, was er in Zukunft sehen darf und was nicht, ob seine Bedrohung ganz ohne sein Zutun also nicht noch weiter wächst. Ausführlich überlegt er hin und her, der Metzger, auch voll Sorge um seine Privatsphäre, um Danjela, dann beschließt er, nur einen Weg gehen zu können: Er muss seine Geschichte erzählen und sich Rat holen.

Keine 30 Minuten später betreten Danjela Djurkovic, Irene Moritz und Felix die Werkstatt. Wobei der kleine Felix die Werkstatt nicht betritt, sondern eng mit einem Tragetuch an den mütterlichen Körper geschnallt hereinschwebt, gefüttert, gewickelt, genüsslich schlummernd. Für alle anderen kann von Genuss keine Rede sein.

Danjela bricht augenblicklich in Tränen aus, stürmt zu ihrem Willibald auf die Chaiselongue, betrachtet die Zettel und drückt ihn an sich, als gäbe es einen nahen Angehörigen zu betrauern.

Fassungslos über das Ausmaß der Zerstörung, dreht Irene Moritz, die Hände schützend um ihr Kind geschlungen, eine Runde durch den Gewölbekeller. Allein ihre Anwesenheit hier hat im Hause Moritz eine heftige Grundsatzdiskussion ausgelöst, denn der werte, gerade im Einsatz befindliche Gemahl Gerhard Kogler vertrat überraschend vehement die Auffassung, die mit einer Karenz einhergehende dienstliche Zurückhaltung habe Vorrang vor jeder Freundschaft, was aus weiblicher Sicht zu einer abrupten Beendigung des Telefonats und einer unmittelbaren Aktivierung des Tragetuchs führte.

»Also erzähl«, lautet nun die Anweisung. »Warum hast du von mir die Daten zu Gustav Eichner, Rudi Szepansky und Richard Hivela wollen? Und wie erklärst du dir das alles hier? Einbruch ist es keiner, das steht fest. Eher ein massiver Einschüchterungsversuch.«

Dann beginnt er zu erzählen, der Metzger, und er lässt nichts aus, redet und redet, während Danjelas Augen immer größer und Irenes Stirn immer faltiger wird.

Beim Thema Pepe bricht es schließlich aus Irene Moritz heraus: »Leere Augenhöhlen, sagst du. Wir haben grad einen ähnlichen Fall. Draußen am Baggersee wurde ein Mann namens Heinrich Albrecht gefunden, ohne Augen, dafür mit Mozartkugeln. Ein zwar freier Mann, der allerdings vor seiner Inhaftierung äußerst kriminell tätig war, im Bereich Kunsthandel, Schmuggel, Geldwäscherei. Unter anderem hat er von Käufern wissentlich Geld aus kriminellen Machenschaften kassiert, für Gemälde, Skulpturen und andere Kunstobjekte. Was natürlich sehr schlau ist für beide Seiten. Der Käufer wird so sein schmutziges Geld los und dafür Eigentümer eines wertvollen Kunstobjektes. Wollte der Eigentümer dieses Kunstobjekt wieder zu Geld machen, war das dann dank Vermittlung Albrechts kein Problem – bis zu dem Zeitpunkt, als Albrechts Hauptwohnsitz ins Gefängnis verlegt wurde. Seit seiner Entlassung hat er sich zumindest laut unserem Wissensstand nicht strafbar gemacht. Jedenfalls war Albrecht vor seinem Tod hier auf einigen Auktionen, mehr weiß ich aber auch nicht. Und so wirklich beschäftigt hat sich Krainer mit der Geschichte, glaub ich, noch nicht.«

Nachdenklich steht Irene Moritz auf, blickt ein Weilchen schweigsam beim Fenster hinaus und meint fast mit mystischer, leiser Stimme: »Aber seltsam ist die Ähnlichkeit der Fälle schon. Warum entnimmt man einem Toten die Augen?«

»Ist vielleicht nächste Stufe von Botschaft, was steht auch hier auf Brief: Hast du schon gesehen zu viel von Angelegenheit, was geht dich nix an.« Dabei setzt Danjela eine sorgenvolle Miene auf und drückt die Hand ihres Willibald: »Hast du verstanden!«

»Hab ich«, ist seine Antwort, auch wenn er bei so einer Geschichte allein seiner Profession wegen hellhörig wird. Immerhin besucht er gelegentlich selbst Auktionen oder Zwangsversteigerungen, hat schon einiges günstig erworben und teuer verkauft und ist durchaus darüber im Bilde, dass der Kunstmarkt als eine der größten Plattformen organisierter Kriminalität herhalten muss. Er ist zwar kein aufmerksamer Beobachter der Szene, aber doch jemand, der die Dinge ein wenig im Auge hat. Mit Kunst zu spekulieren eignet sich eben hervorragend, um Geschäfte zu machen, auch schmutzige.

»Was hat der Tote an der Adria mit dem toten Albrecht zu tun, das ist die Frage«, stellt Irene Moritz sichtlich unzufrieden fest.

»Ich weiß nur drei Dinge«, fügt der Metzger hinzu: »Erstens waren Eichner und Szepansky an der Adria, um für den Kunstsammler Dr. Maier eine Lieferung zu holen, die womöglich am Dienstag übergeben werden soll. Zweitens sind Eichner und Szepansky an einem Gemälde aus dem Maiermuseum interessiert, was insofern interessant ist, da Richard Hivela, der ebenfalls an der Adria war, einer der Haustechniker des Museums ist.

Und drittens wissen Eichner und Szepansky alles über Maier, haben private Unterlagen, die in dieser geballten Form nicht einmal Dr. Maier selbst besitzt. Im Großen und Ganzen also ziemlich viel Maier.«

»Na, dann werden wir zuerst anrufen Dolly, und dann redest du mit Szepansky!«, erklärt Danjela.

»Zuerst ruf ich die Spurensicherung her«, erwidert Irene.

»Das mach ich, wenn es erlaubt ist!«, ertönt es nun schroff aus dem hinteren Teil der Werkstatt.

»Krainer, was …«, versucht Irene Moritz den Einsatz ihrer gefürchteten Autorität, und scheitert.

»Moritz, über die Tatsache, dass Sie außer Dienst an Fällen mitarbeiten, die Sie nichts angehen, sprechen wir irgendwann unter vier Augen. Über die Tatsache, dass Sie als junge Mutter Ihren Sohn so einem Risiko aussetzen und einen Tatort besuchen, sprechen Sie allerdings sofort mit Ihrem Mann, haben Sie mich verstanden. Auf Wiedersehen!«

»Aber …«

»Nix aber. Abrakadabra würd ich eher sagen. Raus hier.«

Also darf er alles noch einmal erzählen, der Metzger.

Nach Abrücken der Spurensicherung zieht es ihn, begleitet von seiner Danjela, nach Hause, erschöpft von der Aufregung und tiefsitzenden Traurigkeit. Schlafen geht er dann im Gegensatz zu seiner Holden trotzdem nicht gleich, denn zu sehr hat ihn das Bedürfnis erfasst, sich in seiner Unwissenheit an jeden erdenklichen Strohhalm zu klammern, und deren gibt es zwei. Zwei, die er aus eigener Kraft in die Hand nehmen kann, in diesem Fall sogar im wörtlichen Sinn: Nummer eins: sein Telefonbuch, Nummer zwei: der Stapel an Tageszeitungen, der sich im Lauf der letzten Woche, säuberlich von Petar Wollnar am Vorzimmertischchen geschichtet, angehäuft hat.

Anlass seines ebenso altmodischen wie simplen Griffs

zum Telefonbuch ist der einzige Termin, der ihm in Erinnerung an letzte Woche im Gedächtnis geblieben ist, denn die von Szepansky gegenüber Eichner nach dem Surfer-Attentat getätigte Aussage, dass »in drei Tajen«, sprich Dienstag, zwei Skulpturen an Maier übergeben werden sollen, hilft ihm ja aufgrund des Fehlens einer Zeit- und Ortsangabe genau nichts. Diesbezüglich hatte Angela Sahlbruckner deutlich mehr zu bieten: »Ja, Dr. Lorenz, alles bestens. Nein, Dr. Lorenz, Sie können sich auf mich verlassen. Dienstag, 18 Uhr vor der Praxis«, später dann: »Ja, Papa. Dienstagabend!«

Der Dienstag hat es also auf jeden Fall in sich. Erstens besteht er, auch wenn das etymologischer Humbug ist, zu 75 Prozent aus dem Wort »Dienst«, was, verursacht durch die Zeitspaltung in Arbeits- und Freizeit, zumeist als Gegenwort zu »Vergnügen« aufgefasst wird, und zweitens handelt es sich bei den tatsächlichen Namensgebern des Dienstag, Tiu und Mars, um ausgewiesene Kriegsgötter. Und irgendwie ortet der Metzger diesbezüglich tief in seinem Bauch ein bedrohliches »nomen est omen«.

Auch, weil eben die Heimreise des Triumvirats Eichner, Szepansky, Sahlbruckner, wie ihm Szepansky in der Hotellobby erklärt hatte, genau in dieselbe Stadt führte, die auch der Metzger sein Zuhause nennt. Folglich widmet er sich nun auf gut Glück seinem Telefonbuch.

Weder bei seinem ersten Impuls, den Ärzten der Frauenheilkunde, noch bei der Allgemeinmedizin wird er fündig, also ackert er das Feld sukzessive von vorne durch. Bei C lacht sein Herz: Primarius Dr. Helmut Lorenz, zwei Adressen, einmal die Anschrift eines angesehenen kleinen, aber feinen Privatspitals, einmal nur eine Anschrift, was wohl die Eckdaten der Praxis sein dürften. Bei beiden der Zusatz: »Privat, Ordinationszeiten nur nach Vereinbarung«, was verständlich ist bei einem derartigen Kaperzunder.

Auch das Durchblättern der Tagblätter führt zum Erfolg. Genau so, wie ihm Irene Moritz berichtet hatte, steht die Geschichte rund um Heinrich Albrecht in der Zeitung. Und genauso, wie es im Grunde zu erwarten war, steht Danjela im Wohnzimmer: »Sag, musst du rascheln mit Papier wie an Sonntagvormittag in Kaffeehaus. Bekomm ich beim besten Willen nix Auge zu. Kommst du jetzt ins Bett, aber dalli! Wird anstrengende Tag.«

Um etwa sechs Uhr des nächsten Morgens sitzen die beiden bereits mit Petar Wollnar beim Frühstück. Ein guter Hausbesorger erfüllt eben seine in der Berufsbezeichnung bereits geforderte Dienstpflicht und sorgt sich. Und so gut sorgt sich Petar Wollnar um sein Gebäude samt deren Pappenheimern, da ist die Bezeichnung Sicherheitsdienst nicht aus der Welt. Folglich war es seinem leichten Schlaf nicht entgangen, wie da nächtens zwei völlig ermattete Gestalten, Schatten ihrer selbst, durchs Stiegenhaus schlichen.

»Machen wir wieder sauber«, lautete sein Versprechen, und das hält er.

Kurz nach sieben Uhr wird also geräumt, wird der Versuch gestartet, aus einer Müllhalde wieder so etwas wie eine Werkstatt herauszuschälen.

Um etwa neun Uhr startet Danjela den ersten Anrufversuch bei Dolores Poppe. Auch die im 10-Minuten-Takt folgenden bleiben so lange verlorene Liebesmüh, bis schließlich der Frustrationspegel hoch genug ist, um sich mit einem zischenden »Na, dann rutscht du mir runter Buckel!« Luft zu machen.

Um etwa 10.30 Uhr streift schließlich das erste Leuchten die Werkstatt: Die kleine Lilli, schon unhaltbar des Laufens mächtig, außer natürlich die eigenen Beinchen sind im Weg, erhebt in den Armen ihrer Mutter Trixi Matuschek-Pospischill widerspenstig ihr sopranöses Organ.

»Nein, Lillimaus, du kannst heut nicht beim Onkel Willibald herumklettern. Es schaut hier zwar fast so aus wie bei uns daheim im Wohnzimmer, nur liegen am Boden nicht haufenweis Spielsachen herum, sondern Splitter und Scherben!« So sind es nur zehn untröstliche mit dicken Krokodilstränen verbundene Minuten, die der Metzger in den Genuss seines kleinen Sonnenscheins kommt.

Ab etwa 15 Uhr steigt dann beim Metzger, ganz in Gedanken an Alois Hudetschek, die Unruhe.

Der Gemeindeferrari und die letzte Fahrt

Er will ihm eben, auch was das Thema Kunsthandel betrifft, nicht mehr aus dem Kopf, der Name Maier.

Und weil der Metzger ganz schlecht im Verdrängen ist, hat er sich während einer kleinen, auf dem WC absolvierten Aufräumpause als Lektüre die in seiner Werkstatt mittlerweile wieder einsortierte Broschüre des bekanntesten Auktionshauses der Stadt geschnappt und sich die bevorstehenden Termine zu Gemüte geführt. Und derer gibt es viele, was kein Wunder ist, denn ersteigern lässt sich so gut wie alles,

- von A: Alte Meister, Antiquitäten, Asiatika, Aus aristokratischem Besitz, Außereuropäische Kunst,
- bis Z: Zorros Maske, der Zumpferlabguss von Elvis, die Zipfelmütze von Papa Schlumpf.

Da ist natürlich der Reiz sehr groß, wenn sich schon für 17 Uhr die Moderne und Zeitgenössische Kunst zuerst ein »Stelldichaus« vor versammeltem Publikum und dann ein »Stelldichein« im Wohnzimmer des jeweiligen Höchstbieters gibt.

So bemüht der Metzger also all sein schauspielerisches Talent, um sich freie Bahn zu verschaffen: »Meine Güte, wart ihr fleißig, vielen, vielen Dank. Ich würd vorschlagen, ihr macht euch einen schönen Nachmittag, den Rest schaff ich allein!«

Weitere Überredungskünste muss er gar nicht aus dem Ärmel zaubern, denn Danjela zeigt ohnedies bereits schwere Ermüdungserscheinungen, worauf Petar Wollnar sich verpflichtet fühlt, mit seinem Pritschenwagen den Chauffeur zu spielen.

Es ist ein ehrwürdiges palaisartiges Gebäude, das den Besucher in Empfang nimmt und ihm das Gefühl vermittelt, er wäre zu Hofe. Der Gast ist eben König, und je prunkvoller das Umfeld, desto königlicher fühlt er sich auch, was in puncto Steigerungslust ein Schaden nicht sein soll. Nichts anderes ist der Sinn dieses Unternehmens, der Verkäufer will verdienen, das Auktionshaus will verdienen, je geschmalzener also das Höchstgebot, desto besser der Reibach.

Zugänglich ist das höchst sehenswerte Spektakel für jedermann, Spannung ist garantiert, und je nach Themenfeld geht es mit unterschiedlichen Tonarten zur Sache. Die Welt der Briefmarken und Bücher ist auch im Auktionssaal hör- und fühlbar eine vergeistigtere und weniger geladene als die der historischen Waffen und Militaria – was natürlich nicht bedeutet, eine Frau X könne sich mit einer Frau Y eines Döschens wegen nicht in die Haare bekommen.

Und Alois Hudetschek kennt sie alle, die Damen und Herren, die hier regelmäßig aus und ein gehen. Nicht, weil er in diesen heiligen Hallen beschäftigt wäre, nein, Alois Hudetschek hat die Zeit der Erwerbstätigkeit längst hinter sich. Eine Erwerbstätigkeit als Respektsperson, an der keiner vorbeikam. Alois Hudetschek nämlich war Herr eines Gemeindeferraris, einer Bim, einer Tramway, und zwar zu Zeiten, wo in der Mitte des Straßenbahnwaggons noch ein Platzerl vorgesehen war für einen leibhaftigen Menschen, der die Fahrkarten verkauft, und nicht für ein so stummes Kasterl. Keinen schöneren Beruf hätte er ausüben können, davon ist er überzeugt, als den des Schaffners. Wozu sich husch, husch die große weite Welt anschauen, wenn man die kleine ganz genau begutachten kann.

Und auch damals schon kannte er sie alle, die Damen und Herren, die bei ihm tagein, tagaus ein- und ausgestiegen sind. Und viele davon hat er auch zum letzten Mal aussteigen gesehen, denn seine Tram war die im wahrsten Sinn des Wortes Heim-Strecke hinaus zum Friedhof: der Gießkannenexpress. Schwarzfahrer gab es in seinem Umfeld also genug, allerdings nur kleidungstechnisch, denn Begräbnisse standen beinah auf der Tagesordnung, Endstation eben.

Seit seiner Frühpensionierung sitzt Alois Hudetschek, soweit es ihm möglich ist, nun mit dem entsprechenden Katalog des Auktionshauses in der Hand auf einem der mit rotem Samt überzogenen Sessel. Möglich ist es ihm oft, denn eine Hudetschek-Nachkommenschaft gibt es nicht, und alle seine Freunde haben ihre finale Fahrt schon hinter sich. Hinten, rechts außen, sozusagen in der Verteidigung, das ist, wie einst in seiner Jugend am Fußballfeld, sein Stammplatz. Mit dem Laufen allerdings hat er es nicht mehr so, was aus seiner Sicht auch gewisse Vorteile mit sich bringt. Dort, wo man gerade ist, bleibt man zwangsweise länger und sieht folglich mehr, es wird einem der Kaffee gebracht und die Zeitung.

»Das ist die Morgige«, füllt sich nun der Platz neben ihm, und Alois Hudetschek freut sich. Er mag ihn einfach, den Metzger.

»No, lang warns auf keiner Versteigerung.«

»Stimmt, aber was sich bei mir die letzte Zeit getan hat, war nicht steigerungsfähig«, entgegnet der Restaurator, und Herr Hudetschek lacht, in sich hinein natürlich, denn laut werden gehört hier nicht zum guten Ton.

»Die Morgige also. Na, dann vielen Dank«, betrachtet Alois Hudetschek mit erleichtertem Seufzen das Tagblatt. »Des is fein, weil wenns mich heut noch erwischt, weiß ich trotzdem, was morgen passiert ist, und hab quasi an Tag länger glebt.«

Aufmerksam mustert er seinen Sitznachbarn: »Wollen Sie sich umorientieren oder haben S' das Programmheft schlecht glesen? Möbel werden bei der Fahrt durch die Geisterbahn jetzt keine ausgrufen.«

»Wieso Geisterbahn!«

»Na, zum Fürchten ist das meiste von dem, was die Zeitgenossen heutzutage auf der Leinwand hinterlassen. Besser gworden is sie nicht, die Welt, wenn ich mir die Bilder so anschau. Suchen S' was Bestimmtes?«

»Ja, Herr Hudetschek, Sie. Wegen Ihnen bin ich eigentlich da.«

Sicher, er könnte sich auch im Auktionsbüro um einige Auskünfte bemühen, der Metzger, vielleicht sogar mit ertragreicherem Resultat, nur übertreiben will er es in Anbetracht des Einbruchs in seiner Werkstatt und der augenlosen Toten, die möglicherweise zu viel gesehen haben, nun wirklich nicht. Wer weiß schon, wer hier wie mit wem in Verbindung steht. Alois Hudetschek jedenfalls steht nur mit seinem Stammplatz in Verbindung, scheint verwachsen mit dem roten Samt des Sessels, gehört irgendwie zum Inventar des Auktionssaales, wird zwar freundlich gegrüßt, nur ernst nimmt ihn, der zwecks Bietens niemals seine Hand hebt, hier keiner.

»Wegen mir?« Und jetzt werden sie groß, die grauen Hudetschek-Augen.

»Ja, Herr Hudetschek, wegen Ihnen. Ich bräuchert Ihr Erinnerungsvermögen!«

Eine faltige, warme Hand tätschelt freundschaftlich den Oberschenkel des Restaurators.

»Da werden S' keine Freud haben, denn bei einem alten Menschen wie mir wird das Erinnerungsvermögen besser, je weiter die Dinge zurückliegen. Also, was wollen S' wissen? Ob ich, wenn ich an die Zeiten denk, die es im Fernsehen und auf Fotos nur in Schwarzweiß gibt, alles auch in Schwarzweiß seh? Das hat mich vor kurzem ein Mäderl im Park gefragt.«

Er kichert.

»Und, tun Sie das?«

»Denken, dass alles so ist, wie es im Fernsehen ausschaut! Na, pfüat di Gott.«

Ein Bild wird aufgetragen, sein Maler vorgestellt, seine Machart, der Schätzpreis genannt, der Startpreis angegeben, die Frage nach schriftlichen Vorgeboten gestellt, dann geht es los. Hände werden gehoben, Telefone laufen heiß, der Preis schnellt in die Höhe.

»Sie sehen doch hier fast alles. Gehört der Mann auch dazu?«

Und nun zückt er die von ihm herausgerissene Seite der etwa eine Woche alten Tageszeitung, deren unteres Drittel den Lesern jenen Herrn vorstellt, der am städtischen Baggersee ausgebaggert wurde: den, laut Zeitung, Verbrecher Heinrich Albrecht. Einmal Verbrecher, immer Verbrecher, da nutzt gemäß Berichterstattung eben auch eine abgesessene Haftstrafe nichts.

»Ja, der war hier.«

»Wie oft?«

»Zwei Mal.«

»Wir liegen bei 27 500 Euro, Nummer 60, der Herr im hellen Anzug. 27 500. Der Schätzwert ist 32 000. 27 500 Euro. Gibt es noch ein Gebot?«, hallt es durch den ruhig gewordenen Saal.

»Zwei Mal. Das wissen Sie so genau? Also von wegen schlechtes Kurzzeitgedächtnis.«

»Na, wenn ich mir das nicht mehr merk, dann kann ich mich einliefern lassen.«

»27 500. Sensal Lingens am Telefon, seh ich noch ein Gebot bei 28 000, immer noch 4000 unter dem Schätzwert. 27 500 sind geboten. Wenn nicht, dann wollen wir den Höchstbieter nicht länger zittern lassen. 27 500, der Herr im hellen Anzug.«

»Der hat mit oder eigentlich gegen zwei andere gesteigert, so was erlebt man hier selten. Da hat am Ende der Schätzwert ausgesehen wie der Rufpreis, so weit drüber war das, unfassbar«, sprüht Alois Hudetschek nun vor Begeisterung.

»Und hat er auch etwas ersteigert?«

»Sensal Lingens, was spricht Ihr Telefon, gehen Sie auf 28 000? Nein. Wenn kein weiteres Gebot mehr eingeht, kann ich dem Herrn im hellen Anzug den Zuschlag geben.«

»Der?« Alois Hudetschek lacht. »Nein, der hat den Preis, schätz ich, nur hinaufgetrieben – und die zwei anderen verärgert!«

Er beugt sich zu Willibald Adrian Metzger hinüber, leiser wird seine Stimme, vergnügter sein Tonfall.

»Unterhaltsam war das, richtig unterhaltsam. Grad, dass es den zwei Herren nicht die Schaumkronen herausgedrückt hat aus den Mundecken, so war denen die Wut anzusehen. Aber jedes Mal überboten habens ihn, ohne eine Sekunde zu zögern, und zwar abwechselnd, einmal der, einmal der andere, als hättens zamghört. Das erlebt man ja oft hier, dass nur Leut drinnensitzen, die nix kaufen und den Preis ein bisserl raufjagen. Aber so wie dieser Albrecht das gmacht hat, das war schon interessant. Müssen jedenfalls ziemlich wichtige Gemälde gewesen sein.«

»27 500 sind geboten. 27 500 zum Ersten, zum Zweiten, kein weiteres Gebot mehr«, ein Holzhammer hebt sich in die Luft, saust hernieder, und ein dumpfer Schlag, vereint mit einem energischen »Zum Dritten!«, macht einen Erdenbürger glücklich. »Herzliche Gratulation an den Herrn im hellen Anzug«, dröhnt es durch den Saal, weiße Handschuhe umfassen das Bild und bringen es weg.

»Was für Gemälde?«

Alois Hudetschek blättert den auf seinem Schoß liegenden Katalog nach vorn und zeigt dem Metzger die Bilder.

»Und wer die zum Verkauf gegeben hat, wissen Sie vielleicht auch?«

Alois Hudetschek zieht seine Augenbrauen hoch: »Da

nutzert mir nicht einmal ein Kurzzeitgedächtnis was, weil so was interessiert mich nicht. Ich schau mir hier nur die Leut an, und da gibt's zum Schauen genug. Besser als jedes Fernsehn ist das.«

»Ich danke Ihnen«, spürt der Restaurator nun eine fast spitzbübische Freude. »Und, heut noch was vor?«

»Ja: heimkommen. Das is mit 89 nicht selbstverständlich.«

»Heut schon. Wenn es Ihnen recht ist, begleit ich Sie«, entgegnet der Metzger.

»Ob mir das recht ist?«

Und dann spazieren zwei Herren, beide nun im Besitz eines Kataloges des Auktionshauses, in der Abendsonne durch die Stadt. Eine wunderbare Stadt, wie der Metzger einmal mehr erkennen muss.

»Drehen wir eine Runde, ich lad Sie ein?«, beweist nun auch Alois Hudetschek, dass selbst aus dem faltigsten Gesicht noch der größte Lausbub herausschauen kann.

»Da herinnen würd ich gern sterben dürfen, bei der letzten Fahrt in die Remis!«, flüstert er wenig später seinem Begleiter zu und lächelt.

Pulverschnee und die Helden der Stadt

»Justav, ick würd sajen, Noah sollte jetzt bald mal in die Klinik. Det hilft ihm nämlich nich viel, wenn ihm deene Anjela det Beinchen streichelt. Wenn det hier erledigt is, übernehm ick ihn, da kannste dir uff 'n Kopp stellen, und ...«

»Der Junge is mir jetzt aber so was von wurscht, das kannst du dir gar nicht vorstellen. Wir haben wirklich andere Sorgen.«

»Det kann schon sein. Trotzdem versteh ick nich, warum wir jetzt so Hals über Kopp losstarten, warum de mir det nich früher sajen kannst. Det brauch doch ne jenaue Vorbereitung?«

»Ich bin die Vorbereitung, Szepansky, ich. Ich hab den Schlüssel, das Wissen, den Plan, ich bin die Quelle, ich weiß, wann der beste Zeitpunkt ist. Und jetzt reiß dich zusammen. Kapierst du eigentlich, was wir gerade für ehrwürdigen Boden betreten, was das alles hier für historische Bedeutung hat. Und jetzt da rein.«

»Historisch! Ick war ja in der Schule nie so die jroße Leuchte, aber wenn ick det hier allet seh, denk ick mir ...«

»Halt endlich deinen Schlapfen, verdammt, das is keine Museumsführung, kapiert. Außerdem kannst ein bisserl ehrfürchtiger sein, wir sind gleich am Ziel, und dann ändert sich alles, auch für dich.«

Keine Stunde nachdem Dolly noch vom Bahnhof aus die besorgte, verunsicherte Kurzmitteilung an Rudi geschickt hatte, klingelte ihr Telefon.

Und alles musste sie ihm erzählen: von Tinos Schleife in

der Kühlbox, vom Metzger, der sie warnte, bis zur Polizistin namens Irene Moritz, die er kontaktiert hatte. Eindringlich versuchte ihr Rudi einzureden, sie müsse sich keine Sorgen machen, er belüge sie nicht, er könne ihr vielleicht bald schon alles erklären, er müsse vorher nur noch ein paar Dinge erledigen, dann werde für immer alles anders.

»Dolly, ick, ick, ick …«, wurde am Ende ihres Gespräches seine Stimme unfassbar sanft: »Ick liebe d… dir. Du bist meene Sonne, det musste mir glooben. Aber vor Samstag hab ick keene Zeit, unmöchlich.«

Bis Samstag muss sie noch warten, nur bis Samstag und doch fast eine ganze Woche. Zu Irmgard konnte sie nicht, die ist zurzeit gar nicht hier, also was blieb ihr anderes übrig, als nach Hause zu fahren. Keine sieben Stunden später stand Mutter in der Tür. Mit Hund war sie ja schon grenzwertig, aber ohne Hund und ohne Partner, das geht gar nicht.

Es ist kurz vor Mitternacht.

Dolly muss hier weg. Morgen.

»Meine Jüte, det Bild is ja schon im Katalog keen Hinkucker, aber so in echt is det ja nur noch 'n Jekritzel. Da jeb ick meener Nichte 'n Pinsel mit in den Kinderjarten, und die bringt mir 'n Jemälde mit na Hause, da wandert der fette Jaul hier aber so wat von ins Altpapier.

»Wie der Gaul ausschaut, Szepansky, kann dir aber so was von Blunzen sein, Hauptsach, das Endergebnis stimmt, und das wird es, das kann ich dir versichern.«

»Justav, verdammt, da steht wer, da …«

»Jo, hallo, Burschen. No, alles paletti. Pünktlich wie die Maurer.«

»Justav, den kenn ick doch, der war doch an der Adria, der hat doch mit euch Volleyball jespielt, det, det is doch der Fatzke, der Noah det Knie ruiniert hat, wat macht der hier?«

»Sterben!«

»–«

»J-, J-, Justav, d-, du hast dem jerade drei Kujeln in den Kopp, det, det –«

»Net deppat schauen, Szepansky. Da, nimm den Revolver, i brauch beide Händ! Herrschaftszeiten, das Ding ist sauschwer. Steck die Knarre ein und pack zu.«

»Scheiße, Justav, du hast den einfach abjeknallt, det, det ...«

»Det is kein Verlust. Ich erklär dir gleich alles. So, du nimmst jetzt den Fetzen aus dem Rahmen, gehst vor, und ich sperr alles zu, kapiert!«

Josef Krainer hat irgendwie kein gutes Gefühl.

Zugegeben, er war vorhin im wahrscheinlich größten Wohnzimmer, das er sein Lebtag je betreten hat, der glücklichste Mensch auf Erden. Dr. Maier gratulierte ihm zur längst fälligen Führungsposition, versprach ihm, sich bestmöglich für den Fortbestand dieses Zustands einzusetzen, und bedankte sich für die stets ungebrochene Hilfsbereitschaft der letzten Monate.

So ist das im Leben. Da stehen einem plötzlich scheinbar unnahbare, prominente Persönlichkeiten gegenüber, und durch besondere Umstände wird aus einer zufälligen Begegnung ein durchaus reger Kontakt, wird aus der Reserviertheit beinah ein Füreinander-reserviert-Sein: Dr. Konrad Maier zum Beispiel bekam während einer Benefizveranstaltung, die auch Krainer aus dienstlichem Anlass besuchen musste, auf der Toilette einen Herzanfall. Und wenn sich nicht zufällig Josef Krainer mittags eine Semmel mit einer Scheibe, wahrscheinlich schon länger auf den Verzehr wartenden Kümmelbraten, genehmigt hätte, folglich gerade am WC hockend darauf hoffte, die Verdauung möge sich wieder ein festes und nicht zähflüssiges Restprodukt abringen, wäre Dr. Maier mit Sicherheit nicht so glimpflich davongekommen.

Seither wird Josef Krainer von höchster, durchaus gottähnlicher Stelle als Schutzengel bezeichnet. Ja, und dreimal durfte er seither diesem Namen schon gerecht werden. Eine dieser drei Begebenheiten zum Beispiel war kein Herzanfall des Dr. Konrad Maier, sondern ein um drei Uhr morgens stattfindender Wutanfall der zweiten Gemahlin Maria Maier, deren Vehemenz sich durch die alkoholgesteuerte Zertrümmerung des ebenerdigen Schaufensters eines Möbelhauses mit Hilfe eines Porsche Cayenne, zugelassen auf Maier, zum Ausdruck brachte. Da wirkt der Rat, umgehend das Weite zu suchen, in Kombination mit einer von Josef Krainer schnell ausgefüllten, vordatierten, einen Porsche Cayenne betreffenden Diebstahlsanzeige, natürlich Wunder – auch was den Pulverschnee auf dem Lederlenkrad angeht.

So saß Josef Krainer an diesem Sonntagnachmittag also im Maier'schen Wohnzimmer, der liebe Dr. »Josef, wollen wir endlich ›du‹ sagen: Ich bin der Konrad« Maier äußerte aufgrund einer geheimen Quelle seine Befürchtung, im Museum könnte heute Abend etwas geplant sein, äußerte weiters die Bitte, ob der Schutzengel Josef nicht inkognito mit einer kleinen Mannschaft, natürlich gegen ein anständiges Taschengeld, anrücken könnte, um ein Auge auf das Gemäuer zu werfen.

Und da sitzt er jetzt, allein, in seinem VW Golf BlueMotion, vor ihm der Privatwagen Gerhard Koglers mit zwei Kollegen, hinter ihm ein schwarzer Transporter, und wartet. Wie gesagt, er hat kein gutes Gefühl. Irgendwie passiert gerade so viel Undurchsichtiges parallel.

211

Sein deutscher Kollege Heinzjürgen Schulze macht Druck wegen Maier, Moritz, Metzger und des toten Kollegen Albrecht, Maier macht Druck wegen seines Museums, und die Spurensicherung in die Werkstatt des Restaurators schicken musste er auch, weil dort nach einem Einbruch Zustände herrschten, als hätte eine Bombe eingeschlagen. Nein, er wünscht dem Metzger nix Gutes, aber das war vielleicht doch eine Spur zu viel des Guten.

Die Uhr zeigt 23:54, wenn das heute ein blinder Maieralarm wird, wird Josef Krainer vor seinem nunmehrigen Du-Freund Konrad das Händchen schön aufhalten. Einschlafen könnte er. Und wer ist schuld daran, seine Kollegen. Wer will schon einen dieser Kretins bei sich im Auto hocken haben. Nur, allein ist so eine mobile Beschattung natürlich ein hartes Brot.

Mit schweren Lidern blickt er durch die große Glasfront des Eingangsbereiches ins Museum hinein, und schon macht es sich hurtig auf den Weg, heraus aus dem Nebennierenmark hinein ins Blut: das Kogler'sche Adrenalin.

Da drinnen tut sich was.

»Verdammt, Justav, det jibts ja jar nich, da draußen steht 'n Typ von der Polente, ick dachte, det läuft wie geschmiert?«

»So, Szepansky, Endstation.«

»Wie Endstation? Und wat bitte willste mit der Knarre?«

»Du wirst gleich sterben, willst du mir nicht wenigstens sagen, wer du bist, für wen du arbeitest? Also, wie heißt du?«

»Rudi.«

»Meinetwegen, dann eben Rudi. Und, war es schwer, mir so lang den Idioten vorzuspielen, ja? Willst du nicht die Chance wahrnehmen und als der abtreten, der du bist. Wir wissen Bescheid, Rudi.«

»Gar nichts weißt du. Gar nichts. Und, was haste jetzt vor, mich abknallen? Oder doch erwürgen, mir die Augäpfel herausnehmen und verscharren?«

»Oh, der Herr kann sogar halbwegs gepflegt artikulieren. Also, nix Neandertaler, doch Homo sapiens, nix Beerdigung in Hockstellung, sondern doch Holzpyjama. Diesbezüglich kann ich dich beruhigen: Du kannst dich bald ausruhen. Aber ich muss zugeben, leicht hast du es uns nicht gemacht, und tapfer warst du auch, im Grunde eiskalt. Vor allem im Kiddyclub-Zelt. Da muss man sich erst einmal im Griff haben, wenn einem Typen vor der Nase das Licht ausgeblasen wird, und man kann nicht eingreifen, weil die eigene Mission im Vordergrund steht. Sogar dem vertrottelten Hundsviech hast du einen Tritt verpasst. Hut ab.«

»Und warum hat er sterben müssen? War er der Lieferant?«

»Pepe? Wenn du so willst. Das war ein schäbiger Dealer.«

»Und warum die Augäpfel?«

»Ich hab nix zu verschenken, Szepansky. Und so eine Hornhaut ist Bares, wenn man gute Kontakte zu den richtigen Ärzten hat. Deine bleibt dir, dafür ist heut keine Zeit. Kannst dem Teufel dann schön in die Augerln schauen.«

»Was ist die Lieferung?«

»Sag mir lieber, ob's noch ein paar von dir gibt. Jetzt schau nicht wie ein Autobus, hast du wirklich geglaubt, wenn plötzlich haufenweis Fahrer ausfallen und dann bleibst nur du als Alternative übrig, wir werden nicht stutzig? Gerade du, der am kürzesten bei der Firma ist. Ich hab mir extra wen kommen lassen, der dich ein bisserl unter die Lupe nimmt ...«

»Hivela.«

»Wunderbare Mitarbeit. Das ist ein braver Soldat, der Hivela, der macht, was man ihm sagt. Der Hellste war er halt nicht!«

»Und warum hast du ihn dann erschossen?«

»Nur wegen dir, Szepansky. Erstens is er hier einer der

Haustechniker, und so ein Haustechniker is doch der Idealpartner für einen Einbruch, oder? Und zweitens war er wie gesagt ein Trottel. Ein bisserl blöd sein is immer ein Risiko. Außerdem hab nicht ich, sondern du ihn erschossen, die Waffe steckt ja mit deinen Fingerabdrücken in deiner Jacke. Und, gibt's jetzt noch ein paar von dir, oder haben wir alle erwischt? Der Hivela hat dich ja extra im Wasser attackiert, aber außer dieser Djurkovic is mir am Strand niemand ins Auge gestochen, der die Initiative ergriffen hätte. Bist du arme Sau tatsächlich der letzte Mohikaner?«

»Was ist die Lieferung?«

»Was rennst so hektisch hin und her? Lauf dir keinen Wolf. Außerdem, laufen kannst du gleich genug. Ich sag dir jetzt anstandshalber, was dich erwartet. Wenn du willst, dass, im Gegensatz zu dir, deine Dolly morgen in der Früh noch lebendig ist, wirst du jetzt schön brav, mit dem Bild in der Hand, da vorne hinausmarschieren und die Pfoten hochnehmen. Draußen wird dich die Polizei übernehmen wollen, aber wenn ich du wär, würd ich laufen auf Teufel komm raus. Weil, ich werd nämlich von herinnen das Feuer in Richtung Gegenseite eröffnen. Vielleicht treff ich sogar wen, was zur Folge hat, dass die Polizei garantiert glaubt, da will dir wer den Weg freischießen, und zurückballert. Wenn du jetzt auch nur den Anschein machst, dass du nicht bei der Vordertür rausgehen willst, knall ich dich gleich hier herinnen ab, für mich machts keinen Unterschied, für Dolly aber schon, weil die wandert dann hundertprozentig mit dir ins Kühlfach, auf ewig vereint, kapiert. Also ich an deiner Stelle würde das mit dem Davonlaufen probieren. Sollen wir Dolly was ausrichten? Irgendwelche letzten Worte? Wie zuckersüß du sie findest?«

»Kogler, hören Sie mich?

–

Was heißt, es rauscht, dann drücken S' den Stöpsel halt weiter rein ins Ohrwaschl, verdammt. So, und jetzt raus aus dem Wagen, da will wer das Museum verlassen, wie es scheint durch die Vordertür!

–

Scheiße, das ist der Chauffeur vom Maier, Rudi Szepansky. Was will der da drinnen, was …

–

Ja, ich sehs, der hat eine Leinwand in der Hand.

–

Ja, ich hörs, der brüllt ›Nicht schießen‹ und rollt die Leinwand auf. Pfuah, was für ein hässlicher blauer Gaul. Wer bitte klaut so was. Kogler, glauben S', will er aufgeben oder sich schützen? Glaubt er vielleicht, wir schießen nicht, nur weil er vor sich mit so einem grauslichen Fetzen herumwackelt …

–

Scheiße! Da schießt wer auf uns. Kogler?
Kogler, was ist los? Kogler! Ihr Schweine.«

Josef Krainer muss nicht zweimal überlegen. So groß kann die Leinwand gar nicht sein, so schnell das blaue Pferd gar nicht die Straße abwärts galoppieren, dass er es nicht träfe. 17 Patronen fasst das Magazin seiner Glock, und sieben davon schickt er auf die Reise, überzeugt davon, dass keine einzige ihr Ziel verfehlen wird. Einer der beiden anderen Kollegen kniet neben Gerhard Kogler, der andere schießt in Richtung Museum, Josef Krainer läuft auf den am Boden unter der Leinwand liegenden Szepansky zu und feuert dabei zur Sicherheit noch dreimal in das sich rot färbende Blau.

»Auch wenn manche Kollegen vielleicht entbehrlich sind, abknallen lass ich sie mir nicht, du Scheißkerl.«

Es sind dann zum Glück nur ein Blechsarg und der Notarzt, die Josef Krainer anfordern muss, denn, wie er Gerhard Kogler erklärt, der Vorteil eines unterernährten Pantoffelhelden, wie Kogler zweifelsohne einer sei, liege in der fehlenden Körpermasse, folglich der geringen Angriffsfläche. Was bei einem breiteren Exemplar ins Herz oder die Lunge gehe, hinterließe in diesem Fall nur einen gewiss schmerzhaften, brennenden, allerdings marginalen Kratzer.

»Das wäre nix, Kogler, wenn Ihr Felix junior allein erzogen wird von so einem Drachen, wie Sie ihn daheim hocken haben. Der braucht schon das Gegenstück, weil was soll sonst anderes aus ihm werden als ein Amokläufer. Und jetzt fahren S' heim und freun Sie sich: Morgen sind wir die Helden der Stadt.«

Das Butterkipferl und die Metamorphose

Willibald Adrian Metzger konnte das Anbrechen des nächsten Tages gar nicht erwarten. Nicht nur, dass die Straßenrundreise mit Alois Hudetschek einer Glücksdimension entsprach, die es um kein Geld dieser Erde zu kaufen gibt, ließ ihn auch der Katalog kein bisschen zur Ruhe kommen. Die beiden Bilder nämlich gaben Grund zur Hoffnung. Außerdem ist nun endlich Dienstag.

Es ist zwar im Grunde ein zurückgezogener Beruf, das Dasein eines Möbelrestaurators, und gerade in dieser Stille und Einsamkeit mit sich, den antiken Werkstücken und dem Stillstand der Zeit, liegt in den Augen des Willibald der große Zauber. Trotzdem ist er klug genug, sich nicht nur auf die verlockende Wirkung des Schriftzuges auf seinem Werkstattfenster zu verlassen, da könnte er zusperren. Kundenpflege ist also Teil seines Anforderungsprofils, hinausgehen und jene Menschen besuchen, hofieren, die ihm das Überleben sichern und denen er im Gegenzug gute Dienste erweist. Wobei, das muss an dieser Stelle schon gesagt sein: Nicht jeder, dem er in beruflicher Hinsicht gute Dienste erweist, sichert ihm sein Überleben. Im Fall des jungen Galeristen Niklas Teufel, der sich ja schon allein seines Nachnamens wegen unter erschwerten Bedingungen der Öffentlichkeit zu stellen hat, ist es umgekehrt. Würde er ihm all die Rahmen in Rechnung stellen, die er in Anbetracht bevorstehender Ausstellungen fünf Minuten vor zwölf noch auf Vordermann gebracht hat, es wäre deutlich mehr drinnen als eine Woche Adria.

Punkt acht Uhr steht der Metzger also vor der entsprechenden Tür, obwohl er weiß, dass die Galerie Teufel vor

zehn Uhr nicht aufsperrt, was insofern kein Problem darstellt, da das Stockwerk über den Ausstellungsräumen eine
Vierzimmerwohnung beinhaltet.

»Frühstück hab ich, aufmachen musst du.«

»Wer, wer …«

»Metzger.«

Dem Surren des Türöffners folgten ein hurtig zurück-
gelegtes Stockwerk, eine bereits geöffnete Wohnungstür
und die ziemlich schlurfend gebückte Präsentation eines
Morgenmantels: »Niklas, wenn du den auf eine Leinwand
tackerst, kannst du das Bild verkaufen!«

»Um Gottes willen, bist du unverschämt gut gelaunt
um diese frühe Stunde!«, kommt hinter dem ansonsten mit
Haarreifen getragenen und nun über das Gesicht hängenden,
kinnlangen blonden Haar so etwas wie eine Antwort heraus.
Wenn es ein Schaubild des stets im Mann steckenden Kindes
gibt, dann ist das Niklas Teufel. Alles an seinem Körperbau
zeigt den Mann, alles in seinem Gesicht zeigt das Kind. Fröhlich, offen, ein wenig chaotisch, von einer unbändigen Neugierde getrieben, das ist der in seiner Visage hinterlassene Abdruck, vorausgesetzt, die Zeiger haben deutlich die neunte
Stunde des Tages überschritten. Der aktuelle Abdruck also
ist der eines Polsters und eingetrockneten Speichelfadens.

»Verzeih meinen Weckruf, ich bin gleich wieder weg«,
zeigt sich der Metzger ein wenig mitleidig, »Für dich sind
die zwei Semmeln und das Butterkipferl«, ein Papiersackerl
wird auf einen großen, als Arbeitsplatz verwendeten Tapeziertisch gelegt, daneben der Katalog: »Und das ist für mich.
Sei so lieb und sieh dir die beiden Bilder an, sag mir, wer so
etwas dem Auktionshaus zum Verkauf gegeben haben
könnte, im Katalog steht bei Provenienz nur Privatbesitz,
das hilft mir wenig. Dann bin ich weg.«

Eine Kaffeemaschine wird in Betrieb genommen, regungslos gewartet, bis das Gerät seine Betriebsbereitschaft

signalisiert, ein erster und zweiter Kaffee heruntergelassen, wortlos dem Metzger der zweite in die Hand gedrückt und geschlürft.

Brennheiß ist die Tasse in Willibalds Hand, groß seine Verwunderung: »Sag, hast du dir die Lippen aufspritzen lassen, wie kannst du das jetzt schon trinken?«, ebenso groß die Ignoranz.

Schweigsam schleicht Niklas Teufel ein Weilchen orientierungslos durch das unaufgeräumte, loftartige, mit Unmengen aneinandergereiht an die Wand gelehnten Bildern gefüllte Wohnzimmer, findet endlich das Objekt der Begierde, setzt dieses auf, umgehend wieder ab, zweckentfremdet seinen Morgenmantel, putzt die Brille gründlich und nimmt schließlich vor dem Tapeziertisch Aufstellung.

»Monster!«, stöhnt Niklas Teufel. »Um diese Zeit!«

Dann beugt er sich vor und betrachtet das erste der beiden Bilder.

»Klassische Moderne, Öl auf Leinwand, Schätzpreis 250 000 – 300 000 Euro, kein Wunder, bei dem Maler.«

Er hebt den Blick und mustert den Metzger neugierig über die Oberkante seiner Brille:

»Und warum willst du wissen, wo es herkommt, hast du im Lotto gewonnen? Willst du den Verkäufer fragen, ob er für dich noch ein paar im Keller stehen hat? Hat er, das kann ich dir versprechen.«

Von durchaus theatralischer Länge ist die eingefügte Pause.

»Erzähl.«

»Willibald, also was die Malerei angeht, bist du schon ein bisserl von gestern. Eine große Sammlung dieses Künstlers befindet sich im Maiermuseum. Den Prachtbau hast du noch nie von innen gesehen, hab ich recht?«

»Is nicht so meins, die Zeitgenössische und …«

»Jedenfalls hättest du das Bild dann dort schon bewundern können. Und dass der Maier hin und wieder recht ertragreich ein paar Werke aus seinem Fundus abstößt, das ist in der Szene bekannt.« Dann nimmt er den auf dem Tapeziertisch liegenden Tablet-Computer, wischt ein wenig herum, öffnet die Seite des Auktionshauses und staunt: »Nicht schlecht, Frau Specht, da hat ja wer ordentlich in die Tasche gegriffen. 480 000 Euro Verkaufspreis, muss ja ein echter Liebhaber sein.«

Auch das zweite Bild liefert ähnliche Eckdaten, was beim Galeristen Teufel allerdings weniger Erstaunen als Begeisterung auslöst: »Das ist eben das Spiel mit der Kunst und das Schöne an meinem Beruf: Alles ist möglich! Und jetzt muss ich.«

Abrupt legt Niklas Teufel eine Kehrtwendung hin und schlurft zu einer von all den hier gelagerten Bildern frei gehaltenen Tür.

Die Tür wird geöffnet, und das bleibt sie dann auch, völlig unabhängig davon, um welche Räumlichkeit es sich dabei handelt. Den wohl intimsten Rückzugsort dieses Kulturkreises. Mag ja sein, dass andernorts im Kollektiv und ohne die geringste Scham das zuvor von der Natur Genommene und dem Körper Zugeführte nach erfolgreicher Metamorphose der Erde wieder rückübergeben wird. Hierzulande allerdings gleicht unter Erwachsenen die Idee dieses Gelasses der eines Einzelzimmers. Jetzt ist es ja ein alter Hut: Menschenkinder, bevor sie vom Mühlrad der Zivilisation endgültig vollkommen plattgedrückt werden, machen vieles von Natur aus noch richtig. Atmen zum Beispiel, sagen, was sie wollen, zeigen, was sie nicht wollen, und kaum ein Kind schließt vor Schuleintritt freiwillig die Häuseltür, maximal um sich vor einer etwaigen pädagogischen Urgewalt zu verstecken. Wie gesagt, wenn es ein Schaubild des stets im Mann steckenden Kindes gibt, dann ist das Niklas Teufel. Wobei, auf so viel Einblick ist der Metzger jetzt gar nicht neugierig, zumindest optisch, denn akustisch hat Niklas Teufel einiges zu bieten.

»Mit Glück und Können kann man so richtig schön verdienen. Ja, und der Maier verdient schon allein deswegen, weil er eben als Sammler einen Namen hat, das ist dann sozusagen der Maierzuschlag«, klingt es, begleitet von einem Plätschern, ins Wohnzimmer: »Das macht der Maier oft: Werke von unbekannten Künstlern teuer einkaufen, weiterverkaufen und so dem Künstler eine Chance am Markt eröffnen. Nicht blöd, wenn man genug Kohle für so Spielchen hat.«

Und weil es vom Börserl nicht weit zur Börse ist, stellt Kunst, wie Niklas Teufel nun weiter ausführt, für einen kleinen wohlbetuchten Kreis dieses Planeten eine eigene Währung dar.

»Weißt du noch, wie Lehman Brothers das Zeitliche gesegnet hat? Am Tag nach der Pleite war das Gemälde eines alten holländischen Meisters, für das man vorher läppische 4,8 Millionen Euro berappen musste, 6 Millionen Euro wert. 6 Millionen, hörst du! Mensch, jetzt bin ich munter.«

Eine kurze Pause wird eingelegt, die Spülung betätigt, ausgiebig Hände gewaschen, mit den feuchten Händen das Haar aus dem Gesicht gezaubert und schließlich die Tür wieder geschlossen, von außen, versteht sich.

Dann setzt er fort: »Vor lauter vollen Hosen sucht dann eben selbst der verruchteste Börsianer so etwas wie Sicherheit. Bevor er munter weiterspekuliert, andere hineinlegt oder sich hineinlegen lässt, legt er eben schnell etwas an, bevorzugt in ein paar bisserl haltbarere Papierl, als so Aktien welche sind, also Gemälde.«

»Weil ja über dem Kunsthandel ein Heiligenschein schwebt«, kann sich der Metzger jetzt nicht verkneifen, »1,2 Millionen Gewinn innerhalb weniger Stunden. Da träumt dann jeder verhungerte Künstler von seiner Wiedergeburt.«

Niklas Teufel öffnet nun endlich lachend das Papiersackerl, schnappt sich das Butterkipferl, beißt hinein und setzt kauend fort: »Heiligenschein verträgt der Kunsthandel keinen, da hast du recht.«

»Jetzt einmal abgesehen vom Maierbonus, aber ist es grundsätzlich nicht auffällig, wenn sich Kunstgegenstände in Höhen, die weit über dem Schätzwert liegen, verkaufen?«, gönnt sich der Metzger nun endlich den etwas abgekühlten Kaffee.

»Jein, das kann wie gesagt auch Taktik sein, um einen Künstler interessanter zu machen oder zu etablieren.«

»Ja, aber die Differenz bei dem Maiergemälde ist um die 200 000 Euro. Da kann man nicht nur wen etablieren, sondern unter der Hand auch gewaltig was finanzieren!«

»Was zwar nicht weniger schlimm, aber wesentlich intelligenter ist, als wenn bei uns ganze Sippschaften an schmierigen Anzugträgern, denen man schon auf hundert Meter Entfernung viel mehr den Verbrecher als Abgeordneten oder Minister ansieht, weismachen wollen, die rausgeschmissenen Millionen für Berater und Gutachten finanzieren tatsächlich nur die Beratung und das Gutachten und nicht die Bestechung, den Betrug, die Korruption ...«

»Verdirb mir nicht den Tag!«, unterbricht ihn der Metzger.

»Du meinst, so wie du mir, Mensch, es ist kurz vor halb neun, was mach ich so früh«, klopft ihm Niklas Teufel freundschaftlich auf die Schulter. Schmunzelnd deutet Willibald Adrian Metzger um sich. »Räum auf!«

Volles Haus und leerer Bauch

Mit genau demselben Gedanken betritt er kurz darauf seine Werkstatt, blickt sich um und sieht, welch Arbeit hier noch auf ihn wartet. Egal, wie viel Mühe und Zeit es braucht, etwas entstehen, heranwachsen zu lassen, Jahre, ganze Generationen, zerstört ist es in Sekunden, auch das Leben an sich.

Keine 30 Minuten später stoßen Danjela und Petar dazu, wobei das weibliche Auge sofort registriert: »Na, viel weitergekommen bist du gestern nix mehr.«

Dass dennoch einiges passiert ist, schildert während des ersten Besuchs dieses Tages eine kurz angebundene Irene Moritz. Bedrückt und zugleich erleichtert spricht sie:

- über das große Glück ihres Ehemanns und die in Relation zur Möglichkeit eines tödlichen Treffers gesehen kleine Verwundung, ein Streifschuss mit Knochenabsplitterung der Rippen,
- über den letzte Nacht durchgeführten Einbruch im Maiermuseum,
- über das zwar entwendete, aber dank Polizei nicht entlaufene, allerdings durchlöcherte blaue Pferd,
- über den getöteten Dieb: »Jetzt gibt es auch eine tragische Verbindung zwischen dem Namen Szepansky und Maier«,
- über den von Szepansky am Tatort hingerichteten Haustechniker Hivela,
- über den entkommenen dritten Täter.

»Szepansky war der Fahrer von Maier, freundet sich mit Hivela an, benutzt ihn, um ins Museum zu kommen, und jagt ihm knallhart eine Kugel in den Kopf«, erklärt Irene Moritz.

»Zufälligerweise aber erfährt Dr. Konrad Maier von seinem loyalen Mitarbeiter Gustav Eichner, der mit Szepansky ein paar Tage Urlaub gemacht hat, über die nicht zu unterschätzende Möglichkeit eines von Szepansky geplanten Einbruchs und informiert die Polizei. Hat alles Hand und Fuß, auch weil in den Wohnungen von Szepansky und Hivela mittlerweile detaillierte Ablaufpläne und höchst vertrauliche Unterlagen über Dr. Maier sichergestellt werden konnten. Du hattest also recht mit deinen Beobachtungen, es ging um einen Kunstraub!«

»Ja, aber Eichner selbst hat am Strand die vertraulichen Unterlagen über Maier in der Hand gehabt, Hivela heimlich getroffen und ihm Geld zugesteckt, das hab ich sogar fotografiert«, zeigt sich der Metzger keineswegs beruhigt.

»Vielleicht wusste er dadurch, was Szepansky vorhat. Vielleicht hat Hivela Szepansky verraten und wurde deshalb gleich im Museum umgebracht«, entgegnet Irene Moritz.

»Und wer ist der Dritte?«, will der Metzger wissen.

»Keine Ahnung, aber laut Eichner hat Szepansky einen Illegalen namens Noah mitgenommen, nach dem wird jedenfalls gerade gefahndet.«

»Aber der hat ein kaputtes Knie, wie hätte der aus dem Museum entkommen sollen?«

»Zeit genug hat er gehabt, weil Krainer ist ja nicht ins Museum rein, sondern hat sozusagen den Haupteingang bewacht. Und bis die von ihm angeforderte Verstärkung da war, hätt sich der dritte Täter beim Hintertürchen locker ein Taxi bestellen können.«

»Und was heißt das jetzt für mich?«, wundert sich der Metzger nur noch: »Was ist, wenn der dritte Hans-Peter Weibl war? Ist die Gefahr jetzt vorbei?«

»Ich nehme es zumindest an. Denn warum sonst hätte man deine Werkstatt verwüstet, wenn nicht aus Sorge, du könntest zu viel wissen.«

»Nur: Der Einbruch im Museum war kein Erfolg!«

»Neues Spiel, neues Glück. Ich glaub, du bist aus dem Schneider.«

»Und die Toten? Was ist mit Heinrich Albrecht und Pepe?«

»Das weiß ich nicht, Willibald. Schau jetzt, dass du ein wenig zur Ruhe kommst. Ich muss wieder zu Gerhard ins Spital und rühr mich später«, verabschiedet sich Irene Moritz, und er erspart sich auch zur Schonung Danjelas, von seinen in puncto Maier recht aufschlussreichen Besuchen im Auktionshaus und bei Niklas Teufel zu erzählen.

Weitaus länger als Irene Moritz bleibt dann der zweite, gegen Mittag eintreffende Gast.

Vorbei an den Trümmern, die Petar Wollnar vor dem Geschäftseingang deponiert hat, um sie mit dem Pritschenwagen auf die Mülldeponie fahren zu können, betritt der Besuch die Werkstatt durch die Vordertür. Wobei es eher einem zögerlichen Heranschleichen, einem Anpirschen als einem festen Auftreten gleicht.

»Darf ich bitte ein bisschen bei euch sein?«, lauten die ersten geflüsterten Worte. »Ich, ich weiß nicht, wo ich sonst hin soll.«

Ein Häufchen Elend, dagegen war der Metzger am gestrigen Abend ein Schaubild des blühenden Lebens, steht auf der in den Gewölbekeller hinabführenden Treppe, eine monströse Tasche an der Schulter hängend, eine rote Tasche in der Hand.

»Dolly«, stürmt ihr Danjela entgegen, »bin ich so froh!«

Dann fallen sie zu Boden, die beiden Gepäckstücke, rutschen weiter die Stiegen hinunter, Dolly sinkt in die Knie und nimmt Platz, auf dem harten kühlen Stein.

»Er, er ist tot, ich hab es in den Nachrichten gehört, er …«, bricht ihr die Stimme weg.

Tränen hat die Werkstatt die letzte Zeit genug gesehen,

Sehen durchaus im leibhaftigen Sinn. Für Willibald Adrian Metzger ist sein kleines, mit erhabenen, hölzernen Körpern gefülltes Reich ein Ort voll Lebendigkeit. Es atmet, es kommuniziert, vermag sich mit ihm auszutauschen, besitzt die Fähigkeit, ihn im Zustand großer Getriebenheit Zerstreuung, Ruhe einzuflößen, als stünde er irgendwo abseits, weit weg vom Trubel. Und manchmal hört er ihn, den Seufzer der Erleichterung seiner Möbel, als wären sie froh, endlich die durch Wohnzimmer, Schlafzimmer, Küchen, ja ganze Wohnungen verlaufenden Demarkationslinien hinter sich gelassen zu haben. Den Frieden, den sie oft inmitten der Menschen nicht finden, verströmen und präsentieren sie in der Werkstatt, vorausgesetzt, diese ist kein Trümmerhaufen.

»Was ist hier passiert?«, ringt sich Dolly, nachdem sie ein Weilchen in die mittlerweile neben ihr sitzende, üppige Djurkovic-Schulter geweint hat, ein paar Worte ab.

»Das hättest du gestern sehen sollen«, kann sich der Metzger nun nicht verkneifen, dem eine gewisse Anteilnahme am Tod des Herrn Szepansky nicht wirklich gelingen will. Beinah wär durch ihn Irene Moritz zur Witwe geworden.

Dolly hingegen heult sich die Seele aus dem Leib. Auch weil sie ihrem ohnedies schon so wunden Herzen weiteres Leid zufügt, als müsse der Schmerz, um sich ganz herausspülen zu lassen, immer höher und höher geschraubt werden. Längst aufgeklappt hat sie es vor sich stehen, das verbildlichte, tragbare Gedächtnis oft eines ganzen Lebens: ein Computer, in diesem Fall ein Laptop. Und genau dort holt sie ihn sich vor Augen, den niemals wiederkehrenden Rudi Szepansky.

Es dauert nicht lange, und ein Foto nach dem anderen jagt über den Bildschirm die Zeitachse dahin, in die Gegenrichtung, beginnend mit dem gestrigen Tag, darunter unter anderem: eine Gruppe völlig durchnässter Damen, dahinter der große Kanal, die Damen im Bus, die Damen vorm Hotel, dann aber schon erscheint Rudi auf der Bildfläche, Kopf an Kopf mit ihr im Bett liegend, dann alleine mit nacktem Oberkörper. Bitterlich sind Dollys Tränen, zärtlich Danjelas Worte des Trostes, überraschend unbeteiligt der Blick des Willibald. Und weiter geht es: Rudi beim Frühstück, vorgestern Rudi mit Flossen und Taucherbrille, Rudi beim Schwimmen, Rudi mit Gustav und Angela am Strand, Rudi bei Dolly an der Bar, Rudi über alles, dann plötzlich ein Foto vom zusammengerollt auf einem Handtuch liegenden toten Tino, eine paar Schnappschüsse von tanzenden Damen, Bilder mit Eva-Carola Würtmann, Selbstauslöserfotos, Bilder von anderen Hotelanlagen, Bilder zu Frühling-, zu Winterzeiten, die Zeit läuft rückwärts.

Danjela, die ohnedies jedes Fotoalbum einer Theater-, Kino-, Museumskarte vorzieht, stellt Fragen, Dolly erzählt, kommt wie gewünscht auf etwas andere Gedanken, und flugs ist ein Jahr vergangen und wieder die Adria im Bilde, nur halt ohne Szepansky, dafür ein paar recht launige, zeitweise auch durchaus romantische Eichnerbilder.

»Hast du auch gehabt Bekanntschaft mit Eichner?«, zeigt Danjela ihr Erstaunen.

»Nur ganz kurz, der ist eben ein Stammgast. Meine Güte, man ist halt auf der Suche«, läuft Dolly rot an, und erneut meldet sich der Metzger zu Wort, keineswegs beruhigter: »Sag, ist das da im Hintergrund, zusammen mit dem älteren Paar und dem Kind, nicht Angela?«

»Ja«, verteidigt sich Dolly, »aber Gustav und sie waren damals kein Paar. Angela war auch auf Urlaub hier und, und ...«

»Das mein ich nicht«, unterbricht sie der Metzger. »Wann hast du das Foto gemacht?«

»Das steht hier: Also fast genau vor einem Jahr«, zieht Dolly fragend die Augenbrauen hoch.

»Gertenschlank, die Dame«, zieht auch der Metzger nun die Augenbrauen hoch.

»Willst du mir geben versteckte Botschaft wegen Figur? Muss ich jetzt gehen auf Diät?«, meldet sich Danjela zu Wort und erhält ein versöhnliches Streicheln ihres Oberschenkels: »Um Gottes willen, ich liebe jedes Gramm an dir, so wie du bist, ist es perfekt!«

Dolly fängt erneut zu weinen an. »Ach, wie schön. Rudi …«

Der Metzger aber übergeht ihren Kummer und ergänzt, seinen Blick auf den Laptop gerichtet: »Ja, ganz schön komisch, wenn du mich fragst: Also wenn ich jetzt richtig rechne, dann müsste eine Frau, die heute ein sicher schon zehn, elf Monate altes Kind hat, vor einem Jahr im siebten, achten Monat, also hochschwanger gewesen sein, oder?«

Den Finger auf den Bildschirm gerichtet, ergänzt er: »Wo ist der Bauch?«

Nun schweigen die beiden Damen, Dolly sucht weitere Fotos mit Angela heraus, allesamt zeigen dasselbe Bild: eine Frau mit Traummaßen, wobei natürlich die wahren Traummaße für manche Dame, vor allem für Dolly, genau so ein Bäuchlein wären.

»Vielleicht ist adoptiert?«, findet Danjela eine mögliche Lösung.

»Aber Angela stillt«, flüstert Dolly.

»Ich hab sie zufällig telefonieren gehört, sie hat, wie auch auf den Foto zu sehen, noch ein zweites Kind.«

»Geht auch Milchbildung auslösen ohne Mutterschaft, brauchst du nur oft genug saugen lassen oder fremde Kind anlegen und massieren, sag ich nur Ammen und Pflegemutter.«

»Wie auch immer. Machen wir lieber in der Werkstatt weiter, sonst werd ich hier nie fertig!«, beendet der Metzger nachdenklich den Besuch in Dollys Welt, denn seine eigene verlangt nach Zuwendung. Dann wird zu den beschwingten Klängen des Radios von allen Seiten ordentlich angepackt.

»Gehen wir nach Hause«, leitet Danjela, Dollys Taschen in der Hand, gegen 16 Uhr schließlich das Abrücken ein.

»Wie wir?«, fühlt sich der Metzger nun in Anbetracht der von ihm geplanten Dienstagabend-Gestaltung etwas in die Enge getrieben.

»Nicht du und Petar, mein ich Dolly und mich. Muss Edgar raus und braucht Dolly dringend Essen, Dusche und Platz für Ruhe.«

»Wie Ruhe?«, klingt das eben Gehörte nicht minder überrascht.

»Willibald, wenn es dich stört, sag es ruhig, dann such ich mir ein Hotel. Ich versteh das«, meint Dolly, und alles, was der Metzger versteht, ist: Offenbar war das Radio zu laut. Seine Danjela hat also wieder einmal vor seiner Nase und zugleich hinter seinem Rücken etwas beschlossen, auf eigene Faust.

»Hat Dolly gute Freundin, heißt Irmgard, kommt erst zurück Freitag, bis dahin ist herrlich Platz auf Chesterfieldsofa, oder? Rufst du an wegen gemeinsame Abendessen«, verabschiedet sich Danjela, gibt ihrem Willibald einen Kuss, und weg sind sie, die beiden Damen.

»Man muss nicht unbedingt als Igel über die Bundesstraße unterwegs sein, um ordentlich überfahren zu werden«, äußert sich der Metzger, kaum ist die Werkstatttür ins Schloss gefallen, entsprechend unglücklich. Wobei sich in diesem Fall der Eigensinn seiner Holden insofern von dem seinen unterscheidet, da Danjela zumindest öffentlich bekanntgibt, welchen Entschluss sie gefasst hat. Der Metzger nämlich hüllt sich in puncto Abendprogramm in Schweigen.

»Muss Danjela eben einfach immer helfen. Ist sie ein guter Mensch«, ergreift der an sich so schweigsame Petar Wollnar Partei und ergänzt: »Wenn es oben zu laut und eng wird, kommst du einfach zu mir.«

Ja, Ruhe braucht er, der Metzger, da hat Petar Wollnar absolut recht. Im Prinzip ist er trotz oder gerade des Urlaubs wegen schwer urlaubsreif. Die Ungewissheit, die aus dem Hintergrund lauernden Überraschungen sind seine Sache nicht, und deren hatte er in letzter Zeit genug.

»Wo du recht hast, hast du recht: Danjela ist ein guter Mensch, so wie du«, entgegnet er schließlich nicht ohne Hintergedanken.

Keine Stunde später nimmt ein vollbeladener Pritschenwagen Fahrt auf.

Anfang und Ende

Es war eine Etappe, die er nie wieder vergessen wird. Wenn es am Ende eines Lebens ein helles Licht geben soll, auf das die Seele befreit und voll Frieden zusteuern darf, hinein in das ewige himmlische Paradies, dann war dieses letzte Stück seiner so langen Reise die irdische Vorahnung vom Garten Eden. Nach einer langen Fahrt die Autobahn entlang bäumten sich Gebirgszüge vor seinen Augen auf, überzogen von einem Grün, wie er es zuvor noch nie gesehen hatte. Links und rechts säumte zwar das Bett eines ausgetrockneten Flusses, ein Anblick, der ihm nicht fremd war, die Straße, aber trotzdem strömte von den Bergen das Wasser. Es ging durch unzählige Tunnel, dann wechselte das Land seinen Namen, wurde die Sprache eine andere, wurde alles noch gepflegter, wurden Wiesen und Wälder noch satter, noch leuchtender vor Lebendigkeit. Blumen wuchsen aus den Fenstern der Häuser, Häuser, von denen keines verfallen, schäbig wirkte, weit und breit war kein Dreck, kein Müll zu sehen, kein in Lumpen gehüllter Mensch.

Rudi wollte Pause machen, an einem türkis leuchtenden See, umgeben von Unmengen gigantischer, dunkelgrüner, nach oben hin schlank werdender Bäume mit Blättern spitz wie Nadeln. Sie hievten ihn aus dem Wagen, halfen ihm aus der Kleidung, und er tauchte ein in ein Wasser, so rein und klar, wie er es zu Hause nicht zu trinken bekam. Hier schwamm er darin, hier erstreckte es sich so weit er nur sehen konnte.

Sie lagen am Ufer, umgeben von Wald, griffen um sich und aßen blaue Beeren, sie fuhren im Schritttempo einen Weg entlang, an dessen Rand Bäume wuchsen, mit kugeligen Kronen, tiefhängenden Zweigen, unter deren Blätter

herrlich rote, süße Früchte hingen. Immer wieder hielten sie
an, aßen, spuckten die Kerne im hohen Bogen in die Felder.
Dann ging die Reise weiter, er kehrte direkt neben der Autobahn in zur Rast errichteten Gebäuden ein, mit Möbeln,
Lampen, Wänden, Toilettenanlagen, wie sie in seiner Heimat kein Palast besaß, er bekam zu essen, zu trinken, als
wäre er ein König. Alkohol, denn Wasser, wurde gesagt, könne er von nun an trinken ohne Ende, ohne bezahlen zu müssen, ohne sparen zu müssen, aus jeder Leitung kommt es, aus
jeder Dusche, jedem WC, es ist immer von derselben Makel-
losigkeit, spült alles hinunter, den Schmutz, den Kot, den
Harn, den Durst, den man hier nicht kenne. Er fuhr Straßen
entlang, die den Wagen rollen ließen, so leise, als schwebe er
dahin, er wollte seine Augen nicht mehr schließen müssen,
erfüllt voll Staunen, voll Glückseligkeit. Und doch schlief
er ein.

Sie mussten ihn hinaufgetragen haben, aus dem Wagen in
dieses Haus, denn er wurde erst wieder in einem Zimmer
wach. Die Fenster gaben den Blick frei auf die Dächer einer
Stadt, deren Namen er nicht kannte.

»Wo bin ich?«, wollte er wissen.

»In Sicherheit und daheim. Hier wohne ich, und hier
wohnst du die nächste Zeit«, wurde ihm erklärt. Er traute
seinen Augen nicht, noch schöner als in den Raststationen
war es hier, strahlend weiße Wände, mehrheitlich weiße Möbel, Räume, so viele an der Zahl, ganze Sippschaften hätten
in seiner Heimat damit das Auslangen. All das bewohnen
hier nur zwei Menschen. Gustav Eichner und Angela.

Seit gestern ist Gustav nicht mehr zu Hause gewesen. Rudi
hat er seit der Fahrt nicht mehr gesehen.

Sicher, die von Angela aufgelegten Eisbeutel nehmen
zwar die Schwellung, den Schmerz aber nehmen sie nicht.

Ohne Krücken käme er kaum von der Stelle, trotzdem: So unerträglich sein körperlicher Zustand zurzeit sein mag, er ist einfach nur dankbar und glücklich. Auch über die Abwesenheit Gustav Eichners.

Es erfüllt ihn mit ungeheurer Wärme, mit immer stärker werdenden lüsternen Gedanken, allein mit Angela und Darya hier in dieser Wohnung zu sein. Irgendwie kommt es ihm vor, als ließe Angela ihre Brüste, wenn sie in seiner alleinigen Gegenwart Darya stillt, eine Spur länger als nötig unbedeckt. Heute sitzt sie dabei zum ersten Mal nicht in dem Sessel gegenüber, sondern auf dem Sofa neben ihm.

»Wir werden uns heute um dich kümmern, Noah, okay?«, erklärt sie zärtlich und legt mit immer noch entblößter Brust ihre Hand auf sein verletztes Bein.

»Okay«, flüstert er und kann die Hitze in seinem Körper, das Auflodern seiner Leidenschaft kaum zügeln.

Kurz nähert sie sich, eine seltsame Eindringlichkeit ist in ihrem Blick, dann steht sie auf, streicht ihm wortlos übers Haar und verschwindet mit Darya im Schlafzimmer. Wenn er könnte, würde er seine Hände nach ihr ausstrecken, würde er sie zu sich ziehen. Doch zu groß ist seine Dankbarkeit Gustav gegenüber, nur seinetwegen sind sie hier.

»Wir fahren dann los«, hört er ihre Stimme und bemerkt erst später, dass die Worte nicht für ihn gedacht, sondern ins Telefon gerichtet waren.

Sushi und Shar-Pei

Vorschläge, wie sich der Weg zur inneren Einkehr einschlagen ließe, gibt es regalweise, von Zen bis Tai-Chi, von Angeln gehen bis Wintersocken stricken, von Rosenkranz beten bis sich geschminkt und verkleidet regungslos in eine Fußgängerzone stellen ... Ende nie.

Verlangt es den Metzger danach, findet er sich in der Fahrerzelle des von Petar Wollnar gelenkten Pritschenwagens ein. Für Petar Wollnar nämlich sind die vorgegebenen Geschwindigkeitsbegrenzungen keine Beschränkungszeichen im herkömmlichen Sinn, sondern in steinerne Tafeln gemeißelte Gebote. Eine Fünfzigerzone bedeutet also nicht auf jeden Fall sechzig, weil der Tacho ja ohnedies immer um zehn Stundenkilometer zu viel anzeigt, sondern eine Höchstgeschwindigkeit gemäß der Anzeige, sprich fünfzig, also maximal vierzig. Und weil, laut Petar Wollnar, Höchstgeschwindigkeiten nur im Extremfall ausgereizt werden und der gute, umsichtige Fahrer immer noch eine Beschleunigungsreserve in petto haben sollte, erreicht er niemals die Obergrenzen der Legalität.

Er hat also genug Zeit, in sich zu gehen, der Metzger.

Und während des Abladens auf der Mülldeponie hat er dann genug Zeit, noch einmal seine unterdrückte Wut über die Werkstattverwüstung in sich zu orten und sein Vorhaben zu festigen, und während der Fahrt zurück hat er dann genug Zeit, Petar Wollnar die neuen Zielkoordinaten bekanntzugeben, und während der Fahrt zur vorgelesenen Praxisanschrift des Primarius Dr. Helmut Lorenz hat er dann genug Zeit, Petar Wollnar eine möglicherweise etwas länger auf ihn zukommende Wartezeit schmackhaft zu machen. Dies geschieht durch einen kurzen Zwischenhalt bei einem der rar gewordenen Fleischhauer dieser Stadt.

Kurze Zeit später hocken zwei zufriedene Männer, ausgestattet mit Schnitzel-, Fleischlaiberl- und flüssigen Semmeln, sprich Bier, beinah hochstandartig auf der erhöhten Sitzposition des sein stolzes Alter nicht verbergenden Pritschenwagens und blicken aus einiger Entfernung auf den Eingang eines der vielen hier nach Generalsanierung schreienden Wohnhäuser. Weder die Gegend der Stadt noch das Gebäude sprechen optisch auf Anhieb dafür, sich von Dr. Helmut Lorenz auch nur den Blinddarm entfernen zu lassen – was natürlich einzig dem gesellschaftlich anerkannten Rück- und zumeist Trugschluss von einer funkelnden Praxis auf eine ruhige Hand zu verdanken ist.

Mit Letzterer genehmigen sich die beiden Herren nun ihre Fleischlaiberl-Semmeln, denn Grund zur Sorge, der geparkte schäbige kleine Wollnar-Laster könnte in dieser Umfeld irgendjemand als verdächtiges Objekt ins Auge stechen, besteht nicht. Auch als rege kann der stattfindende Durchzugsverkehr hier nicht bezeichnet werden. Maximal alle zwei Minuten fährt ein Wagen vorbei, Menschen parken ein, Menschen steigen aus, Menschen verschwinden in den Häusern. Die Arbeit des Tages scheint getan. Anders vielleicht beim aktuell vorbeirauschenden dunkelblauen Volvo Kombi, denn eingeparkt wird, ausgestiegen nicht. Aufmerksam unterbricht der Metzger sein Abendmahl. Es ist fünf Minuten vor 18 Uhr, langsam tut sich was.

Keine drei Minuten später der nächste Wagen: Ein protziger, schwarzer Audi A7 mit getönten Scheiben fährt vor, bleibt in zweiter Spur stehen, und es ereignet sich Erstaunliches.

Anfangs erfüllt es ihn ja direkt mit einer spitzbübischen Freude, den Metzger, wie er tatsächlich Angela Sahlbruckner in ihrer so eigenen Mischung aus Schönheit und Schwer-

235

mut aussteigen und die Babyschale mitsamt der kleinen Darya aus dem Wagen nehmen sieht. Das selbständige Öffnen der Hintertür, das Aufsetzen zweier Krücken auf den Asphalt und das Herausmühen Noahs aber entlockt ihm ein verwundertes: »Die, die, die haben den gesuchten Jungen dabei!«, verbunden mit einem zaghaften Hinunterkurbeln des Seitenfensters – fünf Zentimeter bringt sein Mut zustande, das reicht auch, um lauschen zu können.

Und weil er ja ein guter Mensch ist, der Metzger, denkt er anfangs nichts Schlechtes, denkt ein hoffnungsfrohes: »Vielleicht ist Dr. Lorenz ja nicht nur ein Chirurg, sondern auch ein hervorragender Orthopäde, skalpelltechnisch also fast ein Allgemeinmediziner!«, verlautbart gegenüber seinem Sitznachbarn Petar Wollnar: »Die haben den Jungen wahrscheinlich mitgenommen, damit ihm Lorenz sein Knie repariert!«, und erhält anfangs die Bestätigung seiner Theorie: Angela geht auf Noah zu, streicht ihm liebevoll über die Wangen und erklärt: »Stay, Noah, stay. I look for the doctor, then we go to the hospital.«

Noah sinkt auf die lederne Rückbank der Limousine, Angela verschwindet durch ein offenes Tor im Innenhof des Hauses. Fast zeitgleich öffnet sich die Tür des vor kurzem eingeparkten Wagens, und der Metzger erstarrt, presst sich kerzengerade an die Rücklehne, packt Petar Wollnar vielsagend an der Schulter und rutscht ein deutliches Stück abwärts.

»Runter!«, flüstert er.

So starren knapp oberhalb der Fensterunterkante zwei Augenpaare gespannt hinaus auf die Straße und sehen einen großgewachsenen Mann mit schlechter Haltung und energischem Schritt auf den mit Noah besetzten Audi A7 zumarschieren: Gustav Eichner.

Unübersehbar ist das aus seiner Hand herausragende Elektroschockgerät. Er steigt ein, kurz sprühen hinter den getönten Scheiben die Funken, dann rast er davon.

»Um Gottes willen, was war das jetzt?«, gewinnt der Metzger nun fassungslos wieder an Sitzhöhe.

Kurz erörtert er die Frage, ob er Angela hinterherlaufen, ihr Bescheid geben soll, entscheidet sich aber für Petar Wollnars Einwand: »Glaub ich, warten ist besser!« So ein zuerst in zweiter Spur geparkter und dann von einem mit Elektroschocker bewaffneten, bereits lauernden Gustav Eichner in Besitz genommener Wagen sieht eben mehr nach Übernahme als nach Diebstahl aus.

Die Reaktion der zurückkehrenden Angela Sahlbruckner wird jedenfalls Aufschluss geben. Und sie lässt nicht lange auf sich warten. Begleitet von einem großen, aparten Mann Mitte fünfzig in weißer Hose, weißem Poloshirt, weißen Sportschuhen, mit schwarzer Ledertasche, wahrscheinlich Dr. Helmut Lorenz, kommt sie mit ernster Miene aus dem Haus, blickt sich suchend um, geht eilig auf den von Gustav Eichner abgestellten dunkelblauen Volvo zu, fixiert die Babyschale. Die beiden steigen ein und fahren davon.

»Fahren oder bleiben?«, will Petar Wollnar wissen.

»Fahren!«, erwidert der Metzger mit Entsetzen im Gesicht. »Das war ein Wagentausch mit Übergabe. Und übergeben wurde der Junge!«

Nach 20-minütiger Fahrt, bei der Petar Wollnar alles unternimmt, um den Abstand nicht zu groß werden zu lassen, ist das Ziel erreicht. Was die Umgebung betrifft, geht es in dieser Stadt nicht nobler. Und viel weiter gehen hätte die Reise auch nicht dürfen, denn laut Armaturenbrett neigen sich die Treibstoffvorräte des Pritschenwagens dem Ende zu.

Mittlerweile wundert den Metzger gar nichts mehr.

»Stehen bleiben, gleich hier!«, befiehlt er mit großer Anspannung. Da braucht es jetzt nämlich nicht extra einen Blick auf die von ihm am Strand im Rätselheft hinterlassenen Notizen, um zu wissen, wer in dieser Gasse, ein paar Hausnummern weiter vorne, residiert.

Und während sich der Pritschenwagen in eine Parklücke auf der gegenüberliegenden Straßenseite zwängt, öffnet das Auge einer Überwachungskamera ohne Betätigung der Glocke das Tor hinein in den aller Wahrscheinlichkeit nach prächtigen Vorgarten der Maiervilla und gewährt Angelas Wagen Einlass. Aller Wahrscheinlichkeit nach deshalb, weil er nämlich keinen Vorgarten und im Grunde auch keine Maiervilla sieht, der Metzger, da nutzt ihm selbst seine erhöhte Sitzposition nichts. Maximal von der Spitze einer auf der Ladefläche eines Lkw aufgehäuften Fuhre Schotter könnte er einen Teil des Maier'schen Anwesens begutachten, so emporragend und blickdicht ist der Zaun. Und hinaufklettern und drüberschauen steht für den Metzger in Anbetracht seiner körperlichen Grundvoraussetzungen, der Video-Überwachung und des an der Oberkante verlaufenden hundertprozentig elektrisch aufladbaren Zauns nicht zur Debatte.

Dass die Privatgemächer eines Kunstsammlers, Bankers und Staatsheiligtums, wie Dr. Konrad Maier zweifelsohne eines ist, nicht jedem, der sein Kinderwagerl oder seinen Hund an dieser Adresse vorbeiführt, auf Anhieb zeigen sollen: »Ah, Dr. Maier übt Klavier; ah, Dr. Maier und seine zweite Frau Marie lassen sich von der Haushälterin das von der Köchin zubereitete Abendessen servieren; ah, Marie aktiviert den LED-90-Zöller mit einer Bildschirmbreite von fast 230 cm und schläft bei den Nachrichten ein; ah, der Maier Konrad im Nebenzimmer surft wieder einarmig auf Pornoseiten; ah, der Maier Konrad hat einen neuen Pyjama …!«, ist nachvollziehbar, dass die Außenmauern allerdings einer Festung gleichen, bietet schon Nährboden für Gedankengänge wie: »Was hat Maier Wertvolles zu beschützen? Was hat Maier zu verbergen? Wen hält er an der kurzen Leine? Hat er wen eingesperrt? Wovor hat er Angst?«

Trotzdem: Es ist Dienstagabend, und wenn es genau jener Dienstag ist, von dem Rudi Szepansky kurz nach seiner Tretboot-Rettung heraus aus den Wogen des Meeres behauptet hat, er würde sich von Dr. Konrad Maier erklären lassen wollen, welch wichtige Skulpturen es rechtfertigen, beinah vor aller Augen zur Boulette, also genau zu den frisch in Willibalds Magen gelandeten Fleischlaibchen, verarbeitet zu werden, könnte es vielleicht etwas zu sehen geben. Und insofern hat er natürlich recht, der Metzger. Denn in einem Villenviertel, durch das ein Normalbürger nur dann regelmäßig marschiert, wenn er als Postler, mobiler Altenbetreuer oder Sushi-Lieferant tätig ist, fällt so ein, von einer Riege vollkaskoversicherter Nobelkarossen flankierter, schlampig geparkter, besetzter, rostiger Pritschenwagen natürlich auf.

Danjela sitzt rührig im Schlafzimmer und kann nicht umhin, dem Schreiben in ihrer Hand trotz der unüberlesbaren Drohung doch auch eine Spur an Positivem abzugewinnen. So schlimm der Brief, den sie aus der Werkstatt mit heimgenommen hat, auch ist, so wunderbar ist dieses eine Bild: der erste Tanz in den Armen ihres Willibald. Und es ist ein schönes Foto noch dazu, am liebsten würde sie es einrahmen und in die Vitrine stellen. Zwei triefend nasse Menschen, denen das ganze Glück des Augenblicks anzusehen ist, festgehalten für die Ewigkeit.

»Telefon«, meldet sich Dolly aus dem Wohnzimmer.

»Gehst du ruhig ran«, meint Danjela noch verträumt.

»Bei Djurkovic«, holt sie dann Dollys Stimme schlagartig zurück in die Gegenwart. Doch zu spät. Die eingeschossene Befürchtung hat sich bereits in der Sekunde ihres Gedankens erfüllt. Blass, mit fast panischen Augen und vor den Mund gepresster Hand wird Danjela der Hörer übergeben.

»Ich hab aufgelegt, aber ich wette, es dauert keine ...«, und schon läutet es erneut.

»Ja, Eva-Carola, ist schön, dich zu hören!«, nimmt Danjela hochrot die Aufforderung an. »Sag, rufst du an aus Hotel? Ist viel zu teuer … Ach so, bist du schon zurück? Nein, war Putzfrau. Genau, kommt einmal die Woche, immer heute Abend.«

Danjela bleibt vor Aufregung das Herz stehen, sie kann andere vielleicht gut zwecks Urlaubs hinters Licht führen, offiziell lügen allerdings war nie ihre Stärke.

Dolly verschwindet zur Sicherheit gleich ins Bad und lässt sich ein ebensolches ein, denn, so weiß sie, die Unterhaltung wird in Ermangelung jeglichen Freundeskreises ihrer Mutter nun dauern. Und sie behält recht. Da hat sich die Haut ihrer Hände bereits wie das Gesicht eines Shar-Pei-Hündchens in Falten gelegt, scheint sich das Gespräch hörbar endlich dem Ende zuzuneigen:

»Glaub ich, Eva, is besser, gehen wir erst spazieren mit Edgar, wenn hast du neue Hund.

–

Nein, kann ich morgen unmöglich, weil wurde eingebrochen in Werkstatt, ist gerade alles große Katastrophe.

–

Nein, ist lieb von dir, aber brauchen wir keine Hilfe. Ist, glaub ich, beste Idee, wenn ruf ich dich an. Wird sicher alles leichter ab Samstag.«

»Samstag«, flüstert Dolly, und dann sind sie wieder da, ihre Tränen. Weder an diesem Samstag noch an einem anderen Wochentag wird es einen Neubeginn für sie geben.

»Rudi«, schluchzt es dann leise durchs Bad, da hat Danjela längst aufgelegt.

»Schätz ich, wird für Willibald spät werden heute in Werkstatt. Was meinst du, mach ich uns Abendbrot, ist Essen gut für Seele!«

Und dann werkelt sie in fast mütterlicher Fürsorge, während Dolly auf dem Chesterfieldsofa liegt, den Brief ihrer verlorenen Liebe in Händen hält, als gäbe er ihr Halt, und allen Schmerz herauslässt.

Erst in Anbetracht der von Danjela an den Couchtisch servierten kalten Platte steht sie auf und bringt ihn weg, legt ihn auf die Anrichte, und dann kühlt das von Dollys Fingern erwärmte Papier ebenso ab wie ihr Gemüt:

»Danjela, was ist das für ein Brief?«

»Ist Drohbrief von eine Herrn Weibl an Willibald.«

»Das, das kann nicht sein.«

So stehen zwei Damen ein Weilchen mucksmäuschenstill vor der Anrichte und trauen ihren Augen nicht. Fast wie Kunstwerke erscheinen die fantastisch gleichmäßigen Buchstaben, und zwar auf beiden Schreiben. Haargenau dieselbe Schrift, einwandfrei derselbe Autor.

»Aber ist Rudi doch verreist schon am Vormittag und hat Willibald bekommen Brief erst am Abend?«

»Was willst du damit sagen?«, verliert Dolly zusehends an Gesichtsfarbe.

»Sieht man, ist auf beide Briefe selbe Handschrift, und ist Foto dabei von Nachmittag. Also kann Brief nur geschrieben und zu Rezeption gebracht worden sein nix früher, und …!«

»Das heißt, Rudi hat meinen Brief gar nicht geschrieben, meinst du das?«

»Na ja, ist Möglichkeit.«

»Dann ist das alles gedichtet, dann wollte mich Rudi vielleicht gar nicht wiedersehen.« Wieder steigen Dolly die Tränen in die Augen: »Aber hier stehen Dinge, die mir Rudi auch im Zimmer gesagt hat, woher weiß dann dieser Weibl davon?«

Und dann erzählt sie kleinlaut von ihrer noch am Bahnhof versandten SMS und dem anschließenden Telefonat: »Ich hab Rudi alles erzählt, Willibalds Verdächtigungen, seinen Anruf bei Irene Moritz, vielleicht …«

»Vielleicht ist Weibl Komplize!«

Dornröschen und die Nervensägen

Petar Wollnar wäre bis zum heutigen Tag wohl nie auf die Idee gekommen, den Pritschenwagen von innen zu verschließen. Abgesehen davon ist das Baujahr seines Gefährts weit von Zentralverriegelungszeiten entfernt, was bedeutet, selbst wenn er jetzt zusperrt, es hat auf die Beifahrerseite null Auswirkung.

Einziger Trost: So schnell geht die ganze Aktion, der Hausmeister hätte selbst in einem mit jedem erdenklichen Pipapo ausgestatteten 2013er-Modell das größte Problem, die nun von ihm geforderte Reaktionszeit zusammenzubringen. Da steckt sein Kopf gerade erst auf halbem Wege, um Willibald Adrian Metzger den vorgesehenen, erstaunten Blick zuzuwerfen, ist die zum Gehsteig gelegene Beifahrertür schon sperrangelweit offen.

Gewiss, die Umgebung hat sich zwar verändert, die Heerschar an Schirmen ist zurzeit einer Allee aus Laubbäumen gewichen, der Sand dem kaum befahrenen Asphalt, das Salzwasser dem in wohl jedem der Gärten vorhandenen Süßwasserpool, die Gesichter der Beteiligten aber sind, bis auf Petar Wollnar, erschreckend gleich geblieben.

Dolores Poppe ist bei Danjela, Frau Würtmann einsam in ihrer Wohnung, Noah in der Gewalt Gustav Eichners, Angela mit Darya und Dr. Lorenz zu Besuch in der Maiervilla, Rudi Szepansky in einem Kühlfach, und ein weiterer Bekannter betritt nun die Bühne des Geschehens.

»Verdammt!«, dröhnt es herein, »hilft bei Ihnen denn gar nichts!« Noch viel bedrohlicher als der aggressive Tonfall und das vor Entrüstung entstellte Gesicht des hereinblickenden Mannes ist die, getarnt unter einer darüberhängenden, schwarzen Lederjacke, in die Flanke des Restaurators gedrückte Waffe.

»Rüberrutschen, aber ein bisschen flott!«

Dann rutscht er, der Metzger, und die Zweierbelegung der durchgehenden, schon ziemlich mitgenommenen Sitzbank erhöht sich um eine Person. Die Jacke wird zwar auf den Schoß gelegt, die Pistole aber bohrt sich nach wie vor in Willibalds Rippen.

»Ich fass es nicht!«, sind die ersten Worte des Restaurators, gefolgt von einem wutentbrannten: »Und? Heute ohne die geliebte Gattin Henni unterwegs?«

»Das Letzte, lieber Herr Metzger, wonach mir jetzt ist«, wird mit aggressivem Unterton erwidert, »ist Spaß!«

Und weil dieser dem Metzger seit der Verwüstung seiner Werkstatt auch gehörig vergangen ist, klappt das mit der Einschüchterung nur bedingt: »Dann würd ich vorschlagen, Sie erlauben sich auch mit mir keine weiteren Scherze mehr, lieber Hans-Peter Weibl, oder heißen Sie gar nicht so? Sie haben ja keine Ahnung, was Sie mir schulden, welchen Schaden Sie in meiner Werkstatt angerichtet haben.«

Aufmerksam mustert der Metzger den neuen Fahrgast, und es fällt ihm nicht schwer, im Gesicht des zugestiegenen Mannes Ähnlichkeit mit der Sitzbank des Pritschenwagens zu orten. Mitgenommen sieht er aus. Eine fast ins Gräuliche gehende Gesichtsfarbe, Ringe unter den Augen, eingefallene Wangen, darauf ein sich über das Kinn bis zum Hals ziehender, sich selbst überlassener Bartwuchs und schließlich ein sowohl optisch als auch olfaktorisch ganz offenkundig dringend nötiger Waschgang für Kleidung und Körper, all das deutet auf einen in ernsthaften Schwierigkeiten steckenden Menschen hin.

»Die Fragen stell ich«, kommt es zum Glück nur verbal. wie aus der Pistole geschossen zurück: »Sin Sie von nem ausgeprägten Todestrieb befallen, oder was machen Se hier?«

»Ich würde sagen, diese Frage beruht ganz auf Gegenseitigkeit.«

»Ne, tut se nich. Glauben Sie, ich greif zu solch drastischen Maßnahmen, wenn es nicht ernst ist? Sie sollen sich raushalten, verdammt! War meine Botschaft so schwer zu verstehen?«

Schwer zu verstehen ist zum Beispiel, wenn, wie gerade im Rückspiegel ersichtlich, ein schwarzes Jeep-Wrangler-Cabrio zu dröhnend lauter Techno-Musik durch eine als Wohnstraße ausgewiesene Dreißigerzone prescht. Wie gesagt, wer hier wohnt, macht sich keine Sorgen, nicht einmal in Anbetracht eines mit Ball oder Dreiradler ausgestatteten, zwischen zwei Autos hervorhupfenden Kindes, der Papa wird's schon richten.

»Idiot!«, erklärt Petar Wollnar nüchtern, und ein wenig funkeln seine Augen, was insofern nicht ungünstig ist, da sich das Gefährt nun direkt neben dem Pritschenwagen einbremst. Ein dunkelhaariger Mann, geschätzte Anfang dreißig, mit glänzender, zurückgeklatschter Frisur, weißem Hemd und verspiegelter Sonnenbrille, bedeutet, das Fenster hinunterzukurbeln, und startet den Versuch, seine bis in die letzte Darmwindung vordringende Musik zu übertönen:

»Bist schasaugert?«, brüllt er und bekommt leider nicht den Lauf der Weibl-Pistole an die Stirn gedrückt, sondern einen sprachbedingt verständnislosen Weibl-Blick zugeworfen. Einzig der Metzger bringt aufgrund seines ohnedies in ihm schlummernden Zornes eine halbwegs angemessene Reaktion zustande.

»Besser als derisch!«, brüllt er zurück. »Außerdem redet da gerade der Richtige: Ich sag nur Wohnstraße!«

»Ich sag nur Einfahrt freihalten, ich wohn hier, und jetzt schleich dich mit deiner Rostschüssel!«, deutet der Lenker mit arroganter Miene mehr oder minder durch die Fahrerzelle des Pritschenwagens auf ein am Zaun angebrachtes, von einer herrlichen Kletterrose umranktes Schild. Auch wenn das dazugehörige Gartentor den Anschein erweckt, als wäre es seit Dornröschens Spinnrad-Stichelei nicht mehr durchschritten worden, es stimmt tatsächlich: Das Parken ist ausgewiesenerweise hier nicht gestattet. Abgesehen davon ist auch weit und breit kein Prinz in Sicht, nur ein wohlstandsverwahrloster, verzogener, wahrscheinlich immer noch inskribierter Rüpel.

Wegfahren muss Petar Wollnar also trotzdem, unter höhnischem Grinsen versteht sich. Das ist eben das Leiden dieses Planeten: Je größer das Arschloch, desto kleiner die Wahrscheinlichkeit, ihm auf legale Weise eines auswischen zu können. Und während der Pritschenwagen davonrattert, parkt sich der Jeep ein, springt der Jungtutter eilig heraus und holt sich von Papa den Vorschuss für den nächsten Monat.

Glücklicherweise findet sich die erste offizielle Parkmöglichkeit noch in derselben Gasse, unglücklicherweise aber jenseits der Zufahrt zur und auf derselben Straßenseite wie die Maiervilla. Das hat zwei Nachteile. Erstens wird ein Vorbeifahren oder -laufen oder -spazieren am Maiertor von einer der Überwachungskameras registriert. Und zweitens gilt dasselbe für den an die Maiermauern angrenzenden Gehsteig.

»Also, was machen Sie hier?«, beginnt Herr Weibl, kaum steht der Pritschenwagen wieder still, das Verhör.

»Warum soll ich Ihnen das sagen? Wegen der Pistole? Wollen Sie uns sonst erschießen? Außerdem bin ich hier derjenige, dem Erklärungen zustehen, meinen Sie nicht auch?«, erwidert der Metzger und setzt fort: »Also: Wer sind Sie, was läuft hier, warum der Drohbrief, warum haben Sie meine Werkstatt verwüstet? Mit wem stecken Sie unter einer Decke, weil getroffen hab ich Sie immer nur dann, wenn auch Eichner oder Szepansky in der Nähe waren?«

»Getroffen ham Se mich nur, weil ich das wollte. Das kann ja schon sein, dass Ihnen 'n paar unangenehme Dinge passiert sind, trotzdem, lieber Herr Metzger, die Nase in Angelegenheiten stecken, die einen nichts angehen, das macht man schon ganz allein. Ich mein es nur gut.«

»Toller pädagogischer Ansatz, genau das hat mein Vater auch immer gesagt, nachdem er mir eine geknallt hat!«, erwidert der Metzger forsch.

Etwas fester presst sich im Gegenzug nun die Pistole in seine Rippen: »Jetzt fahren Se hier weg. Das is kein Spiel, verstehn Se.«

Mit diesem Wunsch ist er beim Metzger aktuell allerdings an der falschen Adresse.

»Nein, das versteh ich nicht, und deshalb werd ich hier auch nicht wegfahren. Ich weiß ja nicht einmal, was ich Falsches getan habe, wie ich mich verhalten soll und vor allem: Wen ich dazu befragen kann. Darum freut es mich ja jetzt direkt, dass Sie hier aufgetaucht sind.«

»Sie sind hier aufgetaucht, Metzger, nicht ich. Und ich frag Sie jetzt noch einmal: warum?«, klingt die Stimme nun schon deutlich gemäßigter, als würde die Erleichterung im Inneren des Restaurators nach außen strahlen. Ja, Erleichterung, denn ein Phantom ist wieder aufgetaucht und somit die Hoffnung auf Klarheit. Abgesehen davon hat er diesen Wüstling Hans-Peter, egal, was dahintersteckt, einfach irgendwie gern, der Metzger. Er kann also nur in die Offensive gehen.

»Weil ich mich nach dem Einbruch in meine Werkstatt nur an den einzigen Strohhalm klammern konnte, der mir geblieben ist: Angela Sahlbruckner und ein Termin bei Dr. Lorenz. Und weil wir ihr nachgefahren sind, nachdem sie sich dort von Gustav Eichner den gehbehinderten Noah hat abnehmen lassen, als wär er ein Stück Vieh. Und Sie: Was lungern Sie hier herum? So, wie Sie ausschauen und vor allem riechen, campieren Sie schon länger vor der Maiervilla, hab ich recht? Ist die Gegend so schön? Oder wollen Sie wissen, was Maier für Schätze geliefert bekommt?«

»Mensch, sind Sie ne Nervensäge!«, wird nun die Pistole von Willibalds Rippen genommen, in eine der Jackentaschen gesteckt und die am Armaturenbrett liegende monströse Stanniolkugel ergriffen: »Was is da drin?«

»Eine Schnitzelsemmel«, erwidert der Metzger.

Ein paar Sekunden scheint jede Bewegung im Wageninneren wie eingefroren, dann wird ein alles verändernder Auftauprozess in Gang gesetzt.

»Essen Sie ruhig. So, wie Sie ausschauen, können Sie's brauchen«, fügt der Metzger hinzu.

Der Rest ist Schweigen.

So widmen sich nun alle drei, als müsse das Fleischliche die Friedenspfeife ersetzen, den kulinarischen Genüssen. Und langsam entweicht die Anspannung aus dem Gesicht des Unbekannten. Mit jedem Bissen kommt seine ganze Ermattung, seine Bedrücktheit immer mehr zur Geltung. Traurig sieht er aus, beinah verzweifelt.

Nichts ist übrig von der Minuten zuvor noch ausgestrahlten Bedrohung. Und dass gemeinsames Schweigenkönnen in kürzester Zeit eine Form der Nähe herzustellen vermag, der kein noch so vertrautes Gelaber dieser Welt das Wasser reichen kann, ist ein altes Lied. Vor allem dann, wenn es justament drei Herren trifft, die allesamt mit der Stille kein Problem haben.

Wie Kautabak konsumierende Westernhelden hocken sie nun im Wollnar'schen Pritschenwagen, starren anstatt in ein Lagerfeuer in die Abendsonne und akzeptieren sich. Und weil dem neuen Fahrgast zwecks endgültiger Zusammengehörigkeit ein Utensil in der Hand noch fehlt, greift Petar Wollnar neben sich und reicht ein Bier zur neu besetzten Beifahrerseite.

»Darf ich nich im Die…, in dieser schwierigen Situation,

247

vielen Dank!«, wird anfangs eine Spur zu tiefenentspannt, dann eine Spur zu aufgesetzt abgelehnt.

»Dürfen Sie nicht in dieser schwierigen Situation?«, hakt der Metzger sofort nach, und nun starrt er seinen Sitznachbarn an, als wäre es ihm möglich, Gedanken zu lesen: »Oder meinten Sie: im Dienst?«

Der ehemals als Herr Weibl bekannte Hans-Peter ignoriert die Anwesenheit jeder weiteren vorhandenen Lebensform und beißt demonstrativ geradeaus blickend in die Semmel.

»Also im Dienst, hab ich recht? Ein Notarzt werden Sie, nehm ich an, ja keiner sein. Dann haben wir es also eventuell mit der Polizei zu tun?«

»Oder einem Auftragsmörder«, ist die Antwort. Ein neuerlicher Griff in die Jackentasche bringt ein Schweizer Taschenmesser zum Vorschein, die Flasche Bier wird Petar Wollnar aus der Hand gerissen, wie aus Trotz geöffnet, vielsagend mit einem Zug zur Hälfte entleert und ein langer Seufzer in den Innenraum des Wagens gestoßen.

»Die Nervensäge hier herinnen bin nicht ich!«, versucht der Metzger erneut ins Gespräch zu kommen. Vergeblich.

Dann wird es hell hinter den Maiermauern, die Blicke der drei Insassen des Pritschenwagens richten sich konzentriert auf den Rückspiegel und das sich nun öffnende Tor.

Lange dauert es nicht, und der Metzger registriert Angelas herausfahrenden und in Richtung des Pritschenwagens abbiegenden dunkelblauen Volvo Kombi. In weiterer Folge schließt sich das Tor, und Angela Sahlbruckner parkt auf der gegenüberliegenden Straßenseite in der erstbesten Einfahrt ein. Aufrecht und regungslos ist ihre Haltung, die Hände am Lenkrad, das Haupt gerade gerichtet, eine dunkle Sonnenbrille hat sie auf, vielleicht sieht sie die Straße entlang, vielleicht in die Kronen der Bäume, vielleicht ins Nichts.

Ein Weilchen bleibt sie so sitzen, umklammert nach wie

vor das Steuer, dann sinkt ihr Kopf vorwärts, stützt sich ihre Stirn am Scheitelpunkt des Lenkrades ab, beginnen sich ihre Schultern, ihr Oberkörper leicht und kurz zu heben, zu senken, immer wieder.

Es ist ruhig in dieser Gegend, direkt verlassen wirken die in ihren großen Gärten liegenden Villen, fast ein wenig wie die einsam in ihrem Wagen wartende Frau. Nur, Angela Sahlbruckner erwartet niemanden, das ist ihr anzusehen, vielleicht wartet sie auf etwas, vielleicht auf das Vergehen eines sie beugenden Schmerzes.

»Sie weint«, zeigt sich der so fremd gewordene Hans-Peter ratlos und flüstert in sich hinein: »Verdammt, was passiert hier? Was ist die Lieferung?«

Schließlich richtet sich Angela Sahlbruckner auf, parkt aus, langsam rollt ihr Fahrzeug gut einsehbar am Pritschenwagen vorbei, und dem Metzger wird übel mit einem Schlag. Zu sehr wollen sie ihm nicht aus dem Kopf, die Fotos in Dollys Computer, geschossen im Sommer ein Jahr zuvor, Abbildungen des makellosen Körpers Angela Sahlbruckners.

»Sie hat ausgesehen, als hätte sie Abschied nehmen müssen«, hört er sich sagen, und ihm graut allein vor dem Gedanken: »Vielleicht ist die Lieferung das Kind.«

Leer war der Beifahrersitz in Angelas Wagen, keine Babyschale, kein Baby, nur eine weinende Frau.

Es sind entsetzte Blicke, die dem in der Mitte sitzenden Metzger nun von links und rechts zugeworfen werden.

»Heilige Muttergottes«, flüstert Petar Wollnar.

»Das Kind«, wiederholt der Mann, der einst vorgab, Hans-Peter Weibl zu sein, als wäre es die Lösung eines Rätsels.

Und noch ehe im Pritschenwagen ein weiteres Wort fällt, springt er aus dem Wagen und beginnt zu laufen, die Mauer des Maieranwesens entlang, vorbei am Tor.

»Petar, ich danke dir. Wenn ich ihn erwisch, fahr heim, sag Danjela und Irene, wo ich bin, und gib ihnen das Kennzeichen durch. Mir bleibt keine andere Wahl!«, tut es der Metzger seinem Vorgänger gleich und eilt hinterher.

Der Vorteil einer Zentralverriegelung ist dann dahin, wenn nicht ein rasches Von-innen-Zusperren, sondern ein eiliges Von-außen-Aufsperren gefordert ist.

Nur ein Tastendruck und alle Türen sind offen, ein Traum, wenn die ganze Familie, ein Alptraum, wenn nur eine Person einsteigen soll.

So schnell geht die ganze Aktion, da hat der sogenannte Hans-Peter in seinem mit jedem erdenklichen Pipapo ausgestatteten silbernen 2012er VW Passat das Summen zwecks auszuführenden Anschnallvorgangs noch im Ohr, ist die zum Gehsteig gelegene Beifahrertür bereits sperrangelweit offen.

»Sterben müssen wir zwar alle, aber mit voller Absicht blöd sterben lassen brauchen Sie mich nicht«, dröhnt es herein. »Ich will wissen, was hier los ist. Also, für wen ermitteln Sie?«

Ja, das kann er, wenn es gefordert ist, eben auch, der Metzger, andere Leute in die Enge treiben, ihnen Vorwürfe machen. Und schon hat er auf dem schwarzen Ledersitz Platz genommen.

»Und jetzt geben Sie Gas, sonst holen wir sie nicht mehr ein«, klingt er unerwartet forsch und sieht seine einzige Hoffnung nach Klarheit schwinden: Angela Sahlbruckner.

Der Atem und das Meer

Sie kommt nicht mehr.

Er braucht keine Erklärung, um es zu wissen, es war in ihren Augen zu sehen. Angela ist weg.

Sie hat ihn belogen und ihm alles genommen, alles.

»Darya«, flüstert er, blickt beim Autofenster hinaus, und diesmal ist jede Hoffnung wie weggespült, nur die Erinnerung bleibt.

Die Erinnerung, wie Youma ihm die Frage stellte, bevor sie von einer der beiden Frauen in den schäbigen Wohnwagen, der ihre Behausung war, gebracht wurde:

»Wie soll sie heißen, Noah? Wie?«

Er hörte noch ihren tiefen Atemzug.

»So weit sind wir gekommen«, sagte sie. »Riechst du es? Das Meer.«

Er spürte die letzte Berührung ihre feuchten Hand auf seiner Wange, als wollte sie ihn trösten, als wüsste sie, was kommt. Behutsam strich sie mit der anderen über ihren Bauch, blickt ihm tief in die Augen, kraftlos war ihre Stimme:

»Darya, das Meer.«

Dann verschwand sie im Wohnwagen, gab ihres und schenkte, als wäre es ein Tausch, ein neues Leben. Und sie schenkte es ihm, als wollte sie sich selbst weitergeben, in ihrer ursprünglichsten Form, in all ihrer Hilflosigkeit und zugleich so einzigartigen Nähe. Ungeahnt war das Ausmaß der Zuneigung für dieses, seinen Händen überreichte Kind. Wie ein Kleinod lag es in seinen Armen, und niemals empfand er es als Übel, manchmal vielleicht als zusätzliche Last. Nur was in diesem Leben hätte es für ihn geben können, um diese Bürde nicht mehr tragen zu können, tragen zu wollen?

Nichts. Er wurde Vater, ohne der Vater zu sein, tat, was in seiner Macht stand, durfte die Hütte einer selbst zur Mutter gewordenen Frau mitbewohnen, Darya wurde gestillt, er gab im Gegenzug all seinen Einsatz, für die fremde Frau und nun zwei Kinder, lebte wie ein Ehemann, nur ohne Ehe und ohne ganz Mann zu sein. Dr. Aurelia Cavalli übernahm bei Darya wie auch für ihn und alle anderen die medizinische Versorgung, und dann begegnete er Gustav Eichner, hörte sein Versprechen, ihm eine bessere Zukunft bieten zu können, hörte ihn erzählen von Angela, begegnete ihr Wochen später, zeigte ihr Youmas Tochter, sah Angela mit Tränen in den Augen Darya an ihre Brust legen, sah Darya die Brust annehmen und wusste, was zu tun war, kannte seinen neuen Weg. Bis heute.

»Ich hab nachgesehen«, erklärte ihm Angela noch vor kurzem mit großer Rührung: »Darya bedeutet zwar ›Meer‹, aber es heißt auch noch ›Trägerin des Guten‹, tapfer oder mutig.«

Angela hat ihn betrogen.

Kann ein Mensch so abgründig sein, so viel Bosheit, Falschheit in sich tragen. Ja, er kann. Und gerade er sollte es, nach alldem, was er in seiner Heimat erleben musste, wissen. Dort, wo er herkommt, liegen die Abgründe für jedermann sicht- und fühlbar auf der Straße, aber hier, hier verstecken sie sich hinter dem Blendwerk unfassbaren Wohlstandes.

Unbändig ist sein Schmerz. Sein Wille, der ihn all die Torturen auf sich nehmen und bewältigen hat lassen, zählt nichts mehr ohne die Kraft seiner Beine, seiner Arme. Vielleicht wurde er ja aus voller Absicht am Knie verletzt, vielleicht sollte er nicht mehr davonlaufen können.

Genau derselbe Mann, der ihm Grund zur Hoffnung geschenkt hat, der ihm wie ein Retter war, sitzt nun vor ihm, am Steuer eines Wagens, und nichts daran gibt Grund, an eine Zukunft zu denken. Nur eine Gewissheit ist da: Ihm wurde aus reinem Kalkül Nähe vorgespielt, ihm wurde bis zur letzten Sekunde der Glaube vermittelt, alles wäre in Ordnung – mit nur einem Ziel: Darya.

Er spricht ihre Sprache nicht, aber er versteht ein wenig. Zwar nicht viel, aber genug, um zu begreifen.

»Ja, ich bin gleich dort!«, hört er Gustav Eichner telefonieren.

»Was heißt, es ist ihr jemand nach. Haben wir tatsächlich wen übersehen? Alles klar, ein silberner Passat, zwei Insassen. Ich übergeb ihn, das geht schnell, und kümmer mich drum.«

Dann hält der Wagen an.

Alles, was er noch sieht, ist das gegen ihn gerichtete Elektroschockgerät in der einen und eine Spritze in der anderen Hand. Nur ein kurzer Stich, ein kurzer Schmerz, dann wird es dunkel.

Der Bruch und das goldene Kalb

Von der ersten Kurve an fühlt sich Willibald Adrian Metzger sicher, nicht nur was die Fahrweise, sondern auch was den Fahrer betrifft. Die Annahme, über Menschenkenntnis zu verfügen, ist zwar ein ähnliches Hasardspiel wie der Glaube, allein beim Anblick eines vollen Glases H_2O das Trinkwasser darin erkennen zu können, trotzdem ist sich der Metzger gefühlstechnisch ziemlich sicher: Sein Nachbar ist genießbar, nicht in böser Absicht unterwegs, verzagt und vor allem, er ist neben Angela Sahlbruckner zurzeit die einzige Hoffnung, Licht ins zugegeben immer bedrohlicher wirkende Dunkel zu bekommen.

»Ermitteln Sie gegen Maier?«, präzisiert der Metzger nun seine Frage: »Hat es was mit dem Mord an Heinrich Albrecht zu tun? Oder mit dem Einbruch im Museum und dem toten Szepansky?« Nur einen verwunderten Blick aus diesen unsagbar müden Augen erhält er als Antwort.

»Und warum sehen Sie so schlecht aus? Was ist passiert?«, setzt er fort. Vergeblich.

Mittlerweile nimmt der von Angela gesteuerte Volvo erkennbare Konturen an. Ohne Eile bewegt er sich durch die langsam in der Dämmerung versinkende Stadt.

Leise surrt in deutlichem Abstand das Verfolgerfahrzeug hinterher. Dumpf dringt mit beinah meditativer Wirkung der Straßenlärm herein, immer befahrener wird die Strecke, immer enger stehen die Häuser beisammen, bis sie schließlich an ihren Seiten aneinanderwachsen. Es geht stadteinwärts.

Seltsam melancholisch, fast friedlich ist die Stimmung im Wageninneren. Und sosehr dem Metzger dieser Zustand an sich auch behagt, drückt es ihn dabei doch gewaltig, sogar im doppelten Sinn. In ihm drückt der Vorsatz, aktiv zu werden, hinter ihm drückt der zu dieser Aktivität treibende Impuls. Schwarz auf schwarz, Leder auf Leder, das kann man in höchster Eile eben leicht übersehen. Und weich ist so eine mit allerlei Utensilien vollgestopfte Jacke natürlich nicht.

Eckig und hart bohren sich diverse Gegenstände, unter anderem garantiert ein Revolver und eine Kamera, in sein Gesäß.

Da braucht er jetzt nicht zweimal zu überlegen, der Metzger, denn im immer dichter werdenden Stadtverkehr einen Vordermann verfolgen und gleichzeitig mit dem Nebenmann ein Handgefecht austragen zu müssen, ohne sich einen gehörigen Blechschaden einzufangen, das gelingt maximal in Hollywood. Abgesehen davon kann es nicht im Sinne eines Verfolgers sein, sich durch zwangsweise unkoordinierte Lenkmanöver selbst zu entlarven.

»Ich bin so frei!«, befreit sich der Metzger also von der höchst unangenehmen Unterlage, wer hockt auch schon gern auf einem Schießeisen, nimmt dieses aus der Jackentasche und steckt es rechts neben sich in das in der Beifahrertür befindliche Fach.

»Viel zu gefährlich.«

»Verdammt!«, zuckt kurz das Lenkrad, und ja, da drückt es dem Fahrer in Bewusstwerdung der aktuell ausweglosen Situation nun ein wenig den Schweiß auf die Stirn.

»Wenn Sie wollen, dass uns die Dame da vorne nicht bemerkt, würde ich mich an Ihrer Stelle auf den Verkehr konzentrieren«, kommt es dem Metzger relativ gelassen über die Lippen, da ist er bereits im Besitz des von ihm erhofften nächsten Leders, abermals im Farbton Schwarz. Sicherheitshalber dreht er wie ein zu Schularbeitszeiten unkooperativer Sitznachbar seinen mächtigen, breiten Oberkörper als Barriere zur Seite und widmet sich ungehemmt dem handflächengroßen, gewichtigen Ziegel, sprich der Geldbörse in seiner Hand. Was sich früher schmal und flexibel problemlos in jede Hosentasche versenken ließ und maximal als sanfte Erhebung abzeichnete, vermittelt heutzutage den Eindruck, als hätte der Träger ein monströses Geschwür am Hintern beziehungsweise einen bereits mit reichlich Darm gefüllten Leisten-, Schenkel- oder Hodensackbruch. Dünner, dafür größer werden nur die Smartphones. Es wird wieder kommen, notgedrungen, das Zeitalter der Bundfaltenhosen.

Ungeschickter Mensch ist er zwar keiner, der Metzger, dennoch rutscht ihm da beim Öffnen des Börsels, vom Freiheitsdrang getrieben, gleich der ganze, aus Plastik gestanzte Stapel entgegen, Bankomat-, Kredit-, für jeden Schmarrn eine Kundenkarte, Führer-, Zulassungsschein, sprich eine Dokumentation an Lebensgewohnheiten, Besitztümern und Zugehörigkeiten.

»Ich hatte recht«, hebt er mit Erleichterung den Ausweis wie eine Trophäe in die Höhe und fügt fast mitleidig hinzu: »Aber jetzt ganz ehrlich, wenn ich mir Ihren Namen so anseh: Hans-Peter Weibl klingt um einiges geschmeidiger als Heinzjürgen Schulze. Lassen Sie sich umtaufen.«

»Sie Mistkerl!«, füllt sich der Wagen nun auch von der Fahrerseite aus mit Leben, »Sie verdammter Mistkerl«, und irgendwie kommt der nun wieder dem Lenker zugewandte Metzer nicht umhin, im Gesicht des endlich aus dem Weibl-Kokon geschlüpften Schulze zwar nicht Freude, aber trotzdem so etwas wie Befreiung zu orten. Wer lässt auch schon gern auf Dauer offiziell jemand anderen aus sich machen, Kundschaften der Schönheitschirurgie natürlich ausgeschlossen.

»Sie sind also Polizist«, studiert der Metzger nun weiter den Ausweis, »allerdings nicht von hier, sprich ein Gast- beziehungsweise Schwarzarbeitender.«

Ein wenig lässt er den sichtlich in die Enge getriebenen Heinzjürgen zu Gedanken kommen, dann setzt er fort: »Nachdem Sie offensichtlich allein unterwegs sind, tippe ich auf Schwarzarbeitender. Nur warum? Ein persönlicher Rachefeldzug? Eine geheime Mission? Spielen Sie einsatztechnisch also ein wenig Verstecken mit der hiesigen Polizei? Wegen Dr. Maier? Weiß man ja nicht, wer über wie viel Ecken auch immer mit Maier verbandelt ist, hab ich recht?«

Starr den Blick nach vorn auf sein Ziel gerichtet, manövriert Heinzjürgen Schulze den Wagen durch den dichten Verkehr. Und es sieht auch nicht aus, als hätte er die nächste Zeit noch vor, seine Stimme zu erheben. So geht die Fahrt wortlos dahin. Zum ersten Mal folgt der von Angela gelenkte Wagen nicht dem Schild »Zentrum«, sondern biegt ab. Mehrspurig ist die an den inneren Bezirken vorbeiführende Umfahrung, in diesem Fall hinaus Richtung Osten. Breiter, unbefahrener werden die Straßen, länger die zwischen den Ampeln liegenden Distanzen.

»Sie ziehen das durch, oder?«, hält es der Metzger nicht mehr aus, da deuten wie in jeder Metropole dieses Landes auch die ersten von ein und denselben Textilketten, Baumärkten und Discountern besetzten Blechquader den beginnenden Stadtrand an.

»Sie könnten einmal mit mir die Erde umkreisen, stur wie Sie sind, mich dahocken lassen wie einen Idioten, ohne den Mund aufzumachen, obwohl Ihnen völlig klar ist, dass mir Erklärungen zustehen – seh ich das richtig?«

Ein kleines Stück wandert das Kinn Heinzjürgen Schulzes abwärts, ziehen sich seine Augenbrauen hinunter in Richtung Nasenrücken, und in sein bisher ernstes, regungsloses Gesicht mischt sich Entschlossenheit.

»Ich werd Sie hier nicht hocken lassen, Metzger«, bricht er endlich sein Schweigen. »Und nicht ich, sondern Sie sind stur, völlig immun gegen gutgemeinte Ratschläge. Ich kann Ihnen einfach nichts sagen, außer vielleicht, dass Sie vorsichtig sein müssen, mit wem Sie worüber reden. Oder wissen Sie, wer aus Ihrem Umfeld wie in die Geschichte verwickelt ist? Josef Krainer, Gerhard Kogler oder gar Irene Moritz, die von Ihnen involviert wurde.«

»Sie wissen von Irene Moritz? Stehen Sie mit ihr in Verbindung?«, und jetzt wird er stutzig, der Metzger. Lange allerdings braucht er nicht, um sich seinen Reim darauf zu machen.

»Szepansky«, flüstert er, »Sie wissen von Irene Moritz, weil Sie mit Szepansky in Verbindung gestanden haben, anders kann es nicht sein. Darum sind Sie auch so betroffen, denn Szepansky ist tot!«

Das Grün einer langsam näher kommenden Ampel im Auge, laufen im Hirn des Willibald weiter die Fäden zusammen:

»Ich warne Dolly im Zug vor Szepansky, erzähle ihr, besorgt wie ich bin, sogar von meinem Anruf bei Irene Moritz, Dolly erzählt es, verliebt, wie sie ist, Szepansky, Szepansky erzählt es Ihnen, und Sie verwüsten meine Werkstatt.«

Viermal blinkt es hierzulande, bevor ein längeres Gelb auf das bevorstehende Rot hinweist. Nur wozu dieses Gezucke gut sein soll, wenn es ohnedies ein Gelb gibt, ist dem Metzger ein Rätsel. Soll es auf etwaige träge Gedankengänge einiger einheimischer Verkehrsteilnehmer hinweisen, oder heißt es ganz der Kultur entsprechend: »Leute, nur keine Hektik, steigts einfach ein bisserl aufs Gas, dann geht sich das schon aus«, dient es folglich zur Beglückung des Radars und der Staatskasse? Er weiß es nicht. Er weiß nur, der offenbar umsichtige Heinzjürgen Schulze drosselt gerade das Tempo.

Dann springt sie auf Rot, die Ampel. Der Wagen mit Angela biegt zwei Gassen weiter vorne bereits links ab, der Wagen von Herrn Schulze aber bleibt, sehr zum Ärgernis des Restaurators, stehen:

»Verdammt, wir verlieren sie!«

»Nein, Herr Metzger, so leid mir das auch tut, aber der Einzige, den wir jetzt verlieren, das sind Sie. Wie gesagt, ich werd Sie hier nicht hocken lassen. Tote gibt es bereits genug!«

Ein eiserner Griff umfasst ihn plötzlich im Bereich der Achselhöhlen, gepaart mit einem derart höllischen Schmerz, als wäre er von einem glühenden Schwert durchbohrt worden. Unfähig, auch nur eine erste Reaktion zu zeigen, beobachtet der Metzger, wie Heinzjürgen Schulze mit der linken Hand über ihn greift und die Tür öffnet. Er weiß, was kommen wird, genauso wie ihm völlig klar ist, nichts dagegen tun zu können. Viel Mühe muss Schulze nicht aufbringen, um seinem unerwünschten Beifahrer einen neuen Sitzplatz zukommen zu lassen.

Mit »Es tut mir leid, aber Sie haben hier jetzt nichts verloren!« schließt er die Tür und fährt davon, klarerweise bei Rot.

So viel zum Thema Menschenkenntnis.

Wie benommen müht sich der Metzger von der Straße hoch, um sich zumindest Richtung Gehsteigkante zu schleppen. Sein Ziel allerdings erreicht er nicht. Dafür ist das auf ihn zukommende Fahrzeug einfach zu schnell unterwegs.

Ohne auszuweichen, blenden ihn zwei Scheinwerfer.

Seit Danjela ihn nun kennt, war das der erste bei ihr eingehende Anruf, bei dem auch sein Name am Display aufleuchtete: Petar Wollnar.

»Was ist passiert?«, kam ihr sofort der Gedanke. Entsprechend besorgt schenkte sie ihm Gehör, und nichts von ihrer Sorge hat sich nun, nach Ende des Gesprächs, in Luft aufgelöst. Im Gegenteil.

Ebenso entsetzt zeigte sich, umgehend von Danjela informiert, auch Irene Moritz. Und weil Gerhard Kogler aus dem Spital heraus schlecht ein Kennzeichen ausfindig machen kann, bleibt ihr zurzeit nur eine Möglichkeit.

Poldi und der Deschek

Er wird ihn nie vergessen, der Metzger, auch nicht, wie ihm von seiner Mutter mittels eines irrtümlich zu hohen Waschganges bei lebendigem Leib der Pelz abgezogen wurde: Bo, sein grauer Langhaar-Teddy. Die Augen hat es ihm im Schleudergang aus seinem völlig aufgeweichten und aufgequollenen Schädel herausgerissen und in der rotierenden Trommel in feine Splitter zertrümmert, zwei Nähte am Körper sind geplatzt, das Obermaterial wurde abgestreift, wurde sozusagen zum flauschigen Overall, und an mehr wollte sich der kleine Willibald eigentlich gar nicht mehr erinnern müssen, zu grausam war der Schmerz. Nur ist das Nicht-erinnern-Wollen leider eine ganz schön haarige, fast unmögliche Angelegenheit,

Bo hat sich eingebrannt in sein Inneres als »Bo, der beste Freund«. Ja, der beste. War ja auch sonst keiner da. Schrullig, übergewichtig und hochintelligent, was für himmlische und angefütterte Beigaben braucht ein Knabe auch mehr, um sich bei seinen Mitschülern ein lebenslanges Brandzeichen abzuholen.

Poldi war Bos Nachfolger. Ein Maulwurf, gleich ohne Augen, wieder aus Stoff.

Und auch Poldi war immer da, konnte zuhören, konnte jederzeit in leichter Vorlage am Bett kauernd trotz fehlender Sehorgane seinen Besitzer anhimmeln, konnte sich anschreien lassen, ohne zurückzumaulen, gegen die Wand geklatscht werden, ohne zurückzuschlagen, war widerspruchslos für alles zu haben, überallhin zu bewegen und entsprach Willibalds kindlicher Vorstellung von Zueinander-Stehen. Zugegeben, der Metzger hat dann relativ lange gebraucht, um zur Einsicht zu gelangen: Stehen und Stofftier, das klappt nicht wirklich. Und so schön das alles auch sein mag mit einem knochenlosen Kuschelkurs, im Leben aus Fleisch und Blut sind die wahren Freunde nicht die Stofftiere, die ständigen Bewunderer und stillen Befehlsempfänger, sondern die, die keine Scheu haben, grundehrlich ihr eigenständiges Profil zu zeigen, und erst dadurch einen Abdruck hinterlassen. Einen behutsameren natürlich als den einer von zwei näher kommenden Xenonscheinwerfern begrenzten Motorhaube.

Regungslos blickt der Restaurator zuerst ins Licht, dann auf die Motorhaube eines Cabrios.

»Bo!«, flüstert er.

»Einsteigen«, ist die Antwort.

Er ist zu keiner Widerrede imstande, der Metzger. Verblüfft nimmt er Platz, spürt den Fahrtwind durch sein Haar wirbeln, spürt, wie es ihn in den Ledersitz presst, greift nach der das Lenkrad umklammernden Hand neben sich und spürt es für einen Moment in seiner Brust, dieses an sich unbeschreibbare, als Liebe bezeichnete Gefühl. Er muss den Dank nicht aussprechen, um zu wissen, dass er auch so ankommt.

»Links!«, erklärt er zwei Gassen weiter, gefolgt von: »Und der Pritschenwagen?«

»Fast leerer Tank, außerdem zu langsam, zu groß, zu auffällig.«

»Und wie bist du …«

Petar Wollnar zieht zuerst streng die Augenbrauen hoch: »Willst jetzt du Klischee bedienen, nur weil ich Pole bin?«, und setzt eine schelmische Miene auf: »Der Idiot hat den Schlüssel stecken lassen.«

»Du Held, da vorne ist er schon!«

Petar Wollnar lächelt. Nicht nur, weil er weiß, wie richtig seine eigenmächtige Entscheidung war, nicht nur, weil es ihm, der sonst so still und friedliebend ist, auch einmal verdammt guttut, gegenüber einem der reichlich auf diesem Erdkreis wandelnden Fetzenschädel Genugtuung zu empfinden, sondern weil er sich gerade einen kleinen Lebenstraum erfüllt: mit einem Cabrio ohne Rücksicht auf Radaranlagen durch die Landschaft preschen zu dürfen.

Und es wird eine längere Fahrt.

So hat der Metzger also ausreichend Zeit, um sich ob seines Leichtsinns telefonisch von Danjela Djurkovic, deren Nerven blankliegen, die Leviten lesen zu lassen und schließlich ohne große Überraschung zu erfahren, Hans-Peter Weibl, sprich Heinzjürgen Schulze, könnte auch das an Dolly gerichtete Szepansky-Schreiben verfasst haben.

Mit viel Geduld gelingen ihm die Besänftigung seiner Holden und das liebevolle Beenden des Gesprächs.

Dann wird es ruhig.

Scheinbar endlos geht es dahin. Einzig die Frage, ob die Benzinvorräte Grund zur Sorge gäben, wird mit beruhigendem Ergebnis erörtert. Das Tempo des von Angela gelenkten Wagens ist nie zu hoch, immer wieder schießen im dichten Verkehrsaufkommen sich in Kolonnen drängelnde Fahrzeuge fern der Geschwindigkeitsbeschränkung vorbei. Stadtverkehr, Autobahn, dann Bundesstraße, Petar Wollnar kann sich ausleben, und er macht es gut, lässt den Abstand zum Vordermann zwecks Unauffälligkeit groß genug, lässt ausreichend viel fremde Fahrzeuge sich dazwischen einordnen und vor allem, er lässt sich trotz des für seine Verhältnisse hohen Tempos weder abschütteln noch aus der Ruhe bringen. So sieht der Hausmeister zumeist vorne auf die Straße und der Metzger links in die Landschaft hinaus.

Nur nach links geschaut wird eine Spur zu selten.

Wenn er es nicht besser wüsste, der Metzger, es käme ihm zeitweise vor, als wäre er erneut im Land der Salami gelandet, allerdings nicht flüssig begleitet von Chianti, sondern Tokajer. Linker Hand erstreckt sich funkelnd im Abendlicht ein wie das Meer so weitläufiger See, umgeben von einem dermaßen hohen und breiten Schilfgürtel, wer hier was oder wen auch immer loswerden will, braucht einem alten Ruderboot nur einen festen Schubser zu geben. Rechter Hand ziehen sich Weinberge, um die dieses Land die ganze Welt beneidet, sanft die Hügel hinauf, und dem Metzger wird einmal mehr bewusst, mit welch unfassbarer in unmittelbarer Umgebung gelegener Vielfalt er beschenkt ist.

»Zu Haus is es am schönsten!«, hat seine Mutter, Gott hab sie selig, immer gesagt. Und auch wenn ihr Blick ein Leben lang kaum über den Tellerrand der Stadtgrenze hinweggesehen hat, hinein ins Land, weiß der Metzger ganz ohne patriotisches Gehabe und falsche Besitztumsansprüche, sie hat trotzdem recht.

Er könnte den Ausflug also direkt genießen, wäre der Anlass kein so besorgniserregender. So aber geistert ihm die ganze Zeit das vor der Praxis des Dr. Lorenz und der Maiervilla abgehaltene Schauspiel durch den Kopf.

Alles schien einem Plan zu folgen. Wusste Maier um sein Beobachtet-Werden? War alles nur Inszenierung, Ablenkung?

Langsam bricht die Dämmerung über den Tag herein, der satte Mond beansprucht den Himmel für sich, nur ein paar vereinzelte Sterne verraten sich durch ein zurückhaltendes Aufblitzen. Erleuchtungen, Geistesblitze kommen, auch wenn sie verbal den Anschein eines wie aus dem Nichts ins Hirn geschossenen Wunders erwecken wollen, schleichend und nur dann, wenn der Boden aufbereitet wurde durch eifriges Nachdenken, Studieren, möglicherweise Durchschreiten vorangegangener Entwicklungshöllen.

Und so sitzt er nun neben seinem einzig wahren Freund Petar Wollnar, der Metzger, grübelt vor sich hin und spürt zusehends ein immer größer werdendes Grauen vor den eigenen Gedanken, die einen entsetzlichen Brückenschlag von Noah und der kleinen Darya über den toten Pepe und den toten Albrecht bis hin zur Auktion der Maierexponate wagen.

Mittlerweile wurde die Bundesstraße verlassen, was eine Auslichtung der nicht zur Reisegruppe gehörenden Fahrzeuge zur Folge hat.

Direkt an der Straße laufen sie nun links und rechts sanft den Hang hinauf, die Weinreben. Wie eine wartende, stille Schar ragen sie in den unbedeckten Nachthimmel – die plötzlich hochsteigende Staubwolke ausgenommen. Angelas Wagen ist rechts abgebogen und hat den sanften Hügel in Angriff genommen.

Heinzjürgen Schulze wird langsamer, verzichtet auf ein Blinksignal, dreht das Licht ab und folgt so wie Angela, allerdings im Schritttempo, dem Schild mit der Aufschrift: Weingut Sahlbruckner.

Petar Wollnar allerdings bleibt ein Stück vor der Kreuzung stehen, deutet nicht den Hang rechts, sondern den Hang links hinauf.

»Und jetzt?«, unterbricht er die Überlegungen des Restaurators. Es ist in dem nun satten Dunkel der eingebrochenen Nacht ein genaues Hinsehen vonnöten, dann aber ist es recht deutlich zu erkennen, das zwischen den Weinstöcken geparkte Fahrzeug.

Josef Krainer kann es nicht fassen. Jetzt ruft ihn die karenzierte Irene Moritz sogar schon persönlich an, gibt ihm rasend vor Zorn die Schuld an der Verletzung ihres Mannes, wirft ihm vor, den Einsatz im Museum viel zu leichtsinnig mit viel zu wenig Beamten durchgeführt zu haben, droht ihm mit Konsequenzen, wagt es anzudeuten, er könne bei einer zügigen Kooperativität möglicherweise ihrem Zorn etwas Linderung verschaffen, und trägt ihm allen Ernstes einen Hilfsdienst auf: ein silberner Passat, ein Kennzeichen, die Frage nach dem Eigentümer. Man sieht sich immer zweimal im Leben, und der Tag wird kommen, an dem dieses Drachenweibchen vor seinem Bezwinger steht und um Gnade winselt.

Gestaunt hat er dann trotzdem nicht schlecht, wie ihm von der Leihwagenfirma die Daten des Mieters bekanntgegeben wurden.

»Schulze, Sie hintertriebener Dreckskerl. Das schlägt dem Fass jetzt den Boden aus. Sie hatten recht, Irene Moritz ermittelt. Und wissen Sie, was sie herausgefunden hat: Sie sind also in der Stadt.
Verdammt, was treiben Sie hier?

–

Was flüstern Sie so? Sagen Sie bloß, Sie ermitteln wegen dem Knastbruder Albrecht tatsächlich auf eigene Faust. Ich reiß Ihnen den A…

–

Was heißt, Sie haben jetzt keine Zeit zum Plaudern. Wollen Sie mich verarschen?

–

Wie bitte? Weil Sie mich grad dranhaben, soll ich Ihnen zu einer Audi-A7-Prolokiste den Zulassungsbesitzer heraussuchen? Ja, sag, bin ich hier der Deschek …

–

Der Trottel vom Dienst ist das, Schulze, und unterstehen Sie sich, das jetzt irgendwie kommentieren zu wollen.
Wissen Sie, was Sie jetzt von mir bekommen: Genau eine Stunde, dann sitzen Sie hier im Büro und erklären mir, was Sie in der Stadt zu suchen haben, alles klar, sonst …

–

Was heißt, Sie rufen mich an? Schulze? Hallo, Schulze?

Keine drei Minuten später besteigt Josef Krainer zornentbrannt seinen BlueMotion-Lotto-Fünfer. Verdammt, er hat andere Dinge zu erledigen, sein Sechzigerfest steht an, mit dem Buffet gibt es Schwierigkeiten, die Band spielt jetzt nur zu zweit statt zu dritt, jämmerlich ist das. Und jetzt kann er sich auch noch früher als geplant mit der Angelegenheit rund um den toten Heinrich Albrecht herumschlagen, bevor dieser Schulze bei ihm im Büro auftaucht und nach einem einzigen Abend vielleicht mehr herausgefunden hat als er in einer Woche.

Steine und Zwerge

»Glaubst du, ist er es?«

Petar Wollnar lässt sich nicht zweimal bitten und blendet so wie Heinzjürgen Schulze zuvor ebenfalls auf.

»Und was jetzt?«, steht dem Metzger die Sorge im Gesicht. Dasselbe Kennzeichen, derselbe Audi A7, aller Voraussicht nach derselbe Fahrer.

»Warum parkt der heraußen und ist nicht reingefahren, wenn er Angela doch kennt?«

»Wahrscheinlich kein freundlicher Besuch«, stellt Petar Wollnar nüchtern fest. »Wir gehen.«

Dann laufen sie die Zufahrt zum Weingut Sahlbruckner entlang, die beiden Herren, auf leisen Sohlen und weichem Boden, Schritt für Schritt durch das neben der Straße für die Weinstöcke gedachte Erdreich. Nach nur etwa 300 Metern passieren sie den am Wegesrand zwischen den Reben geparkten silbernen Passat. Auch Heinzjürgen Schulze hat also sicherheitshalber das letzte Stück zu Fuß in Angriff genommen. Eine leichte Kurve noch, dann ist das bereits zwischen den Pflanzen durchschimmernde und durch ein edel gestaltetes Holzschild angekündigte Ziel erreicht.

Lieblich ist der erste sich dem Metzger eröffnende Gesamteindruck dieses Anwesens, fast wie die Miniatur eines Palais, ein kleines Kloster vielleicht, erscheint es ihm. In der Mitte der makellos instand gehaltenen, von Arkaden gesäumten Vorderfront stehen in einem mit Trauben umwachsenen Steinbogen die beiden Flügel eines Holztores einladend weit offen. Märchenhaft beleuchten Laternen einen herrlichen Garten, der vor allem eines ist: kindgerecht. Ein paar ausnahmsweise nett anzusehende, offenbar selbst hergestellte Gartenzwerge, ein hölzernes Klettergerüst mit

Rutsche und Schaukel, ein kleines Spielhaus, ebenfalls aus Holz, ein Stück entfernt ein Planschbecken, zwei kleine Plastik-Fußballtore, in einem davon ein versenkter Ball. Hier findet Leben statt.

Und diesbezüglich kommen Willibald Adrian Metzger und Petar Wollnar gerade richtig.

Gebückt treten sie zwischen die erste und zweite Reihe der direkt an das Anwesen grenzenden Weinstöcke.

Es dauert ein Weilchen, und der Vorplatz des Gebäudes erstrahlt im gleißenden Licht eines an der Hauswand montierten Scheinwerfers.

Angela tritt mit einem älteren Herrn aus dem Gebäude. Die beiden gehen zum Wagen, der Mann hebt eine große Reisetasche aus dem Kofferraum, und kurz danach hebt auch Angela jemand.

»Mama, Mama!«, schallt es hell durch die Weinberge. Bereits in den Pyjama gesteckt, stürmt ein etwa vier Jahre altes Mädchen, eine Schlafpuppe in der Hand, aus dem Torbogen heraus, gefolgt von einer älteren Dame. Beide Arme hochgestreckt, springt sie, begleitet von den Worten »Emma, mein Engel!« an ihrer Mutter empor, und dann werden sie Zeugen, all die im Dunkel der Nacht versteckten Zuschauer, wie eine Frau in die Knie sinkt, ihr Kind zu sich zieht, als würde sie die Welt umarmen.

Viel Zeit für diesen so herzergreifenden Akt der Liebkosung bleibt den beiden aber nicht.

»Wie rührend!«, durchschneidet ein scharfer Tonfall die Dunkelheit, dann tritt rechts der Straße eine Person aus dem Weingarten heraus: »Mir reicht's jetzt aber trotzdem. Da blickt doch keiner mehr durch!«

Festen Schrittes taucht Heinzjürgen Schulze ohne einen Hauch an Sentimentalität im Flutlicht auf.

»Ist nicht längst Schlafenszeit, kleine Maus?«, versucht er

sich nun mit kindlichem Tonfall, und ja, vielleicht ließe sich auf diese Weise sogar eine Gutenachtgeschichte erzählen, wäre da nicht die Waffe in seiner Hand und die Panik im Gesicht Angela Sahlbruckners.

Hektisch drückt sie dem älteren Herrn ihre Tochter in den Arm: »Papa, Mama, bringt Emma rein, schnell!«

Emma lässt die Puppe zu Boden fallen, vergräbt sich in den Schultern ihres Großvaters, dann beginnt sie zu weinen, leise, und der alte Sahlbruckner zu reagieren, laut: »Was is hier los, was soll denn dieser Auftritt, kennst du den Mann, Angela?«

»Es ist alles in Ordnung, mein Schatz!«, erwidert Angela liebevoll an ihre Tochter und: »Geht rein, Vater, verstanden!«, streng an ihre Eltern gerichtet.

Und während ihr skeptisch Gehorsam geleistet wird, kommt Heinzjürgen Schulze näher, mittlerweile die Waffe auf Angela gerichtet.

»Wer sind Sie, und was wollen Sie hier?« Angsterfüllt, voll Unsicherheit ist ihr Ton.

Heinzjürgen Schulze spart sich das Durchwühlen seiner Brieftasche und stellt sich ohne Ausweis vor:

»Wer ich bin: Kriminalpolizist, Frau Sahlbruckner, das bin ich. Und wissen will ich, was hier läuft, was Sie an der Adria übernommen und an Maier geliefert haben, und warum Sie ihm Ihr Kind übergeben haben. Oder war das Kind die Lieferung?«

Angela Sahlbruckner schweigt, blickt betroffen zu Boden, Heinzjürgen Schulze aber lädt demonstrativ seine Waffe durch.

»Ich sag Ihnen jetzt eins. Es is mir scheißegal, wenn Sie scheinheilig wie ein Nonne das Köpfchen senken und Lust auf 'n Schweigegelübde bekommen. Ich hab zwei Kollegen, die an dem Fall dran waren, verloren, auch wegen Ihnen, kaltblütig ermordet, einer Genick gebrochen, Augen entfernt, einen hat man abknallen lassen wie einen Hund, und eines versprech ich: Ich tu Ihnen so lange weh, bis Sie mir sagen, was hier los is.« Heinzjürgen Schulze zielt und feuert ab. Spritzend zerfetzt es den Kopf von Emmas Schlafpuppe.

Da kommen nun auch dem Metzger gerade ernsthafte Zweifel an seiner Menschenkenntnis, löst sich aus dem vom rechten Hauseck geworfenen Schatten blitzartig eine hagere Gestalt heraus. Gustav Eichner stürmt in den Lichtkegel des Flutlichtes, als hätte er auf seinen Auftritt gewartet. Applaus allerdings gibt es keinen, dafür einen Schuss.

Heinzjürgen Schulze zuckt getroffen zusammen, fällt zu Boden, rollt sich, gut von der ersten Reihe des Weingartens aus zu sehen, hinter das Planschbecken und will das Feuer erwidern. Nur ist Gustav Eichner da längst schon bei Angela Sahlbruckner, packt sie grob an den Haaren und schiebt sie vor sich.

»Ein Polizist also, na wunderbar!«, brüllt er mit unverblümtem Hohn: »Da war aber hörbar bei der Anreise ein Grenzstein dazwischen. Wie bei den anderen. Sind Sie auf Betriebsausflug im Nachbarland?«

Langsam geht Gustav Eichner, Angela wie ein Schutzschild an sich pressend, rückwärts zu ihrem Wagen und setzt amüsiert fort: »Na, da ham Sie Wiffzack sich ja eine Spitzendeckung ausgesucht, da hinter dem Planschbecken!«

Erneut drückt er ab, ein Zischen erfüllt die Nacht, und er setzt fort: »Aber Mumm ham Sie, das muss ich Ihnen sagen, und Glück, denn offenbar dürften wir Sie übersehen haben! Nur ist Mumm ohne Hirn wie ein Frontalzusammenstoß ohne Airbag. Also: Wo ist der andere?«

»Sie haben keine Chance, Eichner, Sie sind umstellt, lassen Sie die Waffe fallen!«, versucht sich Heinzjürgen Schulze und erntet Gelächter.

»Wie lächerlich: Umstellt! Ja, von ein paar Gartenzwergen!« Dann zeigt auch Eichner seine Treffsicherheit und erleichtert eines der Exemplare um seine Laterne, feuert ziellos in die Weingärten und richtet im Anschluss seine Waffe auf den, nun hinter dem immer kleiner werdenden Planschbecken zum Vorschein kommenden Schulze.

»Ich weiß, dass Sie noch einen Mann bei sich haben, also machen Sie mir nichts vor!«

Es bleibt ruhig, nichts rührt sich.

Willibald Adrian Metzger und Petar Wollnar haben längst aus der Hockstellung in eine liegende Position gewechselt, und zum ersten Mal kommt dem Restaurator nun der Gedanke, es wäre deutlich klüger gewesen, auf Heinzjürgen Schulze zu hören. Völlig undurchschaubar ist das Geschehen der letzten Stunden, einzig die Tatsache, mit welch unfassbarer Brutalität hier zur Sache gegangen wird, ist offensichtlich und noch weit entfernt von seiner Vorstellungskraft.

Gustav Eichner blickt in die Dunkelheit Richtung Weinstöcke, senkt seine Waffe und brüllt: »Wenn Sie nicht den Tod dieser jungen Mutter verantworten wollen, dann kommen Sie jetzt raus, kapiert? Obwohl: Die Dame is ja sowieso längst fällig.«

Ein weiterer Knall ist zu hören, beinah geräuschlos sinkt Angela auf die Knie, stützt sich im Gras auf. Blut strömt aus ihrem Oberschenkel, der Lauf der Pistole presst sich nun von oben auf ihren Kopf.

»Um Gottes willen, Gustav, ich fleh dich an!«, ist ihre leise Stimme zu hören: »Das kannst du nicht machen, ich hab doch alles für euch getan, alles, ich …«

»Ich hab gehört, du bist vorhin ein bisschen sentimental geworden«, fällt ihr Gustav Eichner ins Wort: »Warum auf einmal? Du hast gewusst, worauf du dich einlässt, hast selbst davon profitiert. Wenn du hier Sperenzchen machst, ist auch deine Kleine tot, dann war alles umsonst, hast du das kapiert?«

Mit geschlossenen Augen und bis zu den Schläfen dröhnendem Herzen presst sich Willibald Adrian Metzger in den

Boden in der Hoffnung, er möge ihn und seinen Freund verschlingen und andernorts wieder heraufwürgen.

»Na fein, dann machen wirs eben wie im Kindergarten, das passt zu der Umgebung. Ich zähl bis drei, und wenn dann wer auch immer noch nicht rausgekrochen ist, gibt's ein Waisenkind mehr auf dieser Welt.«

Ziellos feuert Gustav Eichner in die Reben.

»Petar«, flüstert der Metzger, »der wird sie erschießen. Was sollen wir machen?«

»Nicht sterben!«, antwortet Hausmeister Wollnar, deutet zum Tor des Weinguts, zaubert dem Metzger damit Hoffnung ins Gesicht, dreht sich in die Seitenlage, schnappt sich einen der unzähligen im Erdreich zu findenden Steine und wirft. Und wenn er etwas kann, dann werfen beziehungsweise stoßen, was zwar nicht dasselbe ist, aber egal, er beherrscht beides. Petar Wollnar war in seiner Jugend sowohl mit Speer als auch Kugel Schulrekordhalter aller Altersstufen und Jahrgänge, und auch wenn er weit entfernt ist von seinem Idol und großen Stolz, dem Landsmann Olympiasieger Tomasz Majewski, ein Wurfgeschoss sollte man ihm aus Wettbewerbsgründen nicht in die Hand drücken.

Raschelnd landet der erste Stein 50 Meter entfernt am Rande des Weingartens, was Gustav Eichner, verbunden mit einem Schuss, entsprechend würdigt. »Na bitte, da tut sich ja was, nur halt zu wenig: eins.«

Der zweite Stein findet in derselben Region ins Ziel, wieder verbunden mit einem Schuss und dem vergnügten Beweis des Bis-drei-zählen-Könnens: »Zwei.«

Der dritte Stein allerdings findet auf Anhieb unmittelbar hinter Gustav Eichner sein Ziel auf Angelas Autodach, was einen Moment der Unachtsamkeit, verbunden mit einem zu erwartenden Ausfallschritt, einem ruckartigen Wegbewegen von Angela und einem Blick seitwärts zur Folge hat. »Drei!«, flüstert Petar Wollnar. Dann löst sich ein Donnern.

Löwen und Lämmer

Er hat zwar keine eigenen Kinder, der Metzger, aber seit in seinem unmittelbaren Umfeld das Leben nur so sprießt, erkennt er ihn anhand der kleinen Halbwaisen Lilli und ihrer Mutter Trixi Matuschek-Pospischill oder an Felix und Irene Moritz auch ganz ohne eigene Elternschaft, diesen großen mit dem Begriff Liebe verbreiteten Irrtum und zugleich einen der großen Preise des Menschseins. Nichts anderes als Schwachsinn, als Plattitüde ist das schöngeistige Versprühen der Weisheit: Wahre Liebe kann loslassen.

Loslassen kann vielleicht eine fürsorgliche Löwenmama – über den Löwenpapa braucht man ja diesbezüglich kein Wort zu verlieren –, wenn sie ihren aktuellen Wurf aus dem Maul auf die Erde plumpsen lässt, auf dass er sich eines Tages dem eigenen Jagdtrieb gehorchend in die Steppe schmeißt, oder wenn sie zum letzten Mal über die Schulter blickt und sieht, dass es gut ist, dass die groß gewordenen Kleinen es nun endgültig überrissen haben mit dem Gazelle- oder Zebrareißen. Nur so eine Löwenmama, wie fürsorglich sie auch sein mag, wird keine Ecken und Kanten verkleben, Laden zuschrauben, Tischdecken antackern, Steckdosen abdecken, Sicherheitstüren einbauen und niemals so lange im Türrahmen warten, bis die Brut, wenn schon nicht bis zur vereinbarten 22-Uhr-Grenze, dann wenigstens möglichst noch vor Mitternacht den Samstagabend zu Ende bringt.

Ein liebender Menschen aber, und das eben ist einer der Preise des Menschseins, kann, sobald er Junge in die Welt gesetzt hat und es ihm auch geschenkt ist, diese großziehen zu dürfen, seine Hoffnung in Hinblick auf die eines Tages losgewordenen Sorgen und Ängste um die Kinder an den Nagel hängen, auch dann, wenn die Kinder selbst längst Mütter und Väter geworden sind. Er wird sich möglicherweise eines Tages mit diesen Sorgen oder Ängsten arrangieren, es schaffen, beim Wandern, Yoga, Patchworken nicht ausschließlich über die Kinder zu reden, aber das mit dem Loslassen wird nix werden, da kann man die dicksten Ratgeber und schöngeistigsten Sammelwerke inhalieren bis zur geistigen Komplettverneblung, es ist sinnlos.

Und so wie sich Angela Sahlbruckner mit aller Macht zum Schutz vor ihre Emma werfen, alles für das Wohl der Kleinen riskieren würde, tut dies auch, weil eben kein Löwen-, sondern ein Menschenpapa, der Sahlbruckner senior, und er macht es hervorragend.

Immerhin ist so ein Süßwassersee mit einem dermaßen umfassenden Schilfgürtel ein wahres Paradies für Wasservögel diversester Art. Und weil so ein gut ausgelöster und eingesalzener Wasservogel nach zwei Stunden im Kugelgriller ein Gedicht für jeden nichtveganen Gaumen darstellt, ist der alte Sahlbruckner eine Wucht auf seiner Vogelpfeife und seiner Selbstladeflinte.

Nur einen kleinen Schritt musste Gustav Eichner zur Seite treten, um sich in weiterer Folge von hinten eine dermaßen nachhaltige Ladung Schrot einzufangen, da fällt ihm die kurz darauf von vorne abgefeuerte Kugel gar nicht mehr auf.

»Sie rühren sich nicht vom Fleck!«, richtet der alte Sahlbruckner nun seine abermals geladene Waffe in Richtung des in einer Pfütze hinter dem schlappen Planschbecken knienden Schulze und brüllt: »Und ihr da hinten kommts raus aus meinem Weingut, sonst krachts gleich das nächste Mal! Und alle schön in einer Reihe.«

So nehmen Willibald Adrian Metzger, Petar Wollnar und Heinzjürgen Schulze nun neben dem schmerzverzerrt am Boden liegenden Gustav Eichner Aufstellung. Blutrot und vertikutiert ist sein Rücken.

»Und jetzt wird geredet, und zwar von jedem hier, und da mein ich auch dich«, deutet er auf seine Tochter. »Was is da los?«

»Papa, es geht nicht!«, beginnt Angela zu weinen, »Emmas Leben hängt davon …«

»Gut. Dann bring ich zuerst die Herren unter, und wir reden danach. Aber reden werden wir, das versprech ich dir.

Und ihr drei marschierts jetzt, den da nehmts mit«, erklärt der alte Sahlbruckner, deutet zuerst auf Gustav Eichner, dann nicht auf das wunderbar einladende, von Trauben umrankte Tor, sondern ein offenbar in die Tiefe des Erdreichs führendes Nebengebäude.

Weintrinken ist wie eine gute Ehe, wenn die Flasche offen ist, ist jeder gute Schluck ein Geschenk, leer ist sie ohnedies viel zu früh – zumindest laut Willibald und vor allem, wenn es sich um einen Tropfen seines absoluten Lieblingsweinguts Braunstein handelt. Außerdem wurde ihm schon von seiner Mutter, wenn sie sich zum Tagesausklang auf ihrem Schemel in der Küche erschöpft ein Gläschen genehmigte, erklärt: »Was schaust denn so, mein Bub, das ist das beste Hausmittel, die beste Medizin. Rotwein ist gut fürs Herz, den Kreislauf, die Gefäße, den Magen, die Blutbildung, fürs Zahnfleisch – brauchst gar nicht so grinsen, du gehst jetzt trotzdem Zähneputzen – und kann altersbedingte Schwerhörigkeit verzögern! Also, sei ja nicht frech, wennst einmal groß bist!«

Weder war der Willibald jemals frech zu seiner Mutter, noch hat sie erleben dürfen, was aus ihm als Großer so geworden ist. Aktuell würde sich diesbezüglich der Stolz wohl eher in Grenzen halten.

Anders bei Heinzjürgen Schulze: »Mensch, danke, jetzt bin ich direkt froh, dass Se nich auf mich gehört haben. Ich glaub, mit dem Steinewerfen habt ihr mir …«

»Wir müssen was tun, Sie verbluten«, erklärt der Metzger im Kerzenschein und erntet ein Schmunzeln.

»Keine Sorge, das ist nur ein Streifschuss. Im Gegensatz zu dir, oder?«, rempelt Schulze den schwer gezeichneten, röchelnd an der Wand lehnenden Gustav Eichner an.

»Meine Wunde muss man nur desinfizieren, bei dir Eichner wird's ohne operieren nicht gehen. Und jetzt red!«

Gustav Eichner allerdings entscheidet sich vorerst, seinem Gegenüber nur ein abfälliges Grinsen zuteilwerden zu lassen. Das wird sich ändern.

»Desinfizieren«, erhebt sich Petar Wollnar, was hier nicht so leicht ist, denn, wenn die Situation eine andere wäre, entspräche die Umgebung für ihn und zweifelsohne viel mehr noch für den Metzger einem Elysium. Nur gebückt ist es in dieser kleinen, mobilnetz-, fenster- und folglich, wäre die Glühbirne nicht, lichtlosen Umgebung möglich zu stehen, denn in die hinterste Kammer hat sie der alte Sahlbruckner geführt, vorbei an einem wunderschön gestalteten Keller. Zwischen den Ziegeln eingebaute Milchgläser mit dahinter schimmernden Lichtern, bunte von der Decke baumelnde Glaslaternen, alte, aufgekippte hohe Fässer als Trinkgelegenheiten, darum Hocker, eine herrliche bäuerliche Anrichte mit Weingläsern, fein säuberlich geordnet, in der Mitte des runden Raumes eine historische alte Holzpresse. Von diesem runden Raum aus geht es in drei mit Gittern versperrbare kleine Gewölbe. Und in einer dieser Kammern sitzen nun die inhaftierten Herren, allerdings nicht allein.

Rundum Weine, sorgsam gelagert in aus Ziegeln gemauerten kleinen Bögen. Nur sind da eben auch ein paar Flaschen mit kleinerem Durchmesser dabei, was hinsichtlich einer nötigen medizinischen Erstversorgung Hoffnung entstehen lässt.

»Nehmen wir Williams«, hallt es nicht als Frage, sondern Feststellung dumpf durch das Gewölbe, ein leises Ploppen ist zu hören, dann, als wäre der Weinkeller eine Bärenhöhle, ein lautes Brüllen. Gleich zweimal geht Heinzjürgen Schulzes Wunsch nach Desinfektion in Erfüllung. Und während er sich den Schmerz aus dem Leib brüllt, drückt Petar Wollnar abermals bei drei etwas breiteren Flaschen den Stoppel hinein, wartet, bis es ruhig wird, teilt sie aus und erklärt: »Jetzt nächste Verarztung. Auf unser Leben, na zdrowie!«

Dann wird getrunken, einander das Du-Wort gegeben, Schulzes Hemdsärmel abgerissen, die Wunde verbunden und, den im Hintergrund liegenden Gustav Eichner ausgenommen, die Schonfrist beendet.

»Jetzt müssen endlich die Karten auf den Tisch«, beginnt der Metzger »Eichner hat gesagt, du wurdest übersehen. Heißt das, du solltest genauso tot sein wie andere? Wer waren die andren: Szepansky?«

Heinzjürgen Schulze nickt betroffen: »Und Heinrich Albrecht. Er war Geldwäscher und hat nach seiner Zeit im Gefängnis die Seite gewechselt, verdeckt für uns gearbeitet, die Szene beobachtet, ist Auffälligkeiten nachgegangen.«

»Was die hochpreisig verkauften Maiergemälde zweifelsohne sind. Er hat also hier mit voller Absicht mitgesteigert. Warum? Was wollte er herausfinden? Wer die Bilder erwirbt, und ob Maier vielleicht durch den Gemäldeverkauf noch für etwas anderes bezahlt wird, denn der Preis, den er selbst für das Gemälde hinlegen musste, war um Welten tiefer als der durch die Versteigerung erzielte, es gibt unter der Hand also Gewinn. Habt ihr darum Szepansky auf ihn angesetzt?

Nur, ganz ehrlich: Bei dem Aufwand, der hier betrieben wird, muss es um mehr als ein Gemälde gehen.«

»Meine Güte«, schüttelt Schulze verwundert den Kopf: »Da brauch ich dir ja gar nichts mehr erzählen!«

Ernst blickt er den Metzger an, seufzt, nimmt einen kräftigen Schluck und bricht sein Schweigen: »Albrecht ist im Zuge eines Falles bei einer Versteigerung zufällig aufgefallen, dass zwei Bieter den Preis eines Gemäldes in unfassbare Höhen hinaufjagen. Gemälde aus der Sammlung Maier. Albrecht ist das komisch erschienen. Also hat er sich ein paar Auktionen allesamt im deutschen Sprachraum herausgesucht, wo Kunstwerke vom Maier'schen Besitztum zum Verkauf gebracht wurden. Und es war immer derselbe Ablauf: zwei Bieter, die am Ende unverhältnismäßig hoch weitersteigern, einer davon, der kauft.

Also haben wir uns auf die Suche nach den Hintermännern, sprich wahren Käufern gemacht, ein paar konnten wir ausfindig machen. Allesamt hochrangige, angesehene Persönlichkeiten, die Crème de la Crème unser beider Länder aus Kultur, Politik, Wirtschaft, Ärzte, ein wahres Elitentreffen, und alle haben sie eine Verbindung zu Maier, nämlich genau dort, wo sich Eliten treffen, wo es um Seilschaften, Netzwerke geht: Männerbünde. Alle diese Herren gehören also demselben Zigarrenclub an, drei Zweigstellen gibt es, ausschließlich für Mitglieder zugelassen, alle drei in prunkvollen, von Wachdiensten abgesicherten Villen, als wär es ein Geheimbund. Elitäre Männervereinigung mit Herren weit jenseits der fünfzig, die sich untereinander helfen, Geschäfte zuschanzen, die Welt aufteilen. Interessant an diesen Herren aber ist: Diejenigen, die Maier'sche Kulturgüter ersteigern lassen, sind keine Kunstsammler.

Warum also werden diese Bilder um so einen hohen Wert erstanden, was steckt dahinter? Es hat sich also genau die von dir gestellte Frage aufgetan: Wird hier auf eine gewisse Art und Weise Geld gewaschen? Wird Maier unter der Hand für etwas bezahlt, denn wie du sagst, die Männer kaufen das Bild, was ja seinen Wert hat, und erwerben mit dem hohen Zuschlag unter der Hand von Maier noch etwas. Nur was?

Wir waren der Auffassung, eine große Geschichte im Visier zu haben, denn der Kunstmarkt ist eine Spielwiese der organisierten Kriminalität.

Dr. Maier wird ja bei euch hofiert und geschützt wie ein Staatsheiligtum, da weiß man nicht, wer steckt mit ihm unter einer Decke, wer gibt ihm Informationen weiter, also haben wir auf eigene Faust gehandelt. Heinrich Albrecht hat versucht, ein wenig an ihn ranzukommen, nur ist das nicht geglückt.

Also hat er beschlossen, mitzusteigern, zu schauen, was passiert, und, ohne es zu wissen, sich dadurch zum Opferlamm gemacht. Er muss einen wunden Punkt erwischt haben, immer wieder gab es ein höheres Gebot, zeitweise absurde Beträge. Der Erwerb des Bildes muss für den Käufer im Hintergrund also von enormer Bedeutung sein. Von einem Tag auf den anderen war Heinrich Albrecht dann wie vom Erdboden verschluckt. Da mussten wir handeln, haben dem Privatchauffeur Maiers ein paar Horrortage beschert, ihn immer wieder bedroht und schließlich den Maierwagen vor seinen Augen in die Luft gejagt. Hat nicht lange gedauert, und er hat gekündigt.

Maier war also auf der Suche nach einem Chauffeur, und fast alle seine neuen Bewerber hatten unsere Dienstmarke im Herzen. Rudi Szepansky alias Rudolf Marotzke ist es dann geworden. Ein guter Mann, er schaffte es, schnell Vertrauen herzustellen. Lang hat es nicht gedauert, und er wurde von Maier auch für andere Fahrten eingeteilt, auch deshalb, weil wir die Liste abgeklappert haben, die uns Szepansky angefertigt hat: Mitarbeiter des Museums, mit denen Maier oft in Verbindung steht, die für ihn Ware, sprich Kunstgegenstände, von A nach B transportieren. Wir haben uns hier ein paar Herrschaften organisiert, die dafür sorgten, dass Fahrer ausfallen. Jedenfalls alles nur mit einem Ziel: Szepansky musste aufrücken, vom Fahrer zum vertrauten Fahrer werden, also jemand, der für Maier Transporte durchführt. So ist Rudi Szepansky an die Adria gekommen, ich war sein Hintermann! Und zu spät dran.«

Eine halbe Flasche Pinot Noir 1985 wird hinuntergespült, während dem Metzger der Gusto vergangen ist. Mit aschfahler Miene starrt er ins Leere: »Aber wenn tatsächlich anstelle eines Kunstgegenstandes die kleine Darya an Maier geliefert wurde, dann, dann …«.

»… dann wird nicht mit Kunst oder Drogen gehandelt, sondern mit Menschen, und wir waren die ganze Zeit vollkommen blind!«, ergänzt Schulze und wendet sich Gustav Eichner zu.

Totenstille erfüllt das Gewölbe des Weinkellers. Und so grauenvoll die Vorstellung des eben Gehörten im Kopf des Willibald Adrian Metzger auch sein mag, reicht sie nicht heran an das Ausmaß der Wirklichkeit.

Licht geht an, das Gitter auf, und freundlich sieht er nicht drein, der alte Sahlbruckner.

Die Knöpfe und das Leben

Es läutet, nun zum zweiten Mal, und wieder ist es von einer Vehemenz, als wäre die Glocke hängengeblieben.

Ein Unglück kommt eben selten allein, obwohl der mit einer Mieselsucht, da hilft an und für sich nur eine kalte Dusche, auf dem Chesterfieldsofa hockende Josef Krainer kaum noch zu übertreffen ist. Mit verbalem Dauerfeuer attackiert er Danjela, nur es nützt ihm nichts, denn auch die Gegenseite ist geladen, und zwar im wahrsten Sinn des Wortes:

»Nein, weiß ich nix, was macht Willibald. Nein, werd ich ihn nix anrufen wegen Ihnen und heimkommandieren wie General. Anrufen können Sie selber, haben Sie sicher Nummer. Nein, behindere ich nix Ermittlungsarbeit, weil weiß ich ja gar nix, warum wird ermittelt, maximal behindern Sie Hausfrieden.

Na, dann bleiben Sie von mir aus hocken, aber bin ich keine Wirtshaus.«

Mitten hinein in dieses Gefecht läutet es nun also zum zweiten Mal. Und wieder wird geöffnet. Zumindest bis zur Hälfte, für den Rest ist die sichtlich in Rage geratene, im Stiegenhaus stehende Person selbst zuständig. Haarscharf schnellt das Türblatt an Danjelas Kopf vorbei, der Überraschungsbesuch hingegen rammt, ohne auf Worte wie »Herein« zu warten, das im Weg stehende menschliche Hindernis.

»Wo ist sie?«, stürmt sie durch den Vorraum, betritt das Wohnzimmer, wird fündig und erhebt wutentbrannt ihre Stimme: »Die Putzfrau, die einmal die Woche kommt, hört also auf Poppe!«

»Mutter, ich, ich …«, stammelt Dolly.

»Eva, ich, ich …«, stammelt Danjela.

»Gestatten, Josef Krainer«, erhebt sich ein Mann, der offenbar weiß, was sich gehört.

»Und wer sind Sie, der Rauchfangkehrer?«, zischt ihm Eva-Carola Würtmann entgegen.

»Fast. Kriminalpolizei!«, ist die Antwort, gefolgt von: »Und jetzt würd ich vorschlagen, setzen Sie sich in Ruhe zu uns, bevor als Nächstes der Herzkasperl zu Besuch kommt!«

Es braucht nur zwei weitere Sätze aus dem Mund Eva-Carola Würtmanns, und der Name Szepansky erfüllt den Raum. Und während Danjela und Dolly immer stiller werden, sich hoffnungslos dem so schrill durch die Mansardenwohnung dröhnenden Monolog unterordnen, weiß Josef Krainer keine 15 Minuten später Bescheid, weiß zum Glück als Einziger im Raum von der erst kürzlich durch seine Schusswaffe zur Hinterbliebenen gewordenen Dolores Poppe, von der Urlaubsbegegnung zwischen Eichner, Szepansky, Danjela und dem Metzger, von einem toten Tino und einem einsamen Herzen. Und weil er jetzt doch schon ein bisschen was herausgefunden hat und eben gerade so schön sitzt und weil sich Heinzjürgen Schulze ohnedies noch nicht gemeldet hat und er irgendwie das Gefühl nicht loswird, die so unfassbar gebräunten, freiliegenden, direkt neben ihm am Chesterfieldsofa aus dem ansehnlichen Körper der Eva-Carola Würtmann gewachsenen Knie könnten sich eventuell mit voller Absicht unentwegt an seinen Oberschenkel anlehnen, bleibt er mit den Worten »Rotwein beruhigt die Nerven, gibt's so was überhaupt in diesem Haushalt?« auch sitzen.

»Ausweis«, fordert der alte Sahlbruckner, sein Gewehr vor der Brust, worauf ihm Heinzjürgen Schulze das Geforderte entgegenstreckt.

Kurz blickt er darauf, dann setzt er fort: »Einer kommt

mit. Am besten Sie, dann hab ich kein fremdes Blut im Haus«, deutet er dem Metzger, »sind Sie auch von der Polizei?«

»Ja, er ist mein Kollege!«, fällt ihm Schulze ins Wort. »Sie können ihm vertrauen!«

»Gut!«

In schnellem Tempo führt er den Metzger über den Hof in das Wohnhaus des Weingutes hinein. »Schuhe ausziehen!«

So liebevoll wie der Keller ist auch hier im Vorzimmer das Ambiente. Angelas Mutter steht mit hochgekrempelten Ärmeln in einer Tür. Dämmrig ist das herausfallende Licht.

Man stellt sich flüsternd einander vor, Paul und Hertha, Angela und Emma, so heißen die Bewohner dieses Hauses.

»Leise!«, erklärt Paul Sahlbruckner und bittet den Metzger vom Vorraum aus, durch die offene Tür einen Blick ins Wohnzimmer zu werfen. Ein großer Esstisch, eine Sitzecke, ein Kachelofen, daneben ein Einzelsofa, darauf Mutter und Tochter, beide mit geschlossenen Augen. Angela Sahlbruckners Oberschenkel ist freigelegt, mit Mullbinden eingewickelt, der Raum riecht nach Wunddesinfektionsmittel.

»Ein glatter Durchschuss!«, flüstert ihm ihre Mutter zu, »Ich hab ihr ein starkes Schmerz- und ein Schlafmittel gegeben. Angela muss sich ausruhen. Es war sinnlos, sie hat nichts erzählt, nur geheult und Emma nicht mehr losgelassen. Irgendetwas Schreckliches muss sie drücken, passiert sein. Wir wissen es nicht.«

»Was wissen Sie?«, fragt der Metzger leise. »Wissen Sie zum Beispiel, wo Ihre Tochter letzte Woche war?«

»Ja, auf Geschäftsreise bei Weinhändlern in Südtirol«, erklärt Paul Sahlbruckner.

»Sie war an der Adria, durchgehend, mit dem Mann, der im Keller liegt, Gustav Eichner«, entgegnet der Metzger kopfschüttelnd und will wissen: »Wer ist Darya?«, und löst Kopfschütteln auf der Gegenseite aus.

»Ihre Tochter hat Darya, ein Mädchen im Säuglingsalter,

bei sich gehabt, dieses Kind behandelt, als wäre es ihr eigenes, liebevoll gestillt, heute bei jemandem abgegeben und danach im Wagen bitterlich geweint. Jemand, der sie vielleicht für ihre Dienste bezahlt. Vielleicht bringt Angela, so schrecklich das ist, Babys ins Land, die dann illegal verkauft und adoptiert werden.«

Hertha Sahlbruckner setzt sich auf die von bunten Kinderschuhen umgebene Vorzimmerbank, blass im Gesicht, zärtlich streicht ihr Paul Sahlbruckner über den Kopf.

»Ihre Tochter hat vorhin zu Gustav Eichner gesagt, sie hätte doch alles, was von ihr verlangt worden wäre, gemacht. Das hört sich für mich an, als wäre sie erpresst worden. Warum hat Ihre Tochter Angst um Emma?«

Betreten ist das Schweigen der beiden Sahlbruckners, irgendetwas scheint beide gleichermaßen zu beschäftigen.

»Warum, glauben Sie, hat Gustav Eichner draußen im Hof zu Ihrer Tochter gesagt, sie hätte gewusst, auf was sie sich einlässt, hätte selbst davon profitiert. Wovon könnte ihre Tochter profitiert haben, was ist in Ihrer Familie passiert?«

»Kommen Sie«, unterbricht ihn Paul Sahlbruckner und nickt seiner Frau zu. Nun darf er das Wohnzimmer betreten, der Metzger, darf sich dieser so harmonischen Einheit aus Mutter und Kind annähern, deren Brustkörbe sich langsam und friedlich heben, deren Gesichter wirken, als wären sie aus einem Guss.

Wie schön, wie verträglich die Menschen werden, wenn sie schlafen, geht es ihm durch den Kopf, während die Hand Paul Sahlbruckners langsam das Hemdchen der kleinen Emma zu öffnen beginnt. Knopf für Knopf, Stück für Stück erschließt sich dem Metzger der Anblick eines von Menschenhand vollbrachten Kunstwerkes.

Vom Schlüsselbein abwärts bis zum Bauch führt die Narbe, ohne die Emma nur noch in der Erinnerung der Menschen, die sie lieben, am Leben wäre.

»Unsere Emma hat ein neues Herz«, flüstert Hertha Sahlbruckner und streicht ihrer Enkelin sanft die Haare aus dem Gesicht. Sosehr dem Metzger der Anblick dieses selig schlafenden Kindes auch zu Gemüte geht, so sehr erfüllt ihn der Gedanke an Darya nun mit Entsetzen, mit Grauen. Er muss hinaus, dreht sich um und läuft zurück in den Vorraum. Ohne zu wissen, öffnet er auf gut Glück die erstbeste Tür, stürmt zum Waschbecken der Küche und benetzt sein Gesicht mit kaltem Wasser, als wollte er sich selbst herausreißen aus dem Alptraum seiner Gedanken.

Hinter ihm sind Angelas Eltern aufgetaucht.

»Wie sind Sie an das Spenderherz gekommen?«, hört er sich fragen und sieht in den Augen der beiden so fürsorglichen Eltern dieselbe Bestürzung, wie sie auch ihm ins Gesicht geschrieben zu sein scheint.

»Wir haben Angela nie danach gefragt«, flüstern sie, »es ging plötzlich alles so schnell.«

»Haben Sie Gustav Eichner zuvor schon einmal gesehen?«

»Ja, vor etwa einem Jahr, beim Sommerurlaub an der Adria«, antwortet Paul Sahlbruckner.

»Vor der Operation?« will der Metzger wissen, und die Antwort entspricht seiner Befürchtung.

Viel Zeit bleibt ihm nicht mehr.

Seine Augen sind offen, er weiß es, und doch ist es stockdunkel. Er liegt auf dem Rücken, nicht hart und nicht weich fühlt es sich an. Seine Hände, seine Beine, sein Kopf sind mit Gurten fixiert, sein Mund vollgestopft und verklebt. Schwer fällt es ihm zu atmen. Weit blähen sich seine Nasenflügel auf, um mehr Luft einströmen zu lassen. Ihm ist übel, seinen Drang, sich zu übergeben, muss er unterdrücken, es wäre wohl sein Todesurteil. Schwer sind seine Gliedmaßen, schwer geht sein Atem, schwer ist sein Kopf, schwer zu begreifen die ihn umgebende Stille. Als läge er in einem Sarg, so dumpf fühlen sich nach der Betäubung seine Ohren an, und doch hat er das Gefühl, der Raum wäre weit.

Er versucht zu summen, hohl klingt es, leer, hart. Es fehlt ihm jeder Zeitbegriff, er weiß nicht, wie lang er benommen gewesen ist, er weiß nur, es war ein angenehmes Wegdriften, ein Versinken, ein Einswerden mit der Rückbank des Wagens, ein Zustand der Befreiung.

Jedenfalls wurde er übersiedelt, das steht fest. Eine leichte Schärfe liegt in der Luft, kalt ist es. Er versucht, mit dem rechten den linken Fuß zu erreichen. Es gelingt. Nackte Haut bekommt er zu spüren, seine Haut.

Es kostet ihn große Überwindung, sich wach zu halten, nicht erneut im Schlaf die einzige ihm verbliebene Freiheit zu suchen.

Aus großer Entfernung sind Schritte zu hören, eine schmale helle Linie zuckt in der Dunkelheit, dann bleibt sie flimmernd. Stimmen mischen sich dazu, metallische Geräusche, alles kommt näher. Es surrt, aus dem schmalen, leuchtenden Strich wird ein sich seitlich aufschiebendes rechteckiges Leuchten, ein Türspalt, wird eine offene Tür, voll dunkler Schatten, Gestalten.

Dann schreit er dumpf in sich hinein. Schmerzhaft blendet ihn ein plötzlich alles aufhellendes, gleißendes Licht von oben. Laut wird es: »Verdammt, der ist wach! Wieso ist der wach?«

Dann ein Stich, und wieder dieses angenehme Wegdriften, Versinken, Einswerden mit sich, dem Universum, der Stille …

Und wieder wird er eingesperrt, der Metzger, das räumliche Umfeld ist zwar dasselbe, die Zusammensetzung der Inhaftierten hat sich allerdings ein wenig verändert.

Paul Sahlbruckner war unmittelbar nach der so entsetzlichen, in der Küche erörterten Möglichkeit mit dem Gewehr in der Hand vorangestürmt, klar in seiner Absicht, hat den Keller betreten, das Gitter aufgeschlossen und Gustav Eichner den Lauf seiner Flinte an die Brust gesetzt.

Willibald Adrian Metzger schilderte Heinzjürgen Schulze und Petar Wollnar das eben Erlebte, während sich Paul Sahlbruckner am schweigsam grinsenden Bollwerk Gustav Eichner die Zähne ausbiss.

»Jetzt red, uns läuft die Zeit davon!«

Nur vergeblich. Paul Sahlbruckner kann sich zwar treffsicher Enten vornehmen und diese herrlich zubereiten, aber mit Menschen sieht es anders aus.

Für Heinzjürgen Schulze allerdings schien das Stichwort gefallen zu sein, Zeit nachzudenken hatte er nun ja genug. Es war kein langer Augenkontakt, den er da im Hintergrund zu Willibald Adrian Metzger herstellte, dafür ein umso eindringlicherer, einer, der zwar sein Gegenüber ansieht, aber in Wahrheit im Geiste die Vorpremiere der demnächst eintretenden Zukunft betrachtet.

Und Willibald Adrian Metzger wäre froh gewesen, einen kurzen Blick auf diesen düsteren, im Schulzehirn ablaufenden Film werfen zu dürfen, es wäre ihm vielleicht möglich geworden, die mit Heinzjürgens Worten: »Darf ich?« eingeleitete Zukunft zu beeinflussen.

So aber wird er nur Teil eines fassungslosen Publikums, gelähmt vor Entsetzen. Ohne sich die Frage »Darf ich?« von Paul Sahlbruckner beantworten zu lassen, reißt Heinzjürgen Schulze die Waffe an sich, drängt den Hausherrn zur Seite und wendet sich Gustav Eichner zu.

»Also gut, du willst hier also der Held sein. Kein Problem. Dann gehen wir.« Auffordernd deutet er auf das geöffnete Gitter, und sicher, so ein vielleicht möglicher Schritt in die Freiheit ist auch trotz geladener Waffe eine unwiderstehliche Einladung. So müht sich Gustav Eichner also hoch und schleppt sich gewiss unter heftigen Schmerzen aus dem Gewölbe hinaus in den wunderschönen Verkostungsraum mit seinen polierten Fässern. Allen andern aber wird dieses Vergnügen nicht gewährt. Einzig schauen dürfen sie. Und nichts von dem wird der Metzger je vergessen können.

»Ihr müsst noch warten!«, knallt Schulze das Gitter ins Schloss, und keines der aus dem Kämmerchen an ihn gerichteten Worte des Zorns dringt bis zu ihm durch.

»Und jetzt? Gehen wir spazieren?«, scheinen bei Gustav Eichner in Anbetracht des näher gekommenen Ausgangs die Kräfte zurückzukehren.

»Du willst also nicht reden, Eichner, seh ich das recht. Du willst aber mit Leben handeln, es nach Belieben ausradieren dürfen. Und Menschen erpressen macht dir, wie ich höre, besonders große Freude. Mir auch, Eichner, ich darf doch Gustav sagen. Ich zeig dir jetzt am besten, wie das mit dem Pressen geht und wie das dann so richtig Spaß macht.«

Ein schlagartig mit aller Wucht von unten wie ein Aufwärtshacken hinaufsausender Kolben beendet das bis dato im Eichnerschädel eingefrorene Dauergrinsen: »Reden wirst du, das garantier ich dir.«

Gott und der Teufel

Wenn Willibald Adrian Metzger während seiner Schulzeit die Liste der Unterrichtsfächer absteigend nach Beliebtheit hätte ordnen müssen, dann wäre die Geschichtstante Anna-Maria Neubauer ganz unten gestanden. Gelernt hat er bei ihr nichts, außer die aus der Biologie stammende Einsicht, dass der Wiederkäuer nicht zwangsweise nur ein Rindvieh sein muss. Völlig unabhängig vom Lehrplan blieb Anna-Maria Neubauer nämlich jahrein, jahraus ihrem Spezialgebiet treu: dem Mittelalter. Landschaftlich glich dieses Spezialgebiet einer einsamen Insel im weiten Ozean, denn bei jedem anderen Thema kam Madame Neubauer dermaßen ins Rudern, Angst hatte man vor ihrem Untergang. So wurde das Jahr zugepflastert mit Arbeitsblättern da, Dokumentationsfilmen dort, und vor allem Exkursionen. Einen Ort hat der Metzger in seiner Stadt also besonders gut kennengelernt: das Foltermuseum.

Und sooft er auch dort war, an ein Exponat kann er sich beim besten Willen nicht erinnern: an die Weinpresse.

Durch Mark und Bein geht der in jede Ecke des Kellers vordringende Schrei.

Paul Sahlbruckner musste keinen Einführungskurs abhalten, um die Handhabung dieses historischen Prunkstücks zu ermöglichen. Die simple Funktionsweise erklärt sich von selbst. Ein wie ein Brunnen aufgebauter Rahmen, oben ein stabiler Holzbalken, darin eine nach unten herausschraubbare Spindel, darunter ein Fass. Nicht, dass Heinzjürgen Schulze dieses Fass nun weggenommen hätte, umgedreht hat er es. Und nicht, dass er sich nur der Hand des kurzfristig bewusstlosen Eichners bedient hätte, den ganzen Oberkörper hat er daraufgelegt, kreuzhohl, und dazwischen eine dicke Holzplatte eingespannt.

»Schmerzen, Gustav?«, dröhnt es durch den Keller. »Nur bis ich dir das gleiche Kopfweh bereite wie du uns, darf ich schon noch ein bisschen schrauben, denk ich. Und ich kann dich beruhigen, wenn es dann mal krachen sollte: Die ersten angeknacksten Rippen sind noch kein Todesurteil.«

Und wieder ein Schrei. Heinzjürgen Schulze, eine Flasche Wein in der Hand, lässt sich trotz der hinter Gittern vernehmbaren heftigen Einwände nicht davon abhalten, aus Gustav Eichner, so wie er angekündigt hatte, die Wahrheit herauspressen zu wollen.

Es reichen nur minimale Drehbewegungen, um die Spindel ein Stück hinunter- und die bereits für alle hörbare und ersichtliche Unerträglichkeit der Schmerzen noch ein Stück hinaufzuschrauben. Das aus Gustav Eichners zerschossenem Rücken austretende Blut sucht sich über den Rand des polierten Fasses seinen Weg abwärts. Schwer geht der Atem des Gepeinigten, weit in den Nacken genommen ist sein Kopf, aufgerissen sein Mund: »Ich, ich …!«, beginnt er.

»… habe Durst, willst du sagen?«, unterbricht ihn Schulze. »Kein Problem!«, und gießt ihm Wein über das Gesicht, hinein in den Rachen, die Nasenlöcher, die Augenhöhlen. Gurgelnd beutelt Eichner den Kopf, krampfhaft stemmen sich seine Fersen in den Boden, bäumt sich sein Unterleib auf.

»Aufhören, verdammt!«, brüllt Willibald Adrian Metzger. Tränen drückt es ihm im Angesicht dieses Grauens, dieser Erbarmungslosigkeit in die Augen, unvorstellbar, dass sich Menschen, so wie Anna-Maria Neubauer in schauriger Ausführlichkeit zu erzählen pflegte, aus lauter Schaulust in Massen um ein Podest versammelten und Freude empfinden konnten, wenn Scheiterhaufen entzündet, Häupter abgetrennt, Leiber durchbohrt wurden.

Wenn er ein Kind Gottes sein soll, der Mensch, dann sind Gott und Teufel ein und dasselbe.

»Warum soll ich Gnade vor Recht ergehen lassen, gib mir einen Grund, erweckst du uns die Toten wieder zum Leben?«, nimmt Schulze nun selbst einen kräftigen Schluck, stellt die Flasche ab und umfasst fest mit beiden Händen die Holzgriffe der Spindel. »Und jetzt red, sonst wird es gleich gewaltig eng für dich.«

Den Kopf zur Seite gedreht, tropft Wein und Speichel aus dem Mund Gustav Eichners, jeder seiner Atemzüge ist mit einem rasselnden Geräusch, einem schmerzhaften Stöhnen verbunden.

Gustav Eichner weint.

Es ist die Not des Menschen, seine Verzweiflung, seine Angst, seine Hoffnung, die ihn gefügig werden lässt. Auf der Suche nach Erklärungen bricht die Kette handelnder Personen beim schwächsten Glied.

»Ich, ich …«, beginnt er erneut, und diesmal lässt ihn Heinzjürgen Schulze aussprechen.

Dolly kann es nicht fassen.

Privatsphäre ist für ihre Mutter ein dermaßen interplanetarischer Begriff, da kommen vorher noch die Tropo-, Strato-, Exosphäre, dann lange nichts, und erst dort, wo dem Menschen keine Luft mehr zum Atmen bleibt, wo er nicht aus dem Auge zu verlieren ist, egal, wo es ihn hintreibt, beginnt die mütterliche Vorstellung von Intimität.

Folglich denkt sich ihre Erzeugerin weder etwas dabei, uneingeladen in eine fremde Wohnung zu stürmen, noch, in dieser Wohnung ohne Zurückhaltung einem Fremden schöne Augen zu machen, denn auch was ihre eigene Privatsphäre betrifft, ist Eva-Carola Würtmann alles andere als prüde.

Die heranwachsende Dolly musste verkrochen in ihrer türlosen Schlafkoje bevorzugt nächtens Dinge mit ansehen oder hören, da hätte sie sich, eingepfercht mit einer Großfamilie im Tipi, Iglu oder Baumhaus, zurückgezogener gefühlt.

Folglich platzt der ausgewachsenen Dolly nun endgültig der Kragen: »Ich komm nicht mehr heim, und wenn ich auf der Straße schlafen muss. Ich werde dir niemals, sollte jemals mein größter Wunsch in Erfüllung gehen, mein Kind auch nur eine Sekunde unbeaufsichtigt überlassen, und wenn du noch einmal unangemeldet, egal, wo ich bin, bei mir in der Tür stehst, wirst du dir wünschen, mich nie geboren zu haben, hast du das kapiert! Kauf dir statt deinem Tino am besten eine Dogge, die kanns dir dann wenigstens besorgen!«, stürmt Dolly ins Bad und wirft krachend die Tür ins Schloss.

»Na, wenn Sie auch so wild sind, Frau Würtmann, dann ...«, lässt Josef Krainer am weiteren Zuwachs seiner ohnedies schon unübersehbaren Begierde keinen Zweifel, womit auch bei Danjela der Punkt erreicht ist, endlich Recht vor Gnade walten zu lassen.

»Weißt du, Eva, hat deine Tochter gerade große Liebe verloren, drum glaub ich, ist Herumgeflirte keine schöne Anblick. Vielleicht ist unhöflich, aber bin ich leider nix Therapeutin für Probleme in Mutter-Tochter-Beziehung, und wenn muss ich mir jetzt aussuchen eine Partei von zwei, dann würd ich sagen, nimmst du Mann des Gesetzes an Hand und fährst du nach Hause, bin ich sicher, habt ihr schönere Abend allein! Verstehst du, was ich meine?«

»Gehen wir«, steht Josef Krainer nun auf und verlässt schnurstracks, gefolgt von dem für ihn wahr gewordenen Traum einer Frau, die Wohnung des Metzgers, denn ein weiteres Mal unterdrücken kann er den gerade eingegangenen Anruf nicht.

»Schulze, wird Zeit, dass Sie ...«

–

Wie bitte, ich soll was? Ich lass mir doch nicht von Ihnen den Mund verbieten, d...

–

Was heißt, ich habe Ihren Kollegen auf dem Gewissen, welchen Koll...

–

Wie, Szepansky?

–

In einer Stunde vorm Spital, alles klar.«

»Maier!«, geht es Josef Krainer durch den Kopf, und auch durch den Magen geht ihm gleich so einiges, denn dermaßen übel war ihm schon lange nicht mehr.

Im Konvoi, bestehend aus zwei Autos, wird die Rückfahrt angetreten. Heinzjürgen Schulze bedient, um die Bezüge seines Mietwagens zu schonen, das Steuer des Führungsfahrzeuges, des schwarzen Audi A7. Auf der Rückbank sitzt Willibald Adrian Metzger, daneben im Delirium Gustav Eichner, im Wagen dahinter Petar Wollnar – zumindest so lange, bis sich endlich eine geeignete Stelle findet, um das Jeep-Wrangler-Cabrio möglichst unauffällig am Rande des Schilfgürtels der Natur überantworten zu können, dann steigt der Hausmeister als Beifahrer in den A7 um.

Provisorisch den Rücken versorgt, eingebunden und mit starken Schmerzmitteln vollgestopft, halten sich Gustav Eichners Klagelaute in Grenzen. Für die tief im Fleisch sitzenden Schrotkugeln und den Bruch mehrerer Rippen allerdings reichte die zittrige Hand Hertha Sahlbruckners nicht aus. Der unter keinen Umständen in so jungen Jahren schon sterben Wollende braucht also dringend jene ärztliche Hilfe, die ihm bei weiterer Kooperationsbereitschaft auch zugesichert wird – und er kooperiert.

Gleichermaßen froh wie zutiefst erschüttert ist er darüber, der Metzger, und genau dieser Umstand macht ihm schwer zu schaffen. Sosehr er sich dagegen sträubt, sosehr er die vorhin an den Tag gelegte martialische Vorgehensweise Heinzjürgen Schulzes verurteilt, muss er sich doch eingestehen: Ohne diese erbarmungslose Brutalität gäbe es wahrscheinlich weder dieses Geständnis noch Grund zur Hoffnung. Eine Hoffnung, die unter anderem durch eine immer wieder auf 200 deutende Tachonadel und mehrmals die Nacht erhellende Radaranlagen gespeist wird.

Am Ziel angelangt, wiederholt Gustav Eichner mittlerweile ohne Widerwillen die nötigen Angaben. Petar Wollnar wird zwecks Aufpassens im Audi A7 zurückgelassen und der bereits, diesmal mit mehreren Beamten, wartende Josef Krainer in die Lage eingewiesen.

So schweigsam und regungslos hat der Metzger den Krainer noch nie erlebt.

»Leichenstarre?«, kann sich auch Heinzjürgen Schulze nicht verkneifen. »Wir können das Rad der Zeit nicht zurückdrehen, Krainer, bis jetzt ham Se versagt, aber ab jetzt können Sie zeigen, was in Ihnen steckt. Also, los geht's.«

Und nichts treibt den männlichen Tatendrang mehr an als die frisch ausgebrochene Infektion namens Liebe, im Fall Josef Krainers und Eva-Carola Würtmanns mit der Inkubationszeit eines Augenblicks.

Dann teilt sich die Gruppe gemäß der nun bis ins Detail besprochenen Ablaufpläne.

Einladend, pompös wie ein Grandhotel erstrahlt die Außenfassade der von Primarius Dr. Helmut Lorenz geleiteten Privatklinik.

Schulze macht sich, gefolgt von Willibald Adrian Metzger, mit dem Vorsatz, etwas stehlen zu wollen, auf in das zweite der drei vorhandenen Stockwerke.

Die hiesige Polizei, allen voran Josef Krainer, allerdings führt der, zumindest gegenüber den Einsatzkräften und dem Spitalspersonal geäußerte, Vorsatz, einen flüchtigen Dieb stellen zu wollen, abwärts.

Josef Krainer steigt mit seiner Einsatztruppe in einen großen Lastenaufzug, gibt den ihm von Schulze genannten Code in eine Zifferntastatur ein, wodurch sich der Fahrstuhl in ein auf der Anzeige nicht ausgewiesenes Untergeschoss bewegt. Steril, aber unfassbar luxuriös in der Ausstattung ist der sich dort auftuende Gang. Elfenbeinweiße Wände, ein elfenbeinweißer Industrieboden, elfenbeinweiße Ledersessel, Kristalllüster, ein Ambiente wie im Palast der Schneekönigin. Nur für Bewunderung ist keine Zeit. Josef Krainer läuft den Gang entlang, vorbei an wartenden Menschen, die mit besorgten Mienen in einer wie ein Wohnzimmer anmutenden Koje auf elfenbeinweißen Couchen sitzen, ihre Füße auf einem im Ausmaß gigantischen Perserteppich, in ihren Händen von einer Servierdame überreichte Getränke.

Laut hallen die Schritte der zur Milchglasschiebetür stürmenden uniformierten Männer, dann wird es still, an einer Sprechanlage geläutet, die Tür aber bleibt verschlossen. Erfolgreich entpuppt sich ein Ledersessel als Wurfgeschoss und genießt unbeirrt die für ihn vorgesehene Flugbahn. Durch das zerborstene Glas sind, als wäre sie in einen Ameisenhaufen gestiegen, hektisch aus Seitenräumen herausstürmende Menschen zu sehen, alle bekleidet mit mattgrünen Zweiteilern, Plastikhauben und Mundschutz. Jede der Fragen bleibt von Krainer unbeantwortet, stattdessen lässt er die ihn umgebenden, wild gestikulierenden Hindernisse von seinen Kollegen zur Seite zerren, betritt den ersten Operationssaal, sieht das panische Heben der in Gummihandschuhen steckenden Hände, sieht einen älteren weißhäutigen Mann mit offenem Rücken auf dem Operationstisch liegen, wechselt in den Operationssaal daneben und findet dort, ebenfalls mit geöffnetem Rücken, den gesuchten Jungen Noah.

»Weitermachen!«, brüllt Josef Krainer dem medizinischen Personal entgegen, auch weil er weiß: Jedes Eingreifen ist zu spät. Nur mehr umadjustieren kann er sich und aus dem Hintergrund beobachten, wie eine aus Noahs Körper entnommene Niere in den Nebenraum gebracht, implantiert und anschließend die Öffnung versorgt und zugenäht wird.

Schwer fällt es ihm, sowohl während der Operation als auch der anschließenden kurzen Verhöre Contenance zu bewahren, denn keiner soll den Verdacht schöpfen, es ginge hier möglicherweise um etwas anderes als um die Verhaftung des gesuchten Attentäters und Kunsträubers Noah. Von nun an, so erklärt Krainer, steht der Patient, egal, wo er liegt, 24 Stunden unter Polizeischutz.

Personaldaten werden jedenfalls alle aufgenommen, auch von den im Wohnzimmer wartenden, sich heftig sträubenden Angehörigen des Organempfängers.

Laut Aussage des Operateurs Dr. Lorenz soll die Organspende des jungen Mannes ein freiwilliger Akt gewesen sein, was Krainer gar nicht weiter kommentiert, denn was mit Dr. Lorenz zu geschehen hat, steht bereits fest.

Es ist ein ähnliches Bild, dem Willibald Adrian Metzger und Heinzjürgen Schulze im zweiten Stock nach Öffnen der Lifttür ins Auge blicken. Offensichtlich war im ganzen

Haus derselbe Innenausstatter am Werk, und wahrscheinlich reicht hier zwecks Zimmerreservierung nicht einmal die beste private Krankenversicherung.

Ruhig ist es zu dieser vorgerückten Stunde in der Säuglings- und Kinderstation, leer ist der mit reduziertem Licht beleuchtete Gang, unbesetzt ist das Empfangspult.

Die Beschriftungen weisen problemlos den Weg, wer hier um diese Uhrzeit mit krimineller Absicht einmarschiert, kann in aller Gemächlichkeit sein nächtliches Tagewerk verrichten. Durch eine langgezogene Glasscheibe lässt sich von außen ein Blick in den angepeilten Raum werfen, was weitere Mühe erspart, denn Willibald Adrian Metzger wird auf Anhieb fündig, nickt und deutet seinem Hintermann. Der zögert keine Sekunde.

Vorsichtig öffnet Heinzjürgen Schulze die Tür der Säuglings- und im Grunde Überwachungsstation. Die hohe Zahl vorhandener Brutkästen und technischer Gerätschaften hat beim ersten Anblick keine sonderlich beruhigende Wirkung. Anders der Ton der beiden vor einem Schreibtisch sitzenden Krankenschwestern.

»Was darf ich für Sie tun?« Freundlich und leise ist die Stimme der einen.

Besuchszeiten gibt es keine, hier untergebrachte Kinder brauchen so oft wie möglich die Nähe ihrer Eltern, vorausgesetzt, sie haben noch welche. Entsprechend steht den zwei jungen Kinderschwestern keine Verwunderung ins Gesicht geschrieben. Das ändert sich nun schlagartig.

»Wir würden gerne dieses Kind holen«, kommt Heinzjürgen Schulze auch im Wissen um den unten im Wagen schwer gezeichneten Gustav Eichner gleich zur Sache und tritt vor das entsprechende Bettchen.

»Wie: holen?«, gefriert das Lächeln der beiden.

»So«, erwidert Schulze, dabei zückt er, wie schon öfter an diesem Abend, seine Waffe. »Wie heißen Sie beide?«

»Schwester Selina«, »Schwester Marianne«, kommt es mit tonlos gewordenen, angsterfüllten Stimmen zurück.

»Sie müssen keine Angst haben. Ich stecke die Pistole jetzt wieder in meine Jacke, halte sie aber weiter in der Hand. Sie ziehen die Kleine an, machen sie abreisefertig, packen ihr ausreichend Verpflegung und Windeln in eine Tasche und begleiten uns dann in aller Ruhe. Sie, Schwester Marianne, tragen das Kind bitte bis zum Wagen. Ich bin sicher, sollten wir unterwegs gefragt werden, Sie werden äußerst glaubwürdige Erklärungen finden, aber ich geh ohnedies davon aus, Sie kennen einen anderen Weg hinaus als den Haupteingang. Wenn Sie das gut machen, dürfen Sie im Anschluss wieder zurück ins Spital, wenn Sie das nicht gut machen, dürfen Sie zu uns in den Wagen steigen, und der kleine Ausflug geht für Sie weiter. Alles klar?«

Schwester Selina und Schwester Marianne nicken.

»Fein, dann machen wir uns an die Arbeit.«

Es muss eine Schleuse geben, durch die das Leben aus dem Universum herab auf die Erde plumpst und die sich im Lauf der Kindheit langsam wieder verschließt. Vielleicht ist ja die erste Trotzphase nichts anderes als der Ausdruck der im Unterbewussten wahrgenommenen Abtrennung von dieser himmlischen Nabelschnur, sozusagen der Verlustschmerz.

Bis dahin nämlich scheint es, als würden die neuen Erdenbürger ein fast göttliches Gespür haben für die im Raum vorherrschenden Schwingungen und diese Schwingungen mit der ihnen gegebenen Sprachfähigkeit übersetzen. Glucksen, gurren, blubbern, mit Dada, Gaga und Baba die Welt deuten, mehr ist dazu im Grunde ja auch nicht nötig, schlafen oder eben brüllen.

Denn kaum hat Schulze seine Ausführungen beendet, beginnen gleich zwei der Babys mit ihren verzweifelten Gesängen Alarm zu schlagen. Und so, wie die Natur es vorgesehen hat: Es stresst gewaltig, duldet kein Überhörtwerden.

»Schneller!«, zischt Schulze.

»Aber die Kinder …«, ist die Erwiderung.

»… weinen jetzt eben, verdammt, es wird nicht das erste und letzte Mal sein. Wir verzichten auf die Windeln, das Futter, schnappen Sie sich ein paar fertige Fläschchen, wickeln Sie die Kleine in eine Decke, wir gehen, sofort!«

Und während sich der Lärm von Bettchen zu Bettchen bis hinaus auf die ganze Station ausbreitet, wird andernorts die Feuertreppe hinuntergestürmt und ohne weitere Komplikationen der Wagen erreicht: Gustav Eichner lebt, Petar Wollnar ist wach, alles ist gut.

Zumindest bis zu jenem Zeitpunkt, an dem ein kleiner, hilfloser Säugling vom warmen Busen und pochenden Herzen der Schwester Marianne in die feuchten Hände und an das verschwitzte Hemd des Willibald wechseln muss.

Unbändig vor Verzweiflung ist das den Wagen erfüllende Schreien.

Tod und Auferstehung

Draußen zieht die Nacht vorbei.

Ergriffen blickt der Metzger, Heinzjürgen Schulze neben, Petar Wollnar und den mittlerweile schlafenden Gustav Eichner hinter sich, auf das Kind in seinen Armen. Immer wieder kurz aufschluchzend, saugt die Kleine an dem Fläschchen.

Still ist es im Wagen.

Leise beginnt er zu summen, sieht seine längst verstorbene Mutter in Gedanken neben sich am Bett sitzen, spürt ihre Hand auf seiner Stirn, und jedes Wort, jeder Ton ihres Gesanges ist wieder da, als wäre er nie fort gewesen. Wie liebevoll ins Ohr geflüstert, so hört er ihre Stimme:

»Es ist schon spät, und draußen scheint, als hätt die Welt sich still vereint, ein Meer voll Lichtern.

Und die Nacht legt klar und rein, einen friedlich stillen Schein, in die Gesichter.

Es lächeln aus den Sternscharen all die, die einmal mit uns waren, mit sanfter Güte,

und aus dem weichen Erdentor steigt warm Geborgenheit empor, wie ein Blüte.

Aus dem Himmel senken sich, wie bunte Schleier ewiglich, die Träume nieder.

Das tiefste Sehnen ist nun wach, und malt Bilder tausendfach, auf unsre Lider.

Wie ist die Welt doch wunderschön, wenn alle Menschen schlafen gehn, ein stiller Garten,

wenn alles staunend innehält, wehrlos der guten Nacht verfällt, muss Eifer warten.

Warum kann nicht bei Tageslicht die Eitelkeit, die uns zerbricht, einfach verschwinden,

so wie im Schutz der Dunkelheit das Leben sich vom
Zwang befreit, um sich zu finden.
Gott behüte diese Welt, dass sie durch uns nicht ganz zer-
fällt am nächsten Morgen,
wenn alles irgendwann erwacht, schenk uns am Tag ein
wenig Nacht, und keine Sorgen.
Lass uns den Kummer und den Groll, der den Tag ver-
dunkeln soll, nicht länger sehen,
dass wir im Herzen wie ein Kind, mit allen, die uns nahe
sind, in Frieden schlafen gehen.«

Diese Welt steht nicht unter Gottes Schutz, das weiß Willibald Adrian Metzger, erwachsen geworden, wie er ist, mittlerweile allzu gut. Wenn es je so etwas wie eine Güte Gottes
gegeben haben soll, dann wurde sie längst ausradiert von der
Erbarmungslosigkeit des Menschen. Die Nacht ist noch
nicht zu Ende.

Angela Sahlbruckner wird in Anbetracht des von ihrem Vater im Weinkeller vernommenen Geständnisses gesprächig,
und der am Steuer des A7 sitzende Heinzjürgen Schulze,
da ist im Kopf des Willibald das Gutenachtliedchen seiner
Mutter erst verklungen, von Paul Sahlbruckner informiert.

Gustav Eichner wird kurz darauf akribisch von Heinzjürgen Schulze im Hinterzimmer einer zurzeit wegen Urlaubs gesperrten Praxis weiter verhört.

Eine Praxis, die der dazugehörige, dem Kriminalbeamten
Josef Krainer aufgrund einiger zufälliger Begegnungen im
Rotlichtmilieu zutiefst verpflichtete, verehelichte Tierarzt
innerhalb kürzester Zeit öffnen und für die Zeit seiner Abwesenheit ohne Wenn und Aber zur Verfügung gestellt hat.

Primarius Dr. Helmut Lorenz hat man, so wie alle anderen auch, nach den Befragungen im Spital heimgehen, allerdings als Einzigen nicht zu Hause ankommen lassen. Statt-

dessen darf er den urlaubenden Tierarzt vertreten, mehrmals versichern, er kenne den Verletzten nicht, dabei lokale Betäubungen spritzen, Schrotkugeln entfernen, die von der Natur nicht vorgesehenen Körperöffnungen vernähen, Rippenbrüche versorgen und sich dabei von Heinzjürgen Schulze erklären lassen, wie Gustav Eichner überhaupt zu all seinen schweren Verletzungen gekommen ist.

Und er zeigte Mitgefühl, der Herr Primar: »Entsetzlich, dieser Kerl!«, »Was für ein Verbrecher!«, »Toll, das Einschreiten dieses alten Sahlbruckner!«, »Das muss man ehrlich sagen, ohne Ihre Folter hätte dieses Untier vielleicht gar nichts gestanden! Was hat er eigentlich gestanden?«

Dieses Mitgefühl schwenkt schlagartig in Selbstmitleid um, nachdem Dr. Lorenz unterbreitet wird, er sei heute bereits vor seiner Gemeindebau-Praxis mit genau der Tochter des ach so tollen alten Sahlbruckner gesehen worden. »Was haben Sie jetzt vor?«, stammelt er.

Endgültig zum Schweigen bringen den Herrn Primar dann das Erscheinen des mit Unterlagen bepackten Kriminalbeamten Josef Krainer und die Information, in der auf den Kopf gestellten besagten Gemeindebau-Praxis sei gerade eine ausreichende Zahl an Krankenakten ans Tageslicht befördert worden. Zwei der Fälle, eine Nieren- und eine Lebertransplantation, so erkennt Schulze beim Durchblättern der Dokumente auf Anhieb, stimmen mit den Namen zweier Herren überein, die hochpreisig Maier'sche Kulturgüter ersteigern haben lassen.

»Prima, Herr Primar«, erklärt Schulze, »dann würd ich vorschlagen, der werte Herr Kollege Krainer geht jetzt wieder, damit wir allein sind, Sie sehen sich noch einmal den Gesundheitszustand Gustav Eichners an und überlegen sich dabei in aller Ruhe, ob Sie weiterhin schweigen wollen.«

»Ich will meinen Anwalt sprechen. Das steht mir zu«, ist der zögerliche Versuch einer Auflehnung.

»Alles, was Ihnen aus meiner Sicht zusteht, Lorenz, sind die Sterbesakramente und ein Beichtvater – und der bin ich!«, die Antwort Josef Krainers.

In derselben Nacht noch werden Dr. Konrad Maier und seine Frau Maria höchstpersönlich besorgt um sich schlagen und verkünden, ihr krankes Pflegekind sei entführt worden, während Primarius Dr. Lorenz seinem möglicherweise drohenden endgültigen Verstummen ein höchst informatives Redebedürfnis vorzieht.

So schließt sich nun die Kette der Ereignisse immer mehr zu einem erschütternden Ganzen:

Unter dem Schein der Ehrenamtlichkeit werden illegale Zuwanderer und Strandhändler von der Allgemeinmedizinerin Dr. Aurelia Cavalli regelmäßig untersucht und behandelt, es wird ihnen Blut entnommen, es werden ihre Werte bestimmt, es werden ihnen auf vertrauensselige Art und Weise ihre Geschichten, ihre Sehnsüchte entlockt, es werden Listen angelegt und an die im Hintergrund arbeitende Organisation weitergegeben. Diese gewährleistet den Kunden die zugesicherte Soforthilfe. Kunden, die aller Voraussicht nach allesamt aus dem Umfeld der elitären Männervereinigung stammen, Angehörige, Vertraute, Geschäftspartner. Soforthilfe, die drei Leitsätzen entspricht:

- Geld spielt keine Rolle.
- Je frischer das Organ, je kürzer der Entnahme- oder Todeszeitpunkt des Spenders zurückliegt, desto besser.
- Wer ein Organ und einen Operationstermin benötigt, bekommt beides so schnell und unbürokratisch wie möglich.

Demzufolge sind lange Anlieferungswege samt Grenzkontrollen keine Option. Dennoch braucht es Personen, die möglichst entwurzelt, möglichst fern der Heimat sind, die also niemand vermisst, die niemand suchen wird, die gerne mitkommen. Diesbezüglich hat sich das Einsatzgebiet Gustav Eichners als Selbstbedienungsladen und wahres Schlaraffenland erwiesen.

Wird also ein Spender benötigt, reist Gustav Eichner aus Sicherheitsgründen immer in Begleitung eines Zweiten, zumeist eines Fahrers, an die Adriaküste, nimmt zu dem laut der Cavalli-Liste passenden Organträger Kontakt auf, oft reichen dazu nur ein paar Einkäufe direkt am Strand. Dabei zeigt er sich höchst amikal, interessiert und gesprächig, bis ganz von selbst zu erzählen begonnen wird, vom Traum nach einem noch besseren Leben, vom Wunsch, weiter hinauf nach Mitteleuropa vorstoßen zu können. In der Regel taucht dann sogar ganz von selbst die Frage auf, ob es nicht eine Möglichkeit gebe mitzukommen. Zwang ausüben muss Gustav Eichner nie. Schiefgelaufen ist bisher nur einmal etwas: Bei einer Raststation hat es sich ein Senegalese anders überlegt und ist davon: Pepe. Vielleicht aus Zweifel, Angst, vielleicht wusste er aber auch zu viel, ahnte etwas. Der Zufall war hold und hat zu einer neuerlichen Begegnung geführt. Es war leicht, ihn mit dem Argument, ein Hotelgast wolle Kokain kaufen, nächtens ins Kiddyclub-Zelt zu locken, denn jemand wie Pepe, der Unsicherheit unter der möglichen Ware, so wurden die Strandhändler von Gustav Eichner im Gespräch bezeichnet, verbreitet, wäre schlecht fürs Geschäft.

Im Zielland wird nun der Organträger so lange in einer eigens dafür vorgesehenen Wohnung verwöhnt, bis der Organempfänger im Spital eingetroffen und zur Operation bereit ist. Im Wagen werden die Spender betäubt und merken an sich nie, was mit ihnen geschieht.

»Und dann, was passiert dann mit ihnen?« Die Antwort auf diese Frage blieben Dr. Lorenz und Gustav Eichner mit den Worten »Unser Part ist nach der Transplantation erledigt« schuldig, und man glaubte es ihnen.

Was Angela Sahlbruckner betrifft, lernte sie im Vorjahr während eines Adria-Urlaubes mit ihren Eltern und ihrer herzkranken Tochter Emma den Landsmann Gustav Eichner kennen, und man kam sich näher. Als sich im Herbst des Vorjahres Emmas Zustand rapide verschlechterte und ohne Spenderherz kein Weiterleben in Aussicht gestellt werden konnte, bot ihr Eichner mit dem Argument, Kontakte zu haben, Hilfe an, günstig und prompt. Als Gegengeschäft für die nötige, rasch durchgeführte Transplantation verlangte Eichner von Angela Sahlbruckner, unter dem Deckmantel der absoluten Geheimhaltung für eine Organisation als Amme tätig zu sein, um des Lebens ihrer Tochter willen, so fügte Eichner hinzu.

Angela Sahlbruckner beendete zwar die Beziehung, verstand aber die Drohung, tat, was man von ihr verlangte, und hatte sich angesichts des Glücks ihrer am Leben gebliebenen kleinen Emma anfangs nie die Frage stellen wollen, woher die Kinder, die sie aus Transportgründen an ihre Brust legen musste, kommen und warum sie wem übergeben werden sollen, ihr reichte die Erklärung, es gehe um Adoptionen. Mehrmals kam sie seither zum Einsatz, manchmal mit anderen Begleitern als Gustav Eichner und an jeweils anderen Orten. Kinder, die, so wurde ihr zugesichert, so rasch wie möglich in gute Hände gelegt werden würden.

Jedes Mal hat sie die Kinder also aus der Hand stillender, zumeist weinender Frauen übernommen und an unterschiedlichsten Zielen im deutschsprachigen Raum zumeist abermals weinenden, vor prunkvollen Bauten stehenden Frauen und Männern übergeben. Hinterfragt hat sie es nicht, bis zum letzten Kind, Darya.

Denn ab dem Zeitpunkt, an dem die Kleine vor der Gemeindebau-Praxis des Dr. Lorenz von ihrer Vaterfigur Noah getrennt wurde, kamen in ihr Zweifel auf. Mit der Übergabe in der Villa des Dr. Maier aber wusste sie dann Bescheid: Dr. Maier war nicht anwesend, nur seine Frau Maria. Wie ein Juwel nahm ihr die junge Frau das Kind aus der Hand, und während Angela wieder gehen musste, hörte sie Maria Maier die Worte: »Ich wollte dich einfach sehen!« sprechen, sah sie in Tränen ausbrechen, sah, wie sie die kleine Darya an ihren Körper drückte, ihr zärtlich über den Kopf streichelte: »Ich dank dir so, mein Kleines, so unendlich!« zuflüsterte, sah, wie sie das Kind mit den Worten »Du hast ein gutes Herz!« auf die Stirn küsste, sah, da war Angela Sahlbruckner schon bei der Tür, im Stiegenhaus eine Krankenschwester herunterkommen, ein Kind im Arm, ein Baby mit blassem Gesicht, Schläuche in den Nasenlöchern. Angela Sahlbruckner begann zu laufen, zu bekannt war ihr dieser Anblick, zu erschütternd die Einsicht.

Kurz vor halb drei Uhr nachts klappt Gustav Eichner, gestützt von einem Arzt, nun endgültig zusammen und Willibald Adrian Metzger andernorts in aller Eile etwas auseinander.

Bleibt ihm auch gar nichts anderes übrig. Heinzjürgen Schulze war vor zwei Stunden samt Audi A7 und Schwerverletztem sofort weitergefahren, Petar Wollnars Pritschenwagen steht nach wie vor geparkt vor der Maiervilla, und weder Danjela noch Dolly ist mobil. Agil sind sie allerdings schon.

Nicht nur weil der erschütternde telefonische Zwischenbericht des Heinzjürgen Schulze niemanden zur Ruhe kommen lässt, sondern weil für Danjela und vor allem Dolly nur noch eines Bedeutung hat. Das ihnen vor zwei Stunden in die Hände gelegte schlafende Kind: Darya.

Selig war man da, vor allem Dolly. Damit ist es nun, genauso wie mit dem friedlichen Schlaf der Kleinen, vorbei.

»Brauchen wir dringend Flasche und Schnuller und Windeln und Babymilchpulver. Fährst du zu Heilige Barbara, aber dalli. Und können wir nix warten auf Taxi, nimmst du gefälligst Geburtstagsgeschenk!«, lautete der auf Anhieb erteilte Befehl.

Und so strampelt der wuchtige Metzger auf dem kleinen Klapprad nun hochtourig durch die Stadt zur Heiligen Barbara, der nächstgelegenen Apotheke mit Nachtdienst. Verzweifelt ist er, auch darüber, mit Gang Nummer sieben bereits die schwerste aller angebotenen Übersetzungen gewählt zu haben und trotzdem kaum schneller zu werden.

Für die emotionale Tragweite des am heutigen Tage Erlebt- und Gehörten braucht er allerdings keine Übersetzung, die Grausamkeit des Menschen ist eine allerorts auf Anhieb verständliche Sprache, und doch fehlen dem Metzger die Worte. Kein noch so abscheuliches Ereignis kann ein Geschöpf sich ausmalen, ohne dafür ein reales Abbild zu finden. Und wie er da vorbeiradelt an all den Auslagen, Geschäften, den Warenhäusern, fällt es ihm schwer, in den Dingen, die es an jeder Ecke zu kaufen gibt, nicht auch einen kleinen Teil der ihm am heutigen Tag vor Augen geführten Erbarmungslosigkeit zu sehen. Was im Weinkeller für Gustav Eichner gegolten hat, gilt überall: Es ist die Not des Menschen, seine Verzweiflung, seine Angst, seine Hoffnung, die ihn gefügig werden lässt. Der wichtigste Rohstoff dieses Planeten ist der Mensch und sein Schicksal. Es lässt sich fördern, ausbeuten, unabhängig von den Jahreszeiten, vom Klima, von der Fruchtbarkeit des Landes, von der Zahl der Schädlinge.

Je substanzieller die Bedrängnis, je größer der Kampf ums Überleben, desto eher sichert diese Bedrängnis denen die Existenz, deren Not oft einzig darin besteht, aus alldem, was es jederzeit zu haben gibt, auswählen zu müssen.

Eine unfassbare Leere erfüllt den Restaurator, den Schweiß auf der Stirn, die Schwere im Körper, den Blick auf die Schaufenster, die Klarheit vor sich: Die Armut nährt den

Wohlstand, es war im alten Rom so, es war im Mittelalter so, es ist heute so. Sie färbt unsere Stoffe, schneidert unsere Kleider, schustert unsere Schuhe, baut unsere Telefone, Autos, Computer, sät und erntet das Futter unserer gebratenen Hühnerbrüste und gebackenen Schnitzel, sät und erntet unseren Kaffee, räumt unsere Straßen, wenn es schneit, schaufelt uns den Weg frei, sie ist verdammt zu einem Dasein als Ersatzteillager, darf auf, aber nicht von unserem Müll leben, und mehr denn je gilt gegenwärtig, in einer Welt, die sich vor dem Menschen kaum noch verbergen kann: Jedes verhungerte Kind ist ein ermordetes.

Es sind aufreibende Gedanken, die den Restaurator durch die Nacht begleiten, denn wo ist der Ausweg, wie kann er gegensteuern, was kann er tun. Er, der den Wohlstand verkörpert allein durch das Glück, hier leben zu dürfen, der zwar gut über die Runden kommt, aber dessen Mittel selbst beschränkt sind, der akribisch nachrechnet und sieht, wie alles teurer wird, der demzufolge selbst sparsam sein muss und Teil des Kreislaufes ist. Ein Kreislauf, der jedem Endabnehmer zwangsweise das Brandmal des Mittäters verpasst.

Dann hat er seinen unzählige Menschenleben überdauernden Einkauf, der Metzger, alles verpackt in zwei Plastiksäcken, gefüllt mit in Plastik verschweißten, in 300 Jahren noch nicht verrotteten Kunststoffwindeln, Plastikflaschen mit Gummiaufsatz, Plastikschnuller mit Gumminuckel, ein in Stanniol eingeschweißtes und mit Plastik verschlossenes Milchpulver, sogar ein freundliches, verschlafenes: »Bis auf die Windelgröße klingt Ihr Einkauf nach Hausgeburt?« wird ihm zuteil.

»Da haben Sie in gewisser Weise sogar recht«, ist seine Antwort.

Darya trinkt unersättlich. Zwar des Hörens, aber noch nicht des Verstehens mächtig, betrachtet sie dabei ihre Umgebung. Mit großen Augen und klarem Blick mustert sie das auf sie liebevoll herabblickende Gesicht, und lange wird es nicht dauern, bis sie darin ihr Zuhause findet.

Wären Willibald Adrian Metzger und Petar Wollnar Angela Sahlbruckner von der Gemeindebau-Praxis des Dr. Lorenz nicht zur Maiervilla gefolgt, hätte der Metzger in Gegenwart Heinzjürgen Schulzes das Fehlen der Kleinen in Angelas Wagen nicht bemerkt, wäre der heutige, in einigen Stunden anbrechende Tag für die zukünftige Darya Poppe der letzte gewesen.

So geht eine lange Nacht zu Ende, und sie bewahrt ihr Geheimnis. Nichts wird an die Öffentlichkeit dringen, außer, dass zwei Unbekannte das Pflegekind des Dr. Konrad Maier aus einem Spital entführt haben, während der fehlende zweite Einbrecher des Maiermuseums gestellt wurde.

Nichts

»Der Weg ist das Ziel!«, hat seine Mutter immer gesagt, mittlerweile weiß der Metzger: So schön das zugegeben auch klingt, so wunderbar sich das alles hineinschreiben lässt in Stamm-, Freundschafts- und was für Büchlein auch immer: Ein Schmarrn ist es trotzdem. Nicht der Weg ist das Ziel, Mittelweg muss es heißen.

Da braucht man noch nicht einmal auf zwei Beinen stehen können, kapiert selbst ein Einjähriger recht rasch: Dort darf ich hinkrabbeln und dort nicht, und wenn ich den Inhalt der Flasche in mich hineinschütte, wird die Mama eine Freude haben, und wenn ich den Inhalt der Flasche, was mir eigentlich viel mehr Spaß machen würde, meiner Mama über den Kopf schütte, wird sie keine Freude haben, so einfach ist das. Also trinken und maximal mit der Flasche auf den Tisch dreschen, das ist der Plan. Das Leben ist ein einziger Mittelweg, eine Abfolge von Übereinkünften, Schlichtungsverfahren, Geschäften.

»Gehe ich aber so was von sicher mit dir auf Krainerparty!«, verkündet Danjela also vollmundig. Wobei sich dieses »aber so was von sicher« natürlich dermaßen nach Kompromissbereitschaft anhört, als würde eine Kobra einer lahmen Ratte erklären: »Lauf los, ich zähl inzwischen bis hundert.«

Nur, diesmal, das hat sich der Metzger geschworen, beißt seine geliebte Danjela auf Granit: »Soll ich dir sagen, wie deine Krainerparty ausschauen wird: Ein Würstl kannst du dir kaufen gehen, beim Standl ums Eck! Ich schaff das allein, du musst nicht auf mich aufpassen. Du musst auf Dolly aufpassen.«

»Aber mach ich mir Sorgen.«

»Danjela, es sind alle dort, außerdem, wer weiß, ob er überhaupt kommt.«

»Jetzt sag, ist das ein Kompromiss?«, wollte Josef Krainer am heutigen Morgen wissen und konnte es nicht fassen. Drei Tage sind erst vergangen, seit ihm dieses Prachtweib über den Weg gelaufen ist, und mehr Zeit hat er auch nicht benötigt, um in sich den Wunsch zu orten, Eva-Carola Würtmann gar nicht mehr nach Hause gehen lassen zu wollen. Und wie es den Anschein hat, wollte auch sie nicht.

»Heute ist dein Sechziger, und das ist dein einziger Geburtstagswunsch?«, flüsterte sie nach äußerst kurzer und umso intensiverer Nacht mit glasigen Augen: »Aber, aber, du kennst mich noch gar nicht richtig, da kann ich doch nicht gleich einziehen?«

»Wie gesagt, es gibt nur die eine Bedingung: Du kaufst dir keinen neuen Hund. Ist das jetzt also ein Kompromiss oder nicht?«

»Ein Kompromiss? Ein Wunder ist das«, war zuerst Eva-Carola und kurz darauf auch Josef Krainer dank alles anderer als jugendfreier Methoden die Beglückung anzusehen.

Da spazierten die beiden Turteltauben bereits ins Badezimmer, läutete das Telefon.

»Ja, Dr. Maier! Wie lieb, dass Sie mir schon in aller Früh zum Geburtstag gratulieren, obwohl wir uns doch am Abend sehen. Sie haben doch nicht vergessen?

–

Nicht. Fein. Da wär ich nämlich ganz schön enttäuscht, wenn Sie nicht kommen, das ich sag Ihnen. Und als Enttäuschter mag ich mich selber ja gar nicht, da komm ich oft auf ganz blöde Ideen.

311

–

Nein, Ihre kleine Darya haben wir noch nicht gefunden, wir tun auch alles …

–

Ja, es ist wirklich unvorstellbar, dass genau in dem Moment, wo wir im Keller des Spitals einen der beiden Einbrecher Ihres Museums stellen, im zweiten Stock Ihr Pflegekind entführt wird. Unfassbar. Als hätte jemand von unserem Einsatz gewusst und nur drauf gewartet. Ich sag nur: Die undichten Stellen in den eigenen Reihen, aber das klären wir auch noch. Hat sich mittlerweile ein Erpresser gemeldet?

–

Nicht. Hat ja auch niemand gewusst, dass Sie überhaupt ein Pflegekind haben. Jetzt weiß es das ganze Land, die Medien sind voll davon.

–

Nein, Ihr Freund Dr. Lorenz ist auch noch aufgetaucht, glauben Sie, er steckt dahinter?

–

Das versprech ich Ihnen, lieber Dr. Maier, wir prüfen alles, auf Herz und Nieren.

–

Genau. Ab achtzehn Uhr.

–

Stimmt, noble Adresse, aber ich muss Ihnen ja was bieten. Nein, Scherz beiseite, werter Dr. Maier. Sechzig wird man schließlich nur einmal im Leben.«

Josef Krainer hat es in seiner Karriere ja schon mit vielen abgebrühten Menschen zu tun bekommen. Dr. Maier allerdings ist diesbezüglich eine Erfahrung der besonderen Art. Einzig Freude bereitet ihm die Gewissheit: Maier weiß nichts, wie auch. Gustav Eichner und Dr. Lorenz konnte er seit ihrem

Verschwinden nicht mehr sprechen, ein Besuch eines seiner Mitarbeiter beim Weingut Sahlbruckner hat zu keiner anderen Erkenntnis als der, dass hier garantiert kein Gustav Eichner zu Besuch war, geführt.

Noah wurde instruiert, sich in Schweigen zu hüllen, das Spiel mitzumachen, und Darya ist bestens aufgehoben, dreifach bewacht und betreut von Dolly, Danjela, und all das in den Räumlichkeiten der zurückgekehrten besten Freundin Irmgard.

Es ist 18 Uhr, die Aufgabenverteilung ist klar, die Zahl der Eingeweihten beschränkt auf sechs Personen. Mehr braucht es auch nicht: Heinzjürgen Schulze, Josef Krainer, Irene Moritz, Willibald Adrian Metzger, Petar Wollnar und die abwesende Danjela.

Bis 18 Uhr wurde vorbereitet, der geräumige Pavillon inklusive Weinkeller eines Heurigen auf Vordermann gebracht. Arbeit gab es genug, und nichts davon betraf das Buffet, die Getränke, das Decken der Tische oder die Musik. Eine Tonanlage wurde trotzdem errichtet.

Gäste treffen ein, niemals hätte der Metzger gedacht, im Dunstkreis Josef Krainers diese Vielzahl an hochrangigen Persönlichkeiten anzutreffen. Der Geschenktisch füllt sich, um 19 Uhr biegt er sich schon leicht durch, was dem Restaurator die Bemerkung entlockt: »Sagen Sie, Krainer, das ist kein Gabentisch, das schaut nach Ablasszahlungen aus, was wissen bitte Sie über all diese Herrschaften?«

Um 21 Uhr hält Krainer seine Rede, dann beginnen die beiden Musiker zu spielen. Um 22 Uhr taucht Dr. Konrad Maier, begleitet von einem kräftigen Herrn im Anzug, auf, entschuldigt seine Frau Maria, übergibt eine Magnum-Flasche vom teuersten Champagner, löst damit bei einer

Vielzahl der Besucher den Gedanken aus: »Schad um das viele Geld«, schart in Windeseile eine Glocke alter Bekannter und solcher, die es noch werden wollen, um sich.

Keine halbe Stunde später ist es für den Metzger dann so weit.

Zeichen Nummer eins: Josef Krainer stürmt zu Dr. Maier, packt ihn aufgeregt am Ellbogen, zieht ihn zu sich in ein Eck, der Metzger setzt seine Kopfhörer auf und deutet den Musikern. Und schon wird aufgegeigt ohne Unterlass.

»Wissen Sie, was mein schönstes Geburtstagsgeschenk ist. Wir haben sie«, flüstert Krainer euphorisch Dr. Maier zu.

»Darya? Wo?«, kann der hohe Herr es kaum fassen.

»Kommen Sie!«

Und er kommt, der Dr. Maier. Sein massiver Personenschützer aber kommt nicht weit, denn der Gang abwärts, hinunter in den Weinkeller, hat so seine Tücken, unter anderem einen im Schatten hinter einem Eck verborgenen, äußerst schlagkräftigen Schulze.

Unten angelangt, geht es durch eine Tür, hinein in einen weitaus ungemütlicheren Raum wie der des Weinguts Sahlbruckner. Austoben kann man sich hier allerdings genauso gut.

»Schön, dass Sie es einrichten konnten, Dr. Maier. Ah, fein, und da ist ja auch schon mein Kollege Schulze!«, hört der Metzger nun die Stimme Josef Krainers in seinen Kopfhörern. Die Leitung herauf also funktioniert.

»Bevor wir zu reden beginnen, möchte ich mich kurz vorstellen«, ist eindeutig die Stimme Heinzjürgen Schulzes zu vernehmen. Danach sind zwei dumpfe Schläge und ein Ächzen zu hören.

»Was, was …«, will Maier im Anschluss daran offenbar von sich geben.

»Sie sind noch nicht dran mit Reden, zuerst kommen wir.«

Das ist das Zeichen Nummer zwei. Der Metzger hebt die Hand, die Musiker beenden ihren Beitrag, Petar Wollnar steckt die Kabel um, und all das, was Willibald Adrian Metzger ins Ohr dringt, hören von nun an alle im Raum Anwesenden, mit dem Unterschied, dass für den Restaurator diese Geschichte nichts Neues ist. Seit drei Tagen raubt sie ihm den Schlaf, sitzt sie in seinem Geist wie ein Dämon und lässt keine Freude mehr zu.

Ruhig wird es im Pavillon des Heurigen, aus erstaunten werden erschütterte Gesichter, aus stehenden, tanzenden werden sitzende, ermattet an die Wand gelehnte Menschen, da hat Dr. Maier noch kein einziges Wort sprechen müssen.

Erst als Krainer und Schulze das Ende ihrer Ausführungen erreichen, erklärt er mit eiskalter Stimme: »Ihr wollt euch mit mir anlegen?«

Verächtlich dröhnt es aus den Boxen heraus durch den Pavillon: »Ich mach euch fertig. Glaubt ihr Witzfiguren tatsächlich, ihr könnt es mit mir aufnehmen, keine zwei Tage geb ich euch noch. Ihr habt keine Vorstellung davon, wer mir da draußen alle zu Dank verpflichtet ist. Also: Wo ist das Baby? Das Leben meiner Tochter hängt davon ab. Leben, das einen Wert hat, kapiert ihr das, Leben, auf das eine Zukunft wartet …«

Nur ein Nicken reicht, und Petar Wollnar versteht. Es ist Zeit zu gehen, nichts von alldem will Willibald Adrian Metzger nun hören. Der Nachhall dieser menschenverachtenden Stimme, die mit Inbrunst und aus voller Überzeugung über den Wert und Unwert des Lebens referiert, hat in seinem Inneren nichts verloren.

Er wird wochenlang davon in der Zeitung lesen, wird erfahren, dass jene Spender, die ohne das entnommene Organ überleben konnten, in eigens dafür errichteten Zellen des

Krankenhauskellers so gut es geht auf Vordermann gebracht und danach, oft in Gruppen, im Laderaum eines Transporters bis an die Sohle des Stiefels zurückgebracht wurden, von wo aus für sie der Transfer zurück ans Festland ihres Heimatkontinents begann und ihre lange Reise ein Ende nahm. Er wird hören, dass Eichner nur einer von vielen ist, dass die Menschenfischer nicht nur an der Adria unterwegs sind, dass nicht nur die Privatklinik des Dr. Lorenz Operationen durchführt und dass die Größe der Organisation ein Ausmaß zu haben scheint, dem möglicherweise so schnell nicht Herr zu werden ist. Er wird zu lesen aufhören müssen, der Metzger, zu sehr verändert es seine Sicht. Die ihn umgebende Welt anzusehen, so wie sie ist, heißt vielleicht, sich noch weit vor ihrem Untergang nicht mehr in ihr zurechtfinden zu wollen, da nutzt ihm sein Restauratorenkeller auch nichts.

»Sagst du mir bitte rechtzeitig, bevor willst du dich anschließen irgendwo indigene Volk!«, versucht Danjela ihn die nächsten Tage aufzumuntern. »Und rufst du gefälligst zurück Schulze, hat schon dreimal gesprochen auf Anrufbeantworter, will er erfüllen alle Wünsche für Werkstatt auf Kosten von Polizei. Und fährst du zu Dolly, weil braucht sie Hilfe wegen umbauen Schlafzimmer von ihre Mutter in Kinderzimmer! Und machen wir morgen Ausflug, fahren wir mit Trixi und Lilli in Freibad.«

»Nein, Danjela, morgen fahren wir in kein Freibad!«, ist dann die Antwort des Restaurators. »Morgen fahren wir woanders hin, es gibt wichtigere Dinge.«

Alles

Gestern hat er zum ersten Mal aufstehen dürfen, heute erwarten ihn die ersten Schritte. Schwach sind seine Beine, müde sein Körper, unendlich müde, als würde er endlich jene Ruhe einfordern, die ihm zeit seines Lebens nicht zuteilwurde. Auch nach den unzähligen Verhören musste er noch mehrmals seine Geschichte erzählen, den Schwestern, Ärzten, einigen Journalisten. Viele Menschen haben ihn besucht, auch Angela. Er will ihr verzeihen können, irgendwann.

Man wird ihn, nach alldem, was er erleben musste, nicht fallenlassen, wurde ihm versprochen.

»Schaffen Sie das?«, greift ihm ein Pfleger fest unter die Achseln. »Wir gehen nur ein paar Schritte, hinüber zum Rollstuhl, und dann führ ich Sie ein wenig in den Hinterhof hinaus ins Grüne.«

Tief sind seine Atemzüge, herrlich ist die Luft, fast türkis, wie das Meer in seiner Heimat, ist der Himmel.

»Ich übergebe Sie jetzt, Sie haben Besuch.«

Kurz bleibt der Rollstuhl stehen.

»Nimmst du sie bitte, aber fest, ich brauch beide Hände«, hört er eine bekannte weibliche Stimme, sieht er, wie ihm sein Leben zurück in die Arme gelegt wird. Wie ein reinigender Regen fallen seine Tränen, Darya lächelt.

»Dolly, du ...«, will er beginnen, doch ihm versagt gerührt die Stimme.

»Und wenn alles gutgeht, kommst du dann übernächste Woche nach Hause.«

»Wo zu Hause?«, fragt er.

»Bei uns, Noah, bei Darya und mir!«

Abfahrbereit steht der Pritschenwagen vor der Tür.

»Um Gottes willen, bist du rasiert, schaust du aus wie fremde Mann?«, begrüßt Danjela Hausmeister Petar Wollnar. Es wirkt also Wunder, das Entfernen eines konsequent getragenen Dreitagebartes, ebenso wie das Überstreifen eines gebügelten Polo-T-Shirts: »Trittst du wieder ein in katholische Kirche, oder was bist du aufgetakelt wie Firmling?«

Danjela also ist zu Scherzen aufgelegt, da hat sie allerdings, nach kurzer Fahrt zur Werkstatt, den aus seinem Gewölbekeller heraustretenden Willibald noch nicht gesehen.

»Ist, ist, ist das funkelnagelneue Hemd und neue Sakko, sieht gut aus, aber warum hast du gekauft ohne mich? Und riechst du nach Rasierwasser?«, stammelt sie.

Der Metzger allerdings bringt gar kein Wort heraus. Blass ist sein Gesicht, feucht und zittrig sind seine Hände, und beim Ablegen des Jacketts sind sie unübersehbar, die mächtigen Schweißränder unter seinen Achseln.

»Warum geht dir nix gut? Sagst du mir bitte, wo fahren wir hin?«

»Psssst!«, ist alles, was der Metzger zustande bringt.

Hinaus aus der Stadt geht die Fahrt, wolkenlos ist der Himmel, ein leichtes Lüftchen bringt den Pritschenwagen ins Schaukeln, Danjela ist, obwohl sie flankiert von zwei ihr an sich bekannten Menschen in vertrauter Umgebung sitzt, mulmig zumute.

Die Häuser lichten sich, die Route führt eine Bundesstraße hinaus durch hohe Sonnenblumenfelder, dann durch ein Waldstück, hinaus auf eine weite Wiese.

Und weg ist es mit einem Schlag, das mulmige Gefühl der Madame Djurkovic, übergangslos abgelöst von einer ausgewachsenen Übelkeit.

»Will ich jetzt gar nix denken, was ist theoretisch möglich«, flüstert sie.

»Ich auch nicht!«, antwortet der Metzger, Tropfen auf der Stirn, einen dunklen Rand am Kragen und nun auch flächendeckend kleine nasse Kreise und Flecken auf seinem Hemdstoff.

»Wäre besser gewesen so wie Petar Poloshirt, sieht man nix Transpiration, weil glaub ich, wird noch mehr«, versucht Danjela nun wieder Herrin ihrer Gefühle zu werden, und gut ist das.

Ein kurzes Stück noch einen Feldweg entlang, dann bleibt der Pritschenwagen stehen.

»Bis später!«, verabschiedet Petar Wollnar die beiden.

»Herzlich willkommen, ich bin der Erich«, begrüßt sie ein anderer. »Das erste Mal? Hab ich recht?«, weiß Erich beim ersten Blick. »Keine Angst, ich erklär euch alles, dann legen wir gleich los.«

Von gleich kann nicht die Rede sein. Wie eine Ewigkeit kommen sie dem Metzger vor, die wenigen Minuten Wartezeit. Keines der an ihn gerichteten Worte nimmt er auf, zu beunruhigend sind der Hölle Flammen über ihm, zu laut das Zischen, das Donnern, das Flattern.

Dann ist es so weit, und nichts als Furcht jagt durch seinen Körper. Festgekrallt am Rand des schaukelnden Korbes, vernimmt er das Frohlocken an seiner Seite, sieht er das Strahlen in Danjelas Gesicht und weiß, zumindest sie hat eine Freude, mehr wollte er nicht.

Aufwärts geht es, kleiner wird der Pritschenwagen, der winkende Petar, die Wiese, der Wald, die Stadt, die Welt. Klein und schön, wunderschön, trotz des unbändigen Lärms.

Dann wird es still. Nur der Wind saust durch die Taue, nur das Flattern des Ballons ist zu hören, und nichts daran lässt ihn ruhiger werden, den Metzger, denn den größten Ausflug, Höhenflug oder Absturz seines Lebens hat er noch vor sich. Unmittelbar.

Angsterfüllt greift er in seine Jacketttasche und nickt Erich zu.

Leise mischt sich zum Rauschen des Windes die Musik aus den Boxen.

»Volare, oh, oh! Cantare, oh, oh, oh, oh!«, klingt es hinein in den blauen Himmel. Fliegen und singen.

Danjela erstarrt, ungläubig ist ihr Blick, blass ihr Gesicht, lange sieht sie ihrem Willibald in die Augen, sieht seine Angst, seine Liebe, sieht seine zittrige Hand, die kleine aufgeklappte Schatulle, das silberne Blitzen.

»Danjela«, beginnt er, brüchig ist seine Stimme, »wenn es in meinem Leben einen Grund gibt, warum jeder morgige Tag, egal, wie bitter er auch sein mag, immer noch ein schöner Tag ist, dann bist das du. Wenn es in meinem Leben eines geben soll, das ich, solange mir der Aufenthalt hier geschenkt ist, an jedem morgigen Tag an meiner Seite wissen will, dann bist das du, wenn ...«

Langsam zieht die Stadt davon, geht es hinaus ins Nichts, dorthin, wo alles offen ist.